Ulrich Hefner
Das Haus in den Dünen

Ulrich Hefner:
Das Haus in den Dünen
Ostfrieslandkrimi

1. Auflage 2008
2. Auflage 2009
3. Auflage 2011

ISBN 978-3-939689-07-2

Alle Rechte vorbehalten
© Leda-Verlag, Kolonistenweg 24, D-26789 Leer
info@leda-verlag.de
www.leda-verlag.de

Satz: Heike Gerdes
Lektorat: Maeve Carels
Titelillustrationen:Andreas Herrmann
Druck und Gesamtherstellung: Bercker Graphischer Betrieb GmbH & Co. KG
Printed in Germany

Ulrich Hefner
Das Haus in den Dünen

OstFrieslandkrimi

Das Haus in den Dünen

Hinter den Dünen, weit draußen in der Dunkelheit,
umgeben vom Sand
steht ein einsames Haus,
in der Stille.
Die Schreie verebbten,
im Tosen des Sturms,
hallten unhörbar wider
in der Einsamkeit der
verwundeten Seele.

Gewidmet all meinen Kolleginnen und Kollegen,
die mich unterstützen –
insbesondere
dem Polizeirevier Tauberbischofsheim
und der Dienstgruppe »C«.

2000/Tr-7

Spiekeroog, Mai 1981:

Der kühle Wind strich über seine heißen Wangen. In der Ferne flimmerte der glühend rote Horizont und helle Schwaden stiegen dem dunklen Himmel entgegen. Der Geruch von Feuer und Rauch bedeckte das zarte Sanddornaroma und durchsetzte die salzig frische Luft mit einer beißenden Schärfe. Im flackernden Licht tanzten die Gräser auf den Dünen und bogen sich im Wind. Die Kraft des reinigenden Feuers. Er liebte diesen Anblick. Er brachte ihm eine tiefe innere Zufriedenheit. Die gelben Flammen schlugen aus dem riedgrasgedeckten Dach und kleine glühende Flammenteufel tanzten beflügelt von der Hitze in die schwarze Höhe. Das Feuer vertilgte die Schreie der Dämmerung und eine friedliche Ruhe legte sich über den Strand.

Feuer, Wasser, Luft und Erde. Die Elemente allen Daseins. Feuer bedeutete Wärme und Reinheit zugleich. Es war vielleicht nicht das maßgebliche aller Elemente, aber für ihn war es das wichtigste, denn es hatte die Macht, alle Sünden und alle Schuld zu tilgen.

Einst wurden die Hexen der reinigenden Kraft des Feuers übergeben, weil das Böse, das in ihnen wohnte, nur durch die Kraft der Reinheit besiegt werden konnte. Er hatte aufgepasst, als dieses Kapitel in der Schulstunde behandelt wurde. Ein dunkles Kapitel der Kirche, hatte der Lehrer damals gesagt. Aberglaube, übersteigerte Phantasien, Produkte einer unaufgeklärten und mystischen Zeit voller Angst und Misstrauen. Der Lehrer hatte keine Ahnung, er machte sich überhaupt keine Vorstellung von der Macht der Flammen. Waren es nicht Ezechiel und Gabriel, die ein flammendes Schwert mit sich geführt hatten, um gegen die Ausgeburten der Hölle gefeit zu sein?

Prometheus hatte den Menschen einst das Feuer gebracht und damit ihr Leben bereichert. Zeus, der Gott aller Götter, hatte ihn dafür zur Strafe an einen Felsen schmieden lassen. Gefesselt und zu keiner Bewegung fähig ertrug Prometheus sein Schicksal. Nacht um Nacht kamen die Adler vom Olymp und labten sich an seiner Leber, während er sich unter Schmerzen wand. Feuer war eine göttliche Gabe, ein Geschenk an die Menschen, der Opferbereitschaft eines göttlichen Schöpfers der Menschheit zu verdanken, der nun tagaus, tagein für sein Tun leiden muss, bis in alle Ewigkeit. Feuer, Gottes Gabe in jeder Mythologie. Lehrer, was wussten die schon vom Leben.

... denn der Herr, dein Gott, ist ein verzehrendes Feuer ...

Er horchte auf. Stimmen, lautes Rufen überlagerte das Knistern der Flammen. Sie kamen über den Dünenweg, doch es war zu spät, sie würden das fressende und wütende Feuer nicht mehr aufhalten können. Krachend stürzte das Dachgebälk in die Mauern. Funken stoben dem Himmel entgegen. Wie ein Feuerwerk erhellten sie den Strand.

Schon huschten die ersten Gestalten durch die sandige Mondlandschaft. Sie hasteten auf das Haus in den Dünen zu, das nur noch ein gleißender Feuerball war.

Er erhob sich, die abendliche Vorstellung hatte ihren Höhepunkt erreicht und es wäre unklug, sich hier draußen erwischen zu lassen. Er stolperte den Dünenabhang hinab und wandte sich in Richtung Osten, während im Hintergrund der Horizont im Feuerschein erglühte.

Jahre später, im Süden...

Die Taschen wogen schwer. Es war Freitag, der Nachmittag war angebrochen und Regenwolken lagen über der Stadt. Früher war sie öfter in die Stadt gegangen, doch in der letzten Zeit empfand sie eine tiefe Müdigkeit und musste sich zwingen, den beschwerlichen Weg auf sich zu nehmen. In einer Stunde würde Veronika in die kleine Dreizimmerwohnung im Osten der Stadt zurückkommen, und Veronika würde hungrig sein. So wie immer, wenn sie nach ihrer harten Arbeit nach Hause kam. Und nach dem Essen würde Veronika auf ihrem Zimmer verschwinden, sich auf das Bett legen und den kleinen Fernseher einschalten. Das hatte sie sich verdient, schließlich ernährte sie die Familie oder das, was von ihr übrig geblieben war.

Paps lag schon seit Jahren in seinem kühlen Grab auf dem Westfriedhof und ruhte sich von einem harten und arbeitsreichen Leben aus. Und Thomas lag nicht weit entfernt davon. Der arme Junge, viel zu früh aus dem Leben gerissen.

Ein Verkehrsunfall, hatte die Polizei damals gesagt. Er war auf gerader Strecke mit seinem Wagen von der Fahrbahn abgekommen und hatte einen Brückenpfeiler gerammt. Der Wagen war in Flammen aufgegangen. Die Polizisten waren in Begleitung eines Pfarrers gekommen und hatten versucht, Trost zu spenden. Und wissen wollen, was für ein Leben Thomas geführt hatte, ob es Probleme gegeben und ob er Tabletten genommen hatte. Unter Tränen hatte sie den Kopf geschüttelt. Es war ihr nicht schwergefallen, überrascht und fassungslos zu wirken. Auch wenn man eigentlich weiß, was geschehen wird, ist es erschütternd, wenn die Vorahnung von der Wirklichkeit eingeholt wird. Denn von diesem Zeitpunkt an ist alles Hoffen und Beten vergebens.

Die Polizisten hatten sich in seinem Zimmer umgeschaut. Ein aufgeräumtes Zimmer. Thomas hatte Schlamperei gehasst und war mit seinen Sachen stets penibel umgegangen. Sie hatten den Brief nicht gefunden, wie auch. Er war längst in der Schublade des Wohnzimmerschrankes verschwunden.

Dort lag er noch heute. Sie hatte ihn nie mehr hervorgeholt. Jetzt waren sie nur noch zu dritt.

Sie überquerte die Fahrbahn und ging den Gehweg der Frankfurter Straße entlang. Die Stofftaschen wogen immer schwerer. Sie atmete tief. Schließlich brachen die Wolken und der Regen ergoss sich über die Stadt. Jetzt hätte sie den Schirm gut gebrauchen können, den ihr Veronika, ihre Tochter, vor einer Woche mitgebracht hatte. Ein Werbegeschenk, hatte sie gesagt. Veronika brachte oft Dinge mit nach Hause, die ihr von einem Vertreter geschenkt worden waren. Die Werbeaufdrucke störten nicht weiter, die Funktionalität stand im Vordergrund. Und wenn es umsonst war, umso besser. So dachte die alte Frau nun mal. Sie gehörte einer Generation an, die noch den Kampf ums Überleben führen musste. Während des Krieges hatte sie oft genug gehungert und wäre froh gewesen, wenn ihr jemand ein Stück Brot zugesteckt hätte. Doch das war ein ganzes Leben her. Ihre Generation starb langsam aus und die jungen Leute von heute wussten nicht, wie es ist, wenn man hungert und wenn man friert.

Sie hatte den leichten Anstieg hinter sich gebracht und ihr Herz klopfte ihr bis zum Hals. Bestimmt würde Veronika wieder mit ihr schimpfen, weil sie so viel eingekauft und nun so schwer zu tragen hatte. Trotzdem würde sie sich auch am nächsten Freitag wieder auf den Weg machen. Sie hasste die großen Supermärkte, in denen sich die Menschen zwischen den Regalen anrempelten. Diese Menschentrauben, die sich rücksichtslos durch die Gänge wälzten und lange Schlangen vor den Discounterkassen bildeten. Sie kaufte in dem kleinen Laden unten in der Stadt. Da konnte sie in Ruhe aussuchen und überdies auch noch ein kleines Schwätzchen halten.

Ach, wenn doch Veronika nur einen Mann gefunden, geheiratet und Kinder bekommen hätte, so wie es sich für eine junge Frau gehörte! Dann würde sie jetzt mit den Enkeln spielen können und alles wäre um so vieles einfacher.

Aber zu Hause, im Zimmer, vor dem Fernseher, würde Veronika nie einen Mann finden. Sie bemühte sich ja nicht einmal.

Der Regen nahm zu, doch es war ein warmer und angenehmer Sommerregen, der ihr Kopftuch durchnässte. Zu Hause würde sie sich einen Tee kochen und ihre Haare abtrocknen. Sie hatte noch ein wenig Zeit.

An der nächsten Straßenecke verschnaufte sie eine kurze Weile, ehe sie auf die Straße trat. Plötzlich ertönte ein lautes Hupen. Reifen quietschten. Ihr blieb keine Zeit mehr für den Schreck, noch nicht einmal den Schmerz nahm sie wahr, als ihr Körper unter dem Lastwagen verschwand. Ihr letzter Gedanke galt Lucia, ihrer weiteren Tochter. Dann überkam sie eine tiefe Schwärze.

*

»Sie musste nicht leiden, sie war sofort tot«, sagte der Polizist und bemühte sich, seiner Stimme ein gehöriges Maß an Anteilnahme zu verleihen. Fassungslos blickte Veronika auf das Foto des Ausweises, der vor ihr auf dem Tisch lag.

»Wir könnten einen Pfarrer …«

»Nein!«, wehrte Veronika vehement ab. »Ich brauche niemand.«

Sie hatte keine Tränen. Sie wusste, dass sie nüchtern und gefasst wirkte, wenngleich sie innerlich auch zitterte und bebte.

Und dabei hätte ihre Mutter gar nicht in die Stadt zum Einkaufen gehen müssen. Wie oft hatte sie ihr schon gesagt, dass sie warten sollte. Der nächste Supermarkt war nicht einmal fünf Fahrminuten von der Wohnung entfernt.

»Ich werde Sie jetzt alleine lassen«, sagte der Polizist. »Soll ich wirklich niemand rufen lassen? Verwandte, Bekannte, einen Arzt?«

Veronika schüttelte den Kopf. Der Polizist erhob sich und legte eine Visitenkarte auf den Tisch. »Falls Sie noch Fragen haben.«

Sie versuchte ein Lächeln, das ihr jedoch gründlich misslang.

Nachdem der Polizist gegangen war, verließ auch sie die Wohnung. Das leise Stöhnen aus dem Zimmer neben dem Bad nahm sie dabei nicht wahr.

Mit einer Taschenlampe bewaffnet ging sie in den Keller hinunter. Ein modriger Geruch schlug ihr entgegen, als sie die Tür öffnete. Das schummrige Licht erhellte den in mehrere Parzellen unterteilten Raum nur unzulänglich. Die Holzgittertüren waren mit Bügelschlössern gesichert, die Verschläge vollgepfropft mit allerlei Kram aus dem Leben der Hausbewohner. Spielsachen aus der Kindheit, Fotoalben aus der Jugendzeit, Liebesbriefe längst vergessener Verehrer, Tagebücher mit all den Hochs und Tiefs einer rastlosen und längst vergangenen Zeit. Dinge, die nicht mehr gebraucht wurden, die zu Geschichte geworden waren, zu wertvoll, um sie einfach wegzuwerfen.

Vor der Holzgittertür mit der Nummer 4 blieb sie stehen. Sie öffnete das Bügelschloss. Knarrend und ächzend schwang die Tür auf. Es war Jahre her, dass sie das letzte Mal hier unten gewesen war. Staub bedeckte die Regale. Das Licht blieb draußen zurück. Im Schein der Taschenlampe suchte sie den Verschlag ab. Im Lichtkegel erschienen zwei Kartons, einer schmutzig weiß, der andere rot wie Blut. Veronika schob den Deckel des roten auf. Sie musste eine Weile im Karton suchen, ehe ihr das kleine lederne Buch mit dem rot eingefassten Buchrücken in die Hände fiel.

Der Staub der Vergangenheit war bis in die feinsten Ritzen vorgedrungen, sogar das kleine Tagebuch war nicht davon verschont geblieben.

1

Wilhelmshaven, 22. August 2000:

Dichter weißer Qualm stieg in den blauen Morgenhimmel über dem Südwestkai. Die letzten Flammen verendeten in einem Schwall aus Wasser und Gischt. Nach vier Stunden war der Brand gelöscht, der die Feuerwehrmänner in Atem gehalten hatte. Es war fünf Uhr und bald würde auch abseits des Hafens, wo die Menschen in dieser Nacht keine Ruhe hatten finden können, die Stadt wieder zum Leben erwachen. Monika Sander warf ihrem Kollegen Dietmar einen erleichterten Blick zu und griff nach ihrer Schreibkladde, die sie auf die Motorhaube des Dienstwagens gelegt hatte.

»Hast du Kleinschmidt irgendwo gesehen?«, fragte sie und schlenderte gemächlich in Richtung der qualmenden Ruine.

»Wir werden entsetzlich stinken.« Dietmar Petermann zupfte ein Stück verkohlter Asche von seiner hellen Jacke.

Ein Feuerwehrmann in orangeroter Schutzjacke kam zielstrebig auf sie zu. Die Eins auf der Vorderseite seines Helms zeigte an, dass es sich um den Kommandanten handelte. Sein Gesicht war rußgeschwärzt.

»Sie können jetzt ran«, krächzte er. »Aber nicht zu nah, es ist stellenweise noch verdammt heiß.«

Monika umrundete die Feuerwehrwagen, stieg über die am Boden verlegten Schläuche und blieb schließlich bei einer Gruppe Feuerwehrmänner stehen. Dietmar folgte ihr und rümpfte die Nase. Nicht weit von den Männern entfernt lag ein schwarzes Tuch über den Boden ausgebreitet. Darunter waren die Konturen eines menschlichen Körpers zu erkennen.

»Monika!«

Sie wandte sich um und sah Martin Trevisan zusammen mit Till Schreier hinter dem Tanklöschwagen auftauchen. »Was ist hier passiert?«, fragte er atemlos.

Trevisan machte einen verschlafenen Eindruck. Sein Gesicht war zerknittert und die Haare hingen ihm wirr in die Stirn. Er war erst vor zwei Tagen aus dem Urlaub zurückgekehrt. Ein Urlaub, den er sich redlich verdient hatte, nachdem er einem Serienmörder das Handwerk legen konnte. Und prompt lag schon der nächste Fall auf dem Schreibtisch.

»Ein toter Mann.« Monika Sander wies in Richtung der schwarzen Plastikplane. »Wahrscheinlich ein Landstreicher, der sich die alte Lagerhalle als Übernachtungsmöglichkeit ausgesucht hat. Ist kein schöner Anblick mehr.«

»Habt ihr seinen Namen?«

»Wir fanden einen angekohlten Rucksack, in dem Papiere steckten. Alles deutet darauf hin, dass es sich um Brandstiftung handelt. Wir warten noch auf Kleinschmidt.«

»Brandstiftung?«, murmelte Trevisan.

»Es sieht so aus, als ob der Feuerteufel wieder zugeschlagen hat«, antwortete Monika Sander. »Zumindest trägt der Brand seine Handschrift. Beck meint, das es jetzt unser Fall ist.«

Sie reichte Trevisan eine Plastiktüte aus ihrer Schreibkladde, in der ein Bogen Papier steckte.

Trevisan las den Spruch, der auf dem Bogen stand: »*Der Unreine aber, auf dem sich alles Übel zeigt, soll verbrannt werden, denn es ist ein bösartiger Aussatz, den er trägt, als Zeichen seiner Ruchlosigkeit!*«

»Das lag mit einem Stein beschwert auf dem Feldweg, der zum Gebäude führt. Feuerwehrmänner haben es gefunden.«

»Der Feuerteufel?«

»Der Feuerteufel vom Wangerland«, bestätigte Monika. »Das ist bereits Brand Nummer elf. Und immer lässt er ein Bibelzitat zurück. Das geht schon seit Juli so, aber in Griechenland hast du davon wohl nichts mitgekriegt.«

Kleinschmidt schob sich wortlos durch die kleine Gruppe der Feuerwehrleute und kniete neben dem Toten nieder. Er warf einen Blick unter die Leichendecke und schaute griesgrämig drein, als er sich wieder erhob. »Das gibt wieder mal eine ganz besondere Leichenidentifizierung«, murmelte er.

»Über die Fingerabdrücke müsste etwas zu machen sein«, erwiderte Monika Sander. »Wir haben einen Ausweis gefunden. Demnach heißt der Tote Jens Baschwitz und ist schon mehrfach polizeilich in Erscheinung getreten. Seine Fingerabdrücke müssten gespeichert sein. Ein Wohnsitzloser, der sich mit Diebereien über Wasser hielt. Wahrscheinlich ein Zufallsopfer. Hat sich den falschen Platz zum Übernachten ausgesucht.«

Kleinschmidt füllte seine Pfeife mit Tabak. »Dann können wir froh sein, dass die Feuerwehr schnell genug war, um zu verhindern, dass auch noch seine rechte Hand verkohlte. Aber mit Spuren kann ich dir leider nicht dienen. Da ist nichts mehr übrig, wenn fünfzig Mann durch das Gelände stapfen.«

»Für heute reicht mir schon, wenn du mir definitiv sagen kannst, dass der Tote wirklich Jens Baschwitz ist«, sagte Trevisan. »Ich muss mich erst einmal in die Akten einlesen. Bei elf Brandstiftungen wird doch wohl ein Ansatzpunkt für uns hängengeblieben sein. Und was soll das mit diesen Bibelzitaten?«

»Das ist jetzt das fünfte Mal in den letzten vier Wochen, dass ich mitten in der Nacht zu einem Brand gerufen werde«, klagte Kleinschmidt. »Wir haben jedes Mal die gesamte Umgebung abgesucht, aber nie einen Hinweis gefunden, den wir dem Täter zuordnen können. Außer den Zitaten aus dem Alten Testament. Er schreibt sie auf DIN-A5-Format und schweißt sie in Folie ein. Er sucht sich einsame Gebäude aus, die leicht entflammbar sind. Legt an allen Ecken Feuer und verwendet Benzin als Brandbeschleuniger. Mehr wissen wir bislang nicht. Es ist das erste Mal, dass es eine Leiche gab. Aber rede mit Schneider, der wird gottfroh sein, wenn er den Fall endlich vom Tisch hat.«

Trevisan seufzte. »Wieder so ein Spinner, der im Namen des Herrn einen heiligen Auftrag erfüllt. Nimmt das denn überhaupt kein Ende?«

»Schaut euch doch nur einmal draußen in der Welt um«, antwortete Dietmar Petermann. »Die heutige Generation hat längst den Blick für die Mitmenschen verloren. Sie vergraben sich in ihren dunklen Kammern und sind nur noch fähig, über den Cyberspace miteinander zu kommunizieren. Sie schlüpfen in ihre programmierten Heldenrollen und mischen das ganze Universum auf, aber außerhalb ihrer künstlichen Welt sind sie hilflos wie kleine Kinder. Sie sind nicht einmal mehr in der Lage, einen einfachen Satz zu formulieren, geschweige denn

Kontakte herzustellen und zu pflegen. Die Welt wird ärmer und die Menschen immer schwachsinniger. Kein Wunder, dass es immer mehr Idioten gibt, die ein Computerprogramm nicht mehr von der realen Welt unterscheiden können.«

Schweigend blickte Trevisan auf den Leichnam. Wenn es auch nicht oft geschah: Manchmal traf sogar Dietmar den Nagel auf den Kopf.

Kleinschmidt entzündete seine Pfeife und blies den Rauch in den Morgenhimmel. »Ich mach mich jetzt an die Arbeit, die Gerichtsmedizin ist verständigt. Ich fahre dann gleich rüber, damit wir die Identifizierung so schnell wie möglich vornehmen können. Ich lasse Hanselmann hier. Er soll sich ein wenig umsehen, wenn die Feuerwehr das Feld geräumt hat.«

Trevisan nickte. Er ließ Kleinschmidt mit der Leiche zurück und machte sich auf die Suche nach Till Schreier, der den Feuerwehrmann vernahm, der die Leiche aus dem brennenden Schuppen geborgen hatte.

Jetzt war Trevisan gerade mal seit einem Tag wieder im Dienst und schon wartete wieder ein Serientäter auf ihn. Der Fall des Wangerlandmörders war vor ein paar Wochen erst abgeschlossen worden, und jetzt hatte Trevisan das Gefühl, das ganze Spiel ging von vorne los. Wie fing man einen Brandstifter?

»Hey, Martin!«, riss ihn Till aus den Gedanken. »Ich suche nach dir. Dietmar hat einen Zeitungsausträger ausfindig gemacht, der kurz vor Brandausbruch einen Wagen über die Jachmannbrücke davonbrausen sah. Er vernimmt ihn gerade.«

Hoffnung keimte in Trevisan auf. Sollte es doch einen Ansatzpunkt geben?

*

Er stand auf der Kaiser-Wilhelm-Brücke und beobachtete aus sicherer Entfernung die Szenerie. Die zuckenden Blaulichter der Feuerwehrwagen spiegelten sich im Lack des großen, weißen Frachters, der am Südwestkai festgemacht hatte. Am Horizont durchbrach die Sonne allmählich die weißen Schwaden, die der Wind dorthin blies, wo die hohen Kräne am Kai ihre Hälse dem Himmel entgegenreckten.

Seine Gefühle waren zweigeteilt. Auf der einen Seite eine

tiefe Zufriedenheit, auf der anderen Seite war er schockiert. Es hatte einen Toten gegeben.

Die anderen Schaulustigen, die über das Geländer gelehnt gebannt das Treiben am Kai beobachteten, schienen noch nicht genug Sensation eingesaugt zu haben. Ihm jedoch reichte diese Prise Nervenkitzel für den heutigen Tag. Die Männer in ihren orangeroten Jacken, mit ihren feuerfesten Handschuhen und den cremefarbenen Helmen auf ihren Häuptern hatten die Schlacht gegen das Feuer verloren. Von dem alten Lagerschuppen war nicht viel mehr als die Grundmauern übrig geblieben. Die verzehrende Kraft des Feuers. Er wandte sich ab und humpelte in Richtung des Fliegerdamms davon.

*

Sie hatten sich wie immer nach der Tatortarbeit im Konferenzraum der Dienststelle versammelt. Monika kochte Kaffee, während Dietmar seine Jacke mit einem Deodorant besprühte.

»Muss das sein?« Till Schreier hielt sich die Nase zu. »Hier stinkt es schlimmer als in einem Puff.«

»Ich finde es toll, wenn sich der Duft von Frühlingsblumen mit dem Aroma von frischem Hochlandkaffee und dem Gestank von verkohlten Holzbalken mischt«, unkte Monika. »Es hat so etwas Exotisches.«

Trevisan war in die Akte vertieft, die Schneider vom 3. Fachkommissariat kommentarlos in seinem Büro hinterlassen hatte. Kleinschmidt hatte recht behalten, den Kollegen vom 3. konnte es gar nicht schnell genug gehen, sie wollten die Akte vom Schreibtisch haben. Der Grund dafür war offensichtlich: Bislang gab es keinerlei Ansatzpunkte. Elf Brände waren gelegt worden, den heutigen eingeschlossen. Meist war nur Sachschaden an leerstehenden oder abbruchreifen Gebäuden entstanden. Die Serie hatte am 26. Juli draußen in Voslapp begonnen, an der Deponie war ein alter Lagerschuppen angezündet worden. Der oder die Täter hatten Benzin als Brandbeschleuniger benutzt und an allen vier Seiten des Gebäudes Feuer gelegt. Offenbar um sicherzugehen, war zusätzlich ein Molotowcocktail durch ein eingeschlagenes Fenster geworfen worden.

Am aufgeschnittenen Zaun, der zu dem abgebrannten Schuppen in Voslapp führte, hatte der erste laminierte Bibelspruch gehangen: ... *er vertrieb den Menschen und stellte östlich des Gartens von Eden die Cherubim auf und das lodernde Flammenschwert, damit sie den Weg zum Baum des Lebens bewachten* ...

Ein Spruch aus der Schöpfungsgeschichte, Genesis 3, der Fall des Menschen, nachdem Gott Adam und Eva aus dem Paradies vertrieben hatte. Doch welcher Sinn steckte dahinter? Gab es überhaupt einen Sinn? Oder ging es nur darum, ein Feuer zu entfachen? War hier ein verrückter Pyromane am Werk, der sich an der Hitze der Flammen labte, oder übte der Brandleger eine ganz eigentümliche Art der Rache?

Till Schreier überflog eine Auflistung der Taten. »Am 26. Juli in Voslapp, drei Tage später der Schuppen am Kanalhafen. Am 2. August zündet er eine Garage in Coldewei an, dann sind sieben Tage Pause, bevor in Wehlens eine Scheune brennt. Am 12. in Breddewarden, am 14. eine Lagerhalle am Friesendamm, am 16. August ein Schuppen in Westerhausen, zwei Tage später ein leerstehendes Wohnhaus in Schaar, einen Tag darauf die Lagerhalle im Industriegebiet West, vor zwei Tagen eine Gartenlaube in Roffhausen und heute Morgen der Schuppen am Südwestkai. Der Junge ist ganz schön aktiv.«

»Ein Junge?«, fragte Trevisan.

»Na ja«, antwortete Till Schreier. »Zumindest glaube ich, dass es ein Einzeltäter ist. Kein politisches Motiv, keine wirtschaftlichen Interessen, offenbar eine rein willkürliche Vorgehensweise ohne System. Keine Hinweise, außer Bibelzitate, die sich mit dem heiligen Feuer beschäftigen. Entweder will er Feuer sehen oder es gefällt ihm, wenn die großen, roten Feuerwehrautos mit Blaulicht und Signalhorn durch die Gegend brausen.«

»In den Akten vom FK 3 ist ein Gutachten eines Brandsachverständigen«, sagte Trevisan. »Der attestiert unserem Feuerteufel ein großes Maß an Insiderwissen.«

»So ein Blödsinn«, antwortete Dietmar. »Man gießt Benzin aus und zündet es an. Und schon hat man einen Brand.«

»Da irrst du dich gewaltig«, konterte Till. »Wir hatten damals bei der Freiwillen Feuerwehr einen Lehrgang über die

Brandausbreitung. Es ist gar nicht einfach, ein Gebäude so anzustecken, dass am Ende nichts mehr davon übrig bleibt. Außer den Grundmauern natürlich.«

»Du warst bei der Feuerwehr?!«, warf Dietmar hämisch ein.

Monika Sander schenkte sich eine Tasse Kaffee ein. »Wusstet ihr eigentlich, dass in fast fünfundfünfzig Prozent aller Brandstiftungen der Täter ein Feuerwehrmann ist?«

»Dann sollten wir den Jungs vielleicht mal auf den Zahn fühlen«, antwortete Dietmar und wandte sich Till zu. »Und mit dir haben wir schon unseren ersten Verdächtigen.«

»Weißt du, wie viele Feuerwehrleute es in Wilhelmshaven und der Umgebung gibt?«, fragte Monika.

»Wieso Wilhelmshaven?«, entgegnete Trevisan. »Auch in Wehlens, in Westerhausen und in Roffhausen hat es gebrannt.«

»Mittwoch, Samstag, Mittwoch, Mittwoch, Samstag, Montag, Mittwoch, Freitag, Samstag, Sonntag und Dienstag«, las Till laut von der Auflistung ab. »Er hat bislang an jedem Wochentag zugeschlagen. Das heißt, er hat eine Menge Zeit.«

»Und er ist aus dieser Gegend und kennt sich gut hier aus«, bestätigte Trevisan. »Die Zeiten des Brandausbruchs sind ebenso unregelmäßig. Sie liegen sowohl vor Mitternacht als auch danach. Wie lässt sich das mit einem Job vereinbaren?«

Dietmar war mit der Reinigung seiner Jacke am Ende und hängte sie vor ein offenes Fenster. »Der Zeitungsausträger hat einen dunklen Kleinwagen beobachtet, der kurz nach drei Uhr die Jachmannstraße in Richtung Ebertstraße davongerast ist. Zu diesem Zeitpunkt ist ihm aber nichts Besonderes aufgefallen. Der Brand wurde erst eine halbe Stunde später von einem Hafenarbeiter entdeckt, der zur Schicht gefahren ist. Der Wagen könnte also mit der Sache in Verbindung stehen, muss aber nicht.«

»Noch etwas?«, fragte Trevisan.

»Er kann keine nähere Beschreibung abgeben«, antwortete Dietmar. »Es kam ihm bloß ungewöhnlich vor, weil der Wagen sehr schnell fuhr und mit quietschenden Reifen abgebogen ist. So als wäre der Fahrer auf der Flucht.«

»Weiß inzwischen jemand, woher das heutige Zitat stammt?«, fragte Trevisan.

»Na, aus der Bibel«, antwortete Dietmar ernsthaft.

»Danke, da wäre ich alleine nicht draufgekommen«, entgegnete Trevisan sauer.

»Es ist ein Spruch aus dem Alten Testament«, erklärte Monika Sander. »Genauer gesagt aus dem Levitikus, dem dritten Buch Mose, Vers 13.«

»Levitikus? Ist das nicht das Kapitel, in dem es um Regeln für den Umgang mit Gott geht?«

»Das muss aber nichts bedeuten«, mischte sich Till Schreier ein. »Die anderen Sprüche findet man in anderen Teilen der Bibel, egal ob in der Genesis oder im Buch Exodus. Es sind einfach nur Zitate aus dem Alten Testament. Ich glaube nicht, dass ein tieferer Sinn dahintersteht, sie sind wahllos ausgesucht.«

»Ich hoffe, dass du damit recht behältst und er nicht mittlerweile der Auffassung ist, dass zu Opfergaben aus Holz und Kunststoff auch Fleisch und Blut gehören.«

Trevisan erhob sich und trat vor die große Tafel an der Stirnseite des Tisches. Er nahm Kreide und schrieb *Feuerwehrmann, möglicherweise arbeitslos, Religion, Bibelsprüche, Pyromane, aus der Gegend, dunkler Kleinwagen* auf den grünen Untergrund. Bevor er fertig war, wurde die Tür zum Konferenzraum geöffnet und ein junges, blasses Mädchen mit einem langen blonden Zopf trat schüchtern ein. Trevisan warf ihr einen überraschten Blick zu.

»Hallo, Anne«, begrüßte Monika sie. »Wir sind schon mitten in der Arbeit.«

Ihr leises »Guten Morgen« ging im Gemurmel unter.

Monika wies auf Trevisan. »Das ist übrigens unser Chef. Martin Trevisan.«

Das Mädchen reichte ihm die Hand.

»Anne Jensen ist uns seit dem 1. August als Praktikantin zugeteilt«, erklärte Monika. »Sie kommt übrigens aus Sande, so wie du.«

Trevisan musterte das Mädchen. Irgendwie kam sie ihm bekannt vor. »So, Praktikantin«, wiederholte er. »Das ist gar nicht schlecht, dann sind wir schon zu fünft im 1. FK. Wir können jede Hilfe gebrauchen. Heute Nacht ist ein Lagerschuppen am Südwestkai abgebrannt. Ein Wohnsitzloser ist dabei ums Leben gekommen. Es war offensichtlich Brandstiftung. Das heißt, wir haben es mit einem Verbrechen zu tun, vielleicht sogar mit Mord.«

»Mord?«, mischte sich Dietmar ein. »Wie kommst du auf Mord, dafür gibt es doch überhaupt keine Anhaltspunkte?«

Trevisan lächelte. »Haben wir seit dem letzten Fall nicht beschlossen, erst einmal offen an die Sache heranzugehen und uns nicht wieder frühzeitig festzulegen? Wir können nicht ausschließen, dass dieser Baschwitz Opfer eines gezielten Mordanschlages wurde. Vielleicht reichte es dem Brandstifter nicht mehr, nur Häuser brennen zu sehen, oder es gab einen Streit unter Pennbrüdern. Und es ist auch gar nicht so abwegig, den Brandstifter vielleicht sogar in diesem Milieu zu vermuten. Die Brandorte liegen in der Einsamkeit und kämen alle auch als Übernachtungsplätze für Wohnsitzlose in Betracht.«

Dietmar schüttelte den Kopf. »Ein Penner fährt aber keinen Kleinwagen.«

»Der Kleinwagen muss nicht mit dem Fall in Verbindung stehen«, konterte Trevisan. »Dazu gibt es bislang noch keine ausreichenden Indizien.«

»Trevisan hat recht«, bestätigte Monika Sander. »Also, wie gehen wir vor?«

Trevisan wies auf einen freien Stuhl und wartete, bis sich Anne gesetzt hatte. »Ich werde mich um die Obduktion und zusammen mit Kleinschmidt um die Identifizierung kümmern. Dietmar und Till nehmen sich den Lebenslauf des Toten vor, vielleicht ergeben sich daraus irgendwelche Anhaltspunkte. Und du überprüfst mit Anne die Feuerwehrmänner.«

»Das hat Schneider auch schon gemacht«, wandte Monika ein.

»Aber nur hier in Wilhelmshaven«, widersprach Trevisan. »Es gibt noch mehr Wehren. Vor allem die Freiwilligen. Wir suchen einen Mann, zwischen achtzehn und vierzig Jahren alt, der zurzeit keinen Job hat und möglicherweise einen dunklen Kleinwagen fährt.«

»Und wo soll ich anfangen?«

»Die Stadtverwaltungen haben doch Listen. Du wirst eben

die Computer befragen müssen. Ich helfe euch, sobald wir definitiv wissen, wer der Tote ist und wie er starb.«

*

Und er ließ seinen Sohn durchs Feuer gehen und achtete auf Vogelschreie und Zeichen und hielt Geisterbeschwörer und Zeichendeuter; so tat er viel von dem, was dem Herrn missfiel, um ihn zu erzürnen ...

Als er in Richtung des Bontekais schlenderte, dachte er daran, wie die Männer in orangeroten Overalls die Leiche aus dem brennenden Gebäude getragen hatten. Ihn beschlich ein eigenartiges Gefühl, ein flaues und gleichzeitig befriedigtes, ein abstoßendes und zugleich prickelndes, ein erschreckendes und am Ende doch berauschendes Gefühl. Es war lange her, dass er zum letzten Mal dieses unheimliche Kribbeln in der Magengegend empfunden hatte – Jahrzehnte schon. Die reinigende Kraft des Feuers, so wie es geschrieben stand, im großen Buch der Vermächtnisse, von dem ihm Josef so viel erzählt hatte.

Setze mich wie ein Siegel auf dein Herz und wie ein Siegel auf deinen Arm. Denn Liebe ist stark wie der Tod, und ihr Eifer ist fest wie die Hölle. Ihre Glut ist feurig und eine Flamme des Herrn ...

2

Trevisan nahm den Weg über die Ebertstraße zum Rechtsmedizinischen Institut. Kleinschmidt war schon bei der Arbeit, hatte Fingerabdrücke von der rechten Hand der Leiche abgenommen, sie digitalisiert und das automatische Vergleichsprogramm am Computer gestartet. Spätestens bis zum nächsten Morgen würde das Ergebnis vorliegen. Vorausgesetzt, es lagen identische Prints des Toten im Zentralcomputer des BKA vor. Doktor Mühlbauer, der Chefpathologe, hatte die Obduktion für den Mittag angesetzt. Obwohl ihm bereits der Magen knurrte, ließ Trevisan das Mittagessen ausfallen. Eine Leichenöffnung führte bei ihm immer noch zu einem lästigen Magendruck. Es gab Dinge, an die würde er sich nie gewöhnen.

Das rote Backsteingebäude lag im gleißend hellen Sonnenschein eines herrlichen Sommertages. Ein nahezu wolkenloser Himmel und Temperaturen um die dreißig Grad brachten selbst Trevisan, der gerade aus seinem Urlaub im heißen Griechenland zurückgekehrt war, ins Schwitzen. Nach einem stürmischen und verregneten Frühling war der Sommer nun doch noch ins Wangerland eingekehrt. Trevisan ließ seine dunkle Stoffjacke im Wagen zurück und ging den von Büschen und Sträuchern gesäumten Fußweg entlang.

»Ach, wenn das nicht unser Stammgast der letzten Monate ist«, begrüßte ihn Doktor Mühlbauer, der neben dem Eingang auf einem Gartenstuhl Platz genommen hatte und sein Gesicht der Sonne zuwandte. »Setzen Sie sich ein paar Minuten zu mir und erfreuen Sie sich am Sonnenschein. Ich habe noch zehn Minuten Mittagspause. Vielleicht bekomme ich etwas Farbe, bevor ich mich wieder in meinen dunklen Keller begebe. Waren Sie nicht in Urlaub?«

»In Griechenland, drei Wochen. War eine tolle Zeit. Und vor allem gab es keine Leichen.«

»Ah, Griechenland. Athen, Akropolis, die Ägäis, Kreta, auf den Spuren der Antike«, stöhnte Doktor Mühlbauer. »Da war ich vor zwei Jahren. In diesem Jahr will meine Familie nach Polen.«

»Polen?«, erwiderte Trevisan erstaunt. »Warum Polen?«

»Die Wurzeln der Familie meiner Frau liegen in Masuren. Vor ein paar Monaten lief darüber ein Filmbericht im Fernsehen, jetzt hat sich meine Frau in den Kopf gesetzt, auf den Spuren ihrer Vorfahren zu wandeln. Ausgerechnet jetzt, wo ich den Segelschein gemacht habe.«

Trevisan lächelte. »Und Sie können ihr das nicht ausreden?«

Doktor Mühlbauer erhob sich. »Frauen ...!«, bemerkte er abfällig.

Trevisan fröstelte. Der lange, gekachelte Flur, der zu den Obduktionsräumen führte, war ausgefüllt von grellem Neonlicht. Er bemerkte eine Veränderung: Zwei überdimensionale Bilder zierten jetzt die Wand. Abstrakte Kunst in blau-rotem Farbengewirr.

»Hat mir meine Tochter geschenkt«, erklärte der Chefpathologe. »Sie studiert Kunst. Sie meinte, ich solle mir die Schinken in mein Büro hängen. Aber ich denke, hier unten sind sie besser aufgehoben. Und die Toten stören sich nicht daran.«

»Und was sagt Ihre Tochter dazu?«

Mühlbauer zog grinsend den Schlüssel aus seiner Hosentasche. »Gott behüte, wenn sie es erfährt. Aber da kann ich ganz beruhigt sein. Das hier wäre der letzte Ort, an dem sie auftauchen würde. Sie kann nämlich kein Blut sehen.«

Als Trevisan den dunklen Sezierraum betrat, spürte er wieder das beklemmende Gefühl in seiner Magengegend, das ihn von jeher in diesen Räumen begleitete. Vielleicht war es wie das Lampenfieber, vor dem auch erfahrene Schauspieler nach der hundertsten Aufführung nicht gefeit waren. Richtig mulmig wurde es Trevisan erst, als Doktor Mühlbauer in voller Montur im Sezierraum auftauchte und das weiße Laken zurückschlug, unter dem der Tote auf dem Seziertisch lag.

»Viel ist nicht mehr übrig.« Der Doktor betrachtete die Leiche. »Kopf, Oberkörper und die linke Körperhälfte sind verkohlt. Er war offenbar starker Hitze ausgesetzt. Die rechte Körperhälfte ab dem Musculus rectus abdominis ist bis zur Fußspitze angeschwärzt, aber weitestgehend erhalten. Und, für die Polizei sehr hilfreich, auch der rechte Arm weist nur leichte

Verbrennungen auf. Wenn Sie mich fragen, dann ist er unter einen brennenden Balken geraten und wurde eingeklemmt.«

»Wir müssen wissen, wodurch er starb«, erklärte Trevisan. »Vielleicht wurde der Brand zur Verschleierung der wahren Todesursache gelegt.«

»Dann wollen wir einmal in die Materie vordringen.« Der Chefpathologe griff zur Säge.

»Es macht Ihnen wohl nichts aus, wenn ich mich da drüben auf einen Stuhl setze.«

Doktor Mühlbauer schüttelte den Kopf. »Wo die Toiletten sind, brauche ich ja nicht zu sagen.«

Die Autopsie dauerte über eine Stunde. Trevisan vermied allzu tiefe Atemzüge, der Geruch wurde beinahe unerträglich. Als Doktor Mühlbauer die Handschuhe abstreifte, erhob sich Trevisan und eilte zur Tür. »Ich warte draußen.«

»Ja, ja, gehen Sie nur. Ich komme gleich nach. Genießen wir noch etwas die Sonne und befreien wir uns von dem Geruch.«

Als Trevisan durch die gläserne Schwingtür hinaus ins Tageslicht trat, atmete er erst einmal tief durch. Er setzte sich auf einen der Gartenstühle neben dem Treppenaufgang und wartete. Es dauerte nicht lange, bis sich Doktor Mühlbauer mit einem Seufzer auf dem freien Stuhl niederließ.

»Zu neunundneunzig Prozent ein Opfer der Flammen und des Rauches«, sagte er. »Rauchgasvergiftung, Ohnmacht, Verbrennungen, das war der Gang der Dinge. Zwar müssen wir noch auf das toxikologische Gutachten warten, aber es würde mich wundern, wenn sich da eine andere Diagnose einstellt. Nein, Trevisan, Sie können davon ausgehen, dass der Tote ein klassisches Brandopfer ist.«

»Eigentlich habe ich das nicht anders erwartet«, murmelte Trevisan.

»Tut mir leid, dass ich keinen anderen Befund liefern kann«, entschuldigte sich Doktor Mühlbauer. »Ein Projektil oder so etwas hätte vielleicht ein wertvoller Hinweis sein können. In diesem Fall: Fehlanzeige.«

Trevisan seufzte. Es gab neben all den Zufällen und den möglichen Zeugenbeobachtungen im Prinzip zwei Schlüssel zur Lösung eines Falles. Der eine führte über das Opfer selbst, seine Persönlichkeit, seine Geschichte und seine Beziehungen. Der zweite Schlüssel führte über die Tat. Über die Art und Weise der Begehung, über die Vorgehensweise des Täters und über Spuren, die der Täter hinterlassen hatte. Im Fall Baschwitz gab es keine verwertbaren Spuren. Trevisan wusste, dass viel Arbeit vor ihm und seinem Team lag.

*

Monika Sander war der Verzweiflung nahe. Sie saß zusammen mit Anne Jensen im Verwaltungsbüro der Stadtverwaltung.

»Wir haben die Freiwilligen Wehren aus den einzelnen Stadtteilen«, sagte der Sachbearbeiter, »dann kommen da noch die Hafenfeuerwehr und einige Werksfeuerwehren hinzu. Weiterhin müssen wir unterscheiden zwischen Mitgliedern und aktiven Wehrmännern. Und vergessen Sie nicht, in den umliegenden Gemeinden sind ebenfalls Frauen und Männer in freiwilligen Verbänden organisiert. Natürlich können wir Ihnen die Listen für Wilhelmshaven besorgen, aber das wird eine Weile dauern. Um die Betriebsfeuerwehren und die Hafenwehr, die Bundeswehreinheiten, die sich mit Brandbekämpfung beschäftigen, und die Freiwilligen Feuerwehren der Umlandgemeinden müssen Sie sich selbst kümmern, da kann ich leider nicht behilflich sein.«

»Was glauben Sie, wie viele Personen kommen da zusammen?«, fragte Monika.

Der Sachbearbeiter wiegte zögernd den Kopf. »Grob 350 Mann bei den Aktiven, und etwa tausend sonstige Mitglieder. Musikkapellen, Fördervereine, und so weiter. Aus dem Umland, damit meine ich den engen Kreis, kommen wohl noch einmal 250 Mann hinzu. Wenn Sie alle überprüfen müssen, dann haben Sie eine Menge Arbeit vor sich.«

Monika Sander zog ihre Stirn kraus. Mit dieser ungeheuren Zahl hatte sie nicht gerechnet. »Bis wann können Sie mir eine Liste für Wilhelmshaven zusenden?«

Der Sachbearbeiter schaute auf den Kalender, der neben ihm an der Wand hing. »Vor drei, vier Wochen war schon einmal ein Kollege von Ihnen hier. Es müsste noch eine Auflistung im Computer gespeichert sein. Ihr Kollege fragte aber nur nach der Kernstadt. Für eine Gesamtzusammenstellung brauche ich mindestens eine Woche. Wobei ich einen offiziellen Antrag benötige. Ich bin mir nämlich nicht ganz sicher, ob ich die Daten so einfach weitergeben darf.«

»Und wenn es um Totschlag oder Mord geht?«, erwiderte Monika Sander.

»Sie meinen wegen des Toten heute Morgen am Südwestkai?« Monika Sander nickte.

»Unter uns gesagt, hat dieser Brandstifter bislang nützliche Arbeit geleistet«, flüsterte der Sachbearbeiter. »Verstehen Sie mich nicht falsch, nicht, dass ich die Sache gutheiße – und seit es einen Toten gab, sieht es sowieso ganz anders aus. Aber aus städteplanerischer Sicht war er mitunter ganz hilfreich. Die meisten Gebäude, an denen er sich vergriff, waren von maroder Bausubstanz und hätten früher oder später abgerissen werden müssen. Sie glauben gar nicht, auf welchen Widerstand wir stoßen, wenn wir mit Firmen in Kontakt treten und die Sanierung eines Gebäudes fordern. Plötzlich wird aus einer Ruine wieder ein wertvolles Lagergebäude.«

»Das heißt aber nicht, dass wir auch noch eine Liste der Bediensteten des Rathauses brauchen ...?«, unkte Monika.

Abwehrend hob der Verwaltungsbeamte die Hände. »Selbstverständlich nicht. Ich werde Ihnen die Liste baldmöglichst übersenden.«

Monika erhob sich lächelnd und reichte dem Mann die Hand. »Ich verlasse mich auf Sie.«

Sie ging mit Anne zu ihrem Dienstwagen zurück und stieg ein. »Das heißt«, sagte sie, während sie den Gurt anlegte, »dass wir uns noch um die Umlandgemeinden und die Firmen kümmern müssen, die Betriebsfeuerwehren unterhalten. Bei all der Arbeit, die vor uns liegt, hoffe ich nur, dass wir auf dem richtigen Weg sind.«

»Das klingt allerdings nicht nach einer schnellen Lösung«, antwortete Anne.

»Nein, ganz bestimmt nicht. Und wenn wir die Listen haben, müssen wir sie erst auswerten. Viele der aktiven Feuerwehrmänner sind zwischen achtzehn und vierzig Jahre alt. Ich frage mich, ob unser Netz nicht zu grob ist.«

»Also, irgendwie klingt das alles nicht sehr erfolgversprechend«, bemerkte Anne.

»Hast du eine andere Idee?«

*

»Jens Baschwitz, geboren am 2. März 1971 in Cuxhaven, geschieden und seit knapp fünf Jahren wohnsitzlos. Er hat noch Familienangehörige in Emden. Seine Exfrau und zwei Söhne.« Dietmar blätterte die Computerausdrucke durch. »Diebstähle, Beleidigungen, Schlägereien und sogar ein Raub unter Tippelbrüdern.«

»Ein Raubüberfall?«, fragte Till Schreier.

»Er hat gemeinsam mit einem Komplizen vor acht Wochen einen Zechbruder um seine Tageseinnahmen aus der Fußgängerzone erleichtert. Angeblich hatte der Beraubte Schulden bei ihm und der Fall war nicht so ganz eindeutig, weil alle Beteiligten alkoholisiert waren. Deswegen wurde das Verfahren eingestellt. Gesessen hat er auch schon. Von April 1996 bis Juli 1997 verbüßte er eine Freiheitsstrafe wegen wiederholter Körperverletzung. Ein ganz übler Bruder offenbar.«

»Kann das vielleicht ein Motiv sein?«

Dietmar warf die Aufzeichnungen auf den Schreibtisch. »Glaube ich nicht. Ich bin sicher, er ist nur zufällig zum Opfer geworden. Wahrscheinlich war er besoffen und hat gar nicht bemerkt, wie die Bude langsam über ihm abfackelte.«

»Wer war damals der Beraubte, beziehungsweise der Komplize von Baschwitz?«

Dietmar durchsuchte die Papiere auf dem Schreibtisch. »Der Komplize heißt ... Moment ... hier hab ich's ... Schmitt, ganz einfach Schmitt, Vorname Uwe. Auch so ein Penner, genauso wie der Überfallene. Das Opfer war ein DDRler, Karl Ammann ist sein Name, auch ohne festen Wohnsitz.«

»Die DDR gibt es nicht mehr«, erwiderte Till. »Dann machen wir uns mal auf den Weg.«

»Wohin willst du?«, fragte Dietmar überrascht.

»In die Stadt, in die Fußgängerzone. Heute ist ein schöner Tag, da werden wir schon ein paar von ihnen in den Straßen finden.«

»Du willst wirklich nach den Tippelbrüdern suchen?«

Till verzog genervt das Gesicht. »Natürlich. Wir sollen alle Möglichkeiten ausloten, bevor wir uns allzu schnell auf eine Version stürzen.«

»Aber bei den Pennern ...!« Dietmar schüttelte den Kopf. »Da kriegen wir doch nie was raus.«

Till zuckte die Schultern. »Sagen wir mal so: Es kommt immer darauf an, wie man fragt.«

*

Hans Kropp schlug die Plane zurück und befestigte den Lederriemen in der Schlaufe der Bordwand. Zufrieden streifte er die Arbeitshandschuhe ab und warf sie in die Fahrgastzelle seines LKW. Es war kurz vor siebzehn Uhr. Die Hitze des Tages trieb ihm den Schweiß auf die Stirn. Dreißig Grad zeigte das Thermometer an der Frachthalle und es war nahezu windstill.

Er kontrollierte noch einmal die Ladepapiere. Dann schwang er sich in seinen Laster und rangierte ihn geschickt in den Schatten des Verwaltungsgebäudes. Für heute hatte er genug. Seine Kehle war ausgetrocknet und sein rotes Muskelshirt vollgesogen wie ein Schwamm.

Als er hinüber zur Werkstatt schlenderte, befiel ihn ein eigenartiges Gefühl. So, als würden sich die Blicke lauernder Augen in seinen Rücken bohren. Er wandte sich um und schaute über den Betriebshof, doch keine Menschenseele war zu sehen. Wie eine Glocke lag die flirrende Hitze über dem Asphalt und brachte jede Bewegung im Industriegebiet zum Erliegen.

Zögerlich ging er weiter. Bevor er die Werkstatt betrat, blickte er sich noch einmal um, doch niemand war zu sehen.

»Hallo, Hans«, begrüßte ihn der Mechaniker, der in der Werkstatthalle an einem offenen Getriebe arbeitete. »Deine Kiste schon beladen?«

Hans Kropp nickte und ging hinüber zum Waschbecken. »Alles klar.«

»Wenn du von deiner Tour wieder zurück bist, dann ist dein Laster dran. Die Inspektion ist fällig.«

»Das wird eine Weile dauern«, erwiderte Kropp. »Bis Donnerstag in einer Woche werde ich schon brauchen. Der Weg nach Barcelona ist lang.«

Der Mechaniker folgte ihm und wischte seine öligen Finger an einem noch öligeren Lappen ab. »Gehst du ins Stadion?«

»Wenn Barca spielt, dann bin ich dabei, das ist doch klar.«

Neidisch lächelte der Mechaniker. »Das nächste Mal will ich auch mit«, sagte er. »Trinken wir noch ein Bier?«

Kropp schaute auf die Uhr mit dem Pepsi-Cola-Schriftzug, die über dem Waschbecken hing. »Eins geht immer. Ich fahr erst morgen früh.«

Es wurden drei Flaschen, bevor Hans Kropp kurz nach neunzehn Uhr nach Heppens aufbrach. Bevor er in den Wagen stieg, schaute er sich noch einmal um. Das sonderbare Gefühl, das ihn vor einer Stunde draußen im Betriebshof überfallen hatte, war zurückgekehrt.

3

Als Trevisan nach Dienstschluss nach Hause zurückkehrte, ließ er sich erschöpft in den Liegestuhl auf der neu gefliesten Terrasse sinken. Die Temperatur lag noch immer weit über zwanzig Grad, und der Himmel war wolkenlos.

»Was hat er denn, mein kleiner Kommissar?«, begrüßte ihn Angela, die noch ein paar Tage Resturlaub bei ihm verbrachte. »Stress im Büro?«

»Ich dachte, ich hätte es hinter mir«, erwiderte Trevisan. »Aber kaum ist der eine Spinner unter der Erde, taucht schon der Nächste auf.«

Angela lächelte. »Die Welt ist voller Spinner, das solltest du doch am besten wissen.«

Trevisan knöpfte das Hemd auf. »Vielleicht hast du recht, vielleicht ist das Ende der Welt bald in Sicht und alles ist nur noch eine Frage der Zeit. Wie sagte der Fernsehpfarrer unlängst in einem Interview: ‚Eine Gesellschaft, die ihre Grundwerte verliert, wird früher oder später untergehen.'«

»Na, jetzt hörst du dich aber an wie zu den Zeugen Jehovas konvertiert. Die sagen auch jedes Jahr den Weltuntergang voraus.«

»Nein, ich bin nur ein kleiner Kriminalbeamter, der als Erster hautnah den Verfall der Gesellschaft zu spüren bekommt«, erwiderte Trevisan. »Schau dich doch um – immer mehr Verrückte laufen herum. Manchmal denke ich, man kann diese Welt nur noch ertragen, wenn man irgendwo eine Macke hat. Politiker, die sich selbst bedienen und im Gegenzug das Hohelied der Moralapostel singen. Manager, die sich die Taschen füllen und im gleichen Atemzug Betriebe an die Wand fahren. Immer mehr Arbeitslose und Sozialhilfeempfänger, die ihren Frust im Alkohol ertränken. Man muss schon ein bisschen schizophren sein, um das alles noch zu kapieren.«

Angela setzte sich neben ihn und legte ihm zärtlich die Hand auf die Brust. »Und du hast dich jetzt wohl zum Kreuzritter ernannt und bist angetreten, das letzte Stück Paradies auf Erden zu retten?«

»Nein, ich bin angetreten, um einen irren Pyromanen zu finden, der Häuser ansteckt, in denen sich Menschen zum Schlafen niedergelegt haben.«

»Mord?« Ihre Finger fuhren über seine Brusthaare.

»Mord, Totschlag, Zufall, nenne es, wie du willst«, entgegnete Trevisan. »Auf alle Fälle ist der Kerl bibelfest. Zumindest hinterlässt er Zitate aus dem Buch der Bücher.«

»Der Papst kann es nicht sein«, unkte Angela. »Der ist vor ein paar Stunden in Südamerika gelandet.«

»Und wie ist es mit dir?« Trevisan schlang seine Arme um ihre Schultern und zog sie zu sich heran.

»Vielleicht solltet ihr damit warten, bis es dunkel ist.«

Trevisan ließ seine Arme sinken und wandte den Kopf. Paula stand auf der Terrasse und schleckte an einem Eis.

»Ich glaube, Paula hat recht«, sagte er. »Heute Nacht ist noch genug Zeit, um die Welt zu retten. Jetzt habe ich erst einmal Hunger.«

Angela sprang auf. »Verdammt! Jetzt ist die Pizza bestimmt schon schwarz.«

»Und im Anfang war das Feuer«, zitierte Trevisan.

»Das ist, soviel ich weiß, aber nicht aus der Bibel«, rief ihm Angela zu, als sie durch die Terrassentür im Haus verschwand.

»Nein, aber aus einem verdammt guten Film.«

*

»Die Penner wissen zumindest nichts von einem Streit«, sagte Till Schreier. »Aber der Tod von Baschwitz erschüttert sie nur wenig. Ich glaube nicht, dass er viele Freunde hatte. Nach allem, was wir erfahren haben, muss er ein ganz unangenehmer Zeitgenosse gewesen sein.«

»Und diese beiden Wohnsitzlosen?«, fragte Trevisan. »Der Beraubte und der Mittäter?«

»Wie vom Erdboden verschwunden. Die Fahndung läuft.«

»Die sollen sich nach der Geschichte aus Wilhelmshaven verzogen haben«, erläuterte Dietmar, während er seine Hände knetete, damit die Feuchtigkeitscreme einziehen konnte. »Sie sind schon seit Wochen nicht mehr hier gesehen worden.«

»Fakt ist, dass die hiesigen Penner Baschwitz gemieden haben wie die Pest«, ergänzte Till. »Sie machten wegen seiner plötzlichen Gewaltausbrüche einen großen Bogen um ihn.«

»Und ich dachte, man ist schon ganz unten, wenn man seine Arbeit und seine Bleibe verloren hat, aber offenbar kann man immer noch tiefer sinken«, murmelte Trevisan. »Eure Erkenntnisse unterstützen nur die Theorie, dass es möglicherweise doch eine gezielte Tat im Milieu gewesen sein könnte. Wir müssen diese beiden Pennerkollegen, diesen Schmitt und diesen Ammann, ausfindig machen. Ich denke, wir schreiben sie umgehend zur Aufenthaltsermittlung aus.«

Till Schreier erhob sich. »Dann mache ich mich mal an die Arbeit.«

»Und wie läuft es bei euch?«, fragte Trevisan Monika Sander.

»Das wird eine langwierige Sache. Wir sind Schneiders Liste noch einmal durchgegangen. Zusätzlich waren wir inzwischen bei zwei Firmen, die eine Betriebsfeuerwehr unterhalten. Wir haben bereits über zwanzig Verdächtige, die ins Muster passen würden.«

»Denkt bitte daran, dass der Kerl zurzeit kein Feuerwehrmann mehr sein muss. Es wäre möglich, dass er rausgeworfen wurde oder aus irgendeinem Frust heraus von selbst gegangen ist.«

»Das haben wir bereits in Erwägung gezogen«, antwortete Monika. »Ich habe um neun einen Termin mit dem Kommandanten der Betriebsfeuerwehr vom Ölhafen. Du könntest mich begleiten, während Anne am Computer das Umfeld unserer Verdächtigen abcheckt.«

»Jetzt, nachdem feststeht, dass der Tote zweifelsfrei dieser Baschwitz ist, habe ich Zeit. Komm bei mir vorbei, wenn du losfährst. Es kann nur sein, dass du ein paar Minuten warten musst, Beck will mit mir reden.«

»Den treibt schon wieder die Angst vor schlechter Publicity an«, witzelte Dietmar Petermann.

»Kann man es ihm verübeln, so kurz nach den Serienmorden im Frühjahr?«, entgegnete Trevisan. »Er steht schließlich in der Verantwortung.«

»Dann könnte er sich doch auch ein paar Namen von unserer Liste vornehmen und überprüfen.«

»Lass mal«, sagte Trevisan mit einem Lächeln. »Ich möchte mich auf das Ergebnis der Überprüfungen schon verlassen können.«

*

»Ah, Trevisan.« Kriminaldirektor Beck erhob sich hinter seinem Schreibtisch. »Gut, dass Sie gekommen sind. Wie kommen Sie voran?«

Beck trug trotz der Hitze im Büro einen grauen Anzug und hatte die Fenster geschlossen. Die Luft schmeckte abgestanden und Trevisan betrat nur unwillig das Zimmer unter dem Dach.

»Wir stecken mitten in den Ermittlungen«, antwortete er und schlenderte zum Stuhl vor Becks Schreibtisch.

»Brauchen Sie noch Leute?«

»Könnte nicht schaden. Alex Uhlenbruch und Tina Harloff sind noch bis Ende der Woche im Urlaub und es stehen eine Menge Überprüfungen an.«

Trevisan spürte, dass die unausgesprochene Befürchtung in der Luft lag, Wilhelmshaven könne erneut von einem Serientäter heimgesucht werden, so wie im Frühsommer des Jahres. Er hatte noch immer die Schlagzeilen vor Augen, die von einer überforderten und unfähigen Polizei berichteten, die der Lage nicht Herr werden konnte.

Auf Becks Stirn zeichnete sich ein dünner Schweißfilm ab. »Wir können uns einen zweiten Amoklauf in unserer Gegend nicht leisten«, sprach er Trevisans Gedanken aus. »Jetzt, wo sich die Touristen in unserem schönen Landstrich aufhalten, müssen wir umsichtig und schnell handeln. Ich habe Schneider und das 3. Fachkommissariat informiert. Er wird euch unterstützen. Die Streifen sind informiert und fahren Sonderschichten in den entlegenen Gebieten. Sie wissen, wie schnell wir wieder eine negative Presse bekommen, wenn es uns nicht gelingt, den Mann zu fassen, bevor er noch weiteres Unheil anrichtet.«

Trevisan schmunzelte. »Schneider hat den Fall schon seit sechs Wochen auf dem Tisch, aber bislang ergab sich noch kein Ansatzpunkt. Wir können auch nicht hexen.«

»Bislang hatte der Brandstifter aber auch nur marode Buden angezündet«, entgegnete Beck. »Jetzt ist ein Mensch zu Schaden gekommen, das ist etwas anderes. Wir müssen den Kontrolldruck und gleichzeitig die Ermittlungsaktivitäten verstärken, dann werden sich schon Ansatzpunkte ergeben.«

»In der Theorie hört sich alles ganz einfach an«, widersprach Trevisan. »Doch in der Realität hat die Sache einen Haken: Unsere Kunden halten sich nicht an unsere schönen Polizeistrategien, die unsere Cheftheoretiker in ihren feinen Büros entwerfen.«

Beck winkte ab. »Mensch, Trevisan, das weiß ich doch selbst. Ich bin auch nicht von gestern, aber unsere Direktorin lebt nun einmal in ihrer theoretischen Zahlenwelt. Also, machen wir ein paar Aktionen und hoffen darauf, dass uns der Zufall hilft.«

»Ich will damit ja auch nicht sagen, dass Sonderstreifen Blödsinn sind. Natürlich erhöhen wir durch mehr Leute auf der Straße die Möglichkeit, dass er uns in die Arme läuft. Ich will bloß nicht, dass der Eindruck entsteht, es wäre ein Kinderspiel. Wir werden Zeit, wir werden Geduld und wir werden ein dickes Fell brauchen, bis wir ihn haben.«

Beck nickte. »Ich weiß, aber ich bezweifele, dass uns genügend Zeit bleibt. Nach diesem verflixten Frühjahr liegen die Nerven einiger Verantwortlicher noch immer blank.«

*

Es war kurz vor Mittag und das Thermometer war auf 28 Grad Celsius geklettert. In den Schwimmbädern am Fliegerdeich lagen die gecremten Körper der Badegäste dicht an dicht.

Trevisan und Monika Sander fuhren über den Friesendamm hinaus zum Heppenser Groden. Der Ölhafen lag direkt an der Küste und die riesigen, weißen Tanks glänzten im Sonnenlicht. Trevisan hatte die Fensterscheibe ein Stück heruntergekurbelt und streckte seine Hand in den Fahrtwind.

»Dein Urlaub muss schön gewesen sein«, sagte Monika und bog in die kleine Straße zum Ölhafen ein. »Man konnte es an deiner Karte merken.«

»Ich wünschte, er hätte nie geendet.« Trevisan seufzte. »Angela übernimmt möglicherweise die Chefredaktion eines neuen Magazins.«

33

Monika bremste den Wagen vor dem großen Werkstor ab. »Ein neues Magazin?«

»Reisen, Essen, Glamour und Lifestyle«, antwortete Trevisan. »Alles für die Frau aus der gehobenen Schicht. Ein Exklusivmagazin für Neureiche.«

»Und das geht?«

»Die Marketingabteilung des Verlages meint, das ist genau die Marktlücke, die sie bedienen sollten. Ein potentieller Kundenkreis mit viel Geld und viel Freizeit.«

Monika schüttelte den Kopf. »Da gehöre ich nicht dazu. Außer meiner Fernsehzeitung lese ich keine Illustrierten. Ein gutes Buch, das ist schon eher etwas für mich.«

»Krimis?«

»Gott behüte. Davon habe ich genug im Büro.«

Ein Wachmann öffnete das Tor und kam auf sie zu. Tankwagen donnerten auf einer eigens eingerichteten Fahrspur vorbei. Monika Sander öffnete die Seitenscheibe und zeigte ihre Kripomarke. »Wir haben einen Termin bei Herrn Borowski.«

Der Wachmann nickte und erklärte ihr den Weg.

Der Kommandant der Betriebsfeuerwehr war fast zwei Meter groß und hätte einen fabelhaften Ringer abgegeben. Trevisan schätzte ihn auf Anfang fünfzig. Er saß in einem klimatisierten Büro mit Blick auf die riesige Abfüllanlage und trug wider Erwarten keine Uniform, sondern eine kurze Hose und ein grünes T-Shirt mit der Aufschrift *Wilhelmshaven, die Perle am Jadebusen.*

»Insgesamt sind wir dreißig Mann stark«, erklärte Borowski. »Aber jeder hier hat einen normalen Job. Egal ob Mechaniker, Chemiker, Kontrolleur oder ob man an einem der Befüller arbeitet – wenn es brennt, dann ziehen unsere Leute ihre Montur über und begeben sich unverzüglich an den Einsatzort.«

»Das heißt, es gibt eigentlich keine ausschließlichen Feuerwehrmänner hier in dieser Firma«, folgerte Monika Sander.

»Nicht das, was Sie landläufig unter einer Feuerwehr verstehen«, erklärte der Kommandant. »Im Brandfall ist der Unterschied zu den Freiwilligen Wehren nicht groß. Außer, dass wir ausgesprochene Spezialisten in unseren Reihen haben, wenn es um Ölunfälle oder Gefahrgutunfälle geht. Unsere Ausbildung ist intensiver als bei den Freiwilligen Wehren. Bei uns hat jedes Mitglied einen Atemschutzlehrgang oder ist mit den modernen Brandbekämpfungsmethoden vertraut. Meine Männer fahren den Tanklöschzug oder auch den Leiterwagen. Wir unterstützen oft die örtlichen Wehren bei Großlagen und werden auch in Alarmierungsfällen von der Feuerwehrleitstelle angefordert.«

Monika Sander schaute Trevisan fragend an. »Das heißt aber, jeder Feuerwehrmann hat in der Firma einen festen Job.«

Borowski nickte, und Trevisan fragte: »Haben Sie in den letzten Monaten einen Mann entlassen?«

»Aha, daher weht der Wind«, schmunzelte der Kommandant. »Sie suchen diesen Brandstifter und meinen, es ist ein Feuerwehrmann. Glaubt ihr noch immer an dieses alte Klischee?«

»Immerhin werden über fünfzig Prozent aller Brandstiftungen von ...«

»... Feuerwehrmännern begangen, die enttäuscht wurden, weil sie nicht befördert werden oder einfach nur geil auf Feuer sind und gerne mit Blaulicht und Horn durch die Straßen pfeifen«, vervollständigte Borowski Monikas begonnenen Satz. »Bei uns liegen Sie falsch. Für meine Männer lege ich die Hände ins Feuer und Entlassungen gab es schon seit Jahren keine. Wir könnten sogar noch ein paar Leute brauchen, aber vielen ist die Bezahlung zu schlecht, die Arbeit zu schwer und das Stundensoll zu hoch.«

»Wie sind denn die Arbeitszeiten?«

»Wir stehen hier jeden Tag unter Strom«, erklärte der Kommandant und nahm den Schichtplan der vergangenen Tage von der Pinnwand. »Wir fangen mit der ersten Schicht ab fünf Uhr an. Die Männer arbeiten bis drei, die zweite Schicht übernimmt dann bis zweiundzwanzig Uhr. Auch am Wochenende haben wir Sonderschichten laufen, da kommen die Dampfer rein und löschen ihre Ladung. In den letzten Wochen mussten wir wegen des hohen Aufkommens sogar weitere Sonderschichten fahren. Da wird bei uns jeder Mann gebraucht. Da bleibt keine Zeit für Sperenzchen, das können Sie mir glauben.«

35

Nachdem Trevisan einen Blick auf den Schichtplan der letzten Wochen geworfen hatte, erhob er sich und reichte Borowski die Hand. »Vielen Dank, Sie haben uns sehr geholfen.«

»Und was ist mit der Liste?«, fragte Monika Sander, als sie wieder im Wagen saßen.

Trevisan winkte ab und legte den Gurt an. »Denk an die Zeiten der Brandstiftungen. Die Schichtzeiten decken sich nicht mit unserem Zeitschema. Die Jungs vom Hafen können wir bedenkenlos streichen. Wer steht noch auf deiner Liste?«

Monika ließ den Wagen an. »Dann fahren wir jetzt hinüber nach Roffhausen.«

*

Die nächsten sieben Tage überprüfte Trevisans Ermittlungsteam Stadtverwaltungen, Betriebsfeuerwehren und Hafenbehörden. Sogar die Marinesoldaten am Arsenalhafen wurden nicht ausgelassen, denn auch dort gab es eine Betriebsfeuerwehr. Einige der verantwortlichen Ressortleiter verhielten sich kooperativ, andere murrten und lehnten zuerst ihre Mitarbeit unter Hinweis auf den Datenschutz ab. Am Ende hatten sie fast vierhundert Personen überprüft und alle bis auf vierzig ausgeschieden. Vierzig Männer im Alter zwischen achtzehn und vierzig Jahren, alle arbeitslos, in der Gegend ansässig und – zumindest laut Eintragung im Register der Zulassungsstelle – im Besitz eines dunklen Kleinwagens. Vierzig Überprüfungen, vierzig Ansatzpunkte, vierzigmal Hoffnungsschimmer. Und vierzigmal anschließende Ernüchterung.

Trevisan betete, dass der Feuerteufel vom Wangerland in der Zwischenzeit keine weiteren Bibelzitate neben verkohlten Leichen hinterlassen würde.

Am Abend des 27. belud Angela ihren Wagen. Ihr Urlaub war zu Ende und ihre neue Aufgabe führte sie für die nächste Woche nach Hamburg. Zum Wochenende wollte sie wieder zurückkehren. Als ihr Wagen die Straße hinunterfuhr und hinter der nächsten Biegung verschwand, fühlte sich Trevisan schlecht. Er hatte die letzten Tage mit Angela genossen, und mehr als einmal war ihm durch den Kopf gegangen, sie zum

Bleiben zu überreden. Er ließ es, denn er wusste, dass ihre Antwort längst feststand. Darüber hatten sie in der Vergangenheit schon öfter gesprochen. Angela liebte ihre Arbeit und er wusste, wie wichtig ihre Karriere für sie war.

In dieser Nacht schlief Trevisan schlecht, und das änderte sich auch in den folgenden Nächten nicht.

Im Büro entspannte sich nach der Rückkehr von Alex Uhlenbruch und Tina Harloff die Situation. Gemeinsam mit den Kollegen des 3. Fachkommissariats überprüften sie weitere Tatverdächtige. Auch die Sonderstreifen der Kollegen vom Streifendienst schienen ihre Wirkung nicht zu verfehlen. In Wilhelmshaven und im Wangerland blieb es ruhig. Die nächtlichen Kontrollen führten zu diversen Beschlagnahmen von Führerscheinen betrunkener Autofahrer und in Altengroden konnte sogar ein steckbrieflich gesuchter Ausbrecher wieder dingfest gemacht werden, doch den Brandstifter erwischten sie nicht.

Das Wetter blieb heiß und schwül und es schien, als ob die Luft über der Küste wie unter einer Glocke festgehalten wurde. Der Wind blies nur mäßig. Sieben Tage herrschte Ruhe, bis sich in der Nacht von Donnerstag auf Freitag, dem letzten Tag im August, über Wilhelmshaven ein kräftiges Gewitter entlud. Auch in dieser Nacht fand Trevisan wenig Schlaf. Zuvor hatte er fast zwei Stunden mit Angela telefoniert. Sie fehlte ihm.

4

... ein paar Tage später ...

Er war kurz hinter Osnabrück, als die tiefschwarzen Wolken ihre Last über dem flachen Land abluden. Mit dem Regen brach viel zu früh die Dunkelheit an. Es ging teilweise nur noch in Schrittgeschwindigkeit voran. Kropp blickte fluchend auf die Uhr im Armaturenbrett. Der Sechszylinder seines Volvos schnurrte brav und trieb das schwere Gefährt durch die über und über mit Wasser bedeckten Spurrillen der Autobahn. Er war nur noch einen Katzensprung von seinem Ziel entfernt. Nach siebentägigem Aufenthalt in Spanien war er froh, endlich wieder nach Hause zu kommen. Das einzig Positive an seiner Spanientour war das Spiel von Barcelona gegen Real Valladolid gewesen, das Barca mit 3:1 gewonnen hatte. Ansonsten hatte er auf dieser Reise nur Schwierigkeiten gehabt. Zuerst hatten sich die Bremsen seines Aufliegers festgefressen, und als er nach dem Spiel am vergangenen Sonntag noch die sündige Meile der Millionenstadt an der katalonischen Küste besucht hatte, war er in eine Schlägerei geraten und hätte beinahe mit einem Stilett Bekanntschaft gemacht. Er war froh, dass er wieder nahe der Heimat war, und freute sich auf die bevorstehenden freien Tage, in denen er ausspannen, ein paar Bier trinken und den gut gewachsenen Mädchen am Fliegerdeich beim Baden zusehen wollte.

Der Regen machte seinem Zeitplan einen dicken Strich durch die Rechnung. Bei Oldenburg wechselte er auf die A 29. Sturmböen strichen über das Land und grelle Blitze zuckten durch die beginnende Nacht. Mit vierzig Stundenkilometern kroch er die Straße entlang. Überholt wurde er dennoch nicht. Nur wenige Wagen waren an diesem Donnerstagabend unterwegs und viele Kollegen hatten bereits Rastplätze angefahren, um das Ende des Sturms abzuwarten. Hans Kropp kämpfte sich mit seinem Lastwagen durch das Unwetter. Hin und wieder strich er sich mit der Handfläche über seine müden

Augen. Fast zwölf Stunden saß er nun schon – mit kurzen Unterbrechungen – hinter dem Lenkrad. Als er endlich bei Sande die Autobahn verließ und über die Bunsenstraße das Industriegelände oberhalb des Sander Watts ansteuerte, atmete er auf.

Es war kurz vor dreiundzwanzig Uhr und über der Stadt am Jadebusen tobte ein heftiges Gewitter. Die Bäume an der Straße bogen sich im Sturm und hier und da hatte der heftige Wind schon schwache Äste und dünne Zweige aus den Baumkronen gerissen und über die Fahrbahn verteilt. Als er in die Planckstraße einbog, knirschte ein dicker Ast unter seinen Reifen und schlug ihm gegen den Unterfahrschutz. Hans Kropp fluchte.

Er war erleichtert, als er die fahle Laterne erkannte, die oberhalb des Betriebstores im Wind hin und her schwang. Er stoppte. Bevor er den LKW verließ, warf er sich seine gelbe Öljacke über die muskulösen Schultern. Er hatte die Fahrt in kurzer Turnhose und T-Shirt zurückgelegt, für das üble Wetter war er denkbar schlecht gekleidet. Nur die Schnürstiefel taugten für den Regen, und die trug er nur, weil er erst vor ein paar Wochen bei einer Polizeikontrolle eine saftige Strafe dafür gezahlt hatte, dass er in Sandalen gefahren war. Vorschrift, hatte der Polizist gesagt. Dieses Land wimmelte vor unnützen Vorschriften. Er öffnete die Fahrertür und kämpfte dabei gegen den orkanartigen Wind, der kräftig für Gegendruck sorgte.

Das Tor war verschlossen und das Firmengelände lag einsam und verlassen im schummrigen Licht der wenigen Bogenlampen. Hans Kropp hatte einen Schlüssel, so wie jeder Fahrer der Firma, der große Touren bis ins Ausland fuhr. Neben dem Tor stand ein Pfosten, an dem ein Schloss installiert war. Das Schließsystem war erst im vergangenen Jahr eingerichtet worden und Hans Kropp hatte geflucht, weil der Firmenchef entgegen der Forderung der Fahrer keine Fernbedienung für das Tor angeschafft hatte. Er steckte seinen Schlüssel in das Schloss. Sekunden später setzte sich das Tor lärmend in Bewegung. Eine gelbe Rundumleuchte blinkte. Hans Kropp ging zurück zu seinem LKW. Bevor er einstieg, verharrte er kurz

39

und schaute sich um. Das eigenartige Gefühl war zurückgekehrt. Es war, als ob ihn fremde Augen fixierten und ihn nicht mehr losließen. Er schüttelte den Kopf. Alles nur Einbildung, sagte er sich, als er sich in das Führerhaus schwang und den Lastwagen durch das Tor in den Schatten des Verwaltungsgebäudes manövrierte. Wenige Minuten später hatte er den Lastzug geparkt. Bevor er das Führerhaus verließ, füllte er noch das interne Fahrtenbuch aus, das zur Abrechnung der Tour mit dem Disponenten wichtig war. *22.41 Uhr* trug er in der Spalte *Rückkehr/Datum und Uhrzeit* ein. Anschließend kletterte er aus dem Wagen und verschloss die Tür. Für heute war Feierabend, den Rest konnte er morgen erledigen, ehe er sich in das verlängerte Wochenende verabschiedete.

Kaum hatte er seinen Wagen umrundet, keimte erneut dieses Gefühl in ihm auf. Die Gänsehaut auf seinen Armen kam nicht alleine von der Kälte.

Seinen PKW hatte er neben der Werkstatt geparkt. Als er im Schein einer Peitschenlampe darauf zuging, hörte er plötzlich ein Scheppern. Ein Blitz zuckte durch die Nacht und ein lauter Donner folgte.

»Ist da wer?«, rief er in die Dunkelheit. Er wandte sich um und lief zurück zu seinem Lastwagen. Es bestand kein Zweifel mehr für ihn, er war nicht alleine auf dem Gelände.

»Los, herauskommen!«, rief er. »Sonst passiert etwas.«

Er hatte seinen Lastwagen erreicht. Auf der Beifahrerseite, vor der Hinterachse, befand sich der Werkzeugkasten. Eine Axt lag darin. Es schadete nicht, wenn er seinem unheimlichen Gegenüber etwas entgegenzusetzen hatte.

Hans Kropp hatte ein Gespür für Gefahr. In Barcelona hatte es ihn davor bewahrt, mit einem Stilett im Rücken zu enden. Er hatte die Gefahr gewittert und sich rechtzeitig herumgedreht, um das Billardqueue auf die Messerhand seines Angreifers zu schlagen.

Mit dem Beil in der Hand fühlte er sich sicher. Er spähte hinaus in die Dunkelheit. Das Scheppern war von der Frachthalle gekommen. Vielleicht waren dort Einbrecher am Werk, die das Unwetter für einen nächtlichen Besuch in der Firma ausnutzten, und vielleicht waren sie schon damals bei seiner

Abfahrt in der Nähe gewesen, um das Gelände auszubaldowern. Vielleicht hatten sie erst heute Nacht die richtige Gelegenheit gefunden – bei schönem Wetter verirrten sich nachts öfters mal verliebte Paare in diese Gegend, um sich im Wagen etwas näherzukommen.

Genauso musste es sein, ein paar Einbrecher, dreiste Halunken, die es auf die Getränkekasse und die Automaten abgesehen hatten. Sollte er zur Fahrzeughalle hinübergehen? Er zögerte.

Erneut zuckte ein Blitz durch die Nacht. Doch diesmal, so hatte er den Eindruck, war der Donnerhall vor dem Blitz gekommen. Ein heftiger Schmerz durchfuhr seinen Körper. Bevor er überhaupt begriff, was geschehen war, blitzte es erneut. Doch der Blitz zuckte nicht aus den tiefen Wolken, er zuckte hinter den abgestellten Containern hervor und züngelte direkt auf ihn zu. Ein zweiter Schlag traf seinen Körper. Diesmal ungleich heftiger. Er stürzte zu Boden. Was war nur passiert?

Er sah die Laterne, die am Verwaltungsgebäude befestigt war, wie durch einen roten Schleier. Plötzlich verdeckte ein dunkler Schatten das Licht.

»… nein … was soll …«, stammelte er.

Es waren seine letzten Worte, bevor sein Leben in einem lauten Knall zerbrach.

*

»Der Mechaniker, ein gewisser Dragan Vukovic, hat ihn heute früh so gegen fünf neben seinem LKW gefunden und sofort die Kollegen vom Revier verständigt«, erklärte Dietmar Petermann und zog seinen Mantelkragen höher.

Es war frisch am heutigen Morgen, und nachdem die Sonne aufgegangen war, stiegen milchige Schwaden vom Boden auf. Kleine, schwarze Schildchen mit weißen Zahlen standen scheinbar wahllos aufgereiht auf dem grauen und feuchten Asphalt im Betriebshof der Intertrans im Industriegebiet West.

»Weiß man schon, wer er ist?«, fragte Trevisan und wischte einen Schweißtropfen von seiner Stirn. Er hatte sich nach dem Anruf am frühen Morgen beeilt.

»Hans Kropp, Fernfahrer«, antwortete Dietmar. »Ist wohl heute Nacht von einer Tour aus Spanien zurückgekommen. Drei Schüsse. Einer traf ihn im rechten Oberschenkel, der andere in der Nierengegend. Das hat dem Täter offenbar nicht gereicht, da hat er ihm auch noch ein Stück von seinem Kopf weggeschossen. Aus nächster Nähe, meint Kleinschmidt.«

»Und woher kennt er die Reihenfolge der Schüsse?«

»Zweimal Gewehr und einmal eine Pistole.«

Trevisan nickte. Der Polizeifotograf war noch damit beschäftigt, Bilder vom näheren Tatort aufzunehmen. Direkt neben dem Toten lag eine Axt.

»Hat Kleinschmidt eine Vermutung?«, fragte Trevisan seinen Kollegen.

»Er sucht noch nach der Stelle, von wo aus geschossen worden ist«, entgegnete Dietmar. »Es wäre möglich, dass Kropp ein paar Einbrecher überrascht hat.«

»Einbrecher mit Gewehren und Pistolen?«

»Nicht ganz handelsüblich, was?«

Kleinschmidt tauchte hinter einem Container an der Nordwestseite eines langgestreckten Gebäudes auf und marschierte auf den Zaun zu, der das Betriebgelände umgab. Trevisan beeilte sich, den Chef der Spurensicherung einzuholen. »Moin, Horst.«

Kleinschmidt tastete mit suchenden Blicken den Boden ab, als könne ihm der Asphalt verraten, was in der Nacht hier geschehen war. »Jetzt auch noch das«, knirschte er knurrig. »Als ich angerufen wurde, dachte ich, es hätte wieder mal gebrannt. Und jetzt liegt hier eine Leiche. Das ist vielleicht ein beschissenes Jahr.«

»Dietmar sagte etwas von einem Einbruch?«

Kleinschmidt winkte ab. »Das war seine Theorie. Für mich sieht das eher so aus, als ob der Täter dem Opfer aufgelauert hat.«

»Aufgelauert?«

»Dort hinten gibt es einen recht frischen Schlitz im Zaun. Mit einer Metallschere gemacht. Ansonsten wurde nichts aufgebrochen. Noch nicht einmal Ansatzspuren für einen Versuch sind vorhanden, obwohl es genügend ungesicherte

Fenster als Einstiegsmöglichkeiten gibt. Nein, hier hinter dem Container saß jemand und hat in aller Seelenruhe abgewartet, bis der Fernfahrer aufgetaucht ist. Dann hat er ihn mit einer Flinte bewegungslos geschossen und anschließend mit einem Schuss in die Schläfe hingerichtet. Das deutet nicht unbedingt auf einen Einbruch hin, oder?«

Trevisan nickte stumm.

»Ich habe drei Hülsen gefunden«, fuhr Kleinschmidt fort. »Zwei lagen neben dem Container, eine in der Nähe des Toten. Linksauswerfer, wenn du mich fragst. Selbstladepistole und Jagdgewehr. Zumindest dem Kaliber nach. Die Pistole 7,65 mm und die Gewehrgeschosse dürften 9,3 mm haben. Ich schätze auf 9,3 x74. Ein handelsübliches Format für jagdbares Wild aller Art, Menschen eingeschlossen.«

»Sonst noch etwas?«

»Ja, aber das ist komisch. Neben der linken Hand des Toten lag ein Hemdknopf. Ein ganz normaler Knopf ohne Verzierungen. Dutzendware. Der Tote trägt aber ein T-Shirt, eine kurze Sporthose und eine Regenjacke mit Reißverschluss. Der Knopf könnte also vom Täter stammen.«

»Spuren eines Kampfes?«

»Nein, überhaupt nicht. Wenn der Knopf zum Täter gehört, dann ist er wohl aus Altersschwäche abgefallen. Das Opfer, obwohl der Mann ein ordentliches Kraftpaket gewesen ist, hatte keine Chance. Ich glaube, bevor der wirklich kapierte, was los ist, war er schon tot.«

Trevisan ging hinüber zu den Containern und schaute in Richtung der Leiche. Aufmerksam musterte er das Gelände. Kleinschmidt hatte recht. Ein idealer Ort, um jemandem aufzulauern. Die Entfernung zum Leichnam betrug knapp fünfzig Meter. Er schaute auf das gegenüberliegende Verwaltungsgebäude und sah die Laterne, die auf dem Dach montiert war. Sogar für Büchsenlicht hatte man gesorgt.

»Hallo, Martin!«

Trevisan fuhr herum. Monika Sander und Tina Harloff standen vor ihm.

»Ich dachte, ihr seid mit dem Mechaniker beschäftigt?«, sagte Trevisan überrascht.

»Das machen Alex und Till.« Tina Harloff wies auf die beiden PKW, die neben dem dritten Gebäude standen. »Wir haben uns den Wagen des Ermordeten vorgenommen. Der rote Ford gehört ihm, der andere Wagen dem Mechaniker.«

»Habt ihr etwas gefunden?«

Monika Sander reichte Trevisan einen Fetzen Papier, der in einer Plastiktüte steckte.

... dazu rate ich dir sonst zien wir dir das fell über die Ohren. Versuc...

Die Schrift, mit blauer Tinte auf ein normales, liniertes Papier geschrieben, wirkte krakelig und unbeholfen. Der Rest der Mitteilung war abgerissen und fehlte.

»Das ist sehr interessant.« Trevisan zeigte Kleinschmidt den Zettel. »Gibt es sonst noch was?«

»Ordentlich scheint er nicht gewesen zu sein«, entgegnete Monika Sander. »Der Wagen gleicht einer Müllkippe. Bierdosen, Zigarettenstummel und allerlei zerknülltes Papier. Aber nichts mehr, das uns weiterhelfen könnte. Der Fetzen lag auf der Mittelkonsole.«

»Sag ich doch«, mischte sich Kleinschmidt ein und wies auf die Container neben der Halle. »Ein idealer Platz, um jemandem aufzulauern.«

»Ich denke, wir sollten herausfinden, was für ein Leben der Tote führte«, überlegte Trevisan. »Es scheint, dass er nicht nur Freunde hatte.«

*

Dragan Vukovic war ein blasser und hagerer Mann mit einem kantigen Gesicht und dichten schwarzen Haaren. Nervös saß er auf seinem Stuhl im kleinen Aufenthaltsraum neben der Werkstatt und kaute an seinen Fingernägeln.

»Hans arbeitete schon seit zwei Jahren bei uns«, sagte Vukovic. »Er ist vor sieben Tagen mit Druckmaschinen nach Spanien gefahren und kam in der Nacht mit Kunststoffteilen aus Pamplona zurück.«

Till Schreier hatte neben ihm Platz genommen, während sich Alex Uhlenbruch an die große Scheibe lehnte, die den Blick in die Werkstatt ermöglichte. Vukovic zitterte.

Till führte das Gespräch und hatte einen Notizblock vor sich liegen. Das kleine, silberne Bandgerät stand hochkant auf dem Tisch, das Mikro auf Vukovic gerichtet.

»Waren Sie mit ihm befreundet?«

»Befreundet ist zu viel gesagt. Wir waren Arbeitskollegen. Manchmal tranken wir zusammen ein Bier.«

»War es eigentlich normal, dass Kropp seinen Wagen einfach so im Hof abstellte, wenn er mit Fracht beladen war?«

»Wenn der Fahrer spät zurückkehrt, dann ist das nicht ungewöhnlich. Unsere Fahrer haben einen Schlüssel für das Tor. Sie stellen den Wagen ab und entladen ihn am nächsten Morgen. Das ist ganz normal.«

Till Schreier nahm das blaue Heft in die Hand und blätterte es auf. »Hier steht als Fahrtende 22.41 Uhr. Ist das die Handschrift von Hans Kropp?«

Er zeigte Vukovic das Fahrtenbuch, das sie im Führerhaus des LKW gefunden hatten.

»Wird er wohl gewesen sein«, erklärte der. »Die Fahrer füllen es aus, wenn sie ihren Bock hier parken. Ist für die Spesenabrechnung. Gestern hat es stark geregnet. Eigentlich wollte er bis neun zurück sein. Aber das kann ein Fahrer nie genau kalkulieren.«

»Lebte Kropp allein?«, mischte sich Alex ein.

Vukovic nickte. »Er ist geschieden und hat nur Ärger damit. War ein paar Jahre drüben im Osten. Dort hat er eine Zeit lang gearbeitet. Ist für eine Spedition nach Polen gefahren und erzählte manchmal darüber. War nicht immer alles legal. Schmuggelte Zigaretten und so. Ich weiß aber nicht, ob das stimmt. Hans hat gerne Geschichten erzählt, wenn er ordentlich geladen hatte.«

»Hatte er sonst irgendwelche Freunde oder Bekannte?«

Vukovic schüttelte den Kopf.

»Und Feinde?«

Vukovic lächelte verbissen. »Er hat mir mal erzählt, dass ihm seine beiden Schwäger die Hölle heiß machen, weil er keinen Unterhalt für seine Ex und den Bengel zahlte. Aber ich weiß nicht, ob das stimmt. Er war schon ein bisschen … ungewöhnlich.«

»Ungewöhnlich?«

»Ich glaube, dass er nur so herumgelungert hat, wenn er frei hatte. Das Drumherum war ihm manchmal scheißegal, wenn Sie wissen, was ich meine. Er lebte so in den Tag und war zufrieden, wenn er Bier und Zigaretten hatte. Wenn es ihm danach war, dann hat er diese Nummern angerufen, die in der Bildzeitung stehen. Aber ich glaube nicht, dass er viele Freunde hatte.«

»Seine Exfrau und diese Schwäger, Sie wissen nicht zufällig, wie die heißen und wo sie wohnen?«

»Nein. Die müssen noch immer im Osten sein. Ich glaube, seine Alte hieß Jenny oder so. Aber mehr weiß ich nicht darüber. Mein Gott, wir haben manchmal zusammen ein Bier getrunken, mehr nicht. Wir waren auch ganz unterschiedliche Typen, verstehen Sie. Es ist doch ganz normal, dass man sich auf der Arbeit über dies und das unterhält und manchmal nach Feierabend zusammensitzt. Mehr nicht. Ich habe ihn doch nur gefunden.«

»Und warum waren Sie schon so früh in der Firma?«

Vukovic wies auf einen roten Lastwagen, der über einer Grube in der Werkstatt stand. »Der soll heute Mittag auf Tour nach Italien. Hat noch immer Probleme mit dem Getriebe. Ich wollte ihn fertig machen und mich dann um den Wagen von Hans kümmern. Die Inspektion vorbereiten. Weil ich dachte, es wird heute wieder heiß, und weil Wochenende ist, wollte ich bis drei Uhr fertig sein, damit ich noch etwas an den Fliegerdeich kann.«

Till Schreier warf Alex Uhlenbruch einen Blick zu und erhob sich.

»Eine Frage noch«, sagte Alex. »Gab es in letzter Zeit etwas Ungewöhnliches, einen Vorfall im Zusammenhang mit Hans Kropp?«

Vukovic schaute fragend drein, dann schüttelte er den Kopf. Die beiden Kripobeamten bedankten sich. Bevor sie den Aufenthaltsraum verließen, meldete sich Vukovic noch einmal zu Wort. »Doch, da war etwas. An dem Tag, als er losfuhr. Er meinte irgendjemanden gesehen zu haben. Er erzählte von einem Gefühl.«

»Was meinen Sie damit?«

»Na ja, jetzt, wo ich es mir recht überlege ... Er glaubte, dass ihn jemand beobachtet. So ein Gefühl eben.«

»Wer sollte das gewesen sein?«

»Ich weiß nicht, er sagte nur, dass er ein komisches Gefühl habe. So etwas wie Angst, glaube ich, obwohl er einen ordentlichen Schlag hatte und Kräfte wie ein Büffel. Aber er sagte öfters so seltsame Dinge. Einmal behauptete er, er habe die Gabe des zweiten Gesichts. Was immer das auch bedeutet.«

5

Draußen heizte die Mittagssonne die Mauern und den Asphalt auf, so dass die Luft vibrierte. Vom reinigenden Gewitter der letzten Nacht war nichts mehr zu spüren.

Im großen Konferenzraum der Wilhelmshavener Kriminalinspektion in der Peterstraße stand die Luft unbeweglich. Neben Kleinschmidt, Beck und Trevisan hatten sich die Mitarbeiter des FK 1 und die zugeordneten Kollegen aus dem dritten Fachkommissariat um den großen Tisch versammelt. An der Tafel prangten die ersten Tatortbilder der vergangenen Nacht.

»Wir müssen von einem gezielten Anschlag auf den Fernfahrer ausgehen«, referierte Trevisan und wies auf die Tafel. »Nach dem festgestellten Spurenbild hat der Täter oder eine Tätergruppe hinter den Containern an der Westseite des Areals auf den LKW-Fahrer gelauert. Wir gehen davon aus, dass der Fahrer seinen LKW gegen 22.41 Uhr dort abstellte, nachdem er von einer Tour aus Spanien zurückgekommen ist. Seine Rückkehrzeit war in der Firma nicht genau bekannt, aber er wurde für den gestrigen Abend erwartet. In der Firma galt Kropp als zuverlässig, wenn auch ein wenig eigenbrötlerisch. Niemand unterhielt einen engeren Kontakt zu ihm und von Bekannten oder Freunden ist keinem in der Firma etwas bekannt. Weiterhin müssen wir davon ausgehen, dass Kropp Drohbriefe erhielt.«

»Und in die Firma wurde nicht eingebrochen?«, unterbrach Dietmar Petermann Trevisans Vortrag.

»Es gibt dafür nicht die geringsten Anhaltspunkte«, antwortete Kleinschmidt. »Wir haben alles untersucht und fanden keinerlei Spuren. Weder an Fenstern noch an Türen.«

»Gibt es denn etwas Wertvolles in der Firma zu holen?«, fragte Monika Sander.

Trevisan zuckte die Schulter. »Kommt darauf an. In einer Spedition werden zeitweise teure Elektroartikel oder Fernsehapparate gelagert. Kropp transportierte Maschinen nach Spanien und brachte Kunststoffmuffen auf seiner Rückfahrt mit.«

»Wer braucht schon fünfzehn Tonnen Kunststoffmuffen?«, kommentierte Dietmar lächelnd.

Kleinschmidt räusperte sich. »Kollegen, wenn ich euch sage, dass es keine Aufbruchspuren an den Türen gibt, dann ist es so. Und wer bricht in eine Firma ein und trägt ein Gewehr über seinen Schultern? Man wollte Kropp umbringen, davon bin ich überzeugt. Sonst hänge ich morgen meinen Job an den Nagel.«

Monika nickte. »Das glaube ich auch.«

»Was wissen wir über den Toten?«, meldete sich Kriminaloberrat Beck zu Wort.

Trevisan blätterte in seinem Aktenordner. »Hans Kropp, geboren am 14. August 1964 in Werdum. Alleinstehend. Hat eine Stiefschwester in Dornum. Er ist geschieden, seine Frau wohnt in der Gegend um Pasewalk im Osten. Dort arbeitete er von 1995 bis 1998, bis er wieder nach Wilhelmshaven zurückkehrte. Er hat einen Sohn, der bei der Mutter lebt. Offenbar kam es damals in der Ehe zu Handgreiflichkeiten. Zumindest steht das so in seinen Akten. Er ist bereits mehrfach polizeilich in Erscheinung getreten. Zweimal wegen Körperverletzung, unter anderem hat er seine Exfrau krankenhausreif geschlagen. Auch damals hat er im Osten für eine Spedition gearbeitet und ist Touren nach Polen und in die Tschechei gefahren. Zweimal wurde er wegen gewerbsmäßigem Zigarettenschmuggels angezeigt. Aktuell liegt eine Anzeige wegen Verstoßes gegen die Unterhaltspflicht vor, aber die Ermittlungen liegen auf Eis. Warum auch immer. Er zahlt zwar für seinen Sohn, aber den Unterhalt für die Frau spart er sich.«

Dietmar trommelte mit den Fingern auf der Tischplatte. »Dann gibt es also Motive genug.«

Trevisan nickte. »Ich denke, wir sollten bei seinen Familienverhältnissen beginnen. Es soll Schwierigkeiten mit den Brüdern seiner Exfrau gegeben haben, berichten der Mechaniker und der Disponent der Firma. Ich denke, das ist ein guter Ansatzpunkt.«

Beck nickte. »Das sieht mir eindeutig nach einer Beziehungstat aus. Meiner Meinung nach ist der Fall mit ein paar gezielten Recherchen der Pasewalker Kollegen schnell aufgeklärt, wir dürfen nämlich nicht den Brandstifter vergessen. Der Serientäter hat Vorrang, dass wir uns da klar verstehen.«

Trevisan hob beschwichtigend die Hand. »Wir putzen den Fisch erst, wenn wir ihn im Netz haben. Aber ich denke, Beck hat recht, der Brandstifter ist immer noch da draußen unterwegs und wir wissen nicht, ob er mittlerweile Gefallen am Tod von Menschen gefunden hat. Ich schlage deswegen vor, dass wir uns aufteilen. Ich kümmere mich mit Tina und Alex um Kropp und ihr sucht weiter nach dem Brandstifter.«

Dietmar räusperte sich. »Wir zahlen aber kein Essen, wenn ihr euren Mörder zuerst gefasst habt«, sagte er scherzend.

Trevisan schaute in die Runde und bemerkte Becks zufriedenen Blick. »Gibt es sonst noch etwas?«

Die Männer und Frauen des FK 1 schüttelten die Köpfe.

»Also dann, ran an die Arbeit!«

*

Der September begann mit einem weiteren heißen Tag. Am Himmel zogen kleine, weiße Wölkchen vor einem leuchtend blauen Himmel ihre Bahn.

Er atmete tief ein.

Sie war wieder zurück. Seit zwei Wochen schon. Zurückgekehrt, nach Hause gekommen, heimgekehrt – gescheitert.

Er war mit ihr aufgewachsen. Sie hatten zusammen gespielt, gelacht und sich manchmal gestritten. Sie gehörten zusammen wie der Wind und die Wolken, damals zumindest, als

Jugendliche. Er hatte ihre weiche Haut geliebt, ihren Duft, der ein wenig an eine Blumenwiese erinnerte. Er hatte sich gewünscht, die Zeit würde nie enden. Doch die Tage waren viel zu schnell vergangen.

Einmal, als er ihr von Gott und dem reinigenden Feuer erzählte, hatte sie geantwortet: »Du bist schon ein sonderbarer Kauz. Und zu oft mit dem alten Josef zusammen. Der macht dich mit seinen Geschichten und seinen Sprüchen noch ganz wirr im Kopf.«

Sie hatte gelächelt und er hatte gewusst, er liebte sie. Er hatte ihr von seinem Traum erzählt, von dem gemeinsamen Leben, von Kindern.

»Du glaubst doch nicht, dass ich mein ganzes Leben hier in diesem gottverdammten Nest verbringen will und den lieben langen Tag deine Kinder hüten«, hatte sie geantwortet. »Ich will etwas erleben. Und ich will die Welt sehen, bevor ich hier noch ersticke.«

Sie war zu einer schönen jungen Frau geworden, hatte ihr Abitur gemacht und sich um einen Studienplatz in Hamburg beworben. Er hatte zu Gott gebetet und inständig gehofft, dass sie bleiben würde, doch Gott hatte nicht auf ihn gehört. Als sie damals gegangen war, hatte er geweint.

Er würde nie aufhören, sie zu lieben. Aber sie war nur selten in den Ort zurückgekommen.

»Das Studium ist hart, ich bin den ganzen Tag nur am Lernen«, hatte sie zu ihm gesagt. Sie hatte sich zusammen mit ein paar Freundinnen eine kleine Studentenwohnung in der Nähe von Hamburg gemietet. Er hatte ihr jede Woche geschrieben. Anfänglich hatte sie die Briefe noch beantwortet und manchmal, wenn sie nach Wochen wieder nach Hause gekommen war, hatten sie sich getroffen und gequatscht. Doch er hatte gemerkt, dass er sie langsam verlor. Dennoch hoffte er, dass irgendwann alles wieder so werden würde wie früher.

Er hatte nicht aufgehört, ihr zu schreiben, bis ihm dieser tragische Unfall widerfuhr. Danach hatten sie sich nur noch ein einziges Mal getroffen.

»Ich bitte dich, schreib mir keine Briefe mehr«, hatte sie gesagt. »Ich habe einen festen Freund. Es ist etwas Ernstes. Ich will nicht, dass er die Sache missversteht.«

Er hatte genickt und seine Tränen zurückgehalten.

»Wenn wir unser Studium beendet haben, dann werden Joe und ich zusammen nach Amerika gehen«, hatte sie erzählt. »Computerfachleute werden dort immer gesucht.«

Es war das letzte Mal gewesen, dass sie mit ihm gesprochen hatte. Er hatte sie nicht mehr wiedergesehen, trotzdem stand ihm ihr Bild heute wie damals vor Augen. Das war eine Ewigkeit her.

Als er gestern den Weg entlanggegangen war und das kleine Mädchen im Sand hatte spielen sehen, war ihm der Atem gestockt.

»Swantje«, hatte er gestammelt und das blond gelockte Kind angestarrt.

Später hatte er erfahren, dass Swantje mit ihrer kleinen Tochter nach Hause zurückgekehrt war – seit zwei Wochen war sie wieder hier und er hatte es nicht einmal bemerkt.

Am Abend hatte er den alten Onno getroffen. Der wusste alles, was im Dorf und der Umgebung vor sich ging. Und er wusste auch, warum Swantje wieder zurückgekommen war. Ihr schöner großer Plan, die Welt zu erobern, war gescheitert. Ihr Freund hatte das Studium geschmissen, sich eine andere geangelt und sie verlassen. Sie selbst hatte ihr Studium wegen der Schwangerschaft unterbrochen. Amerika würde warten müssen, Swantje war nach Hause zu ihren Eltern zurückgekehrt.

Er wusste nicht, ob er Mitleid mit ihr haben oder sich freuen sollte. Liebte er sie noch, oder liebte er nur das Bild von ihr, das damals in ihm zurückgeblieben war?

Wenn er an die Vergangenheit dachte, sah er das kleine blond gelockte Kind wieder vor seinen Augen. Es war ein Kind der Sünde.

So tötet nun alles, was männlich ist unter den Kindern, und alle Frauen, die nicht mehr Jungfrauen sind; aber alle Mädchen, die unberührt sind, die lasst für euch leben.

*

Monika Sander warf den Aktenordner wütend zurück auf den Tisch.

»Ich weiß nicht, was ihr die ganze Zeit über gemacht habt, aber saubere Ermittlungsarbeit stelle ich mir anders vor. Die Informationen sind das Papier nicht wert. Ich muss ganz von vorne anfangen.«

Schneider rümpfte beleidigt die Nase. »Jetzt mach aber mal halblang, Monika. Du glaubst wohl, wir ruhen uns den ganzen Tag im Büro auf der faulen Haut aus. Ich habe vier Mann in meinem Dezernat. Sieben Juweliere wurden in den letzten fünf Monaten in der Gegend überfallen, eine Einbrecherbande leert einen Elektromarkt nach dem anderen und immer wieder verschwinden Nobelkarossen von den Parkplätzen. Wir haben eine Bande aus dem ehemaligen Jugoslawien in Verdacht, aber bislang konnten wir ihnen noch nichts nachweisen. Und jetzt kommst du daher und machst Theater, bloß weil wir diesen Spinner nicht dingfest gemacht haben.«

»Er hat bislang elf Brände gelegt«, konterte Monika.

»Er hat elf alte und leer stehende Ruinen angezündet, die früher oder später sowieso abgerissen worden wären«, fiel ihr Schneider ins Wort. »Eigentlich hat er mehr genützt als geschadet.«

»Aber jetzt haben wir einen Toten«, widersprach Monika. »Und alles nur, weil ihr nicht richtig ermittelt habt.«

Schneider fuhr auf. »Wirf mir nicht vor, dass wir nichts unternommen hätten!«, schnaubte er. »Wir haben alles versucht, was möglich war. Aber wir sind hier nicht im FK 1 und können aus dem Vollen schöpfen, so wie ihr. Als ihr hinter dem Wangerlandmörder her gewesen seid, mussten einige von uns euer Kommissariat verstärken, wenn du dich noch erinnerst. Uns wird in solchen Fällen kein Zucker in den Hintern geblasen. Wir sind das ganze lange Jahr auf uns alleine gestellt. Und wirf mir nicht vor, dass ich eine Raubserie diesem Spinner vorziehe, der alte Hütten in Brand steckt.«

Monika Sander griff nach dem Aktenordner und stürmte aus dem Büro.

»Wenn du nicht weiterkommst, kannst du ja zur Alten gehen und die Einrichtung einer Sonderkommission vorschlagen«, rief ihr Schneider nach. »Ihr Zuckerpüppchen vom 1. FK habt doch bei der einen Stein im Brett oder irre ich mich?«

Lautstark warf Monika die Tür ins Schloss. Auf dem Gang blieb sie stehen und atmete tief durch.

Was bildete sich Schneider nur ein?

Sie mochte ihren Kollegen vom 3. Fachkommissariat nicht. Schneider war überheblich, selbstherrlich und arrogant. Er mochte keine Frauen, vor allem nicht bei der Polizei. Doch was sollte sie tun? Sich über ihn bei der Direktorin oder bei Beck beschweren? Nein, diese Blöße würde sie sich nicht geben.

Tills Stimme hinter ihr riss sie aus den Gedanken. »Wo steckst du nur? Ich habe dich schon überall gesucht!«

Sie wandte sich um. »Was ist los?«

»Ich bin den ganzen Vormittag die Bibelzitate noch einmal durchgegangen. Sie stammen alle aus den fünf Büchern Mose.«

»Und was bedeutet das?«

Till zuckte mit den Schultern. »Ich weiß es noch nicht. Aber ich denke, es muss eine Bedeutung haben.«

»Unser Brandstifter ist eben ein sehr gläubiger Mensch.«

»Das alleine ist es nicht«, entgegnete Till. »Wenn er einfach nur wahllos etwas über Feuer, Opfergaben und Sühne aus der Bibel abschreiben würde, warum dann nur aus den Büchern Mose? Ich kann nicht glauben, dass es Zufall ist. Es gibt weitaus populärere Sprüche.«

»Beginnt das Alte Testament, beziehungsweise die Bibel, nicht mit den Büchern Mose?«, fragte Monika. »Vielleicht hat er schlichtweg vorn angefangen und geht kapitelweise vor.«

»Das dachte ich zuerst auch«, entgegnete Till. »Und die Zitate haben tatsächlich eine chronologische Reihenfolge. Nach Genesis folgte Exodus, das zweite Buch Mose, und dann Levitikus, Buch Nummer drei. Trotzdem glaube ich, dass er ganz bewusst nur Sprüche aus den Überlieferungen von Moses aussucht. Ich habe nur noch keine Ahnung, welche Bedeutung sich dahinter verbirgt. Aber irgendwie werde ich das Gefühl nicht los, dass uns die Zitate direkt zu ihm führen werden.«

Monika runzelte die Stirn. »Hast du mit Trevisan schon darüber geredet?«

Till schüttelte den Kopf. »Ich weiß nicht, wo er steckt. Bislang hat ihn noch niemand gesehen.«

Monika nickte und wandte sich um.

»Da ist noch etwas«, hielt Till sie zurück. »Aus Bremen kam die Nachricht, dass Ammann und Schmitt bei den Kollegen aufgelaufen sind, die beiden Penner, die eine Zeitlang mit Baschwitz herumgezogen waren, unserem Brandopfer. Sie haben für die Brandnacht ein hervorragendes Alibi: Sie saßen in Aurich in einer Ausnüchterungszelle, weil sie in der Fußgängerzone total besoffen randaliert hatten. Die Kollegen in Aurich haben mir das telefonisch bestätigt. Die beiden wurden um 17.52 Uhr in Ausnüchterungsgewahrsam genommen und am nächsten Morgen um sieben wieder freigelassen. Du kannst sie von der Liste der Verdächtigen streichen.«

Monika seufzte. »Zurzeit streiche ich nur noch Namen von irgendwelchen Listen, ich habe die Befürchtung, dass am Ende niemand mehr übrig bleibt.«

Till verzog das Gesicht. »Wir kriegen ihn, wir brauchen nur Geduld.«

»Deinen Optimismus möchte ich haben.«

»Im Grunde genommen glauben der Pessimist und der Optimist an das Gleiche, nur ist der Optimist dabei glücklicher«, entgegnete Till lächelnd.

6

Miriam Kleese bewohnte ein kleines Einfamilienhaus am Rande von Dornum, im Schatten der Norderburg. Trevisan hatte seinen Wagen unter einer Reihe von Bäumen geparkt und hoffte, dass es im Innenraum des PKW trotz der dreißig Grad Außentemperatur einigermaßen erträglich bleiben würde, bis er zurückkehrte. Miriam Kleese war über den Tod ihres Halbbruders von der örtlichen Polizei informiert worden. Nach Trevisans Informationen hatte sie die Nachricht ohne sichtliche Bestürzung hingenommen. Im Gegenteil, sie hatte geantwortet, dass man sie in Ruhe lassen solle. Sie habe keinen Kontakt zu ihrem Stiefbruder mehr gehabt.

Den Rest des Weges zum Anwesen von Miriam Kleese ging Trevisan zu Fuß. Trotz der Hitze war er froh, der Enge der Dienststelle entkommen zu sein. Er war noch immer nicht richtig im Alltagstrott angekommen.

Das Wohngebiet lag im Osten Dornums. Kleine, verklinkerte Häuser erstreckten sich entlang der Straße zum Sportgelände. Trevisan lief den Gehweg entlang und suchte nach dem Haus mit der Nummer acht.

»Ihr glaubt wohl, ich bin auf der Welt, um euch den ganzen lieben langen Tag eure Sachen hinterherzuräumen!«, kreischte eine Frauenstimme. Trevisans Blick erfasste die Frau, die im Vorgarten des Anwesens Nummer acht stand und einen Ball in ihren Händen hielt. »Entschuldigung, sind Sie Frau Kleese?«

»Wer will das wissen?«, fragte sie abweisend. Sie mochte etwa an die dreißig Jahre alt sein, trug eine blau gemusterte Schürze und hatte ihre braunen Haare zu einem Pferdeschwanz zusammengebunden, der die Strenge in ihrem Gesicht unterstrich.

»Mein Name ist Martin Trevisan, ich bin Kriminalbeamter und möchte mich mit Ihnen über Ihren Stiefbruder unterhalten.«

Die Frau warf den Ball achtlos in die Ecke. Ein kleiner Junge, wohl um die zehn Jahre, lief über den Rasen und krallte sich das runde Leder.

»Wenn er noch mal mitten im Weg liegt, dann hole ich das

Beil und hacke ihn auseinander«, drohte Frau Kleese, ehe der Junge um die Hausecke bog. »Als ob man nicht schon genug zu tun hätte«, murmelte sie, ehe sie zur der Gartentür ging.

»Können Sie mir etwas über das Leben Ihres Stiefbruders erzählen?«, hakte Trevisan noch einmal nach.

»Ich sagte doch schon, die Sache geht mich nichts an«, fuhr sie Trevisan an. »Ich habe den Kerl beinahe zwei Jahre nicht mehr gesehen. Und das ist gut so. Er taugte nicht viel.«

»Er wurde ermordet«, erwiderte Trevisan.

»Wahrscheinlich hat er nur gekriegt, was er verdiente«, entgegnete Frau Kleese. »Er war ein Teufel.«

»Er war Ihr Stiefbruder.«

Frau Kleese verzog das Gesicht zu einem bissigen Lächeln. »Nur weil wir einen gemeinsamen Vater hatten, macht ihn das noch lange nicht zu meinem Verwandten. Da gehört mehr dazu. Hans war ein Schwein. Er hat alle ausgenutzt und nur an sich gedacht.«

»Wer könnte ihn umgebracht haben?«, fragte Trevisan.

Frau Kleese lachte laut auf. »Fragen Sie lieber anders herum: Wer mochte ihn überhaupt? Wenn Sie nach Leuten suchen, die Gründe hätten, ihm Gift zu geben, dann schreiben Sie mich ruhig auf Ihre Liste. Aber ich sage es Ihnen gleich, es wird ein langes Stück Papier.«

»Gehen Sie nicht ein wenig zu hart mit ihm ins Gericht?«, fragte Trevisan.

»Sie haben ihn nicht gekannt«, entgegnete Miriam Kleese barsch. »Er hat meine Mutter auf dem Gewissen.«

»Das verstehe ich nicht«, antwortete Trevisan. Eine Schweißperle lief über seine Stirn.

Die Frau überlegte. »Na ja, eigentlich habe ich überhaupt keine Zeit, aber wenn Sie jetzt schon mal hier sind und bevor wir noch länger in der Sonne stehen: Kommen Sie herein.«

Sie ging voran und führte Trevisan durch den Flur in die Küche. Die Wohnung war aufgeräumt und ordentlich. Farbenfrohe Kinderzeichnungen von Schiffen und dem Meer hingen an den weißen Türen des Küchenschrankes, liebevoll angeordnet und mit Klebstreifen befestigt. Vielleicht war ihre Strenge nur Fassade.

»Ihr Junge zeichnet anscheinend gerne?« Trevisan setzte sich auf den angebotenen Platz auf der Eckbank.

»Ich habe drei Kinder«, erwiderte die Frau. »Zwei Mädchen, eine sieben, die andere zwölf, und Tommy. Er ist zehn und manchmal ganz schön wild.«

Trevisan zeigte auf die Bilder. »Die Kinder lieben wohl das Meer.«

»Das will ich meinen«, entgegnete die Frau. »Ihr Vater ist Steuermann auf einem Frachter. Wenn er zu Hause ist, nimmt er die Kinder manchmal mit in den Hafen.«

»Ist er denn zu Hause?«, fragte Trevisan trocken.

Miriam Kleese musterte Trevisan nachdenklich.

»Ha, einmal Polizist, immer Polizist«, antwortete sie. »Aber ich muss Sie leider enttäuschen. Helge dürfte sich gerade irgendwo im Indischen Ozean befinden. Die *Ocean Queen* läuft in drei Tagen in den Hafen von Hongkong ein. Da müsste er schon zaubern können, wenn er etwas mit dem Tod von Hans zu tun hätte. Obwohl er ebenso viele Gründe hätte wie ich, es diesem Kerl heimzuzahlen. Aber das wissen Sie doch bereits. Sie haben sich ja sicherlich gut auf Ihren Besuch vorbereitet.«

Trevisan schüttelte den Kopf. »Ich kam her, um mir ein Bild vom Ermordeten machen zu können. Ich hatte keine Hintergedanken, das können Sie mir ruhig glauben.«

Miriam Kleese stellte ein Glas Wasser vor Trevisan auf den Tisch, zog sich einen Stuhl heran und setzte sich.

»Dann will ich Ihnen mal meinen Stiefbruder beschreiben, damit Sie wissen, mit wem Sie es zu tun haben«, antwortete sie schnippisch. »Ich sagte bereits, er war ein Teufel. Meine Mutter heiratete seinen Vater, als Hans gerade mal fünf war. Sein Vater brachte ihn mit in die Ehe. Ich wurde kaum ein Jahr später geboren.«

»Was war mit seiner leiblichen Mutter?«, frage Trevisan.

»Sie ist ins Wasser gegangen, da war er vier«, antwortete Miriam Kleese bissig. »Was soll man mit zwei solchen Halunken zu Hause schon anderes machen. Sein Vater war nämlich keinen Deut besser als er.«

»Lebt sein Vater noch?«

Miriam Kleese lächelte kalt. »Hat sich den Kragen abgesoffen. War kaum zwei Jahre mit meiner Mutter zusammen, da ließ er den Balg zurück und türmte. Verschwand einfach, zahlte nichts und blieb wie vom Erdboden verschluckt. Ich war damals erst ein paar Jahre alt. Wir erfuhren erst durch die Polizei, dass er sich nach Hamburg fortgemacht hatte und dort in einem Wohnheim für Penner gestorben ist. Und da meinten die Behörden noch, meine Mutter sollte für die Beerdigung aufkommen. Denen haben wir was gepfiffen.«

»Und Hans Kropp?«

»Meine Mutter kümmerte sich um ihn, aber es gab nur Probleme«, fuhr Miriam Kleese fort. »Er klaute, rauchte schon als Vierzehnjähriger und soff heimlich. Einmal habe ich ihn beim Biertrinken erwischt, da schlug er mich grün und blau und drohte, mir den Hals umzudrehen, wenn ich ihn bei Mutter verpfeife. Aber sie wurde sowieso nicht mit ihm fertig. Wir wohnten damals in Norden. Mutter schaltete das Jugendamt ein, aber von dort hieß es immer nur, dass sie die Verantwortung für ihn trägt, weil sie sich mit seinem Vater eingelassen hatte.«

»Hatte sie ihn denn adoptiert?«

»Adoptiert, danach hat doch keiner gefragt«, erwiderte Frau Kleese bissig. »Einmal haben die vom Jugendamt ihn auf Bitten meiner Mutter für sechs Wochen zu einer Ferienfreizeit für Schwererziehbare nach Spiekeroog mitgenommen, aber nach kaum vier Wochen schickten sie ihn wieder zurück. Er störe den Ablauf und terrorisiere die anderen Jugendlichen, sagten die Leute vom Jugendamt. Na ja, wenigstens haben sie meiner Mutter dann ein paar Kröten dafür bezahlt, dass sie sich weiter um ihn kümmert.«

Trevisan blickte aus dem Fenster. Eine dunkle Wolke schob sich von Westen über den Himmel voran. Sollten die Wetterfrösche recht behalten und es doch noch Gewitter geben?

»Wir zogen dann nach Dornum. Ich war froh, als er die Schule abgeschlossen hatte und in Norden eine Ausbildung als Kraftfahrzeugmechaniker begann. Zumindest die Woche über war er weg und wohnte in einem kleinen Zimmer bei einer Bekannten von Mutter. Aber für Mutter war es zu spät, sie hatte keine Nerven mehr. Sie starb, als ich zwanzig war. Er war daran schuld.«

»Wie meinen Sie das?«, fragte Trevisan.

»Er hat ihr die letzten Nerven geraubt und war durch und durch schlecht. Er wurde schon als schlechter Mensch geboren.«

»Niemand wird als schlechter Mensch geboren«, widersprach Trevisan. »Meist ist es das Umfeld oder widrige Umstände, die jemanden in seiner normalen Entwicklung aus der Bahn werfen.«

»Hört, hört«, witzelte Miriam Kleese. »Kein Wunder, dass es tagtäglich schlimmer wird mit Mord und Totschlag, wenn schon die Ordnungshüter nach Entschuldigungen für diese missratenen Kerle suchen. Aber ich weiß, wovon ich spreche. Der alte Kropp war abgrundtief schlecht und sein Sprössling war keinen Deut besser.«

»Haben Sie ihn in der letzten Zeit mal gesehen?«, unterbrach Trevisan ihren Vortrag über Gut und Böse.

»Ich sagte schon, es ist etwa zwei Jahren her.«

»Wo trafen Sie ihn?«

»Er kam hierher.«

Trevisan spürte, dass die Frau nicht darüber sprechen wollte. Er neigte den Kopf und schaute sie fragend an. »Was ist geschehen?«

Miriam Kleese zögerte.

»Jetzt haben Sie mir bereits den gesamten Lebenslauf Ihres Stiefbruders erzählt, nun können Sie mir ruhig noch den Rest erzählen.«

Miriam Kleese fuhr sich durch die Haare. »Sie werden es ja sowieso erfahren«, seufzte sie. »Nachdem Mutter gestorben war, verschwand er wie sein Vater. Ich hörte nur, dass er irgendwann in den Osten ging und dort geheiratet hat. Die arme Frau, dachte ich mir.«

»Und was war vor zwei Jahren?«

»Er muss irgendwie meine Adresse erfahren haben. Er tauchte kurz vor Anbruch der Dunkelheit auf. Ich war wie vor den Kopf geschlagen.«

»Was wollte er?«

»Er brauchte Geld, aber ich habe ihn nicht ins Haus gelassen«, sagte Miriam Kleese. Ihre Nervosität war nicht zu übersehen.

»Ist er gegangen?«

Sie starrte durch das Küchenfenster. Draußen verdunkelte sich der Himmel. Eine Träne bahnte sich den Weg über ihre Wange.

»Was hat er getan?«, fragte Trevisan leise.

Eine zweite Träne folgte. Miriam Kleese schlug die Hände vor die Augen. Ein lauter Donnerschlag drang durch das Haus.

»Was?«, fragte Trevisan eindringlich. Dicke Regentropfen prasselten gegen das Fenster.

»Er hat versucht, mich zu vergewaltigen«, flüsterte Miriam Kleese.

Eine Weile schwiegen beide, nur das Gewitter und der Regen füllten die Stille.

»Er hat es versucht?«, fragte Trevisan.

Sie nickte. »Mein Nachbar kam zufällig nach Hause. Er hat wohl gemerkt, dass etwas nicht stimmte, und kam mir zu Hilfe.«

»Und was geschah dann?«

»Er ist abgehauen. Er hat sich nie mehr blicken lassen.«

»Haben Sie ihn angezeigt?«

Miriam Kleese schüttelte den Kopf.

»Weiß Ihr Mann davon?«

Sie nickte. »Ich habe es ihm erzählt, als er von seiner Tour zurückkam. Helge ist kein Schwächling. Er hat herausgefunden, wo er ihn finden kann. Er hat ihn abgepasst und ordentlich vermöbelt. Seither haben wir nichts mehr von ihm gehört. Das ist jetzt fast zwei Jahre her.«

Trevisan atmete tief ein. »Hat Ihr Mann ein Gewehr?«

Miriam Kleese trocknete ihre Tränen. »Er hat ihn nicht umgebracht, er ist gar nicht hier.«

»Entschuldigen Sie, aber ich muss Ihnen diese Fragen stellen«, entgegnete Trevisan. »Gibt es ein Gewehr im Haus?«

»Nein«, antwortete Miriam Kleese. »Sie können nachschauen, wenn es Sie interessiert.«

Trevisan wechselte das Thema. »Wissen Sie etwas über seine Ehefrau?«

Ein lauter Donnerschlag ließ das Haus erzittern.

»Ich weiß nichts über ihn, und ich will auch nichts wissen. Ich bin froh, dass er nicht mehr am Leben ist. Endlich ist Ruhe und er hat bekommen, was er schon lange verdient. Irgendwann muss eben jeder seine Zeche bezahlen. Und jetzt gehen Sie bitte, ich will alleine sein.«

Trevisan nickte und erhob sich. Wortlos ging er auf die Tür zu.

»Wie ist er überhaupt gestorben?«, fragte sie, noch immer am Tisch sitzend und aus dem Fenster starrend.

»Er wurde erschossen«, antwortete Trevisan, bevor er das Haus verließ und ihn der warme Gewitterregen empfing.

*

Das kleine Mietshaus lag abseits der Hauptstraße in einem Wohngebiet in Heppens. Efeu rankte sich an der Hauswand in die Höhe und reichte fast schon unter das Dach.

Hans Kropp hatte hier beinahe zwei Jahre eine kleine Einliegerwohnung im Erdgeschoss bewohnt. Sein Vermieter, ein wortkarger Rentner, ließ Alex und Tina ins Haus, nachdem sie sich ausgewiesen hatten.

Er beschrieb Kropp als ruhigen Mieter, der ab und an einen über den Durst getrunken, aber ansonsten eher ruhig und zurückgezogen gelebt hatte. Die Miete hatte er in letzter Zeit pünktlich bezahlt und Besuch hatte er nie empfangen. Nur einmal, vor einem Jahr etwa, hatte es einen Zwischenfall gegeben. Eine Frau war aufgetaucht und mit Hans Kropp in die Wohnung gegangen. Ein paar Stunden darauf hatte es einen heftigen Streit gegeben. Die Frau sei wie eine Furie aus der Wohnung gestürmt und seither nie wieder da gewesen. Alles in allem könne er nicht verstehen, warum man Hans Kropp umgebracht habe.

Er öffnete mit einem Zweitschlüssel bereitwillig die Wohnung des Ermordeten.

Alex blickte sich verwundert darin um. Er hatte eine typisch unordentliche Junggesellenbude erwartet. Aber obwohl die Wohnung nur aus einem großen Zimmer mit einer Schlafcouch, einer Kochnische und einem Badezimmer mit WC bestand, war sie durchaus ordentlich und aufgeräumt.

In einem Vitrinenschrank aus Kiefer waren auf den drei Einlegeböden unzählige kleine Figuren aus Überraschungseiern verteilt. Oben auf dem Schrank lag neben einem Bild von Hans Kropp, das ihn neben seinem Lastwagen zeigte, eine Plastikrose, eine Trophäe aus einer Jahrmarktsschießbude. Das Bett war ordentlich hergerichtet und die Kissen aufgeschüttelt. Auf dem Tisch lagen zwei Fernbedienungen, die zum Fernseher und der kleinen Stereoanlage auf dem Phonowagen neben der Badtür gehörten.

Alex begann, die Schrankschubladen zu öffnen. »Sieht so aus, als ob er Wert auf Ordnung legte«, sagte er und kramte weiter.

Tina durchsuchte in der Kochnische die beiden Schränke, die über der Koch- und Kühlkombination hingen. Selbst das Geschirr war sauber und akkurat eingeordnet. »Wenn wir nicht wüssten, dass er zu Lebzeiten ein ganz schöner Rabauke war, könnte man meinen, wir hätten es mit einem wertvollen Mitglied unser Gesellschaft zu tun«, antwortete sie.

Alex öffnete eine Schranktür und fand fein säuberlich aufgereihte Aktenordner. »Versicherungen, Kaufverträge, Lebenshaltung«, murmelte er. Schließlich stieß er auf einen Packen Briefe, die mit einer Schnur zusammengehalten wurden. Er löste den Knoten und begann zu lesen, während Tina im Badezimmer verschwand.

Alex ließ sich auf einem der beiden Sessel nieder. Nach einer kurzen Weile pfiff er durch die Zähne.

»… *wir werden dich finden, egal wo du dich verkriechst. Du kommst uns nicht davon* …«, las er laut vor.

Tina kam aus dem Badezimmer und lehnte sich gegen die Wand.

»*Auf die Gerichte ist kein Verlass*«, fuhr Alex fort, »*deshalb werden wir selbst tun, was zu tun ist. Jenny hat das nicht verdient. Du wirst dich an jeden einzelnen Schlag erinnern. Mach dich auf etwas gefasst.*«

»Was hast du da?«, fragte Tina.

Alex atmete tief ein. »Ein Sammelsurium an Drohbriefen, alle aus diesem Jahr.«

»Hast du auch den Absender?«

»Sie sind an eine Postfachadresse gerichtet, Empfänger ist

Hans Kropp. Der Absender heißt Günter Basedow und wohnt in Stolzenburg, der Postleitzahl nach liegt das im Osten.«

»Ich bin gespannt, was Trevisan davon hält«, sagte Tina.

7

Trevisan saß in seinem Büro und beobachtete die Regentropfen, die in feinen Rinnsalen am Fenster entlangliefen. Die Birken vor der Dienststelle wiegten sich im Wind. Die Gewitterfront hatte Wilhelmshaven erreicht, und es wurde mitten am Tag so finster, dass man die Neonleuchten einschalten musste, wollte man in den Akten lesen oder Bilder vom Tatort betrachten. Seine leichte Sommerjacke hatte er über dem Waschbecken zum Trocknen aufgehängt. Auf dem Weg von Miriam Kleeses Haus zurück zu seinem Wagen war er in einen Wolkenbruch geraten.

Schon als er seinen Audi in der Garage abgestellt hatte, war ihm aufgefallen, dass der Opel und auch der VW Passat fehlten. So war er nicht verwundert gewesen, dass alle Büros verwaist waren, als er durch den langen Gang des Dienstgebäudes in sein Büro gegangen war. Lediglich Frau Reupsch, die Schreibzimmerdame, saß vor ihrer Tastatur und hackte ellenlange Berichte in den Computer. Sie trug einen Kopfhörer und hatte Trevisan nicht bemerkt.

Hans Kropp war regelrecht hingerichtet worden. Wie viel Hass und Verachtung musste jemand für einen anderen Menschen empfinden, wenn er ihn zunächst fluchtunfähig machte, um ihm anschließend aus nächster Nähe in den Kopf zu schießen. Nach allem, was er von Kropps Halbschwester Miriam Kleese erfahren hatte, war das Mordopfer ein Mensch, dem es nichts ausmachte, wenn andere unter ihm litten. Im Gegenteil, er hatte es offenbar genossen. Hatte sein Mörder auch Kropps Tod genossen?

Auf jeden Fall war das Motiv für die Tat offensichtlich, denn schon die Tatausführung sprach für sich: grenzenloser Hass.

Trevisans Gedanken schweiften ab, er dachte an Griechenland, an das warme Wasser, das Rauschen der Wellen und an Angela. Es würde wohl noch eine Weile dauern, bis ihn der Alltag vollends wiederhatte und er seine volle Konzentration seiner Arbeit widmen konnte. Und ausgerechnet jetzt hatte sein Kommissariat zwei Todesfälle zu bearbeiten. Ein Glück nur, dass alle Kollegen bereits aus dem Urlaub zurückgekehrt waren.

Der Regen draußen ließ nach. Trevisan wandte sich wieder der Akte Kropp zu. Die Brüder der Exfrau standen ganz oben auf der Liste der Verdächtigen.

Die Sache mit dem Brandstifter war da weitaus verzwickter. In diesem Fall standen sie noch immer mit leeren Händen da. Er vertraute Monika und wusste, wie viel Energie sie in ihre Arbeit steckte. Überhaupt war ihm, seit er dem Wangerlandmörder das Handwerk gelegt hatte, klar geworden, dass er sich uneingeschränkt auf seine Kollegen verlassen konnte. Sogar der manchmal ein bisschen naive und schrullige Dietmar war zu einem ganz brauchbaren und verlässlichen Mitarbeiter geworden, auch wenn es gelegentlich ein paar Reibungspunkte gab.

Am meisten fehlte ihm Johannes Hagemann, sein alter väterlicher Kollege, der vor zwei Jahren gestorben war. In letzter Zeit war er nur wenig dazu gekommen, Johannes' Grab auf dem Friedhof hinter dem Villenviertel zu besuchen.

Es klopfte.

»Herein!«, rief Trevisan.

Till Schreier steckte seinen Kopf durch die Tür. »Ah, da bist du ja endlich«, sagte er.

»Ich dachte, ihr seid alle ausgeflogen«, antwortete Trevisan.

»Dietmar, die Neue und Monika sind unterwegs und überprüfen Feuerwehrmänner, und Alex ist mit Tina nach Heppens gefahren«, erklärte Till. »Ich war oben im Computerraum und habe im Internet recherchiert.«

»Setz dich!«, forderte ihn Trevisan auf. »Wo drückt der Schuh?«

Till ließ sich mit einem Seufzer in den Stuhl vor Trevisans

Schreibtisch fallen. »Ich habe die Bibelzitate überprüft, die der Brandstifter an den Tatorten hinterlassen hat. Ich glaube, ich bin da auf etwas gestoßen.«

Trevisan nickte. »Dann schieß mal los!«

»Ich glaube, der Täter geht chronologisch vor. Er verwendet ausschließlich Sprüche aus den Büchern Mose, beginnt bei Genesis und geht über Exodus zu den anderen Büchern. Der jüngste Spruch stammt aus dem Buch Levitikus.«

Trevisan hatte den Kopf auf seine Hände gestützt. »Bevor du mir einen langen Vortrag über Bibelkunde hältst: Ergibt sich aus deinen Recherchen ein neuer Ansatzpunkt?«

»Ich glaube schon«, antwortete Till. »Er ist bibelfest, hat es mit Schuld und Sühne, und das Alte Testament spielt im evangelischen Glauben eine untergeordnete Rolle.«

»Also könnte der Brandstifter Katholik sein«, folgerte Trevisan.

»Katholik oder Jude«, entgegnete Till. »Die katholische Kirche ist dem zeitgeistlichen Wandel unterworfen und hat mit der Verehrung Jesu als Gottes Sohn und seiner Mutter, der heiligen Maria, mittlerweile ebenfalls die neutestamentlichen Lehren in den Mittelpunkt gerückt. Der jüdische Glaube ist trotz seiner zweitausendjährigen Geschichte noch immer stark in den Traditionen des Tanach verwurzelt. Die Thora, beziehungsweise der Tanach hat für das Judentum zentrale Bedeutung. Die Bücher Mose stehen am Anfang. Sie heißen Bereschir, Schemar, Wajikra, Bemidbar und Debarim und entsprechen in etwa dem ersten Kapitel des Alten Testaments. Der einzige Unterschied ist, dass die Juden Gott als Jhwh oder Jahwe oder Jehova bezeichnen.«

»Und auf den Hinterlassenschaften des Brandstifters ist von Gott die Rede«, schob Trevisan ein.

»Ja, aber das kann auch daran liegen, dass sich bei den hier lebenden Juden das Sprachverständnis gewandelt hat.«

Trevisan kratzte sich an der Nase. »Du meinst also, dass unser gesuchter Brandstifter Jude sein könnte. Gibt es denn bei uns noch jüdische Gemeinden?«

»Die nächste aktive jüdische Gemeinde gibt es in Oldenburg«, entgegnete Till. »Aber das muss ja nicht zwangsläufig bedeuten, dass unser Täter in Oldenburg wohnt. Es gibt zum Beispiel in Neustadtgödens eine Synagoge, auch wenn das heute eine Galerie ist. Bestimmt wohnen auch in unserem Zuständigkeitsbereich noch oder wieder Menschen, die jüdischen Glaubens sind.«

»Da hast du recht«, stimmte Trevisan zögernd zu. »Ich hatte mal einen Bekannten in Sande, der sich um den Jüdischen Friedhof kümmerte. Ich glaube, er musste zum Gottesdienst eine längere Strecke fahren, obwohl es doch auch bei uns Synagogen gibt.«

»Die meisten Synagogen auf der ostfriesischen Halbinsel sind in der Pogromnacht zerstört worden, bis auf zwei oder drei. An die anderen erinnern bestenfalls Gedenktafeln.«

»Das heißt, es gibt bei uns Menschen jüdischen Glaubens, die nach Oldenburg zu ihren Gottesdiensten fahren müssen.«

»So ist es«, bestätigte Till. »Wenn wir über die Standesämter gehen, dann erfahren wir auch die Religionszugehörigkeit. Wir haben zwar bislang noch keine großartigen Anhaltspunkte, aber mit dem Kleinwagen und der vagen Beschreibung könnten wir den möglichen Täterkreis ganz gehörig einengen. Zumindest blieben erheblich weniger Überprüfungen hängen, wenn wir das Raster enger fassen könnten, als wenn man sich ausschließlich auf Feuerwehrmänner versteift.«

»Du solltest das mit Monika besprechen«, antwortete Trevisan. »Es könnte etwas dran sein. Aber vergiss nicht, es ist nur eine Annahme. Wenn wir uns zu schnell verrennen, dann stehen wir am Ende mit leeren Händen da.«

»Ich wollte ja mit Monika darüber sprechen, aber sie hat mich zu dir geschickt. Ich glaube, sie ist in letzter Zeit schlecht drauf.«

Trevisan überlegte. Eigentlich hatte er die Ermittlungsarbeit an den beiden Fällen unter den Kollegen aufgeteilt.

»Monika ist davon überzeugt, dass wir es mit einem Feuerwehrmann zu tun haben«, warf Till ein. »Ich glaube nicht, dass sie meine Theorie ernst nimmt.«

»Und jetzt soll ich mit ihr sprechen?«

»Ich dachte nur, schließlich bist du Kommissariatsleiter.«

Trevisan fuhr sich über das Kinn. »Wie lange wirst du für die Überprüfung brauchen?«

»Ein, zwei Tage, bis ich alle Standesämter abtelefoniert habe.«

Trevisan räusperte sich. »Also gut, leg los! Ich werde mit Monika reden. Vielleicht finden wir auf deiner Liste sogar einen Feuerwehrmann. Warum sollten wir nicht ein bisschen Glück haben.«

Es pochte an der Tür.

»Ja«, rief Trevisan.

Alex stürmte in das Büro. »Wer sollte ein bisschen Glück haben?«, fragte er mit einem Lächeln. Tina folgte im Schlepptau und legte einen Packen Briefe auf Trevisans Schreibtisch.

»Was ist das?«, fragte er verdutzt.

»Ein kleines bisschen Glück, würde ich sagen«, antwortete Alex.

*

Er bereitete sich vor. Es war alles ganz einfach. Das Benzin entnahm er mit einem langen Schlauch dem Tank seines Wagens. Er hatte sein neues Ziel ausgewählt.

Und du wirst tappen am Mittag, wie ein Blinder tappt im Dunkeln, und wirst auf deinem Wege kein Glück haben und wirst Gewalt und Unrecht leiden müssen dein Leben lang, und niemand wird dir helfen.

Das Wochenende stand bevor. In der Gegend fand der alljährliche Bockhorner Markt statt. Vielleicht würde er morgen ein paar Stunden dort zubringen, das ein oder andere Bier trinken und dazu frische Krabbenbrötchen essen. Aber zuerst musste er alles für den morgigen Tag vorbereiten.

Ob Swantje auch auf den Bockhorner Markt gehen würde? Vielleicht würde er sie sogar treffen und ein paar Worte mit ihr wechseln. Bockhorn war zwar nicht Amerika, aber immerhin war es jedes Jahr ein schöner, gemütlicher Markt, der sich rund um die Straßen und Plätze der Stadt formierte.

Du sollst fröhlich sein über alles Gut, das der Herr, dein Gott, dir und deinem Hause gegeben hat.

»Hast du die Scheune aufgeräumt?«, riss ihn die Frage seiner Mutter aus den Gedanken. »Den ganzen Tag schraubst du an deiner alten Karre herum und alles andere bleibt liegen. Wenn doch noch Vater hier wäre, der würde dir die Hammelbeine schon lang ziehen. Aber ich alte, schwache Frau…«

»Ich mache es gleich, wenn ich hier fertig bin«, beeilte er sich zu sagen. »Es dauert nur noch ein paar Minuten.«

Den Benzinkanister schob er mit dem Fuß zur Seite, so dass er hinter dem Wagen aus dem Blickfeld der Mutter verschwand.

»Das will ich auch hoffen«, antwortete sie. »In ein paar Stunden kommt Hilko und will seinen Wohnwagen unterstellen. Ich habe es ihm versprochen. Also sieh zu, dass du endlich fertig wirst.«

Er nickte eifrig, bevor die Mutter hinter dem Haus verschwand. Innerlich zerbiss er einen Fluch. Den ganzen Tag nörgelte sie an ihm herum. Kaum war er aufgestanden, schon erteilte sie ihm Aufträge. Tu dies, tu das, mach schnell, werde endlich fertig, sei nicht so lahm, beeil dich, er hatte es satt, gründlich satt. Bald würde der Tag kommen, an dem dieses andauernde Kommandieren ein Ende hätte. Schließlich war Mutter schon vierundsiebzig. Aber sie hatte ein starkes Herz und eine Konstitution wie ein Ochse. Ihr Leben in Arbeit, jahraus, jahrein an der frischen Luft, hatte sie gestählt. Damals, als Vater Geld dazuverdienen musste und in einem Betrieb arbeitete, hatte sie alleine den Hof bewirtschaftet.

In den vergangenen Jahren hatte sich viel verändert. Auf einem Drittel der Felder standen jetzt Windkrafträder und mit jeder Umdrehung floss Geld in die heimische Kasse. Kein Vermögen, aber genug für ein sorgenfreies Leben. Dennoch, es gab immer etwas zu tun. Aber das war nicht das Problem. Nein, es war diese verdammte Einsamkeit.

Er schraubte den Kanister zu und legte ihn in den Wagen.

Denn ich, der Herr, dein Gott, bin ein eifernder Gott, der die Missetat der Väter heimsucht bis ins dritte und vierte Glied an den Kindern derer, die mich hassen …

*

Monika Sander war an diesem Freitag spät auf die Dienststelle zurückgekehrt. Ihre Ermittlungen waren wieder einmal nicht vorangekommen. Unterdessen hatte sich Trevisan mit

Alex und Tina abgesprochen. Sie konzentrierten sich auf die Brüder der Exfrau von Hans Kropp. Die hatten über zwanzig Briefe geschrieben, in denen sie Hans Kropp drohten, von ihm Geld forderten und ihm Prügel, ja sogar den Tod in Aussicht stellten. Ein besserer Ansatz für ein Motiv war schwerlich zu finden. Trevisan hoffte, am Ende der nächsten Woche zwei Verhaftungen vornehmen und den Fall abschließen zu können.

Aber damit war Monika nur wenig geholfen. Sie trat auf der Stelle. Noch immer suchte sie vergeblich nach Hinweisen und jedem war klar: Es war nur eine Frage der Zeit, bis der Brandstifter wieder zuschlagen würde. Würde es diesmal wieder einen Toten geben? Hatte der Feuerteufel inzwischen Gefallen am Töten gefunden?

Als Trevisan sie mit verschränkten Armen und starrem Blick an ihrem Schreibtisch sitzen sah, betrat er leise das Büro, stellte sich hinter sie und massierte ihr den Rücken. Monika seufzte.

»Und, bist du weitergekommen?«, fragte er leise.

Monika richtete sich auf. »Sinnlose Befragungen, unendliche Listen von Verdächtigen«, klagte sie. »Wir sind noch genauso schlau wie zuvor. Und Schneider ist ein überhebliches und arrogantes Arschloch. Er hat gar nichts getan. Nun reibt er sich die Hände und ich kann mir die Hacken ablaufen.«

»Ich habe von deinem Disput mit Schneider schon gehört«, erwiderte Trevisan. »Er war vor Jahren einmal der Karrierebeamte innerhalb unserer Direktion. Immer präsent, wenn es darauf ankam, und in aller Munde. Wusste alles, schaffte alles und war sich für nichts zu schade. Damals hätte ich darauf gewettet, dass er der neue Inspektionsleiter wird.«

Monika schaute verwundert. »Und warum ist er heute nur Leiter des FK 3?«

»Der Suff«, antwortete Trevisan. »Sein Erfolg war ihm wohl zu Kopf gestiegen. Da ein kleines Bierchen im Dienst, dort ein Likörchen. Am Ende stolpert der Hochmut über seine eigenen Beine.«

»Er wurde erwischt?«

»Er fuhr nach Hause und erwischte an der ersten Kreuzung den Ampelmast«, erklärte Trevisan. »Er ist weitergefahren, allerdings auf der Felge. Die Kollegen von der Streifenpolizei haben ihn im Jadeviertel gestellt. Man erzählt, er sei großkotzig ausgestiegen und habe sich gleich als neuer Inspektionsleiter präsentiert. Als das nichts nutzte, bot er ihnen Geld. Es gab ein großes Verfahren. Er bekam eine saftige Geldstrafe und war zehn Monate seinen Führerschein los.«

»Aber er blieb im Dienst und ist jetzt Leiter des FK 3.«

»Die Zeit verging und irgendwann ist jeder einmal dran. Und jetzt macht er nur noch seinen Job. Karriere ade.«

»Er ruht sich im Büro aus«, widersprach Monika kratzbürstig. »Das nennst du seinen Job machen?«

»Er macht seinen Job«, wiederholte Trevisan. »Ich habe nicht gesagt, dass er ihn gut oder engagiert macht. Er macht ihn halt, weil er hier sein Geld verdient. Er hat nichts anderes gelernt.«

»So wie es viele machen«, resignierte Monika. »Sie eröffnen ein Verfahren, sie ermitteln, wie sie gerade lustig sind, und schließen es irgendwann ab. Und ihnen ist scheißegal, ob sie einen Täter ermitteln oder die Sache im Sande verläuft. Hauptsache, das Gehalt fließt und sie haben ihre Ruhe.«

»Genau, deswegen brauchen wir das Leistungsprinzip im Berufsbeamtentum«, antwortete Trevisan spöttisch. »Beurteilungen, Beförderungen, Stellenbesetzung. Alles wird jetzt besser, wir arbeiten nach den Methoden der freien Wirtschaft.«

»Und daran glaubst du wirklich?«

»Hat schon einmal jemand beim Pferderennen versucht, mit einem Maulesel den Großen Preis von Bahrenfeld zu gewinnen?«

Monika lächelte und schüttelte den Kopf.

»Und ebenso wenig wird das Berufsbeamtentum die vorderen Plätze in der Wirtschaftswoche belegen. Und jetzt lass uns gehen. Genieß das Wochenende, wir machen am Montag weiter.«

Monika seufzte, schließlich nickte sie und erhob sich.

»Ach, bevor ich es vergesse«, sagte Trevisan, als sie gemeinsam die Dienststelle verließen. »Till ist da auf etwas gestoßen. Er hat, glaube ich, schon mit dir darüber zu reden versucht. Du hast ihn zu mir geschickt.«

»Stimmt«, antwortete Monika. »Er hat mir auf dem Gang etwas über die Bibelzitate gesagt, aber ich kam gerade von Schneider und war noch geladen.«

»Ich habe ihm zwei Tage gegeben. Mal sehen, was dabei herauskommt. Natürlich nur, wenn du nichts dagegen hast. Schließlich gehört er zu deinem Team.«

»Schon okay«, sagte Monika. »Bis Montag dann.«

»Wir sehen uns.«

8

Trevisan stand vor dem Spiegel im Badezimmer und betrachtete sein müdes Gesicht. An den neu hinzugekommenen Falten war unschwer zu erkennen, dass die Jahre unbarmherzig ins Land zogen. Dabei fühlte er sich überhaupt nicht alt. Vierundvierzig war ja auch kein Alter, obwohl natürlich in seiner Jugendzeit ein Vierzigjähriger schon fast als Opa gegolten hatte. Nein, er fühlte sich noch immer jung.

Er dachte an seinen ersten Tag im Polizeidienst, an die Ausbildung, an die vielen Freundschaften, die er geschlossen hatte und die leider im Laufe der Jahre in Vergessenheit geraten waren, weil sich die Wege trennten. Er dachte an Grit, seine Exfrau, die ihm vor zwei Jahren davongelaufen war und Paula zurückgelassen hatte, um Karriere zu machen. Er erinnerte sich an den Tag, als er Angela kennengelernt hatte. Er erinnerte sich daran, als wäre es gestern gewesen.

Er grinste sein Spiegelbild an. Es war schön, nach Hause zu kommen, wenn jemand auf einen wartete. Angela war gestern Abend aus Hamburg zurückgekehrt und betätigte sich gerade als Hausfrau. Er wünschte, es würde ewig so bleiben, doch irgendwie hatte er dabei ein komisches Gefühl. Erst vorgestern, als sie miteinander telefoniert hatten, hatte er ihr gesagt, wie wundervoll die Wochen für ihn gewesen waren, als sie beinahe wie eine richtige Familie zusammengelebt hatten. Angela hatte nur gelacht und geantwortet, dass sie sich ein Leben als Hausfrau überhaupt nicht vorstellen könne, ihr würde bestimmt schon nach kurzer Zeit die Decke auf den Kopf fallen. Er hatte schnell das Thema gewechselt. Es war müßig, darüber nachzudenken, wie das Leben aussehen könnte. Es war nun einmal, wie es war, und damit musste er sich zufriedengeben.

Er legte die Haarbürste zurück auf den Schrank und verließ das Badezimmer.

»Hast du Hunger?«, empfing ihn Angela im Flur.

»Wo ist Paula?«, erwiderte er.

Angela deutete nach oben. »In ihrem Zimmer, ihre Freundin Anja ist bei ihr. Sie will hier schlafen. Ihre Mutter hat nichts dagegen. Morgen wollen sie mit dem Zug nach Oldenburg zum Shoppen.«

Trevisan verzog das Gesicht. »Das geht wieder ganz schön ins Geld.«

»Lass sie. Man ist nur einmal jung. Was ist jetzt, hast du Hunger?«

Trevisan lächelte. »Wie ein Wolf.«

»Dann kannst du dir aussuchen, ob wir zum Italiener gehen oder thailändisch speisen.«

»Und Paula?«

Monika lächelte. »Sie haben schon eine Pizza verdrückt.«

Trevisan zuckte die Schulter. »Na, wenn das so ist. Ich hätte Lust auf etwas Antipasti von mediterranem Gemüse in Olivenöl-Balsamico-Marinade mit gebratenen Gambas in frischem Basilikumpesto ...«

»Schon gut, also zum Italiener«, unterbrach Angela Trevisans Schwärmerei. »Ins *Vesuvio* oder zu *Fazios*?«

Trevisan überlegte. »Lass uns in die Ebertstraße gehen, ich hätte heute Lust darauf.«

Das *Fazios* lag unmittelbar neben der Nordseepassage im *City Hotel Valois*. Das Lokal war gut besucht, dennoch fanden Angela und Trevisan einen Tisch für zwei Personen in einer kuscheligen Ecke. Trevisan trug seinen leichten Sommeranzug und ein weißes T-Shirt, während Angela ein schwarzes Trägerkleid angezogen und die Haare hochgesteckt hatte. Das *Fazios* war ein Restaurant von gehobenem Ambiente. Trevisan bestellte ein Carpaccio vom Rind mit Zitrone als Vorspeise, dazu eine Flasche Amarone Della Valpolicella. Der Kellner nickte freundlich.

»Hast du heute etwas zu feiern?«, fragte Angela, als der Kellner um die Ecke verschwunden war.

»Wie kommst du darauf?«

»Das *Fazios*, Vorspeise, ein Rotwein um die dreißig Mark. Bist du befördert worden?«

»Ich hätte es zumindest bald verdient«, entgegnete Trevisan.

Angela lächelte.

»Was hast du heute gemacht?«, wechselte er das Thema.

»Ich habe heute lange geschlafen. Das Telefon hat mich geweckt.«

»Du Arme.«

Angela schüttelte den Kopf. »Es war ein wichtiger Anruf.«

»Unser Versicherungsagent, die Lottogesellschaft oder eine Meinungsumfrage?«, scherzte Trevisan.

»Weder noch«, erklärte Angela. »Du erinnerst dich doch, dass ich dir von diesem Verlag aus München erzählt habe.«

Trevisans Lächeln erfror. Er versuchte, sich nichts anmerken zu lassen, aber es gelang ihm nicht.

»Was hast du?«, fragte Angela besorgt.

»Nichts«, erwiderte Trevisan eilig. »Was war mit dem Anruf?«

»Ich habe gute Chancen, den Job zu kriegen«, fuhr Angela fort. »Die Chefredaktion, verstehst du?«

Trevisan schaute aus dem Fenster.

»Ich weiß genau, was du jetzt denkst«, holte ihn Angela aus seinen düsteren Gedanken zurück. »Ich bin keine Hausfrau, das habe ich dir immer gesagt. Schon, als wir das erste Mal zusammen waren.«

»Aber München«, wandte Trevisan ein.

»Hamburg, Westerwerde, München, wo ist der Unterschied?«, fragte Angela irritiert.

»Sagen wir, rund achthundert Kilometer«, entgegnete Trevisan trocken.

»Du hast immer gewusst, dass ich meinen Beruf sehr ernst nehme. Ich sagte dir ständig, die Karriere ist mir wichtig. Ich würde sie nie aufgeben.«

»Ich dachte, dir gefällt es, wenn wir zusammen sind, du und ich und Paula …«

»Das hat damit gar nichts zu tun«, erwiderte Angela streng. »Kündige doch deinen Job und geh mit mir nach München. Der Mann hat nicht automatisch mehr Rechte, nur weil er in der Steinzeit für die Verköstigung der Familie sorgte. Wir leben im 21. Jahrhundert. Und es gibt Flugzeuge und einen ICE, der fast stündlich verkehrt. Es würde sich nichts ändern.«

Trevisan nickte. »Eben, es würde sich nichts ändern.«

»Du kennst doch meine Devise, die eigene Zukunft …«

»… finden, heißt auch, auf eigenen Beinen zu stehen«, vervollständigte Trevisan. Er hatte diesen Ausspruch schon oft gehört, dennoch versetzte er ihm immer wieder einen Stich mitten ins Herz. »Angela, ich liebe dich. Ich möchte mit dir zusammen sein. Ich will nicht, dass du nach München gehst.«

Der Kellner näherte sich.

»Ich liebe dich ebenso, aber ich kann kein Leben in einem goldenen Käfig führen«, erwiderte Angela. »Ich will all meine freie Zeit mit dir und Paula verbringen. Aber das Leben besteht aus mehr als aus Liebe und Gemeinsamkeit. Wenn ich keine Aufgabe hätte, keine Herausforderung mehr spüre, kein Ziel mehr verfolgen dürfte, ich würde … ich wüsste nicht… Bitte zwing mich nicht, zwischen dir und meinem Beruf eine Entscheidung zu treffen. Es wäre, als wenn du mich zwingst, ein Teil von mir herauszuschneiden. Und egal, wie ich mich entscheiden würde, zurückbleiben würde nur der Schmerz und ich wüsste genau, irgendetwas würde mir fehlen. Entweder das eine oder das andere. Es geht nicht darum, was mir wichtiger im Leben ist, es geht nur darum, dass man sich nicht selbst innerlich zerreißt, das habe ich schon einmal durchgemacht und es hat unendlich wehgetan, verstehst du?«

Angelas flehendes Flüstern verstummte, als der Kellner den Wein auf dem Tisch platzierte.

Trevisan wusste genau, was sie meinte. Nur seine Gefühlswelt kam damit nicht klar.

Der Kellner servierte das Carpaccio.

Angela schwieg, bis der Kellner wieder verschwand.

»Lass uns morgen darüber reden«, sagte sie. »Wir sind hierher gekommen, um zu essen. Ich …«

»Schon gut, ich verstehe, was du mir sagen willst«, entgegnete Trevisan. »Es ist nur nicht leicht für mich, es zu akzeptieren. Ich brauche Zeit, um damit klarzukommen.«

Trevisan aß, aber der Appetit war ihm vergangen.

*

Der flackernde Schein des Feuers erhellte die Nacht. Er hatte sich auf einen Baumstumpf in der Nähe niedergesetzt und genoss den züngelnden Tanz der Flammen. Immer höher schoss die Flammensäule in den Nachthimmel. Funken stoben hervor und verglühten nach einem kurzen Flug in der Dunkelheit. Eine graue Rauchsäule wuchs in den Himmel. Zufrieden seufzte er. Noch war der Brand in seiner Ausbreitungsphase, noch hatten die Flammen nicht jeden Punkt des Gebäudes erreicht. Dennoch wusste er, der Lichtschein war weit hinaus zu sehen. Am liebsten würde er bleiben, bis das letzte Leben in seinem Kind erloschen war, doch er wusste, dass er gehen musste. Er erhob sich, und verstaute seine Utensilien im Rucksack. Niemand durfte ihn in der Nähe sehen, niemand durfte sich auch nur einen vagen Eindruck von ihm verschaffen. Dennoch würde er in der Nähe bleiben, bis das letzte Licht erlosch.

Irgendwie war es gespenstisch. Im flackernden Licht erschien es, als ob die Bäume rund herum zum Leben erwacht wären. Er griff nach dem schwarzen Kanister, dann machte er sich auf den Weg. Der kleine, ausgetretene Trampelpfad führte durch den Wald. Niemand war um diese Zeit hier unterwegs. Er warf einen letzten Blick zurück. Das Feuer hatte nun das ganze Gebäude erfasst. Kurz blieb er stehen. Seine Augen glänzten. Schließlich stürzte das Dach unter lautem Donnern ein. Der Höhepunkt war erreicht. Er ging weiter. Auch wenn es bereits nach Mitternacht war, konnte er nicht ausschließen, dass jemand das Feuer entdeckt hatte. Es gab immer ein paar Augenpaare, die keine Ruhe in der Nacht fanden, egal wie spät es war.

Er beeilte sich, aber er rannte nicht, er hatte sein Tempo

gefunden. Es nutzte nichts, wenn er über einen Baumstumpf stolperte und sich ein Bein brach. Seine Aufgabe hier in dieser Welt war längst noch nicht erfüllt. Für den Rest des Pfades, der durch eine kleine Schonung mit Jährlingen führte, nahm er sich Zeit. Hier war das Gelände noch unwegsamer als zuvor.

Dahinter lag die Straße. Dort hatte er verdeckt auf einem Waldparkplatz seinen Wagen abgestellt. Er überwand mit traumwandlerischer Sicherheit die letzte Hürde. Als er sich ins Auto setzte, atmete er erst einmal durch. Dann ließ er den Motor an, legte den ersten Gang ein und fuhr langsam hinaus auf die Landstraße nach Friedeburg. Zuvor schaute er sich noch einmal um, weit und breit war niemand zu sehen.

Und das Feuer des Herrn brach mitten unter ihnen aus und griff am Rande des Lagers um sich. In ihrer Angst wandten sie sich an den Propheten und er betete für sie. Siehe da, das Feuer erlosch und von nun an hieß dieser Ort Tabera. Und er ward ihnen heilig.

*

02.37 Uhr zeigten die roten Ziffern des Radioweckers, als das Klingeln des Telefons Monika aus dem Schlaf schreckte.

Der Feuerteufel hatte wieder zugeschlagen. Er hatte eine Waldhütte bei Schoost angesteckt. Monika war sofort hellwach. »Wurde jemand getötet?«

»Bislang wissen wir es noch nicht«, erwiderte der Kollege vom Bereitschaftsdienst. »Die Feuerwehr ist noch zugange.«

»Ich komme«, beeilte sie sich zu sagen und legte auf.

Kleinschmidt schimpfte wie ein Rohrspatz, als Monika zusammen mit Dietmar Petermann am Brandort eintraf.

»Schöne Scheiße, das hier! Eine einfache Waldhütte und kein Mensch weit und breit. Dafür holt man mich aus dem Bett und ich kann mir hier die Nacht um die Ohren schlagen. Dabei feiert meine Schwester heute ihren Sechzigsten. Wir sind alle eingeladen. Um zehn treffen wir uns bei ihr, dann gehen wir in ein Gasthaus zum Essen. Aber das kann ich jetzt vergessen.«

»Es ist erst vier Uhr«, antwortete Dietmar Petermann sarkastisch. »Wenn du dich beeilst, dann kommst du zumindest rechtzeitig zum Geburtstagsmenü.«

Kleinschmidt winkte ab. »Die Feuerwehr braucht noch etwas Zeit, bevor wir ran können.«

»Wie sieht es aus?«, fragte Monika und schaute auf den qualmenden Schuttberg, der sich vor ihr im Licht einiger Scheinwerfer zeigte. Zwei Tanklöschwagen standen auf dem Feldweg und mindestens zwanzig Feuerwehrleute waren mit Löscharbeiten beschäftigt.

»Er hat sich diesmal ein ganz entlegenes Objekt ausgesucht«, entgegnete Kleinschmidt. »Ich denke nicht, dass wir eine Leiche finden werden. Es ist eine Hütte der Forstbehörde. Ein Lagerraum für Werkzeug.«

»Und woher weißt du, dass es der Feuerteufel war?«

Kleinschmidt ging zum Wagen, den er auf dem Feldweg abgestellt hatte. Als er zurückkehrte, streckte er Monika eine Tüte entgegen. »Das lag auf dem Baumstumpf dort hinten.«

Es war ein Din-A4-Blatt. Monika las laut: »*Und das Feuer des Herrn brach mitten unter ihnen aus und griff am Rande des Lagers um sich. In ihrer Angst wandten sie sich an den Propheten und er betete für sie. Siehe da, das Feuer erlosch und von nun an hieß dieser Ort Tabera. Und er ward ihnen heilig.*«

Ein Feuerwehrmann kam auf die Gruppe Kriminalbeamter zu. »Wir sind jetzt durch. Ich kann definitiv sagen, dass da keiner drinnen war.«

»Dann war die Sache am Hafen wohl doch nur Zufall«, mutmaßte Dietmar.

»Wir machen uns jetzt an die Spurensicherung«, erklärte Kleinschmidt. »Die Feuerwehr unterstützt uns. Aber ich sehe nicht viel Hoffnung. Den äußeren Bereich haben wir schon oberflächlich abgesucht und falls es Reifenspuren auf dem Weg gab, haben die schweren Laster sie überrollt.«

»Dann könnten wir ja praktisch wieder nach Hause«, sagte Dietmar.

»Wir bleiben hier«, entschied Monika. »Horst wird bei der Spurensuche jede Hilfe gebrauchen können.«

Dietmar verzog das Gesicht. »Na gut, und wo fangen wir an?«

Kleinschmidt deutete in Richtung des südlichen Waldstükkes. »Du nimmst vier Mann und suchst das Wäldchen dort unten ab. Die Feuerwehrmänner haben Taschenlampen und starke Scheinwerfer dabei.«

»Sollten wir nicht warten, bis es hell geworden ist?«, fragte Dietmar.

Kleinschmidt schaute in den sternenlosen Himmel. »Es ist bewölkt, wir können nicht ausschließen, dass es regnet. Erinnere dich an die goldenen Regeln der Spurensicherung, oder liegt dein Lehrgang schon zu lange zurück?«

Dietmar schniefte. »Schon gut.«

»Ich werde mich mit Hanselmann um den Brandort kümmern, nehmt ihr euch die Umgebung vor. Es sind zwei Wehrleute aus Schoost dabei, die kennen sich hier gut aus. Ich werde sie zu euch schicken.«

Monika warf einen Blick auf ihre Schuhe.

Kleinschmidt bemerkte es. »Ich habe Gummistiefel im Wagen, die müssten dir passen.«

»Also los, dann an die Arbeit, Dietmar. Vielleicht reicht es dann wirklich noch zum Geburtstagsessen«, entgegnete Monika.

9

Trevisan hatte ein schreckliches Wochenende hinter sich. Er hatte schlecht geschlafen und immerzu an Angelas Worte denken müssen. Am Sonntagnachmittag hatten sie noch einmal miteinander geredet, doch das Gespräch hatte sich nur im Kreis gedreht. Er wollte, dass sie blieb, aber die Chefredaktion eines Magazins, das vollkommen neu aufgelegt wurde, war Angelas lang ersehnte Aussicht zur beruflichen Selbstverwirklichung.

Angela hatte noch einmal bekräftigt, dass sich nichts an ihrer Beziehung änderte, auch wenn ihr Arbeitsplatz künftig in München liegen würde. Am Abend war sie dann zurück nach Hamburg gefahren.

München, ausgerechnet München. Hunderte von Kilometern entfernt.

Paula hatte von alledem nichts mitbekommen, sie hatte das Wochenende mit ihrer Freundin Anja verbracht.

In der Nacht zum Montag hielt Trevisan ein Alptraum in Atem. Er sah Angela als gefeierte Chefredakteurin, umworben von Münchens männlicher Schickeria. Als er erwachte, war er schweißgebadet. Er trank einen Schluck Wasser und legte sich wieder ins Bett, doch er fand nicht mehr in den Schlaf und dämmerte vor sich hin, bis der Wecker klingelte.

Als er schließlich über den langen Gang zu seinem Büro schlich, schlecht frisiert und bleich wie eine gekalkte Wand, begegnete ihm Monika Sander. Sie sah ebenfalls etwas übernächtigt aus.

»Hast du schon gehört? Der Feuerteufel hat eine Waldhütte bei Schoost in Brand gesteckt.«

Trevisan blieb stehen. »Was sagst du?«, antwortete er abwesend.

Sie betrachtete ihn verdutzt. »Du siehst ja vollkommen fertig aus. Ich denke, du brauchst erst einmal einen starken Kaffee.«

Trevisan kniff die Augen zusammen und fuhr sich mit der Hand über das Gesicht. »Ich habe schlecht geschlafen.«

»Hattest du Ärger?«, fragte sie und lotste Trevisan in ihr

Büro. Er ließ sich mit einem Seufzer auf dem Stuhl nieder. Kaffeeduft strömte in seine Nase.

»Ich fühle mich wie gerädert. Mein Kopf brummt und im Magen ist mir ganz flau. Vielleicht sollte ich mich krank melden.«

»Du siehst wirklich krank aus.« Monika schenkte aus der Isolierkanne eine dampfende Tasse Kaffee ein.

Nachdenklich lehnte sich Trevisan zurück. »Sag mal, wie ist es eigentlich in deiner Beziehung? Kommt dein Mann damit klar, dass du arbeitest?«

Sie reichte Trevisan die Kaffeetasse mit einem erstaunten Blick. »Wie kommst du ausgerechnet darauf?«

»Ich meine ja nur«, erwiderte Trevisan. »Du bist tagsüber im Büro und manchmal kommst du erst spät nach Hause. Jedes dritte Wochenende hast du Bereitschaft und musst mit einem Einsatz rechnen und manchmal klingeln sie dich sogar nachts aus dem Bett. Hast du da überhaupt noch ein intaktes Familienleben?«

Monika setzte sich hinter den Schreibtisch. »Was ist bloß in dich gefahren? Wieso fragst du mich so etwas?«

Trevisan seufzte. »Angela nimmt einen Job in München an.«

Die Erkenntnis breitete sich langsam in Monikas Gesicht aus. »Jetzt wird mir so manches klar. Deswegen siehst du heute auch aus wie der leibhaftige Tod.«

Trevisan nickte. »Ich habe so gut wie nicht geschlafen.«

»Du willst, dass sie bleibt?«

»Ich will, dass wir zusammenleben. So wie Mann und Frau, wie eine Familie.«

»Du willst, dass sie ihr Leben aufgibt und sich nur noch damit beschäftigt, deines zu bereichern.«

Trevisan schüttelte den Kopf. »Nein, ich will eine Familie haben, jemand, der da ist …«

»Der kocht, putzt, den Abwasch macht und den Staubsauger bedient«, fiel ihm Monika ins Wort. »Oh, Mann, ihr Kerle seid doch alle gleich. Wie oft habe ich mit Richard diese Diskussion schon geführt …« Sie schüttelte den Kopf. »Wir leben aber nicht mehr in der Steinzeit. Die Frauen haben sich emanzipiert und es war ein langer Kampf. Ihr Männer müsst einfach umdenken. Wenn ihr jemanden braucht, der euch zwischen eurer Arbeit und der Freizeitgestaltung mit euren Kumpels die Zeit vertreibt, dann haltet euch einen Hund. Und wenn jemand den Haushalt führen soll, dafür gibt es Haushälterinnen. Nein, ein für alle Mal, auch die Frauen haben ein Recht auf Karriere und sie sind es leid, sich dieses Recht Tag um Tag neu erkämpfen zu müssen. Wenn Angela sich ein Ziel gesteckt hat und du sie liebst, dann solltest du sie unterstützen, anstatt dich ihr in den Weg zu stellen.«

»Aber das alles läuft doch auf eine Wochenendbeziehung hinaus«, wandte Trevisan ein. »Und das ist nicht das Leben, das ich auf Dauer führen will.«

»Dann kündige doch und geh mit ihr. München ist eine schöne Stadt und vielleicht braucht man dort sogar noch einen guten und erfahrenen Polizisten.«

Es klopfte an der Tür. »Was ist?«, rief sie ungehalten.

Alex schaute durch den Türspalt herein. »Hallo, Monika, hast du Martin gesehen?«, fragte er, dann fiel sein Blick auf seinen Vorgesetzten. »Ich suche dich schon überall. Es gibt Neuigkeiten aus Mecklenburg-Vorpommern.«

Trevisan wandte sich um. »Die Anfrage ist schon beant-wortet?«

»Die Kollegen aus Pasewalk haben offenbar eine dicke Akte über Hans Kropp und die damaligen Vorgänge.«

»Nun komm rein, und dann schieß mal los!«, forderte Trevisan ihn auf.

»Offenbar hatten die Kollegen von der Streifenpolizei da-mals mehrere Einsätze wegen häuslicher Gewalt«, erzählte Alex. »Hans Kropps Exfrau heißt Jenny Kropp, geborene Basedow. Sie bewohnten zusammen mit ihrem Sohn ein Mehrfamilienhaus in Dargitz. Am Ende mussten die Kolle-gen drei, vier Mal im Monat zur Wohnung, weil Kropp seine Frau vertrimmt hat. Sie war sogar zweimal für längere Zeit im Krankenhaus. Kropp war oft betrunken und äußerst ag-gressiv. Er hat so manche Nacht in der Ausnüchterungszelle verbracht. Vor zwei Jahren hatte die Frau dann genug. Er hatte sie wieder krankenhausreif geschlagen, und sie ist nicht mehr zu ihm zurückgegangen, sondern bei einem ihrer Brüder untergekommen, der einen Schrottplatz betreibt. Als Kropp davon erfuhr, ist er hingefahren und hat Günter Basedow das Nasenbein gebrochen und ihm ein paar Zähne ausgeschlagen. Basedows Bruder eilte zu Hilfe, und gemeinsam konnten sie Kropp vertreiben. Der ist ein paar Wochen später wieder nach Wilhelmshaven gezogen. Er zahlte zwar Unterhalt für seinen Sohn, aber nicht für seine Exfrau. Es gelang ihm, glaubhaft zu machen, dass sie auf dem Schrottplatz arbeitet, deshalb wurde ihre Klage zunächst abgewiesen. Das ganze Verfahren zieht sich bis zum heutigen Tage hin.«

»Zusammen mit den Drohbriefen ergibt das eine geschlossene Indizienkette«, sagte Trevisan. »Aber zu einem Beweis reicht es noch lange nicht.«

Alex lächelte. »Thorsten Basedow war übrigens NVA-Soldat. Er war sogar Offizier und diente in einer Infanterieeinheit.«

»Waren das nicht viele?«, antwortete Trevisan.

»Aber nur wenige unter ihnen sind ausgebildete Scharfschützen«, erwiderte Alex Uhlenbruch.

*

Sie saß am Strand, hielt ihre Augen geschlossen und lauschte den sanften Wellen, die sich an der sandigen Küste brachen. Tief saugte sie die frische und salzige Seeluft in ihre Lungen. Sie genoss den Augenblick und schob alle aufkeimenden Gedanken einfach zur Seite. An nichts denken zu müssen, für niemanden die Verantwortung zu tragen, sich um niemanden kümmern zu müssen, sich einfach nur treiben zu lassen; sie hatte lange gebraucht, um es zu lernen. Zu Anfang, wenn sie die Augen schloss und einfach die Zeit an sich vorbeiziehen ließ, hatte sich ein Schatten in ihr ausgebreitet. Diesen Schatten zu besiegen, Herr über ihn zu werden, ihm einfach keine Beachtung mehr zu schenken, hatte enorme Kraft gekostet. Aber sie hatte es gelernt, all die langen Jahre hindurch, in denen sie – von einem einzigen Gedanken beseelt – durch einen öden und unerfüllten Alltag gedriftet war, immer nur ein einziges Ziel vor Augen. Ein Ziel, ein Versprechen, ein Schwur, für den sie lebte und dessen Erfüllung nun nichts mehr im Wege stand.

Der Schatten war verbannt. In ihr war etwas erwacht, das sie selbst die »Andere Welt« nannte. Ruhe, Geborgenheit, Wärme, all das gab es dort und sie genoss es in vollen Zügen, auch wenn es schien, als säße sie nur bewegungslos da, die Augen geschlossen. Bewegungslos in der Gegenwart, aber stetig in Bewegung in der »Anderen Welt«, kein Gefühl auslassend, keinem Geruch verschlossen, kein Geräusch überhörend, alles in sich aufsaugend, das ganze Leben und noch viel, viel mehr – diese Auszeit vom Alltag brachte ihr den Frieden zurück, den sie im Diesseits längst verloren hatte. Ein einziger Tag hatte ausgereicht, eine leere, fleischige Hülle aus ihr zu machen, die Gefühle und Gedanken nur noch wie eine Schauspielerin darbot. Insgeheim war nichts davon wirklich von ihr, so wie von Lucia nur ein Organismus zurückgeblieben war, der vor sich hinvegetierte.

Rechnungen wurden bezahlt, früher oder später, mit der unabweisbaren Sicherheit, mit der der Tag die Nacht vertrieb.

Das Rauschen des Wassers vermischte sich mit dem Brummen eines Motors. Sie öffnete die Augen. Ein kleines Motorboot sprang über die Wellentäler. Sie war wieder zurück aus der »Anderen Welt«. Aber es war keine Heimkehr, es war die Fremde, die sie erwartete. Eine eisige, mitleidlose Kälte. Sie erhob sich und blickte sich suchend um. Der Sanddorn und das Dünengras wiegten sich auf dem Dünenkamm.

Sie machte sich auf den Weg zurück in das kleine Dorf. Sie hatte viel zu tun, noch lag ihr Ziel weit entfernt. Aber sie hatte Zeit. Und wenn es ihr im Diesseits zu viel wurde, dann schloss sie einfach ihre Augen und tauchte tief hinein in die »Andere Welt«.

*

Alex saß bei offener Tür an seinem Schreibtisch, Tina hatte sich über ihn gebeugt und schaute ihm über die Schulter. Sie studierten gemeinsam die Akte Kropp.

Trevisan schlenderte den Flur entlang und lehnte sich an die Tür. »Ich habe mit dem Staatsanwalt telefoniert. Ich hoffe, ihr habt für den Rest der Woche nichts vor. Wir fahren in den Osten. Ich habe meine Tochter schon bei der Tante einquartiert.«

Die Köpfe der beiden ruckten herum. »Wir schnappen uns die Basedow-Brüder?«, fragte Tina.

»Zuerst durchsuchen wir die Wohnung und den Schrottplatz, dann werden wir sie zur Vernehmung mitnehmen. Nach den Briefen, die ihr in Kropps Wohnung gefunden habt, ist der dringende Tatverdacht nicht mehr von der Hand zu weisen.«

Alex räusperte sich. »Ich bin in den Briefen auf etwas gestoßen, das von Bedeutung sein könnte. Offenbar forderten die Basedow-Brüder Geld von Kropp.«

»Unterhalt«, antwortete Trevisan.

Alex schüttelte den Kopf. »Ich glaube, dass die Sache mit dem Unterhalt nur vorgeschoben ist. Ich habe die Akte Kropp mit der Erkenntnisanfrage nach den Basedow-Brüdern verglichen. Dabei ist mir aufgefallen, dass Kropp 1996 zweimal wegen Zigarettenschmuggels verurteilt wurde. Beim ersten Mal hat er vierhundert Stangen in der Ladung versteckt. Das war nicht besonders originell, oder?«

»Und beim zweiten Mal?«

»Da war er schon professioneller. Er hat den Anhänger mit einem doppelten Boden präpariert. Kropp hatte beinahe achtzehnhundert Stangen dabei, als er erwischt wurde. Und Basedow hatte ein Jahr zuvor den Schrottplatz übernommen, als der alte Mann starb, für den er dort gearbeitet hatte. Irgendwo muss der Laster präpariert worden sein – was eignet sich da besser als ein Schrottplatz?«

»Kropp hat seine Hintermänner nie verraten«, schob Tina ein. »Er hat alle Schuld auf sich genommen und über die Details geschwiegen.«

»Ihr meint also, Kropp hat den Schmuggel mit den Basedow-Brüdern durchgezogen?«, fragte Trevisan.

Alex nickte. »Und wer weiß, wie viele Fahrten Kropp bereits unternommen hatte, bevor er zum zweiten Mal erwischt wurde. Eine Stange geschmuggelte Zigaretten bringt etwa fünfzehn Mark. Bei achtzehnhundert wären das siebenundzwanzigtausend Mark pro Tour. Wenn Kropp nur zehn Mal gefahren ist, bevor er erwischt wurde, dann geht es schon um eine riesige Summe. Und er war oft in Polen und der Tschechei.«

Trevisan warf den beiden einen anerkennenden Blick zu.

»Vielleicht hat er seine Geschäftspartner über den Tisch gezogen und es ging gar nicht um die paar Kröten Unterhalt. Wir müssen das bei der Durchsuchung und den Vernehmungen zumindest in Betracht ziehen.« Trevisan schaute auf die Uhr. »Ich gehe jetzt zu Beck und anschließend rufe ich in Pasewalk an und informiere die Kollegen dort. Wir brauchen außerdem ein paar Zimmer.«

»Wie lange, schätzt du, werden wir drüben bleiben?«, fragte Alex.

Trevisan zuckte mit der Schulter. »Das kommt ganz darauf an, wie schnell wir vorwärtskommen und was wir auf dem Schrottplatz alles finden.«

Tina seufzte. »Ich stelle es mir nicht gerade einfach vor, einen Schrottplatz zu durchsuchen.«

10

Trevisan wählte mit Bedacht die lange Telefonnummer des Kriminalkommissariats Pasewalk und warf einen skeptischen Blick auf das Display seines Telefons, als sein Gegenüber sich meldete, denn der Kollege antwortete im breiten bayrischen Dialekt. Noch ehe Trevisan Zeit fand zu prüfen, ob er sich verwählt hatte, wurde er barsch aufgefordert, zu sprechen.

»Mein Name ist Martin Trevisan«, antwortete er verdutzt. »Ich bin von der Kripo aus Wilhelmshaven und möchte gerne den Leiter der Mordkommission in Pasewalk sprechen.«

»Hauptkommissar Zierl am Apparat«, bekam er zur Antwort. »Sie sprechen genau mit dem, den Sie suchen.«

Zögernd erklärte Trevisan den Grund seines Anrufes.

»Gell, Sie wundern sich, einen waschechten Bayer mitten unter den Preußen anzutreffen«, entgegnete Hauptkommissar Zierl, nachdem Trevisan zum Ende seiner Geschichte gekommen war. »Schicken Sie mir einfach mal alles, was Sie haben, per Fax. Ich rufe morgen früh zurück.«

»Moment, wir haben einen Durchsuchungsbefehl von der Staatsanwaltschaft Oldenburg«, sagte Trevisan. »Ich dachte eigentlich, dass wir morgen ...«

»So schnell schießen die Preußen nicht«, fiel ihm Zierl ins Wort. »Zuerst muss ich mal sehen, um was es geht. Außerdem bedarf die Durchsuchung eines Schrottplatzes gewisser Vorbereitungen. Ich gebe morgen früh wieder Bescheid, wenn ich das Material heute noch in den Händen halte. Ansonsten müssen wir den Dienstweg einhalten, werter Kollege. Und das kann dauern.«

Zähneknirschend stimmte Trevisan zu. Er wusste, wie langwierig der Dienstweg werden konnte, wenn die andere Seite nicht mitspielte. Also setzte er sich an seinen Computer und tippte einen zusammenfassenden Vorbericht. Zusammen mit dem Durchsuchungsbeschluss und einer Auflistung der Fakten schickte er ihn durch das Faxgerät, das im Flur in einer Nische neben dem Kopierer stand.

Das letzte Blatt war noch nicht gesendet, als Monika Sander und Till Schreier den Flur entlanghasteten. Till warf sich in aller Eile die Jacke über.

»Hey, was ist denn mit euch los«, rief ihnen Trevisan zu. »Gibt es schon wieder einen Brand?«

»Nein, aber wir haben einen Verdächtigen!«, rief Monika zurück und blieb kurz stehen. »Einen in Ungnade gefallenen Feuerwehrmann aus Hooksiel. Er entspricht unserem Profil: fährt einen Kleinwagen, war lange Zeit bei der Feuerwehr und hat keinen Job. Man hat ihn vor die Tür gesetzt, als er sich während einer Übung an den Spinden seiner Kollegen zu schaffen machte.«

»Gratuliere«, entgegnete Trevisan. »Übrigens, Alex, Tina und ich fahren in den nächsten Tagen nach Pasewalk in den Osten. Ihr seid dann alleine.«

Monika Sander nickte und hetzte weiter. »Schon gut, wir müssen los ... Dietmar steht alleine vor seinem Haus und der Kerl ist andauernd auf Achse.«

»Viel Glück!«, rief ihr Trevisan nach, doch schon waren Monika und Till durch die Tür verschwunden.

Trevisan seufzte. Er griff nach den Blättern im Faxgerät. Hoffentlich war auch sein Bemühen von einem baldigen Erfolg gekrönt und der bayrische Kollege im Osten ließ den Amtsschimmel nicht allzu kräftig wiehern. Schließlich kam Angela am Wochenende wieder. Trevisan hatte Angst davor, sie irgendwann ganz an München zu verlieren.

*

Willo Brunken manövrierte seinen großen Tanklastzug zwischen die beiden riesigen Öltanks des Wilhelmshavener Ölhafens im Heppenser Groden und warf einen Blick auf die Uhr. Er fuhr sich durch die blonden langen Haare und lächelte. Es war kurz nach fünf, früh genug, das Training seiner Fußballmannschaft zu besuchen. Seit er den neuen Job angetreten hatte, nachdem die Werkstatt in Mariensiel geschlossen worden war, hatte er das allzu oft versäumt.

Trotzdem, er hatte Glück gehabt, wenn es auch beileibe kein Traumberuf war. Den ganzen Tag auf dem Laster quer durch Ostfriesland zu fahren, um die örtlichen Tankstellen mit Sprit und Diesel zu versorgen, konnte manchmal ganz schön nerven. Aber jetzt, wo Martina schwanger war, brauchte er das Geld. An seinen früheren Lohn als Kraftfahrzeugmechaniker kam das Salär zwar bei weitem nicht heran, aber wenn er sich anstrengte und seine Arbeit ordentlich erledigte, dann würde das Gehalt schon steigen. Und langsam bekam er Routine im neuen Job, wusste, wie er schneller den Tank leer bekam, um Zeit zu sparen. Er hatte einen festen Tourenplan und seinem Disponenten war es egal, was er mit der eingesparten Zeit anfing. Wenn der Sattelzug nach der Tour zum Befüllen wieder im Lager abgestellt war, konnte er nach Hause gehen. Und heute hatte er bereits eine ganze Stunde herausgefahren. Martina war noch unterwegs, die Arztpraxis schloss erst um acht. Bis sie nach Hause kam, wäre es bald neun Uhr. Sein Training beim SV Viktoria Wilhelmshaven begann um sieben.

Willo schloss seinen Volvo ab und ging zur kleinen Baracke jenseits der Öltanks.

»Schon Feierabend?«, fragte der alte Reimers, der sich als Platzwart ein paar Mark zu seiner schmalen Rente hinzuverdiente.

»Meine Tour ist zu Ende«, entgegnete Willo. »Der Tank ist leer bis auf den Boden.«

»Na, denn«, sagte Reimers und widmete sich wieder der Zeitschrift.

Willo verstaute seinen blauen Overall und die Sicherheitsschuhe in seinem Spind und hängte den Schlüssel seines Lastzuges an das Schlüsselbrett im kleinen Büro. »Bis morgen«, sagte er, als er die Holzbaracke verließ und zu seinem Wagen ging.

*

»Er ist vor zwei Stunden gekommen«, sagte Dietmar Petermann.

»Du bist sicher, dass er zu Hause ist?«, fragte Monika.

Dietmar zeigte auf den schwarzen VW Polo in der Einfahrt des kleinen, verwahrlosten Hauses auf der gegenüberliegenden Straßenseite.

»Ist er alleine?«

»Es war niemand bei ihm und laut dem Einwohnermeldeamt lebt nur er hier.«

Monika sah sich um. Das Haus lag außerhalb des Ortes in der Nähe von Schmidtshörn. Wild wucherndes Buschwerk verwehrte den Blick auf die Eingangstür. Das nächste Haus war ein ganzes Stück entfernt.

»Ich gehe mit Alex an die Tür«, beschloss Monika. »Pass du auf, dass er nicht durch die Hintertür verschwindet.«

»Da hinten sind nur matschige Wiesen«, wandte Dietmar ein.

Monika nickte. »Eben.«

Erst als Dietmar auf dem kleinen Weg in Richtung des Südlichen Verbindungstiefs verschwunden war, einem Entwässerungsgraben, der sich westlich von Hooksiel bis zu Schmidtshörn erstreckte, gingen Monika und Till zum Haus. Vor der Gartentür verharrten sie und überprüften den Zustand ihrer Pistolen.

»Meine ist durchgeladen«, sagte Till. »Glaubst du, er wird Schwierigkeiten machen?«

»Man weiß nie, wie so ein Kerl reagiert, wenn er sich in die Enge gedrängt fühlt.«

»Er hat noch keine Einträge«, erklärte Till. »Ich glaube nicht, dass wir die Waffen brauchen werden. Aber wir müssen damit rechnen, dass er uns die Tür vor der Nase zuschlägt und durch die Hintertür flüchtet.«

»Dann ist Dietmar am Zug. Ich hoffe, er hat sich richtig postiert und scheut sich nicht wieder, seine Schuhe dreckig zu machen. – Also, los!«, gab Monika das Signal. Die kleine Gartentür quietschte, als Till sie öffnete. Auf dem kleinen, ausgetretenen Fußweg wucherte das Unkraut. Vor der Haustür blieben sie stehen.

»Siehst du eine Klingel?« Monika schaute sich suchend um.

Till schüttelte den Kopf. »Dann klopfen wir eben.« Er schlug mit der Faust gegen die altersschwache Tür. »Herr Petrich!«, rief er laut. »Bitte öffnen Sie, wir müssen mit Ihnen reden.«

Sie lauschten angestrengt, doch im Haus blieb es still.

»Herr Petrich, machen Sie auf!«, schrie Monika. Sie hörten schlurfende Schritte aus dem Haus. »Er kommt«, flüsterte sie.

Till ging einen Schritt zurück und postierte sich seitlich neben der Tür.

Schließlich knackte das Schloss und die Tür wurde einen Spalt geöffnet. Ein blasses, verknittertes Gesicht erschien.

»Was wollen Sie?«, krächzte der Mann und fixierte Monika mit seinen feuchten Augen.

»Sind Sie Herr Petrich?«, fragte sie.

»Und wer sind Sie?«

Monika griff in ihre Jackentasche und zog ihre Kripomarke hervor. »Kriminalpolizei Wilhelmshaven, mein Name ist Monika Sander. Ich habe ein paar Fragen an Sie.«

»Polizei?«, entgegnete der Mann verwundert. Es schien, als wolle er öffnen, aber plötzlich schlug er die Tür mit voller Wucht zu. Till fing sie mit der Schulter ab, bevor sie ins Schloss fallen konnte. Sie flog auf und gab den Blick in den Flur frei. Till sah gerade noch, wie Petrich in einem Zimmer verschwand und die Tür zuzog. Es knackte laut.

»Er schließt ab!«, rief Monika.

Till hetzte den dunklen Flur entlang und sprang über ein paar Kisten, die den Weg versperrten. Er drückte die Klinke, doch die Tür blieb verschlossen. »Verdammt! Und jetzt?«

Plötzlich hörten sie Glas splittern, dann laute Schreie. Till trat ein paar Schritte zurück, nahm Anlauf und stürzte sich gegen die Tür. Es krachte, Holz splitterte, doch sie hielt. Erst beim zweiten Versuch sprang sie auf.

Es war das Badezimmer. Till zog seine Waffe und ging hinein. Oberhalb der grauen, schmutzigen Wanne war die Glasscheibe des offen stehenden Fensters zerbrochen. Scherben lagen verstreut auf dem Wannenboden. Von draußen drang lautes Rufen herein. Till sprang auf den Rand der Wanne.

»Pass auf, die Scherben!«, rief Monika, doch er kletterte auf das Fensterbrett und schwang sich nach draußen. Verdutzt blieb sie stehen. Schließlich wandte sie sich um und rannte in den Vorgarten. Till bog bereits um die Hausecke, Petrich folgte ihm mit einigem Abstand, die Hände hinter dem Rücken. Dietmar lief hinter ihm. Seine Kleidung war unordentlich und seine graue Jacke vollkommen verdreckt.

»Dieser Kerl hat mich einfach umgerannt«, beklagte er sich.

Vor Monika blieben die drei stehen. Petrich schaute betreten zu Boden.

»Herr Petrich«, sagte Monika. »Sie sind festgenommen. – Bringt ihn auf die Dienststelle.«

Till nickte und schob den Gefangenen an Monika vorbei. »Er hat auf alle Fälle etwas zu verbergen«, flüsterte er ihr im Vorübergehen zu.

Nachdem Till neben Petrich im Fond des Dienstwagens Platz genommen hatte und der Wagen langsam davonfuhr, rief Monika Sander auf der Dienststelle an. Durch den Fluchtversuch des Mannes hatte sie genügend Indizien, um eine Hausdurchsuchung rechtfertigen zu können.

11

»Trevisan, ich hoffe, dass ihr zusammen mit den Kollegen aus Mecklenburg zu einem schnellen Erfolg kommen werdet«, sagte Kriminaloberrat Beck. »Und denken Sie bitte an unser angespanntes Budget. Belastet die Spesenkasse nicht zu sehr.«

»Ich werde sehen, was sich machen lässt«, antwortete Trevisan und packte die Reisetasche in den Kombi.

Alex saß am Steuer, während Tina auf dem Rücksitz Platz nahm. Knapp sechshundert Kilometer Strecke lag vor ihnen. In sechs bis sieben Stunden, dann wäre es bereits früher Abend, würden sie in Pasewalk eintreffen, wo die Verwaltung im *Hotel Pasewalk* zwei Zimmer angemietet hatte. Trevisan musste sich zusammen mit Alex ein Doppelzimmer teilen.

Die Durchsuchung der Autoverwertung am Rande der Stadt war für den nächsten Tag geplant. Hauptkommissar Zierl hatte sich beeilt. Offenbar hatte Trevisans Bericht dazu beigetragen, dass sich die Bürokratie bewegte.

»Meinst du, drei Tage reichen?«, fragte Alex, als Trevisan sich auf dem Beifahrersitz niederließ.

»Kommt ganz darauf an, was wir auf dem Schrottplatz finden«, antwortete Trevisan und legte den Gurt an. »Ich hoffe, dass die Sache glatt über die Bühne geht. Wenn wir auf die Tatwaffen stoßen, dann sind wir spätestens übermorgen wieder zurück.«

Alex ließ den Wagen an. Beck schlug die Beifahrertür zu und winkte kurz, als sich der Opel in Bewegung setzte.

»Bin gespannt, was dieser Zierl für ein Typ ist«, sagte Trevisan, als Alex in die Peterstraße einbog.

»Ich weiß nicht, ob ich im Osten arbeiten könnte«, erwiderte Tina vom Rücksitz her. »Ist schon noch eine ganz andere Welt.«

Trevisan nickte. »Braucht wohl noch eine Weile, bis die beiden Teile endgültig zusammengewachsen sind. Vierzig Jahre lassen sich nicht so einfach wegwischen, auch wenn uns die Politiker das gerne glauben machen wollen. Dort drüben hat sich eine ganz eigene Kultur entwickelt. Manche Dinge waren bestimmt besser als im Westen, aber davon geht vieles verloren.«

»Am Ende triumphieren immer die Sieger«, bestätigte Alex.

»Wir waren alle Verlierer«, konterte Trevisan. »Anschließend hatten wir hier zwar den besseren Start, aber wir haben verlernt, unseren Wohlstand mit anderen zu teilen, die nicht so viel Glück hatten.«

Alex lenkte den Wagen aus der Stadt und fuhr auf die nahe Autobahn zu. Trevisan kurbelte seinen Sitz zurück und machte es sich bequem.

»Fahr anständig«, sagte er, bevor er die Augen schloss.

*

Sie hatte ihren Wagen unauffällig in einer Parkreihe am Straßenrand abgestellt. Der weiße Tanklastzug stand schon seit einer halben Stunde auf dem Tankstellengelände. Der Zugang zum Erdtank war geöffnet und ein dicker Schlauch verschwand in der Tiefe.

Sie atmete tief durch. Mit der Hand fuhr sie über das kleine Buch mit dem Ledereinband. Den Staub hatte sie entfernt.

Sie hatte ihn in den letzten Tagen beobachtet, und er hatte nichts davon bemerkt. Er führte ein ganz normales Leben. Er hatte eine Frau, die schwanger war, er arbeitete, spielte Fußball und traf sich mit Freunden. Ein ganz normaler Mensch. Und er sah nicht einmal schlecht aus. Doch die Fassade täuschte oft darüber hinweg, wie ein Mensch wirklich war, welche Gedanken durch seinen Kopf gingen und zu welchen Gemeinheiten er fähig war, wenn er Gelegenheit bekam, seine animalischen Instinkte auszuleben.

Auch er würde seine Rechnung bezahlen müssen. Erneut fuhr sie mit der Hand über den ledernen Einband.

Sie dachte an ihre Mutter. Den Augenblick, als sich der Rosenholzsarg in die Tiefe gesenkt hatte, würde sie nie vergessen.

Willo Brunken würde sie ewig daran erinnern, welches Schicksal sie und ihre Familie erdulden musste. Über all die Jahre weg hatte sie geschwiegen, hatte die vorbildliche Tochter gespielt und sich von dem Hass, der sie innerlich auffraß, nichts anmerken lassen.

Der Zahltag war nah, nur die richtige Gelegenheit hatte sich noch nicht ergeben.

Sie war vorsichtig. Über all die Jahre des Schweigens hatte sie gelernt, ein Gespür für die Situation zu entwickeln. Manchmal hätte sie gerne geredet, hätte gerne das große Geheimnis gelüftet, das sie umgab. Doch sie hatte gelernt, sich zu beherrschen. Der richtige Zeitpunkt würde kommen, hatte sie sich immer gesagt. Dieses Ziel hatte sie am Leben gehalten und dazu gebracht, immer das Richtige zu tun. Und dieses feine Gespür, dieses Gefühl für den Augenblick würde ihr auch ermöglichen, letztlich ihr Ziel zu erreichen.

Es war nur komisch, wie gleichgültig diese Männer geworden waren. Sie hatten offenbar vergessen, was damals geschehen war. Vielleicht war es ihnen nicht wichtig genug gewesen. Sie würde diese Erinnerung wieder auffrischen. Die Rechnung musste bezahlt werden, und das Blut war der Preis.

Ein Mann tauchte in der Nähe des Lastwagens auf. Er trug einen blauen Overall und Gummistiefel. Seine blonden, langen Haare flatterten im Wind. Zielstrebig hielt er auf den geöffneten Schacht zu. Sie blickte auf die Uhr. Es war kurz vor Mittag. Bestimmt würde er wieder zurück in den Ölhafen fahren. Sie hatte genug gesehen.

Als Willo Brunken den Schlauch des Tankwagens in dem Fach unterhalb des Tanks verstaute, fuhr ein blauer Golf an der Tankstelle vorbei. Er war viel zu beschäftigt, um den Wagen wahrzunehmen.

*

Gleich nach Monikas Anruf hatte Horst Kleinschmidt seine Sachen gepackt und den Schlüssel des großen VW LT der Spurensicherung vom Schlüsselbrett genommen. Er ging in den Spurensicherungsraum. Hanselmann, der gerade ein paar Fußabdrücke abfotografierte, schaute seinen Chef zweifelnd an.

»Kommen Sie, Hanselmann. Je eher wir diesen zündelnden Idioten überführt haben, desto eher können wir nachts beruhigt schlafen. Oder haben Sie Lust, am nächsten Wochenende erneut mitten in der Nacht in der Sauerei herumzustiefeln?«

Hanselmann schüttelte den Kopf und zog seinen braunen Arbeitsmantel aus. Ein paar Minuten später setzten sie sich in Richtung Hooksiel in Bewegung. Vor dem Haus von Tom Petrich nahm Monika Sander sie in Empfang.

Hanselmann besah sich das Haus und atmete auf. »Ist, Gott sei Dank, nicht besonders groß«, seufzte er.

»Trotzdem sind wir einige Zeit beschäftigt«, entgegnete Kleinschmidt. »Wir werden uns Raum für Raum vornehmen. Die Kerle kommen mittlerweile auf die tollsten Verstecke.«

Monika Sander nickte. »Der Kerl hat versucht auszubüchsen, also hat er etwas zu verbergen. Till und Dietmar haben ihn mit zur Dienststelle genommen, daher nehmt euch Zeit. Bis morgen können wir ihn festhalten, dann müssen wir Farbe bekennen. Liefert mir genügend Material, damit ich ihn dem Richter vorführen kann.« Mit einladender Geste zeigte sie auf das kleine Anwesen. »Das Haus gehört euch. Ich gehe zurück zur Dienststelle und beginne mit der Vernehmung. Vielleicht plaudert er von selbst, damit könnte ich euch die Sache etwas erleichtern.«

Kleinschmidt nickte und holte einen weißen, noch in Folie verschweißten Papieranzug aus seiner Tasche. »Wir sagen dir Bescheid, wenn wir etwas gefunden haben.«

*

Monika Sander traf knapp fünfzig Minuten später auf der Dienststelle ein. Im Vorraum zum Vernehmungszimmer saß Till Schreier locker auf einem Schreibtisch. Er beobachtete durch den Spionspiegel in der Tür den Festgenommenen, der auf einem spartanischen Holzstuhl allein mitten im Raum saß und zappelig hin und her rutschte.

»Hat er schon was gesagt?«, flüsterte Monika Sander.

»Er schweigt«, antwortete Till. »Wir haben ihn hier vor einer halben Stunde hineingesetzt, damit er ein wenig Zeit zum Nachdenken hat. Dietmar trägt gerade alles zusammen, was sich über ihn in unseren Computern finden lässt.«

»Gut, dann gehe ich mal rein«, antwortete Monika. »Vielleicht hat ihn die Wartezeit ein wenig gesprächiger gemacht.

Dietmar soll ruhig dazukommen, wenn er so weit ist. Und du bleibst hier draußen.«

»Okay«, erwiderte Till.

Monika Sander betrat den Vernehmungsraum und ging wortlos an Petrich vorbei, der sie mit großen Augen anstarrte. Noch trug er Handschellen. Sie setzte sich hinter den Schreibtisch in der Ecke. Von dort aus konnte sie ihn gut beobachten. Kein noch so kleines Zucken, kein nervöses Zwinkern oder verräterisches Zittern würde ihr entgehen. Der Raum war ausschließlich für diesen Zweck eingerichtet worden. Kein Bild, kein Foto, keine Verzierung störte die Nüchternheit des hellgrün getünchten Zimmers. Hier war der Verdächtige alleine mit seiner Geschichte und dem Beamten, der mit ihm sprach.

Monika schaltete das in die Decke eingelassene Mikrofon ein, dessen hochempfindliche Elektronik kein Geräusch überhören würde.

»Sie heißen Tom Petrich?«, fragte Monika streng.

Der Festgenommene nickte.

»Antworten Sie mit Ja oder Nein«, wies sie ihn mit absichtlich herrischem Ton zurecht.

Ein zögerlich gekrächztes »Ja« kam über seine Lippen.

»Sie wohnen in Hooksiel?«

Erneut ein gekrächztes »Ja«.

»Herr Petrich, Sie wissen, dass wir Sie festgenommen haben. Wir verdächtigen Sie der fortgesetzten Brandstiftung in Tateinheit mit einem Tötungsdelikt. Außerdem haben Sie bei Ihrer Festnahme Widerstand geleistet. Sie wissen, dass Sie keine Angaben zu machen brauchen und einen Anwalt hinzuziehen können?«

Petrich schaute Monika verwundert an. »*Was* soll ich getan haben?«

»Schwere Brandstiftung in Tateinheit mit einem Tötungsdelikt«, wiederholte Monika.

Petrichs Züge entspannten sich. Ein Lächeln huschte über seine Lippen. »Das ist nicht Ihr Ernst!«

Monika fiel auf, dass er mehr und mehr seine Fassung zurückgewann. »Warum haben Sie meinen Kollegen angegriffen, als wir mit Ihnen reden wollten?«

Petrich zuckte mit den Schultern.

»Ihr Haus wird gerade durchsucht. Sagen Sie mir, was wir finden werden und wir können das ganze Verfahren abkürzen.«

Petrich richtete sich vom Stuhl auf. »Mit welchem Recht?«, polterte er. »Ich habe nichts getan und Sie kommen einfach in mein Haus ... Ich will sofort einen Anwalt sprechen.«

Die Tür wurde aufgestoßen und Dietmar Petermann betrat das Zimmer.

»Setzen Sie sich wieder auf Ihre fünf Buchstaben«, sagte er und zog Petrich zurück auf seinen Stuhl. »Sie haben doch Erfahrung und sind nicht zum ersten Mal bei der Polizei.« Er warf einen Packen Papier auf Monikas Schreibtisch.

»Ich habe nichts verbrochen!«, antwortete Petrich scharf.

»Bei uns in Wilhelmshaven vielleicht nicht, aber dafür kennt man Sie in Bremen um so besser«, entgegnete Dietmar. »Einbruchdiebstahl, Betrug und Hehlerei. Sind Sie deswegen vor sechs Jahren nach Hooksiel gezogen?«

»Das sind alte Geschichten.«

»Und was war mit den Spinden der Kollegen im Feuerwehrgerätehaus?«, mischte sich Monika Sander ein.

Petrichs Aufruhr legte sich etwas. »Niemand hat mich angezeigt.«

»Aber wir wissen davon«, entgegnete Monika. »Wo waren Sie in der Nacht zum Montag?«

Petrich zuckte wieder nur mit den Schultern.

»Sie wissen, was auf dem Spiel steht«, warf Dietmar ein. »Es geht um Totschlag oder sogar Mord.«

»Mann, verdammt!«, fuhr Petrich auf. »Ich habe mit euren blöden Bränden nichts zu tun.«

»Haben Sie ein Alibi für die Nacht von Sonntag auf Montag?«, wiederholte Monika mit Nachdruck.

Petrich schüttelte den Kopf. »Ich will nach Hause. Ihr habt nichts gegen mich in der Hand.«

»Sie bleiben erst einmal hier«, erklärte Dietmar. »Wenn Sie nicht kooperieren, werden wir Ihnen eben beweisen, was Sie getan haben. Das bringt dann schon ein paar Minuspunkte mehr vor dem Richter.«

*

»Und jetzt?«, fragte Hanselmann.

»Jetzt nehmen wir uns das obere Stockwerk vor«, entschied Kleinschmidt und wischte sich den Schweiß vom Gesicht.

Sie hatten das Erdgeschoss des kleinen Hauses gründlich durchsucht. Die Zimmer, die Schränke, die Kommoden. Sie hatten in Nischen, sogar unter den Dielen nachgeschaut. Alles, was sie bislang gefunden hatten, war ein alter, roter Ersatzkanister, der innen so ausgetrocknet war, dass sich wohl seit Jahren kein Benzin mehr darin befunden haben konnte.

»Weder eine Bibel noch ein Computer mit Drucker«, seufzte Kleinschmidt. »Ich weiß nicht, ob das tatsächlich unser Mann ist.«

»Noch haben wir nicht alles gesehen«, antwortete Hanselmann.

Im Obergeschoss zweigten drei Türen von einem leeren Flur ab. Überall lag Staub auf dem Boden. Fußspuren führten über den Teppich zum Zimmer links der Treppe.

Kleinschmidt deutete auf den Boden. »Lass uns mal nachsehen, was sich hinter der Tür verbirgt.«

Hanselmann folgte den Spuren und drückte die Türklinke herab. Die Tür war verschlossen. Der Schlüssel fehlte.

Kleinschmidt setzte seine Brille auf und betrachtete das Bartschloss. »Mal sehen, was wir da haben.« Er griff in seine Tasche und zog ein Bund Dietriche hervor. »Das wäre doch gelacht ...« Dietrich Nummer fünf passte. Es knackte und Kleinschmidt öffnete die Tür.

Im Raum war es dunkel. Kleinschmidt suchte nach einem Lichtschalter.

12

Die Stadt an der Uecker lag unter dem Glanz der späten Nachmittagssonne. Trevisan rutschte unruhig auf seinem Sitz hin und her. Nach über sechs Stunden Fahrt fühlte er sich wie gerädert. »Hast du die Wegbeschreibung mitgenommen?«

Alex nickte. »Alles im Lot, ich weiß, wo wir hinmüssen.«

Sie fuhren über die Anklamer Straße in die Stadt hinein. Trevisan warf einen Blick auf seine Armbanduhr. Es war kurz nach drei. Mit Hauptkommissar Zierl war abgemacht, sich bis vier Uhr auf dem Kommissariat in der Marktstraße zu treffen.

»Dort hinten liegt irgendwo unser Hotel«, sagte Alex, als sie kurz vor der Papendorfer Chaussee nach links in die Bahnhofstraße einbogen.

»Es ist schön hier«, bemerkte Tina auf dem Rücksitz.

»Ja, der Osten hat sich ganz schön rausgemacht«, erwiderte Trevisan. »Ich will im Frühjahr ein paar Tage nach Dresden. Soll herrlich sein.«

Sie fuhren über die Bahngleise, eine Brücke folgte, bis sie in die Kernstadt gelangten. Weiße Fassaden typischer Stadthäuser säumten ihren Weg. Vorbei an der imposanten Sankt-Nikolai-Kirche mit ihrem breiten, wehrhaften Turm führte ihr Weg weiter, bis das grüne Schild *Polizei* auf einem weißen, nüchternen und mehrstöckigen Gebäudekomplex erschien.

»Sieht irgendwie aus wie bei uns«, murmelte Tina.

»Das könnte eine alte Schule gewesen sein«, kommentierte Alex. »Das Gymnasium bei uns in der Stadt sieht ähnlich aus.« Er parkte auf einem der freien Besucherparkplätze.

»Also, dann wollen wir mal«, sagte Trevisan und stieg aus. Er streckte und reckte sich erst einmal, bevor er auf das hölzerne Portal zuging. »Diese lange Fahrerei geht mir ganz schön auf den Wecker.«

»Ich fand es toll, mal was anderes zu sehen«, widersprach Tina.

Sie gingen über eine Schräge auf den Eingang zu. »Sieh an, behindertengerecht«, lobte Alex. »Da sollten sich unsere Hausplaner mal eine Scheibe von abschneiden.«

Es hallte, als sie das Gebäude betreten hatten und die Tür wieder ins Schloss fiel. Hinter einer dicken Glasscheibe musterte ein uniformierter Kollege die Besucher mit wachem Blick.

Trevisan zückte seinen Dienstausweis. »Hauptkommissar Zierl erwartet uns«, sagte er in das kleine Mikrophon der Sprechanlage. »Mein Name ist Martin Trevisan von der Kripo Wilhelmshaven.«

Der Kollege nickte. »Nehmen Sie bitte Platz, ich werde ihm Bescheid geben. Er holt Sie hier an der Schleuse ab.«

Sie setzten sich auf die schwere Holzbank gegenüber der Panzerglasscheibe.

Es vergingen fünf Minuten, bis die Sicherheitstür zum Flur geöffnet wurde. Ein kleiner, dicklicher Mann, bestimmt bald an die sechzig, mit Stirnglatze und ergrautem Haarkranz erschien. Ein dichter buschiger Schnurrbart umrahmte seinen Mund. »Ihr seids früh dran, na, dann kommts mal mit.«

*

»Also, dann noch einmal von vorne«, sagte Monika Sander eindringlich. »Wo waren Sie am 18. August in der Zeit zwischen zwei und vier Uhr nachts?«

»Weiß nicht mehr«, antwortete Petrich widerwillig.

»Und einen Tag später, um die gleiche Zeit«, setzte Dietmar nach.

Petrich zuckte mit der Schulter. »Wieso soll ich mich daran erinnern? Ich war zu Hause und habe geschlafen oder in der Kneipe oder sonst irgendwo. Das geht euch überhaupt nichts an.«

»Und wie sieht es am 20. August aus?«

»Ich weiß nicht, was ihr von mir wollt«, erwiderte Petrich. »Ich habe mit euren Geschichten nichts zu tun. So, jetzt habe ich die Nase voll. Ich will sofort mit meinem Anwalt sprechen.«

Monika warf Dietmar einen vielsagenden Blick zu. Dietmar zuckte mit den Schultern.

»Herr Petrich«, sagte Monika ruhig. »Sie wissen wohl nicht, was auf dem Spiel steht. Wenn Sie sich kooperativ verhalten, verbessern Sie ihre Situation. Warum machen Sie es sich und uns nicht einfach und reden über die Angelegenheit?«

Petrich nahm die Hand vor die Augen und schüttelte den Kopf. »Ich bin sauber, ich habe schon lange keine Schwierigkeiten mehr mit der Polizei. Aber wenn ein Name erst mal in euren verdammten Computern auftaucht, dann hat man nie mehr vor euch Ruhe.«

»Haben Sie für irgendein Datum, das ich Ihnen nannte, ein Alibi?«

Petrich starrte an die Decke. »Wann soll das gewesen sein?«

Dietmar verzog das Gesicht. »26. Juli, 29. Juli, 2. August, 9. August …«

»… Moment«, meldete sich Petrich zu Wort, »Ende Juli war ich im Krankenhaus. Zwei Wochen, wegen einer Magenkrankheit.«

Monika richtete sich auf. »Wann und wo war das?«

Petrich überlegte. »Vom 20. Juli bis zum 5. oder 6. August. Im Reinhard-Nieter-Krankenhaus, da können Sie ruhig nachfragen.« Er lächelte und erhob sich. »Damit hat sich das hier wohl erledigt.«

»Setzen Sie sich wieder hin«, herrschte ihn Dietmar an.

»Was soll das?«, schrie Petrich. »Ihr wolltet ein Alibi, jetzt habt ihr eins.«

»Sie müssen uns schon die Zeit geben, ihre Angaben zu überprüfen.« Monika blieb ruhig, innerlich jedoch bebte sie. Wenn Petrichs Angaben der Wahrheit entsprachen, konnte er die ersten drei Brände nicht gelegt haben. Damit würde die ganze Suche wieder von vorne beginnen. Es sei denn, ihm wäre irgendwie gelungen, das Krankenbett heimlich zu verlassen. »Dietmar, kümmere dich bitte um die Überprüfung in der Klinik.«

»Und wenn die mir keine Auskunft geben, du weißt doch, wegen dem Ärztegeheimnis und so«, wandte Dietmar ein.

»Mensch, lass dir eine Erklärung unterschreiben«, antwortete Monika Sander gereizt. Dietmar nickte und verließ das Vernehmungszimmer.

»Jetzt sind Sie wohl sauer«, unkte Petrich. »Da habe ich euch eure Bilanz ganz schön versaut, oder?«

Monika erhob sich. »Warum haben Sie dann diesen Fluchtversuch unternommen, als wir mit Ihnen reden wollten?«

Petrich zuckte mit den Schultern. »Genau aus dem Grund, weswegen ich jetzt hier sitze. Ihr Bullen versucht andauernd, den Leuten etwas anzuhängen, nur damit die Aufklärungsquote stimmt. Ich weiß, dass ihr eine dicke Akte über mich habt, und deshalb habe ich Fracksausen bekommen.«

Die Tür wurde aufgerissen. Till Schreier stürmte in den Raum. Er warf drei Fotoausdrucke auf den Tisch vor Petrich.

»War es vielleicht eher deshalb?«, fragte er zynisch. »Manchmal ist es gut, ein paar Akten über unsere Kundschaft aufzubewahren. Es macht manches einfacher.«

Monika schaute Till fragend an.

Till räusperte sich. »Ein Zimmer in seinem Dachgeschoß ist bis zum Rand voll mit DVD-Rekordern, Computerbildschirmen, Fernsehapparaten und Videokameras. Woher haben Sie die Geräte? Eine Erbschaft oder ein unerwarteter Gewinn? Und erzählen Sie mir nicht, dass Sie Kreuzworträtsel lösen.«

Petrichs Miene war wie versteinert. »Wieso habt ihr mein Haus durchsucht, ihr hattet kein Recht dazu!«

»Irrtum«, konterte Till. »Wenn sich ein Verdächtiger durch Flucht oder Widerstand seiner Festnahme widersetzt, dann haben wir sehr wohl das Recht, seine Sachen, seinen Wagen und auch seine Wohnung nach Beweismitteln zu durchsuchen. Und wir haben einige Seriennummern der Gerätschaften überprüft«, fuhr Till fort. »Die Sachen stammen allesamt aus Einbrüchen in Elektromärkte in unserer Gegend. Ich denke, das reicht für ein paar Jahre Knast.«

»Ich sage nichts dazu«, entgegnete Petrich.

»Das ist auch ganz gut so«, erwiderte Till. »Am Ende erzählt er uns, was wir sowieso längst wissen, und kriegt dafür vom Richter auch noch einen Bonus.«

Dietmar Petermann kehrte mit einem Formular zurück und musterte verwirrt die drei Anwesenden. »Was ist denn nun schon wieder los?«

Bevor Monika antworten konnte, betrat Schneider vom 3. Fachkommissariat das Vernehmungszimmer. »Kleinschmidt hat mir gesagt, dass ihr einen Mann verhaftet habt, der für die Einbrüche in die Elektromärkte in Frage kommt?«

Monika wies auf den zusammengesunkenen Petrich, der

stumm auf den Boden starrte. »Er gehört euch«, antwortete sie schnippisch und wandte sich zur Tür.

»Und die Erklärung?«, fragte Dietmar begriffsstutzig.

»Lass ihn unterschreiben«, antwortete Monika spitz. »Und sieh zu, dass du die Überprüfung heute noch machst. Wir haben schon genug Zeit verplempert.«

Till folgte ihr. »Was ist los mit dir?«, fragte er, als sie zusammen den Flur entlanggingen.

»Verdammte Scheiße! Ich war mir fast sicher, wir haben ihn. Und jetzt profitiert ausgerechnet Schneider von unserer Arbeit.«

»Sieh es mal anders«, versuchte Till seine Kollegin zu beruhigen. »Wir haben einen Einbrecher von der Straße geholt. Die Polizei und die Gesellschaft haben gewonnen, nicht Schneider.«

Monika verzog das Gesicht zur Grimasse. »Lass gut sein, Till. Ich brauche jetzt erst mal etwas Ruhe.«

*

»Wir haben insgesamt vier Gruppen der Bereitschaftspolizei, acht Leute vom Revier, vier Hundeführer und meine Leute im Einsatz«, erklärte Hauptkommissar Zierl. »Zusammen sind wir knapp sechzig. Wir werden trotzdem eine ganze Weile beschäftigt sein. Das Gelände ist weitläufig und die Schrottautos eignen sich wunderbar als Verstecke.«

Sie saßen zusammen mit drei Kollegen von der uniformierten Polizei und dem Leiter des morgigen Einsatzes im Besprechungsraum, einem jungen Polizeirat namens Golkow. Auf einer weißen Tafel sah man das Bild des Schrottplatzes.

»Woher haben die das?«, flüsterte Tina Trevisan zu.

»Sie haben wohl schon ein wenig Aufklärung betrieben«, antwortete Trevisan leise. »Vielleicht kommen wir damit etwas schneller voran.«

»Wir müssen auf alles gefasst sein«, erklärte der junge Polizeirat. »Auf dem Platz leben neben dem Betreiber Thorsten Basedow und seinem Bruder Günter noch die Schwester Jenny mit ihrem elfjährigen Sohn Maik sowie ein Gehilfe, der dort in einem Wohnwagen haust.«

Trevisan meldete sich zu Wort. »Thorsten Basedow war unseren Ermittlungen nach lange Jahre bei der Nationalen Volksarmee.«

»Das waren hier viele«, warf Zierl ein.

»Er war Scharfschütze«, stellte Trevisan klar.

»Herr Kollege«, entzog der Polizeirat Trevisan das Wort. »Lassen Sie uns chronologisch vorgehen. Wir wissen über die Personen Bescheid.«

Trevisan blickte sich peinlich berührt um. »Entschuldigung.«

»Thorsten Basedow trat in letzter Zeit dreimal in Erscheinung«, fuhr der Polizeirat fort. »Zweimal wegen Trunkenheit im Straßenverkehr und einmal wegen Körperverletzung. Auch da war er betrunken. Er wird als gewalttätig eingestuft. Gegen seinen Bruder wurde vor einem Jahr ein Ermittlungsverfahren wegen Schmuggel und Steuerhinterziehung geführt. Das Verfahren wurde aber gegen Geldbuße eingestellt.«

Trevisan warf Alex einen fragenden Blick zu. Schließlich hob er artig die Hand.

»Ja bitte, Herr Trevisan?«

»Wissen Sie genauer, worum es in dem Ermittlungsverfahren ging?«

Der junge Polizeirat blätterte in seinen Unterlagen. Schließlich schüttelte er den Kopf. »Wir haben nur die Einträge gefunden. Eine Spezifizierung liegt nicht vor. Es wurde vom Finanzamt und vom Zoll geführt. Aber ich könnte es feststellen lassen, falls es wichtig sein sollte.«

Trevisan klopfte mit den Fingern auf den Tisch. »Ich glaube schon, dass es wichtig ist. Hans Kropp, das Mordopfer, war ebenfalls wegen Schmuggel vorbestraft. Zigarettenschmuggel aus Polen, genauer gesagt. Er hat im Verfahren seine Komplizen nie preisgegeben. Wir nehmen an, dass die Basedow-Brüder mit ihm gemeinsame Sache machten und Kropp den Gewinn aus dem Schmuggel für sich behalten hat. Sein Lastwagen war professionell manipuliert. Dazu wäre ein Schrottplatz der ideale Ort. Es könnte sich bei dieser Geschichte um das Mordmotiv handeln.«

Der Polizeirat schluckte. »Ich werde sofort veranlassen, dass wir Akteneinsicht erhalten. Zierl, kümmern Sie sich bitte gleich darum.«

Der Hauptkommissar nickte und atmete tief ein. Sein Blick streifte die Uhr, die über der Tür hing. Es war kurz vor fünf. Schließlich erhob er sich und verließ den Besprechungsraum.

»Also gut«, sagte der Polizeirat, nachdem Zierl die Tür geschlossen hatte. »Fahren wir mit unserer Einsatzbesprechung fort. Kommen wir jetzt zum polizeitaktischen Ablauf.«

Die Besprechung dauerte bis kurz vor sieben. Zierl war nach einer halben Stunde mit der Nachricht in den Besprechungsraum zurückgekommen, dass es in dem Zollverfahren auch um Zigarettenschmuggel gegangen war. Trevisan schmunzelte innerlich. Der Einsatz war gut vorbereitet und der junge Polizeirat nahm die Angelegenheit wirklich ernst. Vielleicht auch, weil es seiner Karriere einen beträchtlichen Knacks geben würde, wenn die Sache in die Hose ging.

»Also, dann treffen wir uns morgen früh um sieben Uhr. Einsatzbeginn ist um acht. Und bitte pünktlich, meine Herren.«

Tina erhob sich und stöhnte laut. »Mann, habe ich einen Kohldampf.«

»Ich auch«, bestätigte Alex.

Zierl kam um den Tisch und blieb vor Trevisan stehen. »Na, zufrieden, Herr Trevisan?«

Trevisan nickte. »Der Einsatz ist wirklich gut vorbereitet.«

»Wenn es noch so etwas wie deutsche Gründlichkeit gibt, dann finden sie diese zu allererst im Osten. – Was machen Sie jetzt noch?«

»Wir wollen etwas essen gehen«, entgegnete Trevisan.

»Oh, wenn es Ihnen nichts ausmacht, dann schließe ich mich an. Wie wäre es in der *Ratsstube*? Die ist nicht weit von hier entfernt. Oder mag die Dame lieber italienisch?«

Tina lächelte. »Ich glaube, ich esse, was mir auf den Teller kommt.«

13

Monika Sander parkte auf der Straße vor dem Haus. Sie wollte nur noch in ihr Bett. Erst ließ der Brandstifterfall sie nicht zur Ruhe kommen, dann profitierte ausgerechnet Schneider von ihren Ermittlungen. Sicherlich, Ermittlungserfolge und Festnahmen wurden immer anonymisiert, aber wenn es das nächste Mal brennen würde, dann standen natürlich ihr Name und ihr Ruf zur Disposition. Jeder im Kommissariat würde sagen, die Sander hat den Kerl immer noch nicht erwischt.

Sie ging über den schmalen Fußweg zur Eingangstür und öffnete. Im Haus war es dunkel, nur aus dem Wohnzimmer fiel ein Lichtstreifen in den Flur. Monika legte ihre Tasche auf den Stuhl neben der Kommode und hängte ihre Jacke an den Haken, bevor sie weiterging.

Plötzlich schrie sie auf vor Schmerz. Richard Sander riss erschrocken die Wohnzimmertür auf und knipste den Lichtschalter an.

Sie war auf ein paar Legosteine getreten, die ihr Sohn Björn zu einer kleinen Landschaft zusammengebaut hatte.

»Verdammt!«, schrie Monika ihren Mann an. »Habe ich nicht immer gesagt, ihr sollt aufräumen, wenn ihr fertig seid.«

»Björn wollte, dass du siehst, was er heute gebaut hat.«

»Ich hätte mir die Beine brechen können!«

»Warum hast du nicht einfach das Licht angemacht?«

»Schon klar«, antwortete Monika bissig. »Jetzt bin ich auch noch selbst schuld.«

»Das hat doch niemand ...«

»Es ist immer das Gleiche«, fiel ihm Monika ins Wort. »Ihr haltet alle gegen mich zusammen. Björn hat ein großes Zimmer, darin kann er spielen. Hier im Flur haben die Legosteine nichts verloren.«

»Entschuldigung«, antwortete Richard. »War vielleicht doch keine so gute Idee, die Stadt in den Flur zu bauen. Mein Fehler. Ich dachte nur ...«

»Ach, du denkst immer nur! Nur an mich denkt ihr dabei überhaupt nicht.«

Richard Sander schüttelte den Kopf. »Jetzt mach mal wegen der paar Steine nicht so ein Theater. Wenn du schlechte Laune hast, dann lass sie jetzt nicht an uns aus.«

»Nur weil ich nach der Arbeit meine Ruhe haben will«, konterte Monika, »heißt das noch lange nicht, dass ich schlechte Laune habe.«

»Ich habe heute auch gearbeitet«, antwortete Richard Sander. »Ich muss dafür zwar nicht in ein Büro fahren, aber ich habe dennoch einen schweren Tag hinter mir. Anschließend habe ich Abendessen für die Kinder gemacht und jetzt wollte ich mir in aller Ruhe die Nachrichten ansehen. Mein Tag ist nicht weniger aufregend und anstrengend, das kannst du mir ruhig glauben. Also lass gefälligst künftig deinen Ärger im Büro.« Er wandte sich ab und ließ sie einfach stehen. Die Wohnzimmertür knallte, als sie ins Schloss fiel.

Monika fuhr sich mit der Hand über die Augen. Eine Träne rann über ihre Wange.

*

Das Wetter hatte umgeschlagen. Über Nacht waren Wolken von Nordwesten über das Land aufgezogen. Ein stürmischer Wind trieb Regentropfen vor sich her. Trevisan rümpfte die Nase.

Kurz vor sieben Uhr trafen sich die Einsatzkräfte im Polizeikommissariat. Nach einer kurzen Einsatzbesprechung fuhr der Tross, bestehend aus vier Kleinbussen und mehreren Streifenwagen, aus der Stadt. Alex, Tina und Trevisan reihten sich mit ihrem Wagen in die Schlange ein.

»Bin mal gespannt, ob wir unser Verfahren heute abschließen können«, sagte Alex.

»Am besten wäre es, die Tatwaffen lägen im Wandschrank«, antwortete Trevisan. »Dann könnten wir schnell wieder nach Hause fahren.«

»Wieso, mir gefällt es hier«, warf Tina ein.

»Ich muss zugeben, ich hatte mir den Osten schlimmer vorgestellt«, antwortete Trevisan.

Der Schrottplatz lag an der Landstraße nach Brüssow. An einer Einmündung bog der vorausfahrende Streifenwagen nach links in einen Feldweg ab. Alex folgte.

»Wir müssten eigentlich gleich da sein.« Trevisan warf einen Blick auf die Wegbeschreibung, die er vor der Abfahrt vom jungen Polizeirat erhalten hatte. Ein kleines Wäldchen lag rechts des Weges. Plötzlich stoppte der Streifenwagen.

»Achtung, an alle Einsatzkräfte«, krächzte es aus dem Funkhörer. »Fertigmachen. Wie besprochen, die Absperrkräfte rücken auf mein Kommando vor. Und auf Eigensicherung achten. Wir müssen davon ausgehen, dass die Zielpersonen bewaffnet sind.«

»Er ist ein ganz Genauer«, bemerkte Alex.

»Lieber so als anders«, entgegnete Trevisan.

Der Polizeirat zählte den Countdown für die Einsatzkräfte herunter. Bei Null lösten sich zwei Kleinbusse und ein Streifenwagen aus dem Tross und fuhren an Trevisans Wagen vorbei.

Das Kribbeln in seinem Magen verstärkte sich. Bei solchen Einsätzen, egal wie gut sie geplant waren, blieb immer ein gewisses Restrisiko. Was, wenn die Basedowbrüder ausrasteten und zur Waffe griffen?

Er hatte schon mehr als einmal erlebt, wie so eine Polizeiaktion aus dem Ruder laufen und blutig enden konnte. Unruhig trommelte er mit seinen Fingern auf die Schenkel.

»Wird schon klappen«, sagte Alex und nahm einen Schokoriegel aus der Seitenablage der Fahrertür.

Der Regen hatte aufgehört, aber dunkle Wolken zogen über den Himmel. Trevisans Blick folgte dem Zeiger auf der Uhr neben dem Armaturenbrett. Mit jeder Minute nahm seine Nervosität zu. Er atmete erst auf, als der Funkruf aus dem kleinen Lautsprecher des Funkgeräts kam.

»Gruppe A an alle, Zugriff erfolgt, Festnahme der Zielpersonen ohne Widerstand, das Objekt ist gesichert.«

»Gott sei Dank«, stöhnte Trevisan, als Alex den Wagen startete.

»Fertigmachen, wir rücken vor!«, befahl der Polizeirat über Funk.

Wenige Minuten später bog Alex auf das Gelände des Schrottplatzes ein. Überall standen bunte Fahrzeugwracks herum. Manche waren übereinander gestapelt. Ein großes, schmutziges und altertümlich anmutendes Gebäude stand auf der gegenüberliegenden Seite der Zufahrt. Daneben erhob sich eine hölzerne Fahrzeughalle, in der wohl mehrere Lastwagen Platz gefunden hätten. Alex lenkte den Opel auf einen freien Platz, auf dem bereits drei Polizeiwagen abgestellt worden waren.

»Dann wollen wir mal.« Trevisan öffnete die Tür.

Bevor er sich aus dem Wagen hinausgequält hatte, kam ein uniformierter Kollege im Einsatzanzug mit schusssicherer Weste auf ihn zu. »Wir haben vier Personen festgenommen«, meldete er. »Eine Frau und drei Männer. Eine Person ist Ausländer. Sie befinden sich im Wohngebäude. Die Durchsuchungskräfte beginnen im Wohnhaus.«

Trevisan nickte. Zierl trat neben ihn, den Polizeirat im Schlepptau.

»Sie werden wohl mit den Befragungen beginnen wollen, Herr Trevisan«, sagte der Einsatzleiter. »Unsere Durchsuchungskräfte nehmen sich Stück um Stück vor. Wir arbeiten uns von Osten in Richtung Westen vor. Ich habe das Gelände in Planquadrate unterteilt. So können wir ausschließen, dass wir etwas vergessen.«

»Danke«, antwortete Trevisan, doch der junge Polizeirat eilte bereits davon.

»So sind's, die Jungen«, scherzte Zierl. »Sie haben Pläne und Konzepte im Kopf und sind ständig auf Achse, aber sie haben keine Zeit. – Wie gehen wir vor?«

Trevisan überlegte. »Ich denke, wir teilen uns auf. Tina übernimmt die Frau und wir kümmern uns um die Brüder.«

»Und wer macht diesen Gehilfen, den Vietnamesen?«

Trevisan schaute verdutzt. »Einen Vietnamesen?«

»Das passt ja«, bemerkte Alex. »Hat Kropp nicht für die vietnamesische Zigarettenmafia geschmuggelt?«

Trevisan atmete tief ein. »Ich glaube, den Kerl heben wir uns für später auf, falls er überhaupt Deutsch kann.«

*

Der Sonnenaufgang tauchte das Land in ein blutig rotes Licht. Nur wenige Wolken zogen am Himmel, der sanfte Wind wehte sie in das Landesinnere. Sie war früh aufgestanden und zum Voslapper Groden hinausgefahren. Den Wagen hatte sie abseits der Straße abgestellt. Sie war ein wenig gelaufen und hatte die Morgenfrische genossen. Jetzt saß sie in der Nähe der Zufahrtstraße zum Ölhafen und wartete.

Sie wartete auf die Wärme des Tages. Trotz der lauen Nacht hatte sie gestern Abend gefroren. Vielleicht nur wegen der Gedanken. Ihr war so viel durch den Kopf gegangen.

Für einen Augenblick hatte sie daran gedacht, einfach wieder nach Hause zu fahren.

Sie hatte in ihrem Tagebuch gelesen, das sie für Jahrzehnte vor allen Augen versteckt gehalten hatte. Dabei waren ihr dann ein paar Worte ihres Vaters in den Sinn gekommen. Nur Fragmente, Vater hatte nie große Worte gemacht. Er war ein leiser Mensch gewesen, still und duldsam. Ihr war nicht viel von ihm in Erinnerung geblieben. Nur einen Satz, den hatte sie nicht vergessen: *Wenn du am Anfang stehst und dir vornimmst, einen Weg zu gehen, dann gehe ihn bis zum Ende. Lass dich nicht von deinem Weg abbringen, kehr nicht um, gehe weiter, bis du dein Ziel erreicht hast.*

Dieser Satz war so etwas wie ein Lebensmotto für sie geworden. Und heute Morgen hatte sie einen weiteren Schritt auf ihrem langen Weg zum Ziel gemacht. Sie hatte alle Gedanken über Sinnlosigkeit und Hilflosigkeit einfach zur Seite geschoben und konzentrierte sich wieder auf ihre Aufgabe.

Er kam spät. Beinahe eine Stunde hatte sie einfach nur dagesessen und gewartet. Kurz vor sieben bog der Wagen in die Zufahrt zum Ölhafen ein. Sie nahm ihr Fernglas vor die Augen. Dann sah sie ihn. Sein Gesicht. Gealtert, faltig, ernst. Damals war er anders gewesen, ein fröhlicher Mensch. Nichts hatte er ernst genommen, aus allem hatte er sich einen Spaß gemacht. Jetzt war er ein ernster alter Mann.

Sie wartete, bis sie den Wagen aus den Augen verlor. Dann erhob sie sich, klopfte sich den feuchten Sand von der Hose und ging den kleinen Fußweg zurück.

Bald war es so weit.

*

Thorsten Basedow saß mit auf dem Rücken gefesselten Händen auf einem Küchenstuhl und hielt seinen Kopf gesenkt.

Zwei uniformierte Polizisten flankierten ihn. Trevisan nickte den beiden kurz zu und ließ sich auf der Eckbank nieder.

Basedow blickte auf. »Welche linke Bazille hat uns angeschwärzt?«, fragte er tonlos.

Trevisan schaute den Mann im blauen Arbeitsoverall und den wirren, grauen und ungepflegten Haaren erstaunt an. »Sie wissen, warum wir hier sind?«

Basedow zuckte mit den Schultern.

»Mein Name ist Trevisan, ich bin von der Kripo Wilhelmshaven«, stellte Trevisan klar.

Basedow blickte auf. »Dieses Schwein – ich wusste doch, dass Kropp uns irgendwann verkauft!«

Trevisan kratzte sich am Nacken. Spielte Basedow Theater? Das konnte er auch ... Trevisan beschloss den Ahnungslosen zu geben. »Sie meinen Hans Kropp, Ihren Schwager?«

»Exschwager, bitte«, erwiderte Basedow. »Er hat euch doch hergeschickt.«

»Sie haben ihn bedroht«, antwortete Trevisan.

»Er schuldet meiner Schwester Geld und weigert sich zu bezahlen«, entgegnete Basedow.

»Es ging doch gar nicht um die paar Kröten Unterhalt«, sagte Trevisan. »Es ging um viel mehr.«

Basedow senkte den Kopf. »So, um was ging es denn?«

»Um den Erlös aus den Schmuggelgeschäften«, startete Trevisan seinen Versuchsballon.

Basedow lachte kehlig auf. »Hat er euch das gesagt?«

Trevisan überging die Frage. »Wo waren Sie in der Nacht auf den 31. August?«

»Haben Sie Kropp verhaftet?«, wich Basedow aus. »Will er sich auf unsere Kosten freikaufen?«

»Ich fragte, wo Sie in der Nacht auf den 31. August waren«, wiederholte Trevisan eindringlich.

»Ich war hier«, murmelte Basedow. »Weshalb wollen Sie das wissen?«

Es klopfte an der Tür. Trevisan fuhr herum. »Ja?«, rief er laut.

Ein Kollege in Uniform erschien. »Herr Zierl möchte mit Ihnen sprechen.«

Trevisan hasste Unterbrechungen bei Vernehmungen, dennoch erhob er sich. »Einen Moment«, sagte er zu dem Mann im blauen Overall.

Basedow drehte ihm den Rücken zu und zeigte die Handschellen. »Ich lauf schon nicht weg.«

Trevisan verließ den Raum und schloss die Tür.

Hauptkommissar Zierl erwartete ihn im unordentlichen Wohnzimmer. »Wir haben etwas gefunden, das Sie sicher interessieren wird.«

Trevisan schaute sich um. Die Schubladen der Schränke und Kommoden standen offen. Allerlei Papiere und Dokumente lagen auf dem Tisch verstreut.

Zierl präsentierte einen kleinen Zettel. »Das ist eine Tankquittung«, erklärte er. »Sie wurde am 29. August ausgestellt.«

»Und weiter?«

»Q1-Tankstelle, Banter Weg 121, Wilhelmshaven«, las Hauptkommissar Zierl vor.

14

Monika Sander hatte Kopfschmerzen. Sie fühlte sich wie gerädert. Über Nacht hatte das Wetter umgeschlagen. Eine dichte Wolkenhülle lag über der Stadt. Nicht gerade ein Wetter, um ihre übellaunige Stimmung aufzuhellen.

Sie hatte am gestrigen Abend einfach die Kontrolle verloren. Sie hatte sich schon oft geschworen, den Ärger im Büro von ihrer Familie fernzuhalten. Richard hatte recht, wenn er ihre schlechte Laune auf den verkorksten Arbeitstag schob, aber was konnte sie tun? Irgendwann lief das Fass einfach über.

Entschuldige, ich habe einfach überreagiert. Ich liebe euch alle. Verzeih mir, hatte sie auf einen Notizzettel geschrieben und ihn auf den Küchentisch gelegt, bevor sie zur Dienststelle gefahren war. Richard und die Kinder hatten noch geschlafen.

Als sie die Dienststelle betrat und ihr Büro aufsuchte, herrschte Stille. Sie war heute sehr früh dran, obwohl sie eigentlich nichts Besonderes vorhatte.

»Wie fange ich ein gesichtsloses Phantom?«, fragte sie sich, als sie sich hinter ihren Schreibtisch setzte. Sie griff nach der dicken Akte in der Ablage. Mehr als einmal hatte sie in den letzten Tagen darin geblättert, aber ihre Suche nach einem Anhaltspunkt, einem versteckten Hinweis, einem kleinen Puzzleteil, dass ihr weiterhelfen konnte, war vergeblich.

Ein Mann mit viel Zeit, der einen Kleinwagen fuhr, Brandanschläge auf verfallene, alte Gebäude verübte und Bibelzitate zurückließ, die aus den Büchern Mose stammten. Vielleicht ein Geisteskranker, irgend so ein Spinner, dem es eine höllische Freude bereitete, züngelnde Flammen und tanzende Rauchschwaden zu beobachten. Es gab Fälle, die einfach nicht zu lösen waren. Dieser Fall wäre nicht der Erste, der mit dem Aufdruck »Ungeklärt« in der Aktenhaltung verschwinden würde. Doch diesmal würde ihr Name unter dem Vermerk »Sachbearbeitung« stehen. Und das wollte sie nicht auf sich sitzen lassen, schließlich hatte ein Mensch – wenn vielleicht auch durch einen unglücklichen Zufall – sein Leben verloren.

Monika blätterte die Akte durch. Als sie auf den ersten Bibelspruch stieß, hielt sie inne.

Er vertrieb den Menschen und stellte östlich des Gartens von Eden die Cherubim auf und das lodernde Flammenschwert, damit sie den Baum des Lebens bewachten.

Mit schwarzem Filzstift hatte ein Kollege vom FK 3 auf der Plastikfolie, mit der das Beweisstück eingeschweißt war, *Genesis 3.22, 1. Buch Mose* vermerkt. Monika lehnte sich zurück und starrte an die Decke. Die Vertreibung der Menschheit aus dem Paradies ... Eva hatte ihr Wort gegenüber Gott gebrochen und Adam hatte Partei für sie ergriffen. Spiegelte diese Geschichte einen Teil des Lebens des Täters wieder? Hatte er selbst ein Versprechen gebrochen oder hatten andere ihr Wort ihm gegenüber nicht gehalten?

Alttestamentarisch, orthodox, jüdisch?

War der Brandstifter gläubig oder waren diese Bibelsprüche nichts weiter als eine falsche Fährte?

Das Klopfen an der Tür riss Monika aus ihren Gedanken. Till Schreier schob seinen Kopf durch den Türspalt. »Hallo, Monika. Was machst du so früh hier? Du siehst müde aus.«

Monika richtete sich auf. »Wir kommen keinen Schritt voran«, seufzte sie. »Wir überprüfen Feuerwehrmänner, erstellen Täterprofile, um sie dann hinterher wieder umzuwerfen. Aber wirklich weiter kommen wir nicht.«

»Ich weiß«, antwortete Till. »Das gestern war ein herber Rückschlag.«

»Hast du noch eine Idee?«

Till setzte sich auf den Schreibtisch. »Ich glaube nach wie vor, dass unser Täter jüdischen Glaubens ist oder sich zumindest mit dem jüdischen Glauben beschäftigt hat. Ich bin dabei, über die Einwohnermeldeämter einen möglichen Personenkreis zu ermitteln. Allerdings ist das nicht so einfach, wie ich es mir vorgestellt habe.«

»Wie willst du denn an eine Liste von Verdächtigen herankommen?«, fragte Monika. »Soviel ich weiß, gibt es keine jüdische Gemeinde in Wilhelmshaven mehr.«

Till nickte. »Aber in Oldenburg. Ich habe gerade mit der

Geschäftsstelle telefoniert. Ich habe einen Termin und würde Anne gerne mitnehmen.«

Neue Überprüfungen, wieder die Schuhsohlen ablaufen, ohne einen konkreten Anhaltspunkt ... Monika atmete tief ein. Eine bessere Idee hatte sie auch nicht. »Mach weiter, vielleicht bringt es ja sogar was.« Sie erhob sich, ging zum Fenster und warf einen Blick in den trüben Tag. »Hoffentlich hat Trevisan im Osten mehr Glück.«

*

Alex betrachtete nachdenklich den Tankbeleg. Er hatte Günter Basedow befragt, doch auch der schwieg beharrlich. Die Frau, die von den Einsatzkräften festgenommen worden war, hatte sich inzwischen als Lebensgefährtin von Günter Basedow entpuppt. Jenny Kropp, die Schwester der Basedow-Brüder, fehlte. Niemand wusste, wo sie war. Vor einigen Tagen hatte sie das Anwesen verlassen, angeblich, um irgendwo in Deutschland Urlaub zu machen und auszuspannen. Ihr Sohn wurde hier von der Familie versorgt, deshalb hatte Jenny sich schon des Öfteren die Freiheit genommen, für ein paar Tage zu verschwinden.

»Die Lebensgefährtin von Günter Basedow ist sich sicher«, erklärte Tina. »Jenny war drei Tage weg und kam in der Nacht auf den zweiten September zurück. Jetzt ist sie wieder verschwunden. Diesmal mit ihrem eigenen Wagen.«

»Wieso erinnert die Frau sich so genau an die Daten?«, fragte Trevisan.

»Es gab einen großen Ärger, weil sie ohne zu fragen den Wagen von Günter Basedow genommen hat«, erklärte Tina.

»Ich hatte nicht den Eindruck, dass Günter Basedow weiß, dass Kropp tot ist«, sagte Alex.

Trevisan nickte. »Bei seinem Bruder verhält es sich ähnlich.«

»Kropp wurde regelrecht hingerichtet«, warf Alex ein. »Glaubt ihr, dass eine Frau zu so etwas fähig wäre?«

Trevisan winkte ab. »Schlagt die Zeitung auf, darin könnt ihr lesen, zu welchen Grausamkeiten der Mensch fähig ist. Und Frauen nehme ich da nicht aus.«

»Wenn sich genügend Hass aufgestaut hat, dann kommt es

irgendwann zum Ausbruch«, erklärte Tina. »Und ich glaube, in den verschiedenen Variationen, unseren Hass auszuleben, stehen wir euch Männern in nichts nach.«

Trevisan erhob sich von seinem Stuhl. »Sie gehört genauso in diese Geschichte wie ihre Brüder. Und sie war in der Tatnacht nicht hier in Pasewalk.«

Alex gab Trevisan den Tankbeleg zurück. »Sie war in Wilhelmshaven.«

»Was machen wir jetzt?«, fragte Tina.

»Die Brüder haben irgendetwas zu verbergen«, erklärte Trevisan. »Es muss nichts mit unserem Fall zu tun haben, aber trotzdem will ich wissen, was es ist. Außerdem suchen wir noch immer nach der Tatwaffe. Ich glaube nicht, dass eine Frau ein Gewehr besitzt. Also ändern wir die Taktik und schenken den Brüdern reinen Wein ein.«

Gemeinsam verließen sie das Wohnzimmer. Hauptkommissar Zierl kam ihnen auf dem Gang entgegen. Ein schmächtiger Mann war in seiner Begleitung. »Das ist der Dolmetscher für den Vietnamesen«, stellte Zierl ihn vor.

»Gut«, antwortete Trevisan. »Tina, kannst du bitte die Vernehmung machen, Alex und ich kümmern uns weiter um die Brüder.«

In der Küche saß Thorsten Basedow noch immer mit gesenktem Kopf auf seinem Stuhl.

»Hans Kropp wurde ermordet«, sagte Trevisan in die Stille.

Basedow blickte auf. »Deshalb sind Sie also hier. Sie glauben, wir hätten ihn umgebracht.«

»Es sieht danach aus«, bestätigte Trevisan.

»Kropp hat es sich mit vielen Leuten verscherzt. Ich glaube, es gibt einige, die sich darüber freuen, dass er nicht mehr unter den Lebenden weilt.«

Trevisan lächelte und zog sich einen Stuhl heran. »So etwas habe ich schon einmal gehört. Aber nur von Ihnen haben wir Drohbriefe gefunden.«

»Er schuldete uns Geld.«

»Den Erlös aus den Schmuggelaktionen«, antwortete Trevisan.

Für einen Augenblick war so etwas wie Verunsicherung in

Thorsten Basedows Augen zu erkennen. Doch der Augenblick verflog.

»Er zahlte keinen Unterhalt an meine Schwester, außerdem hat er sich Geld geliehen, damit er sich einen Lastwagen kaufen konnte. Er versprach, es zurückzuzahlen, aber wir haben bislang keinen Pfennig gesehen.«

»Wo ist Ihre Schwester?«

Basedow zuckte mit den Schultern.

»Haben Sie ein Gewehr?«

Basedow schüttelte den Kopf. »Das ist doch verboten, oder?«

Trevisan atmete tief ein. »Vielleicht sind Sie Jäger?«

»Ich denke, das haben Sie längst überprüft, bevor Sie hierher gekommen sind.«

Trevisan legte die kleine Plastiktüte mit der Tankrechnung auf den Tisch. »Das haben wir im Wohnzimmerschrank gefunden. Wem gehört die Rechnung?«

Thorsten Basedow fasste danach und betrachtete die Quittung lange und nachdenklich.

»Ihre Schwester war vor ein paar Tagen verreist«, fuhr Trevisan fort. »Sie hat den Wagen Ihres Bruders benutzt. War sie vielleicht in Wilhelmshaven?«

Basedow hob den Kopf. »Hören Sie, das Mädchen hat nichts damit zu tun.«

»Hans Kropp wurde in der Nacht auf den 31. August getötet«, überging Trevisan Basedows Antwort. »Die Rechnung stammt vom 29. August. War sie in Wilhelmshaven?«

»Ich habe keine Ahnung«, zischte Basedow. »Fragen Sie sie selbst.«

»Das würde ich gerne, wenn ich wüsste, wo sie ist.«

»Meine Schwester könnte nie jemanden umbringen, das können Sie vergessen.«

»Sie muss Kropp gehasst haben, nach allem, was er ihr angetan hat.«

»Das haben viele.«

»Er schlug sie, als sie zusammen waren. Gab es in der letzten Zeit Kontakt? Hat er sich bei ihr gemeldet?«

Basedow schüttelte den Kopf. »Hören Sie, das ist absoluter Blödsinn. Meine Schwester wäre nicht fähig, jemanden zu ermorden. Selbst Kropp nicht. Suchen Sie Ihren Mörder woanders, aber nicht hier auf unserem Hof.«

»Wenn Sie uns nicht helfen«, antwortete Trevisan, »dann bleibt uns nichts anderes übrig, als nach Ihrer Schwester zu fahnden.«

»Dann tun Sie, was Sie glauben, tun zu müssen«, erwiderte Thorsten Basedow. »Aber Sie sind auf dem Holzweg. Meine Schwester kann es gar nicht gewesen sein.«

»Und weshalb nicht?«

»Weil Sie für so etwas zu schwach ist. Sie hatte mit ihm die Hölle, aber sie hat uns kein Wort darüber erzählt. Sie hat seine Schläge einfach erduldet. Erst als er sie krankenhausreif geprügelt hat, bekamen wir etwas mit. Ich habe ihn eigenhändig aus der Wohnung geworfen, sonst wäre sie heute noch mit ihm zusammen. Oder er hätte sie längst totgeschlagen.«

*

Sie hatte gewartet, bis Willo Brunken in seinem Wagen das Gelände am Ölhafen verlassen hatte. Sie war ihm bis in die Stadt gefolgt. Er war über den Friesendamm nach Wilhelmshaven gefahren und hatte seinen Wagen unterhalb vom Friedrich-Wilhelm-Platz geparkt, bevor er zu Fuß in die Marktstraße gegangen war. In einem Lebensmittelgeschäft hatte er sich Obst gekauft, bevor er in einem Malergeschäft verschwunden war. Sie setzte sich in der Nähe auf eine Bank und wartete.

Ob er bereits etwas ahnte? Sie hatte mal gehört, dass es immer noch Menschen gab, die eine Gefahr förmlich riechen konnten. Ein Instinkt, den unsere Vorfahren sicherlich besessen hatten, bevor die Evolution voranschritt und sich die Menschheit immer weiter von ihren Wurzeln entfernte.

Es dauerte beinahe eine halbe Stunde, bis Willo Brunken das Malergeschäft verließ.

Einen Augenblick lang zögerte sie. Gegen Mittag war die Wolkendecke aufgerissen, und ihr gefiel es, hier auf der Bank zu sitzen und die Sonne zu genießen. Bestimmt würde er jetzt nach Hause fahren und weiter am Kinderzimmer arbeiten.

Schließlich erhob sie sich und folgte ihm durch die Marktstraße. Sie hielt genügend Abstand, doch so wie er sich gab, war er wohl doch absolut ahnungslos. Eigentlich war er ein ganz netter und stattlicher Kerl geworden. Aber niemand trug seine Sünden offen und für jeden sichtbar.

Als er in seinen Wagen stieg, blieb sie im Schatten eines alten Baumes stehen. Sie musste ihm nicht weiter folgen. Heute würde sich keine Gelegenheit mehr ergeben. Sie wusste, wo sie ihn finden konnte, wo er sich aufhielt und was er heute noch tun würde. Morgen war auch noch ein Tag. Sie beschloss, zurück in die Fußgängerzone zu gehen und einen Kaffee zu trinken.

Als der silberne Audi in die Ebertstraße eingebogen war, trat sie aus dem Schatten des Baumes und ging in Richtung Marktstraße. Leute begegneten ihr, die gehetzten Blicke zum Boden geneigt. Niemand kümmerte sich um sie.

Sie war eine Jägerin und die Jagd hatte längst begonnen.

15

Till Schreier spürte einen Hauch Beklommenheit, als er am frühen Nachmittag zusammen mit Anne Jensen von der gestrengen alten Dame über die hölzerne Treppe in das Zimmer im ersten Stock geführt wurde. An dem ehrwürdigen Stadthaus mitten in der Oldenburger Altstadt mit den holzvertäfelten Wänden und dem leicht modrigen Geruch waren die letzten Jahrhunderte nahezu spurlos vorübergegangen. Es wirkte auf Till, als wäre die Zeit stehen geblieben.

Ein fünfarmiger Kerzenleuchter stand neben einer wurmstichigen Kommode im Flur. Ölgemälde hingen an der Wand, dreimal so groß und wuchtig wie der Kandinsky-Druck in Tills Wohnzimmer. Zweifellos waren diese Bilder ebenso wie die sonstigen Accessoires von unschätzbarem Wert.

Die Goldbecks waren eine alteingesessene Kaufmannsfamilie, die seit Jahrhunderten in Oldenburg residierte. Nur in der

Nazizeit hatten sie dem Land den Rücken gekehrt. Sie waren rechtzeitig in die Schweiz ausgewandert, um dem Morden zu entkommen. Beteiligungen an Bankhäusern, Großhandelsketten und Juweliergeschäften im Norden Deutschlands mehrten den Reichtum der Familie.

Jakob Goldbeck war Vorsitzender der jüdischen Gemeinde in Oldenburg. »Warten Sie bitte hier!«, sagte die strenge Haushälterin kühl. »Herr Goldbeck wird Sie in Kürze empfangen.«

Es dauerte nicht lange, bis ein kleiner, glatzköpfiger Mann um die siebzig in einem braunen Anzug und mit hellen, freundlich blickenden Augen das Zimmer durch eine Nebentür betrat.

Till und Anne erhoben sich.

»Ah, die Kriminalbeamten aus Wilhelmshaven.« Er küsste Anne charmant die Hand, ehe er Till beinahe ebenso überschwänglich begrüßte. »Was führt die Polizei in mein Haus?«

Till räusperte sich. »Wir ermitteln in einer Brandserie im näheren Umkreis von Wilhelmshaven und hoffen, dass Sie uns vielleicht weiterhelfen können.«

Jakob Goldbeck setzte sich in einen Sessel und bot seinen Gästen mit einer Geste ebenfalls Platz an. »Ich?«, fragte er gedehnt. »Warum ausgerechnet ich?«

Till fasste in seine Jacke und reichte dem alten Mann einen Bogen Papier. »Insgesamt hatten wir bereits zwölf Brände, wobei mittlerweile ein Mensch ums Leben kam. Der Brandstifter hinterlässt Bibelsprüche an den Tatorten. Sie wurden in dieser Reihenfolge aufgefunden.«

Jakob Goldbeck faltete den Bogen Papier auseinander, setzte eine Brille auf und las. Dann setzte er die Brille ab. »Sprüche aus dem Pentateuch, der Thora. Die Weisungen Mose an das Volk Israel. Sie glauben, der gesuchte Brandstifter könnte jüdischen Glaubens sein?«

»Es ist nur eine Theorie«, beeilte sich Till zu antworten. »Aber wir müssen jeden Ansatzpunkt in Erwägung ziehen. Die Bevölkerung in unserem Landstrich ist vorwiegend protestantisch. Es gibt nur wenige katholische Gemeinden.«

»Warum nicht«, antwortete Goldbeck mit weicher Stimme. »Juden sind auch nur Menschen, mit allen Stärken und

Schwächen, die Gott seiner unvollkommenen Schöpfung mit auf den Weg gab.«

»Ich dachte, als Vorsitzender der jüdischen Gemeinde hier in Oldenburg und der Umgebung könnten Sie uns vielleicht weiterhelfen.«

»Ich habe natürlich von den Bränden gelesen«, entgegnete Goldbeck. »Allerdings dachte ich dabei nicht an ein Mitglied unserer Gemeinde.«

Till hob entschuldigend die Hände. »Vielleicht steckt auch gar nichts hinter dieser Theorie und der Täter ist einfach nur ein Spinner, der wahllos die Bibel durchforstet und Sprüche niederschreibt, in denen es um Brandopfer oder das Feuer geht.«

»Das wäre natürlich ebenso möglich«, entgegnete Jakob Goldbeck. »Unsere Gemeinde hier in Oldenburg und Umgebung besteht aus beinahe vierhundert Mitgliedern. Diese Menschen führen ein eher unauffälliges Leben. Sie müssen verstehen, noch immer liegt die Vergangenheit auf unseren Schultern wie eine schwere Bürde. Ganze Familien wurden in den dunklen Jahren ermordet. Erst langsam wächst wieder das Vertrauen in dieses Land.«

»Ich verstehe«, antwortete Till mit belegter Stimme. »Der Naziterror ist noch lange nicht vergessen.«

»Und darf nie vergessen werden. Nur wenn man sich an seine Schuld erinnert, wird man einen toleranteren Umgang miteinander suchen. Schauen Sie, wir alle glauben in irgendeiner Form an einen einzigen Schöpfer. Ob man ihn Gott, Jahwe oder auch Christus nennt, so bleibt doch eines immer gleich: Er liebt die Menschen und will, dass auch die Menschen sich lieben und achten. Die Vergangenheit meines Volkes ist gezeichnet durch Hass, Verfolgung und Tod. Bereits im Mittelalter wurde mein Volk gejagt, vertrieben und ermordet. Christen werfen uns vor, Gottes Sohn gekreuzigt zu haben. Aber waren es wirklich Juden auf dem Berg Golgatha? Nein, Römer, die damalige Besatzungsmacht im Lande unserer Väter, kreuzigten ihre Staatsfeinde und die Römer regierten das Land Israel zu Zeiten von Jesu Geburt. Handwerkszünfte verboten den Juden die Ausübung von Berufen, so dass keine andere Wahl blieb, als andere Fähigkeiten zu entwickeln.

Handel, Medizin, das Bankwesen. Es war uns von unserer Religion nicht verboten, so wie es damals Rom und der heilige Vater seinen Getreuen verboten haben. Und als wir reich und mächtig wurden, suchte man andere Gründe, um uns zu berauben, zu vertreiben oder zu ermorden. Ein Volk, das ein Leben in stetiger Furcht führt, lernt die Zeichen der Zeit zu deuten. Und deshalb ist es notwendig, nie zu vergessen.«

Tills Beklommenheit wuchs. »Entschuldigen Sie, ich wollte…«

»Nein, Sie müssen entschuldigen«, fiel ihm Jakob Goldbeck mit einem sanften Lächeln ins Wort. »Diese Dinge sind vergangen und wenn es nun auch einzelne Unbelehrbare gibt, die sich in Unwissenheit oder Ignoranz wieder zu Wort melden und lauthals gegen mein Volk schreien, so sind wir dennoch gewiss, dass die Mehrheit Ihres Volkes um die Geschehnisse weiß und dazugelernt hat. Im Grunde genommen bestehen wir aus dem gleichen Fleisch und in unseren Adern fließt das gleiche rote Blut wie in allen Menschen, die Gott erschaffen hat, egal welcher Hautfarbe. Also, wie kann ich Ihnen in Ihrem Fall behilflich sein?«

Till atmete tief ein. »Wir suchen nach einem Mann zwischen achtzehn und fünfzig, der in der Gegend um Wilhelmshaven wohnt. Er hat unseren Ermittlungen nach viel Zeit und wohl auch einiges an Insiderwissen, wie man einen Brand legt. Vielleicht ist es sogar ein Feuerwehrmann. Er fährt einen dunklen Kleinwagen. Einen Opel Corsa oder so etwas Ähnliches. Vielleicht können Sie sich einmal umhören.«

Jakob Goldbeck überlegte. »Es gibt einige Mitglieder unserer Gemeinde, die aus der Gegend um Wilhelmshaven stammen. Mir selbst fällt auf Anhieb niemand ein, auf den die Beschreibung passt, wenngleich Ihre Altersangabe auch nicht wirklich eine Einschränkung darstellt. Dennoch will ich Ihr Anliegen auf der nächsten Versammlung zur Sprache bringen. Wie kann ich Sie erreichen?«

Till fasste in die Jackentasche und zog eine Visitenkarte hervor. »Ich bedanke mich und möchte mich noch einmal für die Störung entschuldigen. Wie gesagt, es ist nur eine Theorie, aber wir versuchen, alle Ansatzpunkte abzuklären. Mehr haben wir leider nicht.«

Jakob Goldbeck erhob sich. »Ich werde sehen, was ich für Sie tun kann«, sagte er und reichte Till die Hand.

*

»Nichts!«

»Nichts?«, wiederholte Trevisan ungläubig.

»Nichts, rein gar nichts«, entgegnete Hauptkommissar Zierl. »Weder ein Gewehr noch eine Pistole noch Hinweise auf die Zigarettenmafia. Kein Schmugglerversteck, keine umgebauten Anhänger, keine Spuren, die über die Grenze in den Osten führen. Die Kerle handeln mit Schrott und mit Ersatzteilen für alte Autos. Alles ehrlich, wenn man den Papieren trauen darf.«

Trevisan ließ sich auf den Stuhl fallen.

»Damit steht Ihr Verdacht auf ganz dünnen Säulen, würde ich sagen«, fuhr Zierl fort. »Unser Polizeirat ist ganz schön angefressen.«

»Es wird nicht der einzige Fehlschlag in seiner Karriere bleiben«, sagte Alex.

»Bleibt nur noch Jenny Kropp«, murmelte Trevisan. »Die Tankquittung ist unsere einzige Spur.«

»Aber es ist etwas dürftig für eine Mordanklage«, gab Zierl zu bedenken.

»Es ist ein Indiz, nicht mehr und nicht weniger«, sagte Trevisan. »Ein weiteres Indiz. Sieht man es zusammen mit der Vorgeschichte und den Drohbriefen, dann reicht es immer noch aus, um einen konkreten Tatverdacht zu begründen.«

»Aber Sie werden damit keinen Haftbefehl gegen Jenny Kropp bekommen«, wandte Zierl erneut ein.

»Das weiß ich selbst. Aber eine Vernehmung rechtfertig es allemal.«

Trevisan war ungehalten. Offenbar war der Fall doch nicht so einfach zu lösen wie anfänglich gedacht. Die Basedows hielten zusammen. Selbst die Vernehmung des Vietnamesen hatte zu keinen weiteren Erkenntnissen geführt.

»Und wenn sie den Mord in Auftrag gegeben haben?«, warf Alex ein.

»Auch dann müssen wir es irgendwie beweisen und dafür sehe ich augenblicklich keine Chance. Also konzentrieren wir uns auf das Mädchen. Sie wird uns erklären müssen, was sie einen Tag vor dem Mord in Wilhelmshaven getrieben hat.«

»Ich lasse nach ihr fahnden, zur Aufenthaltsermittlung, versteht sich«, erklärte Zierl. »Zu mehr wird es bei unserer Staatsanwaltschaft nicht reichen.«

»Und was machen wir jetzt?«, fragte Alex.

»Was schon«, erwiderte Trevisan. »Wir packen alles zusammen und fahren nach Hause.«

Trevisan erhob sich und schlenderte zur Tür. Er riss sich zusammen, doch innerlich war er aufgewühlt. Spuren, die ins Nichts führten und nur wertvolle Zeit kosteten ... Sicher könnte Alex recht haben, der Mord an Kropp könnte von den Basedowbrüdern in Auftrag gegeben worden sein. Schließlich hatten sie durch den Handel mit Autoersatzteilen gute Verbindungen in den Osten. Er überlegte. Eigentlich, so musste er sich eingestehen, hatte sich ihm während der anfänglichen Befragung von Thorsten Basedow der Eindruck aufgedrängt, dass Basedow von Kropps Tod durchaus überrascht war. Wenn es ihn auch nicht weiter erschütterte. Es gab offenbar viele Menschen in Kropps Vergangenheit, die Grund hatten, ihn umzubringen. Das würde die weiteren Ermittlungen nicht unbedingt vereinfachen.

*

Die Dunkelheit kam an diesem trüben Tag früher als gewohnt über das Wangerland. Die beiden Polizisten im Streifenwagen hatten vor knapp zwei Stunden den Nachtdienst begonnen und fuhren in den nördlichen Außenbezirken der Stadt ihre Streife. Über Sengwarden waren sie in Richtung Ölhafen gefahren. Noch herrschte auf den Hauptverkehrsstraßen reger Verkehr, aber auf den Landstraßen zwischen den Dörfern und Ansiedlungen wurde es bereits ruhiger.

Als sie beim Jadewindpark in Richtung Westen abbogen und den Voslapper Groden hinter sich ließen, legte sich der altgediente Oberkommissar im Sitz zurück. »Fahr anständig!«, wies er seinen jungen Kollegen an, der erst im Sommer auf das Revier gekommen war.

»Jetzt ist es gerade mal kurz nach zehn, und du bist schon müde«, sagte der Kollege hinterm Steuer.

»Ich bin heute Mittag nicht zum Schlafen gekommen«, antwortete der Oberkommissar. »Mein Schwager kam um drei. Wir haben das Schlafzimmer tapeziert.«

»Dann bist du wohl bald fertig?«

»Fertig bin ich schon lange«, scherzte der Beifahrer. »Aber wenn wir uns ranhalten, dann haben wir es zum Wochenende geschafft.«

»Und warum hast du keinen Urlaub genommen?«

»Ich brauche die Tage an Weihnachten«, erwiderte der Oberkommissar. »Meine Frau will wieder zu ihrer Schwester fahren. Und jetzt pass auf, dass draußen nichts passiert. Schließlich werden wir dafür bezahlt.«

»Und du?«

»Du hast doch zwei Augen, oder?«

Im Streifenwagen breitete sich Stille aus. Nur das gleichmäßige Brummen des Motors erfüllte den Innenraum. Bei Groß-Buschhausen bog der junge Beamte auf die Hooksieler Landstraße ab, um nach Wilhelmshaven zurückzukehren. Mit müden Augen blickte er in die Nacht, während sein Kollege nebenan auf dem Beifahrersitz döste. Auch hier hatte der Verkehr deutlich abgenommen. Und sogar das Funkgerät schien in dieser Nacht den beiden Beamten ihre Ruhe zu gönnen.

Plötzlich fiel der Blick des jungen Polizisten rechts der Straße auf eine seltsame Erscheinung: Einige Kilometer entfernt schien sich der Himmel rötlich zu verfärben. »Hey, was ist das?«, riss er seinen Kollegen aus dem Halbschlaf.

Verdattert fuhr der Beifahrer auf. Der Oberkommissar schaute sich suchend um. »Das könnte Utwarfe sein«, sagte er. »Wir fahren die nächste Straße raus. Da brennt doch was.«

Der junge Fahrer beschleunigte, während der Oberkommissar das Blaulicht einschaltete. »Los, gib Gas!«

Der Streifenwagen brauste mit flackerndem Blaulicht durch die Nacht. Als sie die Westerhauser Straße entlangfuhren, wurde der Feuerschein immer heller.

»Das ist bei den Fischteichen«, bemerkte der Oberkommissar.

Keine drei Minuten später bremste der Streifenwagen an der Einmündung eines Feldweges. Aus einer kleinen Hütte, knapp einhundert Meter von der Straße entfernt, schlugen bereits die Flammen durch das Dach.

»Wilhelm 100 von Wilhelm 1/154, kommen«, sagte der Oberkommissar in den Hörer des Funkgerätes.

»Hier Wilhelm 100, kommen Sie«, erwiderte der Kollege aus der Funkleitzentrale.

»Wir sind hier kurz vor Utwarfe an der Westerhauser Straße. Hier brennt eine Fischerhütte an einem Fischteich. Der Teich müsste Halbers gehören, soweit ich weiß. Schick die Feuerwehr und ruf gleich beim 1. Kommissariat an. Ich möchte wetten, das der Feuerteufel hinter der Sache steckt.«

»Verstanden«, quittierte der Kollege von der Zentrale.

*

Noch bevor die Feuerwehr eintraf, stürzte die Hütte in sich zusammen. Als die Feuerwehrfahrzeuge hinter dem Streifenwagen zum Halten kamen, stieg der Kommandant in Höhe des matschigen Feldweges aus und prüfte den Untergrund.

»Wenn wir da reinfahren, dann bleiben wir stecken.«

»Das ist jetzt wohl auch nicht mehr nötig«, sagte der Oberkommissar. Von der ehemaligen Fischerhütte war nichts mehr zu erkennen. Nur noch ein paar kleine Rauchschwaden stiegen im Lichtkegel des Suchscheinwerfers in die Höhe. Er zeigte auf seine schmutzigen Schuhe. »Wir waren schon hinten. Das war nur eine kleine Hütte, in der Netze aufbewahrt wurden, kaum größer als acht Quadratmeter.«

Der Feuerwehrkommandant nickte. »War das wieder das Werk unseres Brandstifters?«

Der Oberkommissar zeigte auf die Motorhaube des Streifenwagens. Dort lag ein Papier, eingehüllt in eine Plastiktüte. »Lag direkt auf dem Weg.«

Der Kommandant schaltete seine Taschenlampe ein und las. *Du sollst einen Altar aus Erde errichten. Ziegen und Rinder schlachten und als Brandopfer darbringen. An jedem Ort, an dem ich meinem Namen ein Gedächtnis stifte, will ich zu dir kommen und dich segnen.*

125

»Also wieder der Spinner«, murmelte der Feuerwehrkommandant. »Dann will ich mal absitzen lassen, ein paar Leute sollen die letzten Glutnester mit der Brandpatsche ausmachen.«

»Nee, nee«, wehrte der Oberkommissar ab. »Da hinten sind ein paar tolle Fußspuren. Überall ist es feucht, da brennt nichts mehr an. Aber für die Spuren werden sich unsere Kollegen von der Kripo interessieren, da bin ich mir ziemlich sicher.«

Dietmar Petermann und Till Schreier kamen eine Stunde nach Eingang der Meldung an den Brandort. Sie waren zu Hause informiert worden und hatten sich sofort auf den Weg gemacht. Monika Sander hatte man vergeblich zu erreichen versucht.

Als Dietmar aus dem Wagen ausstieg, schlug ihm ein kalter Wind entgegen. Er zog den Kragen seiner Jacke hoch und ging hinüber zum Streifenwagen. Till folgte ihm und zog sich ebenfalls seine Windjacke über. Ein Teil der Feuerwehr war bereits wieder abgerückt. Nur noch der Rüstwagen war vor Ort geblieben. Mittlerweile erhellten zwei große Scheinwerfer die Szenerie.

»Moin«, begrüßte Dietmar die beiden uniformierten Kollegen. »Hoffentlich sind wir nicht umsonst hier herausgefahren.«

»Das glaube ich nicht.« Der Oberkommissar zeigte auf das Schriftstück auf der Motorhaube.

»Wo lag das?«, fragte Till.

Der uniformierte Kollege benutzte seine Taschenlampe als Zeigestab und leuchtete einen Stein an, der etwa zwanzig Meter entfernt am Rand des Feldweges lag. »Da, beschwert mit weiteren Steinen.«

»Wo sind die Steine?«

»Hab ich eingesammelt und verpackt«, antwortete der Polizist. »Außerdem haben wir dort frische Fußspuren entdeckt. Sind wohl Gummistiefel gewesen. Der Boden ist ganz schön feucht.«

»War schon jemand von der Feuerwehr dort hinten?«, fragte Dietmar.

»Nee. War ja schon alles heruntergebrannt. Ich dachte, die Spuren gehen vor.«

Till klopfte dem Kollegen anerkennend auf die Schulter. »Ich glaube, diesmal lohnt es sich, dass wir Kleinschmidt mit seiner Crew herholen.«

»Den hat die Zentrale bereits verständigt«, antwortete der Oberkommissar. »Müsste eigentlich bald hier sein.« Erneut leuchtete er in Richtung des Weges. »Mein Kollege und ich waren hinten an der Hütte. Wir sind links des Weges in der Wiese gegangen. Die Spuren führen von der Hütte zu dem Stein herüber. Aber irgendwie sind sie komisch.«

»Komisch?«

»Ja, komisch«, bestätigte der Oberkommissar. »Sie sind nicht symmetrisch.«

»Symmetrisch?«, wiederholte Till erneut.

»Na ja, irgendwie laufen sie aus der Spur. Aber ich denke, das wird Sache der Spurensicherung sein.«

Till nickte. »Auf alle Fälle hast du uns sehr geholfen. Bislang waren meistens alle Spuren durch die Feuerwehrmänner verwischt. Dank deiner Umsicht haben wir diesmal vielleicht ein bisschen mehr Glück.«

Der Oberkommissar grinste. »Das wäre schön, dann wird es auch bei uns wieder etwas ruhiger.«

16

Noch am gleichen Abend waren Trevisan, Tina und Alex von Pasewalk zurück nach Wilhelmshaven gefahren. Jenny Kropp war zur Fahndung ausgeschrieben worden. Sollte sie auftauchen oder irgendwo in eine Polizeikontrolle geraten, würde man Trevisan umgehend verständigen. Er wusste, dass sein Verdacht gegen Jenny Kropp auf schwachen Füßen stand, dennoch erhoffte er sich ein wenig mehr Klarheit von dem Gespräch mit dieser Frau.

Er hatte ein ungutes Gefühl bei der Sache. In seiner langen Dienstzeit hatte er zwar lernen müssen, dass beinahe nichts unmöglich war, aber der Gebrauch eines Gewehrs und die anschließende Hinrichtung des Opfers waren für eine Frau eher unüblich. Giftmorde, das Ausnutzen von Gelegenheiten, eine Kurzschlusshandlung in einer Auseinandersetzung waren eher typisch für das weibliche Geschlecht. Konnte vielleicht doch die Tat eines Auftragmörders dahinterstecken? Konnte es sein, dass Kropp noch immer in dunkle Geschäfte verstrickt war und ein Komplize oder Geschäftspartner ihn aus dem Weg geräumt hatte?

Hatte sich Trevisan mit seinen Kollegen zu schnell von den verräterischen Drohbriefen auf eine falsche Spur bringen lassen? Waren sie zu nachlässig in den Umfeldermittlungen gewesen? Es half nichts, gleich morgen würden sie den Fall neu aufrollen.

Als Trevisan am nächsten Morgen um neun Uhr zur Dienststelle fuhr, war er noch ausgesprochen müde. Sie waren erst gegen zwei Uhr mitten in der Nacht in Wilhelmshaven angekommen. Trotzdem hatte er für zehn Uhr eine Besprechung angesetzt. Nun galt es, sich noch einmal die Akte vorzunehmen und alle Vernehmungsprotokolle durchzugehen, um nach neuen Ansatzpunkten zu suchen.

Noch bevor Trevisan sein Büro erreichte, lief er Kriminaloberrat Beck in die Arme.

»Na, Trevisan, ich hörte bereits, die Sache im Osten war ein Fehlschlag.«

Trevisan verzog das Gesicht.

»Vielleicht hätte man die Aktion besser vorbereiten müssen. Sie wissen ja, Schnellschüsse gehen allzu oft in die Hose.«

Trevisan zuckte die Schultern. »Alles deutete auf die Brüder aus Pasewalk hin.«

»Der Verdacht ist vollkommen ausgeräumt?«

»Ich glaube nicht, dass die Brüder die Tat begangen haben. Wir suchen nach der Exfrau des Ermordeten. Sie ist seit ein paar Tagen verschwunden und niemand aus der Familie weiß, wo sie ist.«

»Sie glauben, die Frau könnte für den Mord in Frage kommen?«

Trevisan atmete tief ein. »Ich glaube gar nichts. Wir haben verschiedene Vermutungen, aber bislang keinen konkreten Ansatz.«

Beck schüttelte den Kopf. »Frau Sander scheint es ähnlich zu gehen. Sie hat bislang auch nichts erreicht, und gestern Abend hat es wieder gebrannt. Wenn wir nicht bald Ergebnisse haben, werden wir nicht umhin kommen, eine Sonderkommission einzurichten. Frau Schulte-Westerbeck hat schon darüber nachgedacht, das Landeskriminalamt hinzuzuziehen. Wir können von Glück reden, dass bislang nicht noch mehr Menschen umgekommen sind.«

In Trevisan wuchs der Unmut. »Wir tun, was wir können, aber ohne konkrete Ansatzpunkte gelingt es selbst den Spezialisten vom LKA nicht, die Fälle zu lösen.«

»Ich verstehe, wenn Sie deswegen nicht gerade erfreut sind, aber die Bevölkerung erwartet Ergebnisse. Die Menschen haben kein Verständnis für fehlende Ansatzpunkte oder schleppende Ermittlungen. Draußen heißt es immer nur, die Polizei tut nichts. Da wird nicht differenziert, da werden wir alle über einen Kamm geschoren.«

Trevisan blickte auf seine Armbanduhr. »Tut mir leid, aber ich habe noch ein paar Vorbereitungen zu treffen. Wir müssen die Akten noch mal durchgehen und überprüfen, ob wir etwas übersehen haben.«

»Also gut, Trevisan«, antwortete Beck. »Ich erwarte, über neue Entwicklungen informiert zu werden. Die Direktorin fragt mich jeden Tag in der Führungsbesprechung nach Ergebnissen und ich möchte nicht immer nur mit den Achseln zucken müssen.«

*

Kleinschmidts Gesicht war aschfahl. Er wirkte müde, doch er ließ sich nichts anmerken. Er stand im Konferenzzimmer an der Tafel, an der er eine Reihe von Fotos angebracht hatte.

Monika Sander, Dietmar Petermann, Anne Jensen und Till Schreier saßen am Tisch und blickten gespannt auf die Aufnahmen.

»Das Schriftstück ist authentisch«, sagte Kleinschmidt. »Wir haben es noch in der Nacht mit den anderen verglichen. Das Feuer wurde also zweifelsfrei von unserem Feuerteufel gelegt. Er hatte es leicht, die Holzkonstruktion hat schnell Feuer gefangen. Er hat als Brandbeschleuniger Benzin eingesetzt. So wie bei den anderen Bränden.«

»Und was gibt es zu den Spuren zu sagen?«, meldete sich Monika Sander ungeduldig zu Wort.

»Jetzt wartet mal, bis wir so weit sind. Hanselmann und ich haben uns die ganze Nacht um die Ohren geschlagen, damit wir schnellstmöglich ein Ergebnis auf dem Tisch haben. Also nehmt euch bitte die Zeit und hört uns zu.«

»Wir wollen Neuigkeiten«, warf Dietmar ein. »Keine ollen Klamotten.«

Kleinschmidt rümpfte die Nase. »In diesem Fall ist alles neu für euch. Der Kollege vom 2. Revier hat wirklich umsichtig gehandelt. Endlich haben wir mal etwas anderes vorgefunden als zertrampelten Boden.«

»Und was ist neu?«, fragte nun auch Till Schreier gespannt.

Kleinschmidt zeigte mit seinem Laserpointer auf eines der Bilder.

»Der Täter trägt Arbeitsschuhe«, sagte er. »Wir haben das Profil überprüft. Es sieht zwar ähnlich aus wie das von Gummistiefeln, aber man sieht darin deutlich den kleinen Absatz an der Vorderseite. An dieser Stelle ist der Schuh verstärkt. Arbeitsschuhe mit Schutzkappen, würde ich sagen.«

Kleinschmidt deutete auf ein weiteres Foto. »Die sternförmige Musterung der Sohle weist auf der Außenkante des rechten Schuhs eine Besonderheit auf. Hier fehlt ein Stück des Musters. Offenbar ist es herausgebrochen. Schuhgröße fünfundvierzig haben die Messungen ergeben.«

»Das heißt, wenn wir den Schuh in den Händen halten, dann können wir ihn dem Täter auch zuordnen?«, warf Monika ein.

Kleinschmidt nickte. »Das ist richtig, allerdings gibt es die Schuhe in beinahe jedem Markt zu kaufen. Das Besondere ist eher der Gesamteindruck der Fußspuren, die der Täter hinterließ.« Kleinschmidt wies auf ein weiteres Foto, ehe er einen langen Streifen Papier entrollte, den er zuvor auf dem Tisch deponiert hatte. »Fällt euch daran etwas auf?«

»Unser Kollege vom Streifendienst sagte gestern am Tatort bereits, dass er die Spur komisch findet«, sagte Till.

Monika erhob sich und trat vor die Tafel.

»Ich habe keine Kosten und Mühen gescheut«, fuhr Kleinschmidt fort. »Ich hatte noch einen Nikolaus vom letzten Jahr in meinem Büro, der trägt jetzt keine Stiefel mehr.«

Auf der Papierrolle waren Abdrücke zu erkennen. »Ich habe die Stiefel in das Stempelkissen getaucht und die Spuren nachgestellt. Es ist nicht einfach zu erkennen, aber wenn man genau aufpasst, dann sieht man die leicht Schrägstellung des rechten Fußes.«

»Und was bedeutet das?«, fragte Monika.

Kleinschmidt zeigte theatralisch auf ein Muster, das er auf das weiße Papier gestempelt hatte. »Dieses Muster ergibt sich, wenn man den rechten Fuß nachzieht.«

Dietmar Petermann erhob sich. »Das heißt also, unser Feuerteufel hinkt.«

»Ich sagte, er zieht seinen rechten Fuß nach«, erläuterte Kleinschmidt. »Das muss nicht unbedingt bedeuten, dass seine Behinderung deutlich sichtbar ist. Aber es spricht einiges dafür.«

»Wir sollten alle Feuerwehrkommandanten noch einmal abfragen«, resümierte Dietmar. »Vielleicht hat sich jemand für die Feuerwehr beworben und musste wegen seiner Behinderung abgelehnt werden.«

»Oder er war Feuerwehrmann und musste aufhören, weil er sich verletzt hat«, fügte Anne Jensen hinzu.

»Also, los!«, sagte Monika Sander. »Gehen wir noch einmal die Listen durch. Till und Anne, ihr übernehmt die südlichen Gemeinden, ich werde mich mit Dietmar um die Stadt und um den nördlichen Bereich kümmern. Wir suchen nach einem Mann zwischen achtzehn und fünfzig, der etwas von Bränden versteht, einen dunklen Kleinwagen fährt, Schuhgröße 45 hat und dazu noch hinkt.«

Sie klopfte Kleinschmidt liebevoll auf die Schulter und hauchte ihm einen Kuss auf die Wange. »Danke.«

»Danke nicht mir, danke unserem Kollegen vom 2. Revier«, antwortete Kleinschmidt. »Ich gehe jetzt erst einmal nach Hause ins Bett. Und wenn irgendjemandem einfällt, mich zu wecken, dem erzähl ich was, darauf könnt ihr Gift nehmen.«

»Wer kann Gift nehmen?«, fragte Trevisan, der unbemerkt den Konferenzraum betreten hatte.

»Wo kommst du denn her?«, begrüßte Monika den unverhofften Gast vollkommen überrascht. »Ich dachte, du bist im Osten.«

»Ach, reden wir nicht darüber«, antwortete Trevisan. »Die Aktion war ein Schlag ins Wasser.«

Das Gemurmel der Anwesenden verstummte. Alle Blicke richteten sich auf Trevisan.

»Heißt das, dass die Brüder der Exfrau nichts mit der Sache zu tun haben?«, fragte Dietmar Petermann.

»Ich weiß nicht, was es heißt. Ich weiß nur, dass wir keine Beweise gefunden haben. Die Kerle geben sich gegenseitig ein Alibi. Die einzige Hoffnung bleibt Kropps Exfrau. Sie ist verschwunden. Wir haben eine Tankquittung gefunden, demnach war sie am 29. August hier und hat in der Banter Straße getankt. Sie war mit dem Wagen ihres Bruders unterwegs.«

»Na, dann ist doch alles klar«, fiel ihm Dietmar ins Wort. »Sie war hier und hat ihn umgebracht.«

»Klar, mit einem Gewehr«, mischte sich Monika Sander abfällig ein. »Und dann hat sie ihm mit einer Pistole den Fangschuss verpasst. Typisch Frau, würde ich sagen.«

Trevisan hob abwehrend die Hand. »Vorhin hat mich Beck auf dem Gang abgefangen. In der Chefetage herrscht dicke Luft. Sie wollen Ergebnisse. Wie sieht es bei euch aus?«

»Vielleicht haben wir endlich ein Indiz, das uns weiter-bringt«, antwortete Monika. »Gestern hat es bei Utwarfe ge-brannt und Horst hat herausgefunden, dass unser Täter hinkt.«

Horst Kleinschmidt wischte Monikas Worte mit einer Geste hinweg. »Ich sagte, dass der Kerl beim Laufen den Fuß nach außen abwinkelt. Ich sagte aber auch, dass es nicht unbedingt besonders auffällig sein muss.«

Monika schaute auf die Uhr an der Wand. »Ich berichte dir heute Abend mehr darüber. Wir müssen los. Ich denke, wir werden eine Weile unterwegs sein.«

Ehe Trevisan antworten konnte, verließen alle bis auf Klein-schmidt den Raum.

»Sie sitzt ganz schön auf Kohlen«, sagte Kleinschmidt, der gemächlich seine Fotos von der Tafel abhängte.

Trevisan zog sich einen Stuhl heran. »Tun wir das in diesem Job nicht alle?«

*

Trevisan musste nicht lange warten. Kaum hatte Monika mit ihrer Crew den Konferenzraum verlassen, kamen auch schon Tina und Alex durch die Tür. Auch sie wirkten noch müde von den Strapazen der vergangenen kurzen Nacht.

»Also, Leute ...« Trevisan wies auf die beiden Ordner, die vor ihm auf dem Tisch lagen. »Gehen wir die Akten noch einmal durch.«

»Ich brauche zuerst einen starken Kaffee«, antwortete Tina.

»Da schließ ich mich an«, stimmte Alex zu. »Mach am besten gleich eine ganze Kanne, das hier kann dauern.«

Tina lächelte zynisch. »Ich bin hier nicht die Sekretärin. Soviel ich weiß, bist du heute dran.«

»Wenn du gerade dabei bist, bring mir auch eine Tasse mit«, sagte Trevisan.

Alex hielt inne und wandte sich um. »Sag mal, dich habe ich eigentlich noch nie Kaffee kochen sehen. Wie wäre es denn heute?«

Trevisan hob abwehrend die Hände. »Ich habe eine Frei-stellung. Das ist das Privileg des Chefs.«

17

»Es ist, als wenn man eine Nadel im Heuhaufen sucht«, stöhnte Till Schreier. »Jetzt haben wir zwar ein paar Details mehr, aber trotzdem wird kein richtiger Ansatz daraus.«

»Ich hatte mir die Ermittlungsarbeit auch einfacher vorgestellt«, antwortete Anne Jensen, die seit geraumer Zeit das Büro mit Till Schreier teilte. »Wir sitzen ja mehr im Büro, als wir draußen unterwegs sind. Ich dachte immer, unsere Aufgabe ist es, Verbrecher zu fangen.«

»Ach so, du meinst, du spazierst einfach hinaus und fängst dir einen.«

»Wieso nicht?«

»Und wie sehen Verbrecher aus, wenn ich mal fragen darf?«, fragte Till schmunzelnd.

Anne zuckte mit den Schultern.

»Pass auf, es ist ganz einfach«, sagte Till. »Einen Verbrecher erkennt man daran, dass er die Nase mitten im Gesicht und auf der rechten Seite nur einen Arm hat. Außerdem ist er durchschnittlich groß, durchschnittlich schwer und seine Frisur ist eher unauffällig.«

Anne streckte ihm die Zunge heraus.

Till richtete sich in seinem Stuhl auf. »Und jetzt im Ernst, was weißt du über Mord?«

Anne lächelte. »Ist das hier jetzt die Polizeischule?«

»Sagen wir, mündliche Prüfung. Also, Kommissaranwärterin Jensen. Wie ist der Wortlaut von Paragraph 211 StGB?«

Anne runzelte die Stirn. »Mörder ist, wer aus Mordlust, zur Befriedigung des Geschlechtstriebs, aus Habgier oder aus sonst niederen Beweggründen, heimtückisch oder grausam oder mit gemeingefährlichen Mitteln oder um eine andere Straftat zu ermöglichen oder zu verdecken einen Menschen tötet. Der Mörder wird mit lebenslanger Freiheitsstrafe bestraft.«

»Sehr gut«, lobte Till. »Aber weißt du auch, was das für uns bei den Ermittlungen bedeutet? Der Paragraph enthält eine Vielzahl von Tatbestandsmerkmalen, die wir mit Leben füllen müssen. Das heißt, wir müssen jedes einzelne Element nachweisen. Vorsatz, Habgier, Heimtücke, all das muss bewiesen werden.«

»Das weiß ich selbst«, entgegnete Anne schnippisch. »Und was soll das jetzt?«

»Ich will dir damit nur erklären, wie wichtig eine gründliche Ermittlungsarbeit ist. Und das fängt schon mit der Frage nach den einzelnen Tatumständen an. Nehmen wir unseren Brandstifter. Er hat ein Gebäude angezündet und dadurch ist ein Mensch umgekommen, der in dem leerstehenden Gebäude nächtigte. Ist er dadurch ein Mörder?«

Anne schüttelte den Kopf.

»Eben«, sagte Till. »Er kann Mörder oder Totschläger sein oder er hat sich des Verbrechens einer Schweren Brandstiftung nach Paragraph 306 c des Strafgesetzbuches schuldig gemacht oder vielleicht kommt er sogar mit fahrlässiger Tötung in Tateinheit mit Brandstiftung davon. Und jeder Täter wird nach seiner Tat und entsprechend seiner Schuld bestraft. Das kann im Falle unseres Feuerteufels bedeuten, dass er vielleicht mit zwei Jahren Haft davonkommt, vielleicht aber auch lebenslänglich hinter Gitter muss. Das alles hängt von unserer Gründlichkeit und unserem Ermittlungsergebnis ab.«

»Ich verstehe nicht ...«

»Schau, es ist ganz einfach. Im Prinzip geht es darum, ob er, als er den Brand legte, wusste, dass der Penner sich die alte Lagerhalle zum Schlafen ausgesucht hat und ob es ihm egal war, ob das Opfer noch ungeschoren davonkommt oder am Ende mitsamt der Hütte verbrennt.«

Anne lächelte. »Das leuchtet mir schon ein, aber all das erfahren wir erst, wenn wir ihn haben.«

Till seufzte. »Vielleicht. Aber manchmal gibt es Spuren, die die Motivation und die Vorgehensweise des Täters verraten. Ich hatte mal einen Fall, da sah alles wie ein tragischer Unfall aus. Der Betreiber einer kleinen Autowerkstatt wurde von einer Hebebühne erschlagen, die plötzlich aus unerfindlichen Gründen aus der Verankerung geraten war. Aber wir fanden Spuren am Tatort, die belegten, dass der beste Freund des Opfers ein paar kleine technische Manipulationen an der Hebebühne durchgeführt hatte. Wir stöberten ein wenig herum und fanden heraus, dass der Freund Schulden bei dem Toten hatte und das Geld nicht zurückzahlen konnte. Am Ende wurde aus einem scheinbaren Unfall ein glasklarer Mord. Habgier, Heimtücke und Vorsatz eben. Und der Richter verurteilte den falschen Freund zu lebenslanger Haft. Ich weiß noch, dass ich Tage mit dem Studium der technischen Beschreibung der Hebebühne zugebracht habe, bis ich wusste, wie das Ding funktionierte und wie der Täter seine Tat ausführte. Stupide Schreibtischarbeit, aber es hat sich gelohnt.«

»Ich verstehe, was du meinst«, kommentierte Anne kleinlaut.

»Also gut, dann wollen wir in unserem Fall mit der Klärung des ersten Tatbestandsmerkmals beginnen«, antwortete Till.

»Mordlust?«

Till hob abwehrend die Hand. »Mörder ist, wer …«, sagte er. »Und das erste Tatbestandsmerkmal bezieht sich auf das Wer. Und das bedeutet, wir brauchen einen Täter.«

Anne lachte. »Na, das habe ich doch schon zu Anfang gesagt, wir sollten rausgehen und unseren Verbrecher fangen.«

Till erhob sich und warf ihr einen Packen Papier auf den Schreibtisch. »Das ist eine Liste von vorbestraften Brandstiftern aus den nördlichen Bezirken unserer Region.«

»Ich dachte, die wären bereits alle überprüft«, antwortete Anne.

»Ja, das haben die Kollegen vom FK 3 gemacht, aber du weißt doch, Monika traut Schneider und seinem Kommissariat nicht. Außerdem wussten die damals noch nicht, dass unser Täter hinkt.«

Anne widmete sich den Aufzeichnungen, während sich Till einen Kaffee einschenkte.

»Ich habe eine Cousine, die ist von Geburt an behindert«, murmelte Anne. »Ihr linkes Bein ist gelähmt.«

»Das tut mir leid«, antwortete Till.

»Ach, sie kommt ganz gut damit zurecht. Wusstest du, dass es für behinderte Menschen eine Steuerbefreiung und einen Behindertenausweis gibt?«

Till stellte seine Kaffeetasse ab. Er klopfte sich mit der flachen Hand auf die Stirn. »Mensch, du hast recht. Da könnten wir ja …«

Die Tür ging auf. Monika Sander kam in das Büro. »Hier habt ihr euch verkrochen!« Dietmar Petermann folgte ihr.

»Wir überprüfen gerade die Liste der Vorbestraften«, versuchte Anne eine Rechtfertigung.

Monika winkte ab. Sie reichte Till eine Liste. »Wir haben mit vierzehn Feuerwehrleuten gesprochen. Niemand kennt einen Kollegen, der eine Beinverletzung hat. Ich habe die Namen markiert. Streich sie bitte aus der Liste. – Habt ihr etwas in Erfahrung gebracht?«

»Bislang nicht«, erklärte Till. »Ich warte noch auf ein paar Rückmeldungen der Kollegen. Aber Anne hat mich gerade auf eine Idee gebracht. Vielleicht hat unser Brandstifter einen steuerbefreiten Wagen oder einen Behindertenausweis.«

Dietmar seufzte. »Wir ertrinken bereits in Namenslisten und du willst neue heranschaffen. Ich dachte, du setzt deine Energien auf die jüdische Religion. Hast du schon eine Nachricht vom Rabbi?«

»Nimm Dietmar nicht ernst«, beschwichtigte Monika, als Till ärgerlich das Gesicht verzog. »Er hat heute einen schlechten Tag. Möglicherweise bringt uns eure Idee wirklich weiter. Kümmere dich mit Anne darum, wenn ihr mit den Vorbestraften fertig seid.«

Till lächelte. »Und was macht ihr?«

»Wir laufen uns weiter die Hacken ab, während du hier im Trockenen sitzt«, antwortete Dietmar.

Drei Zimmer weiter, im Konferenzraum, beschäftigte sich Trevisan zusammen mit Tina und Alex mit der Akte Kropp. Noch einmal gingen sie alle Aufzeichnungen durch. Den Bericht der Spurensicherung, den Bericht über die Leichenöffnung, die Vernehmungen von Zeugen und Bekannten und sämtliche Handnotizen, die zu dem Fall gehörten. An der Magnettafel hatte Trevisan die Bilder vom Tatort aufgereiht.

»Der Knopf könnte dort schon eine Weile gelegen haben«, mutmaßte Alex. »Es ist ein einfacher Hemdenknopf.«

»Oder der Knopf einer Damenbluse«, wandte Tina ein.

Trevisan ging an die Tafel und nahm ein Bild herunter. Es zeigte den Knopf in Großaufnahme. »Er lag neben der linken

Hand des Ermordeten. Dutzendware, ohne Verzierungen oder Muster. Hanselmann hat sich mit dem Knopf beschäftigt.« Er nahm das Bild mit zum Tisch und blätterte in der Akte. »Er wird von einer dänischen Firma hergestellt. Beder Trædrejeri aus Odder in Dänemark. Die Firma stellt täglich weit über einhunderttausend Knöpfe her. Ihre Kundschaft ist in der ganzen Welt verteilt. Es ist unmöglich, herauszufinden, zu welchem Kleidungsstück er gehört.«

Alex winkte ab. »Ich sagte doch, am Tatort parken hin und wieder auch Autos, er kann längst schon dort gelegen haben.«

Trevisan hängte das Foto zurück an die Tafel. »Also, widmen wir uns der Ankunftszeit. Wir müssen in der Firma noch einmal mit jedem Mitarbeiter und jeder Mitarbeiterin reden. Irgendwoher müssen der oder die Täter gewusst haben, dass Kropp in der Tatnacht wieder auf den Hof zurückkommt. Ich glaube nicht, dass dort jemand tagelang auf der Lauer gelegen hat.«

Alex erhob sich. »Ich fahr mit Tina noch einmal raus.«

Trevisan nickte und schaute auf die Uhr. »Und ich muss um vier in die Schule. Paula hat heute Elternsprechtag für das neue Schuljahr.«

»Um vier schon?«, fragte Tina.

»Einzelgespräche. Zwanzig Minuten.«

»Dann wünsche ich dir viel Spaß, wir sehen uns dann morgen«, entgegnete Alex und hob grüßend die Hand.

»Bis morgen«, antwortete Trevisan und setzte sich, nachdem die beiden den Besprechungsraum verlassen hatten. Er hatte noch zwei Stunden Zeit. Er griff sich die Akte und blätterte darin. Draußen strahlte eine warme Sonne an einem leuchtend blauen Himmel.

*

»Sie sind alleine?«, fragte der junge Mann.

Sie erschrak und wandte sich um.

»Verzeihung, ich wollte Sie nicht erschrecken«, sagte der junge Mann mit dem verwegenen Gesicht und den blonden, langen Haaren. »Darf ich mich zu Ihnen setzen?«

Sie war vollkommen perplex. Eigentlich wollte sie den Tag

alleine genießen, doch statt den jungen Mann wegzuschicken, nickte sie einfach nur.

Sie saß in einem Café an der Strandpromenade in der Nähe des Fliegerdeichs und schaute über das blaue Wasser in den Horizont. Die Sonnenstrahlen brachen sich in weiter Ferne und hinterließen ihre glitzernden Kaskaden auf der Wasseroberfläche. Es war ein warmer Septembertag und auf den Liegewiesen unterhalb des Deiches genossen hunderte sonnenhungriger Badegäste den Spätsommer.

»Sie sind nicht von hier?«, fragte der Mann.

Sie warf ihm einen flüchtigen Blick zu und schüttelte den Kopf.

»Joe«, fuhr er fort. »Eigentlich heiße ich Johannes, aber Joe gefällt mir besser. Ich komme aus dem Ruhrpott. Und Sie?«

Eigentlich hatte sie keine Lust, sich zu unterhalten. Es war schon genug, dass der Kerl trotz mehrerer freier Tische ausgerechnet an ihrem Tisch Platz genommen hatte. Andererseits hatte sie schon lange mit niemandem mehr geredet.

»Ich komme aus dem Süden«, antwortete sie und nippte an ihrem Kaffee.

»Das ist an Ihrer Sprache unschwer zu erkennen«, antwortete Joe mit einem breiten Lächeln. Seine Zähne waren makellos. Überhaupt sah er überaus attraktiv aus. Wahrscheinlich verbrachte er im Ruhrgebiet Stunden in einem Fitnesscenter.

»Ich habe Sie schon eine ganze Weile beobachtet«, gestand Joe ein. »Sie sind mir sofort aufgefallen. Die Art, wie Sie sich bewegen, alleine, wie Sie hier sitzen, sagt mir einiges. Sie sind bestimmt in leitender Funktion tätig.«

Süßholz, dachte sie bei sich. Aber sie musste sich eingestehen, dass ihr Joe gefiel.

»Wie ist Ihr Name?«, fragte er.

Sie überlegte. »Maria, Maria ist mein Name«, sagte sie dann hastig.

»Also gut, Maria. Freut mich, dich kennen zu lernen. Wollen wir zusammen einen Martini trinken?«

Er mochte wohl gut fünf Jahre jünger sein. Aber warum sollte sie sich nicht auf einen kleinen Flirt einlassen? Sie hatte nichts zu tun. Und alles andere konnte warten.

»Gerne«, antwortete sie ein wenig schüchtern.

Er erhob sich und gab der Bedienung ein Zeichen. »Aber nicht hier, ich kenne da ein kleines Café in der Innenstadt. Dort ist es etwas ruhiger. Du hast doch nichts dagegen?«

Ein kalter Schauer lief ihr über den Rücken. Sie lächelte. »Nein, ich habe nichts dagegen«, sagte sie.

18

Trevisan verbrachte das Wochenende zusammen mit Angela und seiner Tochter Paula. Es gelang ihm tatsächlich, ein wenig abzuschalten und sich auf die beiden zu konzentrieren. Paula hatte sich gut in das neue Schuljahr eingefügt. Sie besuchte die achte Klasse des Cäciliengymnasiums, und jetzt, nach knapp einem Monat, konnte man sehr zufrieden mit ihren Leistungen sein. In den letzten Wochen verbrachte Paula viel Zeit mit ihrer Freundin Anja. Tagelang hingen sie zusammen herum. Trevisan spürte manchmal deutlich, dass Paula mitten in der Pubertät steckte.

Vorgestern hatte spät abends ein Junge angerufen und sich auf Trevisans Frage, weswegen er anriefe, recht plump auf die Hausaufgaben herausgeredet. Trevisan wusste, dass er log, aber er gab seiner Tochter das Telefon. Als Paula nach beinahe einer Stunde das Telefon zurück in die Basisstation stellte und Trevisan fragte, was es denn noch so spät zu besprechen gab, antwortete Paula: »Es ging um Mathe, Phillip hat da etwas nicht kapiert.«

Bald würde es so weit sein, irgendein fremder junger Mann würde in seinem Flur stehen. Die Jahre vergingen wie im Flug.

Und Angela ... Ihre Tage hier waren gezählt. In zwei Monaten würde sie in München ihre neue Arbeitsstelle antreten. Die Wohnung in Westerwerde würde sie vorerst nicht auflösen, schließlich war eine sechsmonatige Probezeit vereinbart. Aber

Trevisan hegte keine Zweifel daran, dass sie die Probezeit bestehen würde.

Er vermied es, das Thema München wieder anzusprechen. Angela würde sich nicht mehr umstimmen lassen. Sie hatte ihre Ziele. Vielleicht würde trotzdem irgendwann der Wunsch nach Familie und nach einem trauten Heim in ihr wachsen. Und dann wäre Trevisan zur Stelle.

Den Sonntag verbrachte Trevisan zusammen mit Angela, Paula und ihrer Freundin in einem Freizeitpark. Paula hatte sich den Ausflug nach Soltau gewünscht.

Als Trevisan am Montagmorgen auf die Dienststelle kam, fand er eine kleine Notiz auf dem Schreibtisch. Till Schreier war erkrankt. Eine Sommergrippe hatte ihn außer Gefecht gesetzt. Trevisan rief Monika Sander in deren Büro an.

»Ausgerechnet jetzt, wo wir noch unzählige Überprüfungen vor uns haben!«, klagte sie.

Er konnte Monika verstehen. Auch vor ihm lag eine arbeitsreiche Woche. Sie hatten in ihrer Teamsitzung in der letzten Woche beschlossen, das Leben von Hans Kropp möglichst lükkenlos nachzuzeichnen. Die Möglichkeit, dass Jenny Kropp, die noch immer nicht zu Hause in Pasewalk aufgetaucht war, etwas mit dem Tod ihres Ex-Mannes zu tun hatte, war zwar noch nicht vom Tisch, doch irgendetwas störte Trevisan an dieser Version. Obwohl die Kollegen aus Pasewalk inzwischen in Erfahrung gebracht hatten, dass Jenny Kropp durchaus mit einer Waffe umgehen konnte. Als Jugendliche war sie DDR-Vizemeisterin des FDJ-Verbandes Mecklenburg in der Disziplin Kleinkaliber und Luftgewehr gewesen.

*

Als sich Trevisan am Freitag darauf die Sommerjacke überzog, um nach einer Woche voller Termine nach Hause zu fahren, begegnete ihm Monika Sander auf dem Flur. Sie hatten sich in dieser Woche überhaupt nicht zu Gesicht bekommen. Lediglich mit Dietmar war er einmal in der Stadt zusammengetroffen. Es mochte Mittwoch oder Donnerstag gewesen sein, so genau erinnerte sich Trevisan nicht mehr.

»Es ist wie verhext«, sagte Monika Sander. »Nach über einhundert Befragungen haben wir noch keine konkrete Spur. Und das, obwohl wir mittlerweile wissen, dass unser Täter hinkt. Ich weiß nicht, was ich noch tun soll.«

Trevisan seufzte. »Uns geht es genauso wie euch. Wir waren noch einmal in Kropps Firma, bei seinem Vermieter, und ich bin sogar noch einmal zu seiner Halbschwester gefahren. Ich kann nicht sagen, dass es uns weitergebracht hat.«

»Ich dachte, die Exfrau …«

»Bislang ist sie noch nicht wieder aufgetaucht. Aber ich bin skeptisch. Es spricht zwar einiges gegen sie, letztlich jedoch sind es nur Indizien und der schlüssige Beweis fehlt noch immer.«

»Es ist zum Verzweifeln«, antwortete Monika Sander. »Am Montag stehen noch drei Termine mit Feuerwehrkommandanten an und dann bin ich am Ende.«

»Ich dachte, Till ist da auf etwas gestoßen?«

»Du weißt doch, er war krank. Seine Arbeit ist liegen geblieben und Dietmar oder Anne brauche ich gar nicht darauf anzusetzen. Dietmar glaubt sowieso, dass sich Till nur etwas zusammenspinnt. Dafür hat Anne wenigstens die Akten mit den Vorbestraften überprüft. Auch das führte zu keinem Erfolg.«

»Gut.« Trevisan schaute auf seine Armbanduhr. »Ich habe Angela versprochen, heute Abend mit ihr essen zu gehen. Wir sehen uns dann am Montag.«

»Wenn wir uns zufällig auf dem Flur begegnen«, erwiderte Monika ironisch.

Trevisan lächelte. Gemeinsam gingen sie zum Treppenhaus. Noch bevor sie die Tür erreicht hatten, kamen ihnen Alex und Tina entgegen.

»Wo kommt ihr denn so spät her?«, sagte Trevisan. »Ich dachte, ihr seid längst zu Hause.«

»Irrtum, Chef«, entgegnete Alex. »Wir waren noch einmal in Kropps Firma. Wusstest du, dass in der Spedition eine Reinigungsfirma putzt?«

Trevisan schüttelte den Kopf.

»Am Abend des 29. August putzte eine Vertretung der normalerweise dort eingesetzten Kraft«, erklärte Tina. »Wir haben mit ihr gesprochen. Sie heißt Milena Vladic und wohnt in Sande. Sie hat gesagt, dass kurz, bevor sie das Gebäude verlassen wollte, eine Frau dort aufgetaucht ist.«

Trevisan runzelte die Stirn. »Eine Frau?«

»Ich habe ihr das Bild von Jenny Kropp gezeigt«, antwortete Alex.

»Und?«, fragte Trevisan gespannt.

»Eintausend Punkte«, antwortete Alex.

*

Er parkte den Wagen in unmittelbarer Nähe. Es war so dunkel, dass man nicht einmal die Hand vor den Augen erkennen konnte. Doch es störte ihn nicht weiter. Er kannte den Weg. Er war ihn in letzter Zeit schon ein paar Mal gegangen. Und die Nacht war sein Verbündeter. Er liebte die Dunkelheit, machte sie doch alles und jeden gleich. Nicht die hellen, mondlichtdurchfluteten Nächte – er liebte die dunklen, an denen schwarze Wolken über den Himmel zogen und selbst das Licht der Sterne verdeckten. Sie waren ideal für ihn und für das, was er in solchen Nächten vorhatte. Kein Nachtwanderer, kein zufälliger Spätheimkehrer, niemand war in solchen Nächten unterwegs, diese Nächte gehörten ihm. Er würde in dieser Nacht die Helligkeit und das Feuer in die Dunkelheit bringen. So wie einst Prometheus den Menschen das Feuer gebracht hatte, als sich die Dunkelheit über die Erde gelegt hatte.

Obwohl die griechische Mythologie nichts mit der Botschaft Gottes und seines Propheten Moses zu tun hatte, gefiel ihm die Geschichte. Denn Prometheus lehnte sich gegen den Herrn der Götter auf und hinterging ihn. Zur Strafe wurde er an einen Fels gefesselt und jeden Tag kam der Adler Ethon und fraß an seiner Leber, die sich unter Höllenqualen erneuerte.

Gestern hatte er Swantje wiedergesehen. Sie war ihm auf dem Weg in die Stadt begegnet und sie war alleine gewesen. Er hatte überlegt, ob er anhalten und sie mitnehmen sollte, doch dann hatte er sich anders entschieden und Gas gegeben. Es würde nie mehr so wie früher sein. Er verscheuchte den Gedanken an Swantje. Er hatte anderes zu tun. Und seine ganze Konzentration galt seinem Vorhaben.

Nachdem er den Kanister und den Rucksack aus dem Kofferraum geholt hatte, blickte er sich noch einmal um. Es herrschte Ruhe, nur die Stimmen der Nacht und das Rauschen des Windes drangen zu ihm herüber. Er keuchte, als er den grasbewachsenen Weg entlanglief. Schemenhaft erkannte er seine Umgebung. Schon früher hatte man ihn dafür bewundert, wie gut er sich im Dunkeln zurechtfinden konnte. Es liegt bestimmt daran, dass du überaus große Augen hast, hatte Josef zu ihm gesagt.

Josef war sein einziger Freund gewesen. Jetzt war er tot. Das war eine ganze Weile her, aber er vermisste ihn, den alten und schrulligen Kerl, der ihm so viel über Moses und Gott erzählt hatte.

Der Weg endete an einem Zaun. Er griff in seine Hosentasche und zog den Seitenschneider hervor. Diesmal benutzte er die kleine Taschenlampe, die normalerweise auf dem Sims in der Scheune lag. Die Batterie war alt und der Lichtstrahl schwach. Aber sie reichte aus, um ihm den Weg zu weisen. Er schmunzelte, als er sich dem Gebäude näherte. Bevor er die Treppe betrat, schaute er sich noch einmal um.

Die Schwärze umgab ihn und hatte sich wie ein Tarnanzug über ihn gelegt. Er atmete tief ein, bevor er tat, was er tun musste.

*

An diesem Abend wurde es spät. Das Essen mit Angela und Paula fiel ins Wasser. Er rief zu Hause an, entschuldigte sich und versprach, dass sie es gleich morgen Abend nachholen würden.

Eilends trugen Tina, Alex und Trevisan alle Fakten zusammen und formulierten daraus einen Bericht für den Bereitschaftsstaatsanwalt. Trevisan war froh, als er die Stimme von Oberstaatsanwalt Brenner am Telefon hörte. Manchmal kam es vor, dass ein junger Referendar oder ein Staatsanwalt aus einem anderen Ressort Bereitschaftsdienst hatte, der eine Entscheidung gerne hinauszögerte und auf den nächsten Werktag verwies. Ein solcher Anruf war meist vergeblich und kostete außer den Gebühren auch noch die Nerven des Ermittlers.

Brenner ließ sich den Bericht faxen und versprach, sich in einer halben Stunde wieder zu melden. Kurz nach acht rief er zurück.

»Es ist ein bisschen dünn, solange wir die Tatwaffe nicht haben«, sagte Brenner, »aber dennoch reichen mir die Fakten aus. Ein klares Motiv, die Anwesenheit am Tatort und die Vorgeschichte sowie die Tatsache, dass sie mit Waffen umgehen kann, rechtfertigen die Ausschreibung. Also, Trevisan, fahnden Sie nach ihr. Und schalten Sie ruhig auch die Öffentlichkeit ein, wenn es sein muss. Ich bin wahrscheinlich genauso froh wie Sie, wenn wir den Fall abschließen können. Zurzeit ist es wieder wie verrückt. Ich weiß nicht, was mit den Menschen los ist.«

»Ich werde das Nötige veranlassen«, entgegnete Trevisan, bedankte sich und legte auf.

»Was jetzt?«, fragte Tina ungeduldig.

»Ihr macht die Ausschreibung fertig und ich spreche noch einmal mit Zierl.«

»Mordverdacht?«, fragte Alex.

»Ausschreibung zur Festnahme wegen Mordverdacht, richtig«, bestätigte Trevisan. »Damit haben wir weiterreichende Möglichkeiten als bisher.«

Zierl war nicht mehr im Büro, aber Trevisan hatte noch immer die Handynummer des Pasewalker Kriminalbeamten. Als sich Zierl meldete, war im Hintergrund ein lautes Stimmengewirr zu hören. Es dauerte eine Weile, bis Ruhe einkehrte.

»Kreizgrutzitürken noamoal, Trevisan«, fluchte der Bayer, »muaß des jetzt sei?«

»Es muss«, entgegnete Trevisan. »Wir haben Jenny Kropp wegen Mordverdacht zur Festnahme ausgeschrieben. Sie war einen Tag vor dem Mord an Kropps Arbeitsstelle. Wir haben eine Zeugin.«

»Interessant«, antwortete der Bayer. »Ich sitze gerade beim Abendessen in der *Ratsstube*. Eigentlich habe ich Feierabend.«

Trevisan ignorierte den Einwand seines Kollegen aus Mecklenburg. Er hatte noch nichts gegessen und wäre um diese Stunde normalerweise auch längst zu Hause gewesen. »Ich will, dass Sie eine Überwachung des Schrottplatzes organisieren. Ihr

Junge ist dort. Sie wird ihn wohl nicht im Stich lassen.«

»Trevisan, wenn sie hier wäre, dann hätten wir sie schon längst angetroffen«, widersprach Zierl. »Seit unserer Durchsuchungsaktion, die man durchaus als Schlag ins Wasser bezeichnen kann, fährt täglich mehrmals eine Zivilstreife unserer Fahndungsabteilung am Schrottplatz vorbei. Die ist dort nicht. Nach alledem, was ich erfahren habe, glaube ich ehrlich gesagt auch nicht, dass sie wieder zurückkommt.«

Trevisan zog die Stirn kraus. »Wie meinen Sie das?«

»Soweit wir ermittelt haben, hat sie das Kind schon längst an ihren Bruder und dessen Lebensgefährtin abgegeben. Sie war auf dem Schrottplatz nicht besonders glücklich. Ihre Brüder hielten sie an der kurzen Leine. Offenbar hat sie sich schon seit Monaten etwas anderes gesucht, sagt die Lebensgefährtin des Bruders. Aber sie will nicht, dass ihr Freund etwas davon erfährt.«

»Sie meinen, sie wollte wieder zu Kropp zurück?«

»Die hätte sich wohl nie von Kropp getrennt, da steckten ihre Brüder dahinter. Die Kleine war ihrem schlagenden Ehemann sehr ergeben.«

»Sie meinen hörig?«

»Auch das, wenn Sie es damit besser verstehen.«

»Organisieren Sie trotzdem die Überwachung?«, fragte Trevisan nach einem Augenblick des Überlegens. »Ich denke, sie wird irgendwann ihr Kind holen.«

»Ich mach's ja schon, aber zuerst esse ich fertig«, entgegnete Zierl.

Nachdem Trevisan das Gespräch beendet hatte, saß er noch eine Weile stumm brütend, den Kopf auf die Hände gestützt, am Schreibtisch. Als er kurz nach zehn nach Hause kam, wartete Angela im Wohnzimmer auf ihn. Sie lag auf dem Sofa und las in einem Buch. Trevisan setzte sich zu ihr und streichelte über ihren Rücken.

Draußen kam ein starker Wind auf.

19

Es brannte. Der rötliche Schein erhellte die schwarze Nacht. Ganz Tammhausen war auf den Beinen, als die Feuerwehrautos mit ihrem lauten Horn und den zuckenden Blaulichtern durch den Ort düsten. Doch die Männer mit ihren feuerhemmenden Anzügen und den gelben Helmen kamen zu spät, von dem aus Holz gebauten Vereinsheim ließ sich nicht mehr viel retten. Ringsherum schlugen hohe Flammen aus dem Gebäude. Der aufkommende Wind entfachte gelöschte Glutnester immer wieder aufs Neue. Der Wasserstrahl aus den B-Rohren und dem Tankwagen entließ eine weiße Dampfwolke in den feuerroten Himmel, als das Wasser in der Glut verdunstete. Die Hitze war schier unerträglich und den unermüdlichen Feuerwehrmännern lief der Schweiß in Strömen übers Gesicht. Das Dach stürzte ein, und ein Funkenregen ging in der Umgebung nieder.

Immer mehr Menschen kamen aus dem Ort und bevölkerten die Wiese in unmittelbarer Nähe. Von weitem hörte man das Auf und Ab eines Martinshorns, dessen Frequenz das Rauschen und Prasseln des Feuers übertönte.

Der Streifenwagen fuhr den Waldweg entlang und bremste direkt neben dem roten Mannschaftsbus, auf dessen Tür in gelber Schrift *Einsatzleitung* stand. Kurz nachdem die beiden Polizeibeamten ausgestiegen waren, brach die Wand an der Westseite des Gebäudes unter lautem Getöse ein.

»Da ist wohl nichts mehr zu machen«, rief der Polizist dem Feuerwehrmann zu, der im Bus saß und den Funkhörer in den Händen hielt.

»Das brennt wie Zunder«, erwiderte der Einsatzleiter der Feuerwehr. »Ist von drei Seiten aus angezündet worden. Brandstiftung.« Der Feuerwehrmann griff neben sich auf den Fahrersitz und holte einen in Plastikfolie eingeschweißten Bogen Papier hervor. Er reichte ihn dem Polizisten.

Das Erscheinen der Herrlichkeit des Herrn auf dem Gipfel des Berges zeigte sich in einem verzehrenden Feuer ...

Der Polizist überflog das Dokument. »Der Feuerteufel«, murmelte er. »Ich ruf die Kripo.«

Gemeinsam drängten die Polizisten allzu neugierige Schaulustige zurück auf das Wiesengelände, aber ihnen war klar, dass Spuren, falls es überhaupt welche gegeben hatte, bereits durch die zahlreichen Feuerwehrmänner zerstört worden waren. Trotzdem versuchten sie gemeinsam, den Brandort abzuschirmen.

Die letzte Wand stürzte zwanzig Minuten nach dem Eintreffen der Polizeistreife ein. Zurück blieb ein qualmender und rauchender Schutthaufen. Als Monika Sander und Dietmar Petermann am Tatort eintrafen, waren die letzten Glutnester gelöscht.

»Wer hat das Feuer entdeckt?«, fragte Monika den jungen uniformierten Kollegen.

Der Polizist deutete auf einen älteren Mann um die sechzig, der hinter dem Absperrband im Scheinwerferlicht des Streifenwagens stand und sich mit einer etwa gleichaltrigen Frau unterhielt.

Monika ging hinüber und präsentierte ihren Dienstausweis. »Sie haben die Feuerwehr angerufen?«

»Ich wohne dort drüben.« Er zeigte in Richtung des Dorfes. »Ich wollte gerade die Fensterläden schließen, da sah ich den Feuerschein. Ich wusste gleich, dass die Hütte brannte.«

»Wann war das?«

»Kurz nach elf«, erwiderte der Mann.

»Haben Sie irgendetwas beobachtet, einen Wagen oder Personen?«

Der Mann schüttelte den Kopf. »Nur das Feuer«, erwiderte er.

Monika schrieb die Personalien des Zeugen auf und reichte ihm eine Visitenkarte. »Falls Ihnen noch etwas einfällt.«

Dietmar Petermann unterhielt sich mit dem Einsatzleiter der Feuerwehr, als Monika wieder zu ihm stieß. Er zeigte ihr das Dokument, das einer der Feuerwehrleute am Zugangstor zum Gelände hängend entdeckt hatte.

»Der Kerl hat sich hier gut ausgekannt«, erklärte Dietmar. »Er hat den Zaun neben dem Tor aufgeschnitten. Das Tor selbst wurde erst von der Feuerwehr aufgebrochen, damit sie hineinfahren konnten, den Zettel hatte er dort drangehängt. Sollen wir Kleinschmidt holen?«

148

Monika Sander blickte sich um. Überall im Gras befanden sich die Spuren der Fahrzeuge oder der schweren Stiefel der Feuerwehrmänner. »Ich glaube kaum, dass es Sinn hat. Du hast doch den Fotoapparat dabei. Mach ein paar Bilder und schreibe die Personalien des Einsatzleiters auf. Ich höre mich bei den Leuten da drüben noch ein wenig um. Vielleicht hat ja doch jemand etwas gesehen.«

*

Trevisan hatte den Rest des Wochenendes mit Angela und Paula verbracht, das Telefon stumm geschaltet und sich nicht mehr stören lassen.

Die Fahndung nach Jenny Kropp, die mit einem alten Opel unterwegs war, lief auf Hochtouren. Auch wenn sein Gefühl ihm signalisierte, dass er auf der falschen Fährte war, sprachen die objektiven Umstände eindeutig gegen Kropps Exfrau. Sie war nicht nur in Wilhelmshaven gewesen, sondern sogar in seiner Firma erschienen. Verschmähte Liebe oder das Karussell der Gefühle warfen manchmal sogar die stärksten Typen aus der Bahn, warum sollte sich Jenny Kropp nicht ein Gewehr schnappen und den Mann erschießen? Doch wo war das Gewehr, wo war die Pistole? In Pasewalk zumindest nicht. Die Kollegen waren bei der Durchsuchung gründlich vorgegangen.

Er hörte Geräusche draußen auf dem Gang. War es Monika? Als Trevisan vor zwanzig Minuten die Dienststelle betreten hatte, war er zuerst in die Einsatzzentrale gegangen. Dort liefen alle Fäden zusammen. Der Polizeiführer vom Dienst hatte zwar keine Neuigkeiten im Falle Kropp, aber die Nachricht, dass der Feuerteufel in der vergangenen Nacht wieder zugeschlagen hatte.

Monika Sander tat ihm leid. Woche um Woche war vergangen, und außer unzähligen erfolglosen Überprüfungen, langen und fruchtlosen Vernehmungen und hunderten von sinnlos gefahrenen Kilometern hatte sich nichts ergeben. Wie hilflos sie sich fühlen musste, spürte Trevisan am eigenen Leib. Auch er hatte kein vorzeigbares Ergebnis.

Mittlerweile, nach all den Jahren im 1. Fachkommissariat, hatte er eingesehen, dass sich nicht jeder Fall klären ließ. Man musste alles unternehmen, seine ganze Energie in die Ermittlungen stecken, jede Möglichkeit ausnutzen, dann hatte man sich wenigstens selbst nichts vorzuwerfen. Und letztlich kam es alleine darauf an, sich selbst keine Vorwürfe zu machen. Auch wenn man mit Haut und Haaren Polizist war.

Das klang banal, aber es gab genügend Kollegen, die an ihrer Arbeit zerbrochen waren. Alkoholmissbrauch, posttraumatische Störungen und sogar Psychosen ... Erst im letzten Monat hatte sich ein Kollege, den Trevisan aus früheren Tagen kannte, in Hannover erschossen, weil er mit dem Leben, aber vor allem mit den Belastungen des Dienstes nicht mehr klargekommen war. So weit durfte man es nicht kommen lassen.

Trevisan warf einen Blick in den Flur. Till Schreier stand vor seiner Bürotür und kramte in der Hosentasche.

»Guten Morgen«, sagte Trevisan. »Bist du wieder gesund?«

Till zog ein Taschentuch hervor und schnäuzte seine Nase. »Gesund ist wohl zu viel gesagt, aber für den Schreibtisch wird es wohl reichen.« Seine krächzende Stimme überschlug sich mehrmals.

»Bist du sicher, dass du schon wieder anfangen willst?«, fragte Trevisan verlegen.

»Könnt ihr denn auf mich verzichten?«

Trevisan schüttelte den Kopf.

»Eben«, sagte Till und verschwand in seinem Büro.

Trevisan blieb noch eine Weile auf dem Flur stehen. Paula hatte ihn gestern Abend gebeten, ihr einen neuen Taschenrechner aus der Stadt mitzubringen. »Einen modernen Rechner mit Speicherfunktionen«, hatte sie gesagt. Er überlegte, ob er jetzt gleich in die Fußgängerzone gehen sollte.

Ein lauter, krächzender Fluch riss ihn aus seinen Gedanken. Till Schreier kam mit hochrotem Kopf aus seinem Büro gerannt, einen Briefbogen in seiner Hand.

»Es ist unglaublich, unglaublich«, schimpfte er. »Diese elenden Formaljuristen und Schwanzklemmer. Da, lies selbst!«

Trevisan überflog die Zeilen. Ein Schreiben vom Finanzamt.

»Sie sehen die Herausgabe von Daten als rechtlich bedenklich und verschanzen sich hinter dem Steuergeheimnis«, ereiferte sich Till. »Kein Wunder, dass es mit diesem Land bergab geht. Wir haben ein Konstrukt von Vorschriften und Gesetzen, das nur noch lähmt. Wir stellen uns täglich selbst ein Bein und wundern uns, dass wir ständig nur herumstolpern.«

Trevisan gab ihm das Schreiben zurück. »Was hat das zu bedeuten?«

»Wir haben beim Finanzamt unseres Bezirkes angefragt, ob sie uns die Daten der steuerbefreiten Fahrzeughalter übersenden. Wegen unseres Brandstifters – schließlich hat er ein Auto und ist gehbehindert.«

Trevisan verstand. »Du weißt doch, solche Allgemeinanfragen haben die Behörden nicht gern. Sie denken dann gleich an Datenschutz und Rasterfahndung und da sind sie eben unsicher, was erlaubt ist und was nicht. Versuch es noch einmal über die Staatsanwaltschaft. Vielleicht fertigt ein Richter einen Beschluss aus, wenn ihr eure Anfrage etwas präzisieren könnt.«

Till zog die Stirn kraus. »An die Zeit, die wir mit unnötigem Formalismus vergeuden, daran denkt keiner. Was glauben die eigentlich, machen wir mit den Daten, die wir nicht verwerten – aushängen vielleicht?«

»Speichern, bis wir vom Geburtstag über das Bankkonto, die Sexualpraktiken und den Gesundheitszustand alles über die Person wissen. Der gläserne Mensch eben. Zumindest behaupten das einige Interessenverbände und jetzt sogar schon einzelne Parteien. Genau deswegen ist unsere Ermittlungsarbeit in den letzten Jahren nicht einfacher geworden.«

»Also gut, dann telefoniere ich eben mit der Staatsanwaltschaft«, seufzte Till und wandte sich um.

Trevisan schaute ihm nach, bis er in seinem Büro verschwunden war.

»Sie haben recht, Herr Trevisan«, traf ihn eine Stimme im Rücken. Die Polizeidirektorin stand hinter ihm. Sie lächelte. »Alles ist schwieriger geworden und unser Formalismus nimmt stetig zu. Und wie steht es in Ihren Fällen? Ich hörte, gestern hat es wieder gebrannt.«

»Davon habe ich auch gerade erst erfahren«, antwortete er und erklärte: »Wir haben uns aufgeteilt. Monika Sander kümmert sich um die Brandserie und ich bearbeite den Mord an den Lastwagenfahrer draußen im Industriegebiet am Banter See.«

151

»Und wie kommen Sie voran?«

Trevisan atmete tief ein. »Es deutet vieles darauf hin, dass die Exfrau die Tat begangen hat. Sie ist untergetaucht. Wir fahnden nach ihr.«

»Schön, dann sehen Sie zu, dass Sie das Verfahren so bald wie möglich abschließen. Sie wissen doch, bei Mord lastet das Interesse der gesamten Öffentlichkeit auf uns.«

»Ich werde sehen, was sich tun lässt«, entgegnete Trevisan lakonisch.

*

Es waren ein paar schöne Tage gewesen, die sie mit ihrer neuen Bekanntschaft mit dem Namen Joe zugebracht hatte. Beinahe hatte sie vergessen, warum sie die lange Reise nach Friesland angetreten hatte. Doch so plötzlich, wie er in ihr Leben geplatzt war, so schnell war er auch wieder verschwunden. Zurück blieb eine Leere, die sich langsam wieder mit ihrer eigentlichen Aufgabe anfüllte.

Sie saß hinter dem Steuer ihres Wagens und hielt das kleine Tagebuch in ihrer Hand. Zitternd las sie in den Zeilen. Schließlich klappte sie das ledergebundene Buch zu und steckte es in die Reisetasche, die neben ihr auf dem Beifahrersitz lag.

Das Schicksal hatte ihr eine kurze Pause gegönnt, doch die war vorbei. Und ihre Entschlossenheit wuchs.

Sie schaute aus dem Seitenfenster und blickte über die weite See. Weit draußen schipperte ein Frachter vorbei. Es schien fast, als ob er still stand und dem Wind und den Wellen trotzte. Nur wenn man ihn eine Weile mit den Augen verfolgte, bemerkte man, dass er sich in Richtung Horizont bewegte.

Die Sonne verschwand langsam hinter den dunklen Wolken und das helle Licht des freundlichen Tages wich einer tristen Düsternis.

Sie wusste, langsam wurde es Zeit.

20

Den Taschenrechner hatte Trevisan vergessen, als er am Abend nach Sande fuhr. Er fluchte, als er es bemerkte. Paula würde ganz schön böse sein. Schließlich hatte sie ihn mehrmals daran erinnert. Aber er verwarf den Gedanken, noch einmal umzukehren. Bislang war sie gut auch ohne Taschenrechner ausgekommen. Auf einen Tag mehr oder weniger würde es nicht ankommen.

Trevisan parkte in der Einfahrt und betrat das stille Haus. Er schaute sich um und ging nach oben. Paulas Zimmertür war geschlossen. Trevisan klopfte, erhielt keine Antwort und griff zur Klinke. Doch die Tür war verschlossen. Verwundert zog er die Stirn kraus. Allerlei Bilder zogen an seinem inneren Auge vorbei. Paula hatte noch nie abgeschlossen und er wollte auch nicht, dass sie es tat. Hatte sie etwas zu verbergen? War sie alleine im Zimmer?

Er klopfte lauter. Es blieb ruhig und aus seinem Klopfen wurde ein Hämmern. Plötzlich wurde die Tür aufgerissen.

»Was soll das?«, fuhr ihn Paula an.

»Ich dachte … ich bin … du hast abgeschlossen«, stammelte Trevisan.

»Ja, und?«

Trevisan schob die Tür auf. Das Bett war zerwühlt. Gehetzt blickte er sich um, doch außer Paula war niemand im Zimmer.

»Warum hast du abgeschlossen?«

»Ich lerne«, entgegnete seine Tochter.

»Und dazu schließt du ab?«

»Latein. Mit dem Sprachprogramm. Ich wollte meine Ruhe.«

Trevisan atmete auf. »Ich dachte schon, dir wäre etwas passiert. Ich will nicht, dass du abschließt. Hast du kein Vertrauen zu mir?«

»Vertrauen? Was hat das damit zu tun?«

»Wenn jemand abschließt, dann hat er etwas zu verbergen…«

»… oder er will nicht gestört werden. Du bist hier nicht bei der Polizei.«

»Schon gut«, entgegnete Trevisan. »Einigen wir uns darauf, dass du künftig nicht mehr zusperrst. Wenn du deine Ruhe brauchst, dann häng doch einfach ein Schild an die Tür. Wir machen das im Büro auch. Dann weiß jeder, dass er nur stören darf, wenn es wirklich wichtig ist.«

»Das ist aber nicht deine Dienststelle hier«, erwiderte Paula patzig. »Übrigens, hast du meinen Taschenrechner?«

Trevisan zögerte.

»Du hast es vergessen«, fuhr ihn Paula an.

»Ich habe daran gedacht, aber … Ich besorge ihn morgen, ich verspreche es dir.«

»Ich hätte ihn aber morgen früh gebraucht, wir schreiben einen Test.« Paula wandte sich ab. »Ich hab mich auf dich verlassen. So viel zum Thema Vertrauen.« Sie warf sich auf ihr Bett und griff nach ihrem Kopfhörer.

»Paula … ich … es tut mir leid«, sagte er, aber sie setzte den Kopfhörer auf und drehte sich weg.

Unten klingelte das Telefon.

»Ich mache es wieder gut«, versprach Trevisan und lief hinunter, um den Hörer abzunehmen.

Es war der Kollege vom Bereitschaftsdienst. »Ich habe gerade ein Fax aus Hannover erhalten. Die Kollegen dort haben Jenny Kropp festgenommen. Du sollst zurückrufen.«

Trevisan war sofort hellwach. Er notierte die Telefonnummer und bedankte sich. Eilends wählte er. Die Stimme einer Frau ertönte am anderen Ende der Leitung. Trevisan verstand ihren Namen nicht.

»Mir wurde mitgeteilt, dass Jenny Kropp verhaftet wurde.«

»Richtig«, bestätigte die Kollegin. »Sie hatte einen Autounfall und liegt in der Klinik. Wir haben einen Kollegen vor ihrem Zimmer postiert. Sie ist schwer verletzt worden und hat mehrere Rippenbrüche und einen Beinbruch erlitten. Aber ansonsten ist sie ansprechbar und es geht ihr den Umständen entsprechend gut.«

»Sie sollte bewacht werden. Wir suchen sie wegen Mordes. Am besten wären zwei Kollegen direkt an ihrem Bett.«

»Wir können nicht ewig auf sie aufpassen«, antwortete die Kollegin spitz.

»Ich werde sofort die Verlegung veranlassen«, antwortete Trevisan, »vorausgesetzt, sie ist transportfähig.«

»Sie ist es, aber rufen Sie in Lingen im Vollzugskrankenhaus am besten sofort an. Die haben nicht so viele Betten.«

»Lingen, klar«, antwortete Trevisan. »Ich werde mich gleich darum kümmern.«

Trevisan beendete das Gespräch. Nachdenklich starrte er den Telefonhörer an. Normalerweise empfand er so etwas wie Erleichterung, wenn sich eine Ermittlungssache dem Ende zuneigte und der oder die Täter dingfest gemacht waren. Jetzt spürte er nur eine große Verunsicherung. Hatte er wirklich die Mörderin von Hans Kropp verhaftet?

*

Willo Brunken tankte nach der langen Tour seinen Lastwagen wieder auf. Heute war er über Oldenburg, Hannover und Emden nach Aurich gefahren. Dort hatte er den Rest der Ladung abgeliefert und war kurz vor sieben Uhr in den Ölhafen zurückgekehrt. Diesmal war er nicht alleine auf Tour, ein Neuer begleitete ihn. Er wusste nur, dass der Neue Jens hieß und von Berlin nach Wilhelmshaven gekommen war. Der Disponent hatte ihn als zweiten Fahrer auf seiner Tour eingeteilt, damit ihn Willo einlernen konnte.

»Und wenn wir den Tank voll haben, dann stellen wir den Laster auf den Stellplatz zurück und geben die Papiere und den Schlüssel im Büro ab«, erklärte Willo, der lässig am Führerhaus lehnte, während Jens die Zapfpistole zurück in die Zapfsäule steckte. »Morgen früh bei Schichtbeginn ist der Auflieger wieder gefüllt. Die Nachtschicht bereitet alles vor. Wir fahren meist nur.«

Jens nickte. »In meiner früheren Firma mussten wir den Tankwagen selbst füllen. Das hat uns der Chef nicht bezahlt. Beinahe jeden Tag eine Stunde, die wir umsonst gearbeitet haben.«

»Hier ist es anders«, erklärte Willo. »Man wird fair behandelt. Und kommt man mal mit seiner Zeit nicht aus, kann man die Überstunden auch schon mal abfeiern und einen Tag frei machen. Ganz nach Auftragslage.«

Jens säuberte sich seine Hände und umrundete den LKW. »Ich habe es nicht mehr länger eingesehen und den Job hingeschmissen«, sagte er und nahm seinen Platz auf dem Beifahrersitz wieder ein.

»Das verstehe ich«, bestätigte Willo und stieg wieder ins Führerhaus. »Der Job ist sowieso schlecht bezahlt. Die großen Touren bringen mehr Geld, aber da ist man auch lange unterwegs.«

»Fahrer mit Gefahrgutführerscheinen werden gesucht, aber es ist immer das Gleiche«, entgegnete Jens. »Keine Spesen und die Bezahlung ist auch nicht gerade rosig. Ich bin zwei Jahre lang runter nach Spanien und Italien gefahren. Aber ich habe die Schnauze voll von den Übernachtungen in der Kabine.«

»Das kann ich verstehen.« Willo lenkte den Lastwagen rückwärts in die Parkbucht.

»Hast du nachher noch Lust, ein kleines Bierchen trinken zu gehen?«

Willo warf einen nachdenklichen Blick auf die Uhr im Cockpit. »Meine Frau ist schwanger. Ich muss zu Hause noch ein bisschen arbeiten. Das Kinderzimmer herrichten, verstehst du?«

»Nur kurz, 'ne halbe Stunde.«

Willo überlegte. Zögernd stimmte er zu. »Ein Bier, aber dann muss ich nach Hause.«

*

Sie erreichten Lingen kurz nach zwei Uhr. Sie waren mit dem Zug gefahren. Das Gefängniskrankenhaus lag in unmittelbarer Nähe des Bahnhofes. Jenny Kropp war am heutigen Morgen aus Hannover hierher verlegt worden.

Trevisan hatte Tina mitgenommen, manchmal war eine Unterhaltung von Frau zu Frau ertragreicher und Trevisan hatte der jungen Frau eine Menge Fragen zu stellen. Vorsichtshalber hatten sie im nahen Hotel *Kolpinghaus* zwei Zimmer angemietet. Paula würde heute wieder auf ihren Taschenrechner verzichten müssen. Aber er hatte ihr Geld auf den Küchentisch gelegt. Sicherlich bekam sie auch in Sande ein geeignetes Modell, um ihre Mathearbeiten bewältigen zu können. Tante Klara würde sich wieder um sie kümmern.

Laut telefonischer Rücksprache mit dem behandelnden Arzt der Gefängnisklinik war Jenny Kropp vernehmungsfähig. Auch die Kollegen in Hannover hatten bereits ihr Glück versucht. Sie hatten ihr gesagt, dass man sie festgenommen hatte, weil sie im dringenden Verdacht stand, ihren Exmann getötet zu haben. Jenny Kropp hatte nicht überrascht reagiert, aber sie hatte geschwiegen.

»Da drüben ist es«, sagte Trevisan, als sie den Bahnhof verlassen hatten, und wies in nördliche Richtung. Triste Gebäude aus rotem Backstein verbargen einen Teil ihres Antlitzes hinter traurigen, grauen Mauern.

»Sollen wir zuerst zum Hotel fahren?«, fragte Tina.

Trevisan schüttelte den Kopf. »Je eher wir das hinter uns bringen, umso schneller sind wir wieder zu Hause. Wir deponieren die Koffer am Einlass. Ich bin sicher, da kommt nichts weg.«

Mit ihren Koffern und Reisetaschen im Schlepptau liefen sie über den Bahnhofsvorplatz. Zwei Taxifahrer beäugten sie misstrauisch. Vorbei an mehreren Lagerhallen gingen sie auf das grünlich gestrichene Stahltor zu. Die hohen Mauern waren an ihren Kronen mit Stacheldraht gesichert.

»Fünf Meter, schätze ich«, sagte Tina in das Schweigen.

»Was?«, antwortete Trevisan in Gedanken.

»Ich schätze, die Mauern sind fünf Meter hoch«, wiederholte Tina.

Trevisan hob den Kopf. »Vier, denke ich.«

Sie liefen an einem Parkplatz vorbei und blieben vor dem großen stählernen Schiebetor stehen. Eine kleine Tür befand sich rechts neben dem Rolltor, dort gab es auch eine Klingel. *Vollzugskrankenhaus* stand auf dem Klingelschild.

Nachdem Trevisan geläutet hatte, meldete sich in der Sprechanlage eine krächzende Stimme. Er stellte sich vor, und mit einem lauten Rattern setzte sich das Rolltor in Bewegung.

Sie betraten das Gefängnis. Links in einem niederen Backsteinbau saßen hinter dicken Glasscheiben zwei Vollzugsbeamte in Uniform. Trevisan legte seinen Dienstausweis in die kleine Schublade. Wenige Augenblicke später hatten sie in einem kleinen Zimmer ihre Koffer deponiert und einer der Justizbeamten führte sie über den Innenhof zum Hauptgebäude.

Jenny Kropp lag im zweiten Stock. Sie hatte ein Einzelzimmer im Trakt für Untersuchungsgefangene erhalten.

Der Stil des Gebäudes erinnerte Trevisan an das alte Krankenhaus in Wilhelmshaven. Nichts deutete darauf hin, dass es sich um ein Gefängniskrankenhaus handelte. Das Personal – bis auf den Justizbeamten, der sie führte – trug die übliche weiße Bekleidung. Bunte Bilder hingen an den Wänden. Sicherlich waren sie hier im Gefängnis entstanden. Malen als Therapie für den Ausdruck der Gefühle. Ein Bild fiel Trevisan besonders auf. Ein Wirrwarr von dunklen, bedrohlichen Farben, die sich um einen schwarzen Kreis rankten. Trevisan blieb einen Augenblick stehen.

»Hat eine total verdrehte Mörderin gemalt«, bemerkte der Vollzugsbeamte. »Sie hat ihren Mann und ihre beiden Kinder umgebracht. Anschließend ist sie zu ihren Eltern gefahren und wollte sie ebenfalls töten. Sie ist nicht mehr hier. Sie sitzt jetzt in der Psychiatrie.«

Der Justizbeamte führte sie in das Arztzimmer. *Doktor Leuchs* stand auf dem Türschild. Der Justizbeamte klopfte.

Doktor Leuchs war ein kleiner, dicker Mann um die sechzig. Seine Haare waren ihm ausgegangen, lediglich um seine Schläfen rankten sich noch einzelne graue Haarnester. Mit seiner runden, randlosen Brille wirkte er wie ein zerstreuter Professor.

»Ah, Sie kommen also wegen der Kropp«, sagte er, nachdem der Justizbeamte seine Begleiter vorgestellt hatte. »Sie liegt auf Zimmer 212. Sie hat zwei angeknackste Rippen und ihr linkes Bein gebrochen. Ansonsten ist sie wohlauf, wenn sie auch nicht viel spricht.«

»Wir können zu ihr?«, fragte Trevisan noch einmal.

»Vielleicht kriegen Sie ja was aus der raus«, entgegnete der Arzt. »Sie liegt nur da und starrt teilnahmslos an die Decke. Ich habe den Psychiatern Bescheid gegeben. Ich habe keine Lust, einen Bericht zu schreiben, wenn sie uns aus dem Fenster springt.« Doktor Leuchs lächelte gefühllos.

Sie lag tatsächlich wie leblos in ihrem Bett. Sie schaute nicht einmal auf, als Trevisan zusammen mit Tina das Zimmer betrat. Ihr linkes Bein war hochgelegt und zugedeckt. Trevisan hätte viel dafür gegeben, einen Blick hinter ihre Stirn werfen zu können. Der Justizbeamte stellte zwei Stühle vor das Bett und verzog sich in eine Ecke. Er blätterte in einer Illustrierten, die dort auf einem Sideboard gelegen hatte.

Trevisan nahm Platz.

»Guten Tag, Frau Kropp«, sagte er leise. »Mein Name ist Martin Trevisan von der Kripo Wilhelmshaven und das ist meine Kollegin Tina Harloff. Wir bearbeiten den Mord an Ihrem Exmann. Sie wissen ja bereits, dass er umgebracht wurde, und ich denke, Sie wissen auch, weshalb Sie verhaftet wurden.«

Ihr Gesichtsausdruck blieb unverändert.

»Frau Kropp, hören Sie mich?«

Keine Reaktion.

Tina fasste an sein Handgelenk zum Zeichen, dass sie übernehmen wollte. Trevisan ging einen Schritt zur Seite.

»Mein Name ist Tina Harloff. Wir wissen, dass Sie in Wilhelmshaven waren, als Hans Kropp ermordet wurde. Wir wissen auch, dass Sie einen Tag zuvor seine Firma besuchten und nach ihm gefragt haben. Außerdem können Sie gut schießen und mit einem Gewehr und einer Pistole umgehen. Hans Kropp wurde erschossen und wir denken, Sie haben ihn umgebracht, weil er Sie zurückgewiesen hat.«

Tina beobachtete Jennys Gesichtszüge, doch sie blieben nach wie vor wie in Eis erstarrt.

»Wir haben inzwischen den Schrottplatz durchsucht und mit Ihren Brüdern gesprochen. Ihr Junge wohnt jetzt dort ganz alleine.«

Wiederum zeigte Jenny Kropp keine Reaktion.

»Komm, das hat keinen Sinn«, sagte Trevisan.

Der Justizbeamte in der Ecke erhob sich. »Sagte ich doch, die spricht nicht.«

Trevisan wandte sich um.

Tina folgte ihm. »Ach ja, beinahe hätte ich es vergessen. Ich soll Sie von Ihrem Sohn grüßen. Er wartet auf Sie.«

Eine Träne lief über Jenny Kropps Wange. Ihre Gesichtszüge verzerrten sich und sie begann hemmungslos zu weinen.

»Wir kommen morgen wieder«, sagte Tina. »Dann erzähle ich Ihnen, was Ihr Sohn Ihnen ausrichten lässt.«

Tina ging an Trevisan vorbei und öffnete die Tür. Trevisan zögerte einen Augenblick. Schließlich folgte er ihr auf den Flur. »Warum hast du nicht weitergemacht? Sie wurde doch gerade weich.«

»Ich denke, sie braucht noch ein wenig Zeit«, erklärte Tina. »Sie wird bestimmt eine unruhige Nacht verbringen. Ich glaube, wir kommen über ihren Sohn an sie ran. Aber lass mich das machen.«

21

Es war Dienstag geworden, doch der gestrige schöne Tag sollte dem Wetterbericht nach der letzte bis zum Wochenende gewesen sein. Der Wind war kühl und der Himmel voller grauer Wolken. Von Zeit zu Zeit regnete es und Monika Sander fluchte insgeheim, weil ihr das überhaupt nicht ins Konzept passte. Trotzdem konnte sie die Aktion nicht mehr abblasen.

Der kleine Saal unter dem Dach war angefüllt mit Polizisten in Uniform und Zivil. Die Luft war zum Schneiden dick und Monika schluckte ein paar Mal, bevor sie an das Rednerpult trat. Sie nickte Dietmar Petermann zu, und er startete den Tageslichtprojektor. Eine Karte der Wilhelmshavener Umgebung erschien an der weißen Projektionswand. Mit roten Kreuzen waren die Brandorte der letzten Wochen eingezeichnet, dahinter eine Zahl vermerkt. Von 1 bis 14; die Spur des Feuerteufels vom Wangerland.

Monika schnippte mit dem Finger gegen das Mikrophon. Die dumpfen Schläge aus den beiden Lautsprechern ließen das Gemurmel der Anwesenden allmählich verstummen. Monika griff nach ihrem Wasserglas, nahm einen Schluck und räusperte sich.

»Kolleginnen und Kollegen, die Karte vermittelt uns einen

Überblick über die einzelnen Tatorte, die wir zweifelsfrei unserem Brandstifter zuordnen können. Die Brandserie begann am 26. Juli in Voslapp, der letzte Brandort war in Tammhausen. Dort zündete er die Hütte des Heimatvereins an. Wie ihr alle den Infoblättern entnehmen könnt, die wir ausgeteilt haben, kam bei einem Brand in Wilhelmshaven am 22. August ein Mensch ums Leben. Zwar deutet alles darauf hin, dass das Opfer nur zufällig zu Tode kam, trotzdem können wir weitere Todesfälle nicht ausschließen.«

Erneut griff sie zum Wasserglas. Dann berichtete sie von den fast fünfhundert Befragungen und fast tausend Überprüfungen, die bislang vergeblich geblieben waren, von den Bibelzitaten, der Vorliebe des Täters für leerstehende, manchmal abrissreife Gebäude oder Hütten an unbelebten Orten. »Nach Auswertungen können wir jedoch mit Bestimmtheit sagen, dass er zwischen zwanzig und fünfzig Jahre alt ist, sich in der Gegend gut auskennt und einen dunklen Kleinwagen fährt. Außerdem zieht er sein rechtes Bein nach.«

»Der müsste sich doch kriegen lassen, wenn er versucht, uns abzuhauen«, scherzte ein junger Bereitschaftspolizist laut, erntete aber von den Kollegen nur missbilligende Blicke.

»Wir haben eine Karte erstellt und unser Gebiet in vier Planquadrate unterteilt«, fuhr Monika fort. »Da er an unterschiedlichen Tagen zu unterschiedlichen Zeiten zuschlägt, können wir den Zeitraum lediglich auf zwischen zweiundzwanzig Uhr und vier Uhr morgens eingrenzen. Wir haben mögliche Tatobjekte in den Karten markiert. Diese Objekte werden wir ab heute Abend verdeckt observieren. Sobald wir etwas Verdächtiges bemerken, müssen wir alle Ausfallstraßen, damit meine ich auch die Feldwege, sofort absperren und die Gegend notfalls auch mit Hunden durchkämmen. Das heißt, wir brauchen verdeckte Streifen vor Ort und Eingreifreserven in jedem Planquadrat.«

»Das ist doch nichts anderes als blinder Aktionismus«, warf Schneider vom FK 3 ein, der in der Fensterreihe saß und gelangweilt die Karte betrachtete.

»Aber es ist besser, als untätig am Schreibtisch zu sitzen und den Tag an sich vorbeiziehen zu lassen«, antwortete sie bissig.

Kriminaloberrat Beck erhob sich und trat vor das Mikrophon. »Wir haben vor, die Aktion bis zum Samstag durchzuziehen und erhoffen uns, dass der Brandstifter auf diese Weise ins Netz geht.«

»Es regnet«, entgegnete Schneider. »Soviel ich weiß, hat er noch nie bei Regenwetter zugeschlagen.«

»Soweit wir das überprüft haben«, konterte Monika, »gilt das nur für echte Regentage. Er hat schon mal versucht, eine Garage anzuzünden. Kurz darauf hat es zu regnen begonnen und das Feuer ist erloschen. An diesem Tag waren die Wetterverhältnisse etwa so wie heute.«

Die Besprechung mit den Polizisten aller Abteilungen und einer Abordnung der Bereitschaftspolizei zog sich noch bis zum Mittag hin. Monika war erschöpft, als sie den kleinen Saal verließ. Till, Dietmar und Anne folgten ihr in ihr Büro, wo sie sich in ihren Stuhl fallen ließ.

»Ich hoffe, wir haben Erfolg«, seufzte sie. »Schon alleine, um es Schneider zu zeigen.«

»Ich bin skeptisch«, antwortete Dietmar. »Wir haben noch genügend mögliche Tatobjekte, die wir nicht bewachen können.«

»Ich hoffe, dass wir diesmal wenigstens ein bisschen Glück haben. Till, wie steht es eigentlich mit deinen Nachforschungen?«

Till zuckte mit den Schultern. »Ich habe der Staatsanwaltschaft einen Antrag vorgelegt, aber bislang noch keine Antwort erhalten.«

»Dann frag dort bitte noch einmal nach«, entgegnete Monika. »Ich gehe jetzt nach Hause und lege mich ins Bett, dass ich für heute Abend fit bin. Dietmar, dir empfehle ich ebenfalls ein wenig Ruhe.«

*

Als an diesem Morgen die Tür zum Krankenzimmer 212 im Gefängniskrankenhaus Lingen geöffnet wurde, blickten erwartungsvolle Augen auf die Besucher. Jenny Kropp wirkte nervös und ungeduldig. Tina nahm sich einen Stuhl und zog ihn an Jennys Bett.

»Wie geht es meinem Jungen?«, flüsterte sie. Eine Träne lief ihr über die Wange.

Martin Trevisan hielt sich im Hintergrund. Tina setzte sich und streichelte Jenny Kropp über den Handrücken. »Es geht ihm gut und er wartet auf Sie.«

Jenny Kropp atmete tief ein. Sie schluchzte.

»Was haben Sie Ende August in Wilhelmshaven gemacht?«

Jenny Kropp wischte sich die Tränen aus dem Gesicht. Sie stöhnte. Der Rippenbruch bereitete ihr Schmerzen. »Ich wollte mit Hans reden. Ich wollte, dass wir wieder zusammen sind. Ich liebe ihn doch.«

»Obwohl Sie sich von ihm scheiden ließen, weil er Sie zusammengeschlagen hat?«

»Er hat mich nicht zusammengeschlagen«, protestierte Jenny Kropp. »Ich bin ausgerutscht und die Treppe hinuntergefallen.«

»Ihre Brüder haben uns aber eine andere Geschichte …«

»Meine Brüder«, zischte sie. »Die sind überhaupt schuld daran, dass es so weit gekommen ist. Sie haben ihn rausgeekelt. Und dann haben sie mich auf ihren Schrottplatz geholt und dort gefangen gehalten.«

Tina warf Trevisan einen Blick zu. »Wie soll ich das verstehen?«

»Hans war nicht schlecht«, erwiderte sie. »Er war immer gut zu Maik und mir. Gut, er hat manchmal über den Durst getrunken und sich mit den falschen Leuten eingelassen. Aber er hat für uns gesorgt.«

»Sie haben ihn angezeigt, damals«, hielt ihr Tina vor. »Im Polizeibericht steht, dass es einen Streit gab und er sie krankenhausreif geprügelt hat.«

Sie schüttelte den Kopf, bis die Schmerzen wieder zurückkehrten. »Es gab einen Streit, das stimmt. Er hat mich weggeschubst und dabei ist es passiert. Ich bin die Stiegen hinuntergestürzt.«

»Damals haben Sie aber etwas anderes angegeben.«

Sie atmete tief ein. »Er hatte sich mit den falschen Leuten eingelassen. Meine Brüder haben es herausbekommen und ihn unter Druck gesetzt. Sie wollten sich daran beteiligen. Ihre Geschäfte gingen damals schlecht.«

»Ging es um Schmuggel?«

Jenny Kropp starrte einige Sekunden an die Decke, schließlich nickte sie. »Er hat Leute über die Grenze transportiert.«

»Leute?«

»Flüchtlinge, zum Beispiel aus dem Libanon. Er hat in Polen jemanden kennen gelernt, der ihm das Geschäft vermittelte. Meine Brüder haben es erfahren und wollten sich ebenfalls daran beteiligen. Aber er hat sie ausgetrickst. Ich habe ihm zugeredet, dass er aufhören soll, aber er hat nicht auf mich gehört. Deshalb haben wir uns gestritten. Dann haben ihm meine Brüder gedroht, dass sie ihn anzeigen, wenn er nicht verschwindet.«

»Haben sie ihn erpresst?«

»Ich weiß es nicht.«

»Wir haben Drohbriefe gefunden, in denen Ihre Brüder Geld von ihm fordern. Hat er Ihrem Sohn und Ihnen Unterhalt gezahlt?«

Wiederum atmete Jenny Kropp tief ein. »Er zahlte, aber meine Brüder haben das Geld eingesteckt. Ich habe keinen Pfennig davon gesehen. Ich habe Hans angerufen und es ihm erzählt. Er hat mir dann ein Sparkonto eingerichtet. In Wilhelmshaven. Meinen Brüdern habe ich gesagt, dass Hans nichts mehr bezahlt.«

»Und warum sind Sie nicht einfach gegangen, warum blieben Sie bei Ihren Brüdern?«

»Wo hätte ich hingehen sollen? Und Maik fühlte sich anfangs dort wohl. Meine Brüder haben ihn um den Finger gewickelt.«

»Warum sind Sie nicht zu Hans Kropp zurück?«

Jenny Kropp überlegte. »Verstehen Sie, ich war damals schuld, dass meine Brüder erfahren haben, in welche Geschäfte Hans verwickelt war. Er hat es mir nicht verziehen. Er sagte, eine Frau, die ihn verrät und die nicht zu ihm steht, kann er nicht brauchen.«

»Haben Sie ihn deswegen erschossen?«, fragte Trevisan.

Sie schlug die Hände vor die Augen. »Ich habe ihn nicht umgebracht. Ich war es nicht.« Ihre Stimme klang von Tränen erstickt. Sie brauchte eine Weile, bis sie sich wieder fing.

»Haben Sie für die Tatzeit ein Alibi?«

»Tatzeit? Ich weiß nicht einmal, wann es passiert ist.«

Trevisan zog die Stirn kraus. »Sagen wir es anders. Wo waren Sie in der Nacht vom 30. auf den 31. Juli?«

Sie überlegte und wischte sich mit der linken Hand die Tränen ab. Schließlich schüttelte sie den Kopf. »Ich kann mich nicht mehr erinnern. Aber ich war eine ganze Woche bis spät in die Nacht damit beschäftigt, meine kleine Wohnung in Hannover zu renovieren.«

»Eine Wohnung? Haben Sie dafür Zeugen?«

Sie verneinte, indem sie vorsichtig den Kopf schüttelte. »Ich war alleine.«

»Eine Wohnung in Hannover ... Sind Sie deswegen in der letzten Zeit öfter mal für ein paar Tage aus Pasewalk verschwunden?«, fragte Tina.

»Auf dem Sparbuch haben sich mittlerweile fünfzigtausend Mark angesammelt«, antwortete sie. »Ich wollte einfach irgendwo neu beginnen. Ich habe in Hannover eine Wohnung eingerichtet. Und einen Arbeitsplatz als Putzfrau habe ich ebenfalls gefunden. Und wenn ich mich dort richtig eingelebt habe, dann hole ich Maik zu mir.«

Tina warf Trevisan einen fragenden Blick zu. Er erhob sich. »Hat Hans Kropp weiterhin Menschen nach Deutschland geschmuggelt?«

Jenny zuckte die Schulter. »Ich weiß es nicht.«

»Könnten Ihre Brüder hinter dem Mord stecken?«

Wiederum zuckte sie mit den Schultern. »Ich würde ihnen alles zutrauen. Aber ich wüsste nicht, weshalb sie das tun sollten.«

Sie unterhielten sich noch eine Weile, doch es ergaben sich keine weiteren Aspekte, die auf einen weiteren Ansatzpunkt hindeuteten. Die junge Frau kannte die Hintermänner des Menschenschmuggels nicht und Trevisan glaubte ihr. Schließlich brachen sie die Vernehmung ab. Sie verließen das Gefängniskrankenhaus und tranken in einem nahen Café einen Cappuccino.

»Glaubst du, dass sie es war?«, fragte Trevisan, nachdem er Zucker in die Tasse gegeben hatte und langsam umrührte.

»Auch wenn vieles dafür spricht«, antwortete Tina, »nach der Vernehmung habe ich eigentlich ein anderes Gefühl. Und du?«

Trevisan trank. Ein weißer Schnurrbart bildete sich oberhalb seiner Lippe. Mit der Zunge schleckte er den Milchschaum ab. »Ich habe eigentlich noch nie so richtig an ihre Schuld geglaubt.«

»Was machen wir jetzt?«

Trevisan zuckte mit der Schulter. »Wir nehmen uns noch einmal seine Touren vor. Wie sie selbst gesagt hat: Vielleicht hat er sich mit den falschen Leuten eingelassen ... Überprüfe bitte gleich die Adresse in Hannover, von der Jenny Kropp sprach.«

»Fünfzigtausend Mark für Jenny Kropp und seinen Jungen, das ist eine Menge Geld in knapp zwei Jahren«, antwortete Tina.

»Offenbar lag ihm etwas an seiner Exfrau.«

»Oder an seinem Sohn.«

*

Gegen Mittag hatte der Regen nachgelassen. Als es dunkel geworden war und sich seine Mutter zur Ruhe begeben hatte, schlich er sich aus dem Haus. Seine Utensilien waren schnell im Kofferraum verstaut. Er brauchte nicht viel, einen gefüllten Kanister, ein wenig Watte, seine Gummistiefel und eine Reihe Pinsel, die man in jedem Baumarkt für ein paar Mark erhalten konnte.

Er öffnete das Scheunentor und fuhr mit seinem schwarzen Opel hinaus in die Nacht. Er war vorsichtig und gab nur wenig Gas, obwohl er nichts zu befürchten hatte. Mutter ging jeden Abend kurz nach neun ins Bett. Wegen ihrer nervösen Beine nahm sie ein paar Baldriantropfen und eine Schlaftablette. Sie würde, wie sonst auch, nichts mitbekommen.

Erst auf der Landstraße schaltete er das Licht an. Er fuhr in Richtung Friedeburg. Bei Hohejohls hatte er vorgestern eine kleine Holzhütte entdeckt. Sie würde trotz des Regens am Mittag dem verzehrenden Feuer keinen Widerstand entgegensetzen können.

Er bog in Richtung Etzel ab. Kurz hinter den Häusern

beschleunigte er. Außer ihm war niemand mit dem Auto in dieser Gegend unterwegs. Es war kurz nach zwei Uhr. Erst um drei wurde es wieder belebter auf den Straßen, wenn Schichtwechsel angesagt war und die ersten Schichtarbeiter wieder zu ihren Arbeitsplätzen fuhren.

Hinter Abickhafe bremste er seinen Wagen ab und fuhr an den Straßenrand. Ein kurzer Lichtreflex abseits der Straße, in der Nähe des Kanals, hatte seine Aufmerksamkeit erregt. Er griff in das Handschuhfach und holte das Fernglas heraus. Das gute Glas hellte die Dunkelheit ein wenig auf, schemenhaft zeichneten sich in der Ferne, direkt am Kanal, die Umrisse eines Wagens ab.

Ein Liebespaar, verirrte Nachtschwärmer?

Er zögerte. Sein Gefühl sagte ihm, dass von diesem Wagen eine Gefahr für ihn ausging. Er startete seinen Opel und wendete.

Heute Nacht würde kein Feuerschein die Nacht erhellen.

*

Die Beifahrertür wurde geöffnet und der uniformierte Kollege ließ sich mit einem Seufzer auf dem Sitz nieder.

»Geschäft erledigt?«, fragte der Fahrer, der sich im Sitz zurückgelegt und vor sich hin gedöst hatte.

»Noch zwei Stunden«, erwiderte der Polizist.

»Das Ganze hier ist für die Katz«, murmelte der Fahrer. »Ich glaube nicht, dass wir den Kerl auf diese Weise kriegen.«

»Mach noch mal das Licht an. Meine Kopfhörer liegen irgendwo im Fußraum.«

»Aber nur kurz«, mahnte der Fahrer. »Schließlich sollen wir verdeckt observieren.«

Der Kollege grinste. »Verdeckt, so ein Blödsinn!«

22

Anke Schulte-Westerbeck rümpfte die Nase und schaute Trevisan fragend an. »Und Sie sind sich absolut sicher?«

Trevisan nickte. »Sie hat zwar kein Alibi für die Tatzeit, aber die Überprüfung der Hannoveraner Kollegen bestätigte ihre Angaben. Sie richtet sich gerade in der Vorstadt eine Wohnung ein. Die Wände dort waren frisch gestrichen.«

»Was machen wir jetzt?«, fragte Kriminaloberrat Beck. »Sollen wir sie wieder auf freien Fuß setzen?«

»Es bleibt uns nichts anderes übrig«, erwiderte Trevisan. »Ich habe Alex und Tina noch einmal in die Firma geschickt. Sie sollen alle Touren auflisten, die Kropp im letzten Jahr gefahren ist. Möglicherweise war er immer noch am Menschenschmuggel beteiligt. Zumindest hat er sehr viel Geld auf ein Konto einbezahlt, das seiner Exfrau gehörte.«

»Und warum haben Sie das mit dem Konto nicht gleich festgestellt?«, fragte Beck. »Ich denke, ihr habt im Umfeld des Opfers gründlich recherchiert.«

Trevisan zog die Stirn kraus. »Seinem eigenen Konto nach lebte er am Existenzminimum und hatte überdies noch Schulden. Er muss das Geld bar eingezahlt haben.«

»Gibt es Verbindungen zu seiner Spedition?«

»Das müssen wir erst noch überprüfen«, entgegnete Trevisan. »Wir stehen quasi noch am Anfang. Erst durch Jenny Kropps Aussage wissen wir von den Schleuseraktivitäten.«

Die Polizeidirektorin hob die Hand. »Sollten wir nicht besser das Landeskriminalamt einschalten? Internationale Schleusertätigkeit fällt doch in das Ressort des LKA. Es wäre denkbar, dass es sich bei dem Mord um organisierte Kriminalität handelt. Und das ist eine Nummer zu groß für uns. Zumal Frau Sander in ihren Ermittlungen nach dem Brandstifter ebenfalls auf der Stelle tritt.«

Trevisan wehrte ab. »Solange wir keine weiteren Hinweise haben, halte ich es für verfrüht, das LKA zu informieren.«

Anke Schulte-Westerbeck überlegte. »Gut, Trevisan. Nehmen Sie die Firma unter die Lupe. Aber sobald sich herausstellt, dass Kropps Tod mit seinen kriminellen Aktivitäten zusammenhängt, informieren Sie mich unverzüglich.«

Trevisan stimmte zu.

Nachdem die Polizeidirektorin den Raum verlassen hatte, räusperte sich Kriminaloberrat Beck. »Das schmeckt ihr nicht«, sagte er. »In der letzten Pressemeldung haben wir die Festnahme der vermeintlichen Täterin verkündet. Nun müssen wir wieder zurückrudern. Und noch dazu treibt sich der Brandstifter da draußen herum. Bislang hat er sich der Stadt ferngehalten, aber es ist nur eine Frage der Zeit, bis wieder jemand zu Schaden kommt. Ich denke, wir sollten zumindest eine interne Sonderkommission einrichten, damit wir endlich zu einem Ergebnis kommen. Denken Sie darüber nach, Trevisan.«

Trevisan fuhr sich mit der Hand über das Kinn. »Bislang schaffen wir es noch ohne weitere Verstärkung. Monika versucht alles, um den Kerl zu schnappen. Aber er ist geschickt und hinterlässt fast keine Spuren.«

»Ich zweifele nicht an Frau Sanders Kompetenz, aber wir werden an unseren Ergebnissen gemessen. Drei Wochen, und wir haben noch immer nichts vorzuweisen. Und jetzt platzt auch noch der Mordfall Kropp. Sie müssen meine Lage verstehen. Wenn sich bis zum Ende der Woche nichts Neues ergibt, dann werde ich Frau Schulte-Westerbeck die Einrichtung einer Sonderkommission vorschlagen.«

Trevisan wartete, bis Beck die Tür hinter sich geschlossen hatte, dann schlug er mit der Faust auf seinen Schreibtisch. Wenn es keine Ansatzpunkte gab, half auch eine Sonderkommission nicht weiter. Vor allem, wenn Beck die Leitung übernahm.

Aber jetzt war nicht die Zeit dafür, seinem Ärger Luft zu machen. Er konzentrierte sich wieder auf seinen Fall.

Wenn es einen Zusammenhang zwischen Kropps Touren und dem Mord gab, dann müsste es eine Übereinstimmung zwischen seinen Fahrten und den Einzahlungen auf dem Sparbuch von Jenny Kropp geben. Wenn sich diese Daten nahezu deckten, dann wäre das ein wesentliches Indiz dafür, dass Hans Kropp noch immer als Schleuser und Menschenschmuggler unterwegs gewesen war.

Er griff zum Telefon und wählte die Nummer des LKA. Von

der Vermittlung ließ er sich mit dem Referat 3/1 verbinden, dem Referat für Menschenschmuggel und Schleuserkriminalität.

»Jürgens hier, LKA«, meldete sich schließlich der Teilnehmer am anderen Ende der Leitung. Trevisan schilderte sein Anliegen. Der Kollege versprach, sich in ein paar Minuten wieder bei ihm zu melden. Wohl eine Rückversicherung, um zu prüfen, ob Trevisan auch wirklich Kriminalbeamter war.

Trevisan trommelte mit seinen Fingern ungeduldig auf der Tischplatte. Beinahe fünf Minuten vergingen, bis Jürgens wieder anrief.

»Kollege, ich habe deine Anfrage überprüft. Wir haben derzeit zwei uns bekannte Routen, auf denen vor allem Kriegsflüchtlinge aus Afghanistan nach Deutschland geschleust werden. Eine führt über Italien und die andere über einige Oststaaten. Polen und Tschechien und die Slowakei.«

»Weiß man auch, wie die Aktionen durchgeführt werden?«, fragte Trevisan.

»Wir hatten vor einiger Zeit mehrere Fälle, in denen Wohnmobile benutzt wurden. Vor allem über Italien. Die Hafenstädte sind da interessant.«

Trevisan verzog das Gesicht. »Keine Lastwagen?«

»Lastwagen waren schon immer für Menschenschmuggler geeignet. Sie stecken die Leute in verplombte Container, die als Transitgut zur Durchreise deklariert werden. In Deutschland steigen die Leute aus und die Container gehen mit irgendwelchem Ramsch über die Grenze. Natürlich nicht, ohne vorher wieder verplombt zu werden.«

»Und wer steckt hinter diesen Aktionen?«

Der Kollege vom LKA lachte. »Wenn wir das genau wüssten, dann hätten wir die Kerle längst schon abgeräumt. Nein, Spaß beiseite. In Italien glauben wir, dass die Cosa Nostra in diesem Metier schwer aktiv ist. Sie kontrollieren die Häfen…«

»Ich dachte eher an Polen und Tschechien.«

»Auch dort gibt es mittlerweile genügend Organisationen, die ihr Geld auf diese Weise verdienen. Menschenhandel und Rauschgift. Das ist zurzeit sehr lukrativ. Vor allem aus Afghanistan bringen wir immer wieder Ladung auf, in der

Rauschgift, aber auch Kriegsflüchtlinge versteckt sind. Aber da die EU-Staaten immer mehr zusammenwachsen, sind die Außengrenzen relativ gut geschützt. Der Zoll und die Grenzpolizei sind mittlerweile ganz gut ausgerüstet, so dass es nicht einfach ist, Menschen über die Grenze zu bringen.«

»Und was bedeutet das?«, fragte Trevisan.

»Die Täter passen sich an«, erklärte der Kollege. »Sie setzen ihre Fracht vor der Grenze ab und führen sie dann über die grüne Grenze. Auf der anderen Seite werden sie wieder aufgenommen und ins Landesinnere verschubt.«

»Wie viel kassiert eigentlich ein Fahrer, der eine Tour hinter sich bringt?«

»Das kommt darauf an«, entgegnete der Kollege. »Manchmal sind es drei, manchmal bis zu zehn Flüchtlinge. Aber fünfhundert bis fünftausend Mark sind da für einen zuverlässigen Fahrer schon drin.«

Trevisan nickte. »Danke für die Info. Es kann sein, dass ich mich bald noch einmal melde.«

»Nur zu«, ermunterte Jürgens.

»Ach, eine Frage noch«, sagte Trevisan. »Vielleicht könntest du in den Akten mal nach ein paar Namen suchen. Die Spedition heißt Intertrans aus Wilhelmshaven oder I.W.S aus Pasewalk. Der Fahrer, den wir suchen, heißt Hans Kropp.«

»Kollege, wäre es da nicht besser, wenn du mir einmal deine Anfrage per Fax zukommen lässt?«

Trevisan überlegte. »Ich brauche die Antwort schnell.«

»Die Anfrage liegt bis Freitag erledigt auf deinem Schreibtisch«, entgegnete Jürgens.

*

Willo Brunken verließ am späten Nachmittag seine Wohnung für die Spätschicht. Er küsste seine schwangere Frau, der es heute nicht besonders gut ging und die es sich im Wohnzimmer auf der Couch bequem gemacht hatte.

»Ich bin bis spätestens elf wieder zu Hause«, versprach Willo.

Es hatte wieder zu regnen begonnen. Unten auf der Straße suchte Willo Unterschlupf unter einem Vordach und blickte sich suchend um. Er entdeckte den blauen Opel Astra auf der gegenüberliegenden Straßenseite. Jens saß am Steuer und winkte ihm zu. Willo nahm seine Tasche über den Kopf und rannte durch den Regen über die Straße. Mit einem Seufzer ließ er sich auf den Beifahrersitz fallen. »Das wird heute wieder ein Tag!«

»Weshalb?«, fragte Jens.

»Bei dem Schietwetter spinnen die Autofahrer«, erklärte Willo. »Du wirst sehen, wir brauchen heute für die Tour eine Stunde länger. Und dabei habe ich Martina versprochen, um elf wieder zu Hause zu sein. Ihr geht es nicht besonders.«

»Wann ist es denn so weit?«, fragte Jens und fädelte sich vorsichtig in den fließenden Verkehr ein.

»In fünf Wochen haben wir Termin«, entgegnete Willo.

Den Rest des Weges fuhren sie schweigend hinaus zum Ölhafen. Sie parkten direkt neben dem kleinen Verwaltungs- gebäude und beeilten sich, durch den strömenden Regen ins Trockene zu gelangen.

»So ein Schietwetter«, wiederholte Willo, als er im Umklei- deraum seinen Overall überzog.

»Hast du den Tourplan schon?«, fragte Jens.

»Vier Tankstellen«, entgegnete Willo. »Zwei in Wilhelms- haven, eine in Dornum und eine in Jever.«

Jens blickte auf die Uhr. »Das schaffen wir bis elf locker.«

Willo winkte ab. »Wenn du dich da mal nicht täuschst. Ich war auf der Tour bei schlechtem Wetter schon mal acht Stunden unterwegs.«

Jens warf einen Blick nach draußen. »Was willst du, der Regen hört doch schon auf.«

*

»Wir bekommen keinen Beschluss für die Freigabe der Daten aller steuerbefreiten PKW beim Finanzamt«, erklärte Till grim- mig. »Damit ist auch diese Chance vertan. Und dabei dachte ich, der Datenschutz ist dazu da, die anständigen Bürger zu schützen und nicht die Verbrecher.«

»Verdammt!« Monika stand am Fenster und blickte nach draußen in den Regen. »Und hat sich mit der jüdischen Ge- meinde schon etwas ergeben?«

Till schüttelte den Kopf. »Goldbeck wollte sich bei mir melden, sobald er etwas in Erfahrung gebracht hat. Aber bislang herrscht Schweigen.«

»Das ist wie verhext. Wenn es so weiterregnet, kann ich die Überwachung absagen. Das hat überhaupt keinen Sinn.«

»Das denke ich auch«, erwiderte Till. »Selbst er wird es nicht schaffen, durchweichtes Holz zum Brennen zu bringen. Der wartet, bis es wieder trocken ist.«

Monika nickte und griff zum Telefon.

23

»In den letzten drei Monaten ist er viermal nach Spanien gefahren, zweimal nach Italien und einmal nach Prag«, las Alex von seiner Liste ab. »Schau mal nach dem 11. Juni. Da kam er über Bayern wieder zurück.«

Trevisan blätterte in seinen Aufzeichnungen. Er hatte sich die Kontoauszüge von Jenny Kropps Konto kommen lassen. Das gesamte vergangene Jahr war aufgelistet. »Tausend Mark, am 14. Juni eingezahlt«, erwiderte Trevisan. »Das könnte hinhauen. Schau mal nach dem 9. Mai.«

Das Papier raschelte, als Alex seine Liste faltete. »Ich habe hier am 5. Mai eine Tour nach Polen, auch das könnte passen.«

»Er hat am 9. Mai dreitausend Mark eingezahlt«, antwortete Trevisan.

Alex legte seine Liste zur Seite. »Ich glaube, wenn wir alle Einzahlungen zusammennehmen und mit seinen Touren vergleichen, dann gibt es ein klares Bild.«

Trevisan fuhr sich durch die Haare. »Wie sieht es mit der Firma aus?«

Tina setzte sich salopp auf den Rand des Schreibtisches. »Ich glaube nicht, dass dort jemand über seine Nebengeschäfte Bescheid wusste. Sie haben uns alle Kontrollscheiben bereitwillig vorgelegt. Außerdem hat der Disponent ohne Murren seine Sekretärin beauftragt, Kropps Touren zusammenzustellen. Das Mädchen war wenig begeistert.«

»Wir müssen davon ausgehen, dass Hans Kropp Mitglied einer Schleuserbande war«, resümierte Trevisan. »Das wirft natürlich ein ganz anderes Bild auf den Fall. Wir sollten in Erwägung ziehen, dass Kropp von einem Auftragsmörder umgebracht wurde. Aber warum?«

»Vielleicht hatte er genug und wollte aussteigen«, bemerkte Tina.

»Oder er wollte mehr Geld«, fügte Alex hinzu.

Trevisan erhob sich. »Ich glaube, wir müssen das LKA offiziell einschalten. Die Chefin hat wohl doch recht. Unsere Ermittlungen bringen uns nicht weiter, solange wir die Zusammenhänge nicht kennen.«

»Hast du schon Antwort vom LKA-Kollegen? Du hast doch angerufen«, sagte Alex. »Hat sich der gemeldet?«

Trevisan schüttelte den Kopf. »Bislang noch nicht, aber er will mir bis zum Wochenende Antwort geben.«

Alex warf Tina einen vielsagenden Blick zu. »Also gut, dann wollen wir anfangen, bevor noch mehr Zeit verstreicht.«

»Menschenhandel«, murmelte Trevisan. »Wer hätte das gedacht.«

»Schleuserkriminalität«, verbesserte Tina. »Menschenhandel heißt es im Rotlichtmilieu, wenn ausländische Frauen nach Deutschland in die Bordelle gebracht und dort zur Prostitution gezwungen werden.«

Trevisan nickte. »Wer weiß, vielleicht war er auch darin verwickelt.«

Er verließ den Besprechungsraum. Auf dem Flur kam ihm Dietmar Petermann ganz aufgelöst entgegen. Sein Anzug war durchnässt.

»Dietmar, was ist denn mit dir los?«

»Ich suche Monika«, japste Dietmar atemlos. »Ich habe gerade Johannes ins Krankenhaus gebracht. Er ist angefahren worden. Ich habe Monika angerufen, aber sie ist nicht im Büro, deswegen wollte ich Bescheid sagen. Ich brauche die nächsten Tage frei.«

»Ist es schlimm?«, fragte Trevisan betroffen.

»Er hat Kopfverletzungen.«

»Komm, ich fahre dich rüber. Weiß deine Frau schon Bescheid?«

Dietmar nickte. »Ich bin mit dem Wagen da, ich fahre selbst.«

»Dietmar, du bist total aufgelöst. Lass mich fahren, bevor noch etwas passiert.«

Dietmar nickte wieder. »Also gut, dann komm!«

Trevisan stürmte in sein Büro und holte seine Jacke und die Autoschlüssel. Gemeinsam fuhren sie in die Klinik. Barbara, Dietmars Frau, saß weinend auf einem Stuhl vor der Unfallchirurgie.

»Hat der Arzt schon etwas gesagt?«, fragte Dietmar gespannt.

Barbara erhob sich. »Es besteht keine Lebensgefahr, aber er muss operiert werden. Der Arzt sagte etwas von einer Gehirnschwellung. Mein Gott, warum habe ich ihn bloß mit dem Fahrrad auf die Straße gelassen.«

Trevisan umarmte Barbara. »Mach dir keine Vorwürfe, du kannst nichts dafür.«

Ein Schwall von Tränen lief über ihre Wangen.

*

»Ich tue, was ich kann«, sagte Monika Sander. »Aber es ist wie verhext. Und jetzt macht uns auch noch die Staatsanwaltschaft einen Strich durch die Rechnung.«

Beck amtete tief ein. »Wenn es Ihnen gelänge, den Kreis einer möglichen Täterschaft so weit einzuengen, dass am Ende nur ein paar namentlich bekannte Verdächtige übrig bleiben, dann würde die Staatsanwaltschaft versuchen, über das Gericht einen Beschluss zu erwirken. Aber solange unsere Daten so vage sind, kommt es eben einer Schleppnetzfahndung gleich. Und hier liegen die Voraussetzungen deutlich höher. Wir dürfen die Verhältnismäßigkeit nicht außer Acht lassen. Irgendwelche andere Ideen?«

Monika zuckte die Schultern. »Unser Überwachungsprogramm könnte zum Erfolg führen. Aber zurzeit regnet es. Er wird bei diesem Wetter wohl kaum einen Fuß nach draußen setzen.«

»Ich habe mit Trevisan bereits über die Einrichtung einer Soko gesprochen«, entgegnete Beck.

»Haben Sie das auch Schneider gesagt?«, fragte Monika bissig.

»Schneider? Was hat er damit zu tun?«

Monika überging Becks Antwort. Sie wollte hier keine Diskussion über Stellenfehlbesetzungen und Schneiders Effektivität vom Zaun brechen.

»Sehen Sie, Frau Sander«, sagte Beck in väterlichem Ton. »Ich zweifle nicht an Ihren Fähigkeiten und die Einrichtung einer Soko ist auch keine Bewertung Ihrer geleisteten Arbeit. Aber es gibt Fälle, in denen das Kommissariat überfordert ist und wir eben unsere Kräfte bündeln müssen, damit wir allen Ermittlungsansätzen nachgehen können.«

»Welche Ermittlungsansätze?«, fragte Monika. »Ich hätte gerne welche. Was haben Sie für Ideen, auf welche Art würden Sie den Feuerteufel fangen?«

Beck wirkte perplex. »Ich ... Wir sollten ... Ach wissen Sie, es gibt kein Patentrezept. Manchmal hilft uns auch der Zufall«, stammelte er.

»Abwarten und Tee trinken, bis er genug hat oder sich stellt«, antwortete Monika schnippisch. »Da hilft uns auch keine Sonderkommission weiter.«

»Na ja, man müsste den Fall erst einmal genau analysieren«, beschwichtigte Beck.

»Trevisan arbeitet an einem Mordfall und ich suche einen Brandstifter«, erklärte Monika Sander. »Das FK 1 ist ausgelastet ...«

»... eben, das spricht doch für eine Sonderkommission.«

»Da bräuchten wir schon zwei. Wie ich hörte, ist die Hauptverdächtige im Mordfall Kropp wieder auf freiem Fuß.«

Beck wischte Monikas Einwand mit einer Handbewegung fort. »Es gibt Anzeichen dafür, dass Hans Kropp Mitglied in einer Schleuserbande war. Möglicherweise ist er das Opfer von organisierter Kriminalität geworden. Das würde bedeuten, dass das LKA den Fall übernehmen muss. Wir hätten dann genug Kapazitäten frei, dem Brandstifter gezielt auf den Leib zu rücken.«

Monika Sander verstand. »Ach so, wir geben den Mordfall ab und haben dann nur noch einen Schwarzen Peter in der Hand.«

»Also gut, Frau Sander«, lenkte Beck ein. »Sie führen nächste Woche noch einmal die Überwachung durch, und wenn dies nicht von Erfolg gekrönt ist, dann reden wir noch einmal über die Einrichtung einer Soko.«

Monika Sander stimmte dem Ultimatum mit einem ver- bissenen »Ja« zu. Erst als sie sein Büro verlassen und die Tür geschlossen hatte, begann sie zu fluchen.

*

Sie würden ihn nicht kriegen, was auch immer sie versuchten. Er war wie ein Schatten, den die Dunkelheit verschlang. Er wusste, dass der Wagen am Kanal ein ziviles Polizeiauto ge- wesen war. Er wusste, dass sie einsame Gehöfte und Gebäude überwachten. Sie hatten nichts gegen ihn in der Hand. Sie hatten offensichtlich nicht einmal die geringste Spur.

Würden sie ihn heute Nacht auch irgendwo erwarten?

Die Scheibenwischer liefen auf vollen Touren. Er grinste und schaute hinaus in den nächtlichen Regen. Nein, aber sie würden sich täuschen. Es gab Objekte, die Feuer fingen, auch wenn es in Strömen regnete. Er würde es ihnen beweisen.

Als er durch Dykhausen fuhr, schaute er sich aufmerksam um. Vor allen den scheinbar zufällig am Straßenrand geparkten Fahrzeugen galt seine Aufmerksamkeit. Vor dem Ortsende bog er in eine Seitenstraße, parkte und wartete eine Weile. Erst, als er sich vollkommen sicher war, setzte er seine Fahrt nach Gö- dens fort. Dort fuhr er erst einmal scheinbar ziellos durch den Ort. Die Wassermühle lag am Ortsende von Neustadtgödens, abseits der Straße. Sie war über einen geschotterten Feldweg zu erreichen und lag in der Nähe der Teiche. Er wartete fast eine Stunde im Ort, beobachtete die Umgebung und fuhr erst weiter, nachdem er sicher war, dass keine Menschenseele – außer ihm – unterwegs war. Mit seinem Fernglas, das er aus dem Wandschrank in der Stube genommen hatte, spähte er in die Umgebung.

Vater hatte das Fernglas vor Jahren gekauft. Ein echtes Zeiss-

Glas mit Restlichtaufhellung. Es war damals sehr teuer gewesen und Vater hatte ihm immer verboten, es zu benutzen. Dennoch hatte er sich oft in die Stube geschlichen und es mitgenommen, wenn er auf Tour ging. Vater hatte nie etwas bemerkt.

Vater war gestorben. Nun fragte niemand mehr nach dem teuren Fernglas. Mutter wusste gar nicht, dass es existierte. Seit Vaters Tod blieb der Wandschrank geschlossen. Niemand interessierte sich mehr für Vaters Pfeifensammlung und die Raucherutensilien, die für einen Genießer unerlässlich waren. Mutter wusste auch nicht, dass eine der Pfeifen fehlte. Er hatte sie damals Josef geschenkt. Josef, der ihm immer ein guter Freund, vielleicht sogar der einzige Freund in seinem Leben gewesen war.

Er machte sich auf den Weg durch die matschigen Wiesen. Den Regen spürte er nicht, der perlte von dem Plastikregenschutz ab, den er über seinem dunkelgrünen Parka trug. Der Weg war weit und der Ersatzkanister mit dem Benzin wog schwer in seiner Hand.

An der Mühle holte er die Brechstange aus seinem Rucksack. Die Holztür widerstand trotz des Bügelschlosses nur kurz dem kräftigen Ruck der Brechstange. Er schaltete seine Taschenlampe ein. Im schummerigen Licht erkannte er das riesige Schraubenrad. Es war aus Holz, hunderte von Jahren alt und durch und durch trocken. Eilends goss er den Inhalt seines Kanisters aus.

Als er am Zugang stand und noch einmal ins Innere blickte, überkam ihn ein leiser Anflug von Wehmut. Vor Jahren war er einmal zur Besichtigung mit seinem Vater hier herausgefahren. »Eine Wassermühle ist etwas ganz Besonderes, so haben schon Generationen vor uns das flache Marschland entwässert«, hatte ihm sein Vater damals erklärt.

Er entzündete den Streifen Papier und warf ihn in die Benzinlache. Mit einer Verpuffung geriet das Gemisch in Brand. Bevor er sich auf den Rückweg machte, befestigte er an einem Hinweisschild seinen Spruch, den er für dieses Feuer ausgesucht hatte. Er rannte den geschotterten Weg entlang zu den Wiesen. Der Wagen stand gegenüber den Teichen, hinter Büschen versteckt. Es war ein weiter Weg und er atmete schwer, als er sich auf den Sitz fallen ließ. Als er in Richtung der Bundesstraße davonfuhr, schlugen bereits hohe Flammen aus der Mühle hinaus in die regennasse Nacht.

Sie würden ihn niemals aufhalten können. Niemals!

24

»Er spielt mit uns«, schimpfte Monika Sander laut und wischte sich den Ruß von ihrer Jacke. »Er hält uns alle für Schwachköpfe. Er muss gewusst haben, dass wir die Überwachungsaktion eingestellt haben. Womöglich hat er sogar einen Informanten in unseren Reihen.«

Till hob beschwichtigend die Hände. »Blödsinn, niemand aus unseren Reihen macht gemeinsame Sache mit einem Brandstifter. Das war einfach Zufall.«

Monika wies auf den verkohlten Haufen, der einmal die historische Wassermühle von Neustadtgödens gewesen war. Sie war bis auf die Grundmauern niedergebrannt. Selbst der leichte Nieselregen der Nacht hatte das rasende Feuer nicht aufgehalten. »Ich meine ja nicht, dass ein Polizist gemeinsame Sache mit ihm macht. Er muss nur Kontakt zu einem eingesetzten Beamten haben, der seinen Mund nicht halten kann. Vielleicht sind sie Nachbarn oder sogar Verwandte. – Verdammt, wo steckt Dietmar?«, fragte Monika gereizt.

»Weißt du nicht, dass Dietmar nicht kommen kann?«, fragte Till erstaunt. »Sein Sohn wurde gestern angefahren. Es sieht offenbar gar nicht gut aus.«

Ihr Ärger wich der Bestürzung. »Ich wusste nicht …«

»Martin hat ihn freigestellt.«

Monika biss sich auf die Lippe. »Warum erfahre ich so etwas immer zuletzt?«, zischte sie.

»Frau Sander!«, rief einer der uniformierten Kollegen. »Wir haben etwas gefunden.« Er hielt einen Plastikbeutel in der Hand. »Es lag dort drüben im Gras.« Es war ein einfaches Gasfeuerzeug, relativ gut erhalten und noch halb gefüllt. »Das lag nicht lange hier. Vielleicht hat es der Täter verloren und es sind Fingerabdrücke drauf.«

Till trat an ihre Seite. »Zeig mal.« Er griff nach dem Plastikbeutel und musterte das Feuerzeug. »Diskothek *Nachtschicht*«, murmelte er. »Die kenne ich, die ist gar nicht weit von hier.«

Monika Sander ballte ihre Faust. »Das war der Fehler, auf den wir gewartet haben.«

»Wenn es überhaupt von dem Feuerteufel ist«, gab Till zu bedenken.

Kleinschmidt kam mit einem Zettel in der Hand auf sie zu. »*Ihre Kultpfähle aber sollt ihr im Feuer verbrennen und ihre Namen sollt ihr vom Antlitz der Erde tilgen*«, las er vor und warf einen Blick auf die Überreste der Mühle. »Diesmal hat er sich wohl einen passenden Bibelspruch ausgesucht.«

»Wie meinst du das?«, fragte Monika.

»Na, war die Mühle eine Art Kultstätte oder nicht? Zumindest konnten Touristen sie besichtigen.«

Monika schüttelte den Kopf und zeigte Kleinschmidt das Feuerzeug. »Aber diesmal hat er sich einen Fehler erlaubt, der ihn hoffentlich den Hals kostet.«

Kleinschmidt griff nach dem Beutel. »Und wo lag es?«

Monika deutete auf die Stelle, wo das Gras in den Schotterweg überging. Kleinschmidt schnalzte mit der Zunge. »Direkt auf seinem Weg«, brummte er. »Er ist hier langgegangen und lief auf dem gleichen Weg zurück. Die Schuhspuren decken sich mit unserem Muster. Kurz hinter den Teichen hatte er seinen Wagen geparkt. Und an dem Hinweisschild an der Mühle hat er uns sein Andenken hinterlassen.«

»Weißt du schon, woher der Spruch stammt?«, fragte Till.

»Und ob ich schon wanderte im finsteren Tal …«, entgegnete Kleinschmidt.

Till schaute ihn fragend an.

»Das ist so ungefähr der einzige Bibelspruch, den ich aus dem Stegreif kenne«, erklärte Kleinschmidt und wandte sich um.

Till zog seinen Mantelkragen höher und schaute in den grauen Himmel. Es begann wieder zu nieseln. »Hoffentlich ist Kleinschmidt bald so weit. Ich habe keine Lust, mir eine Erkältung zu holen.«

»Dann lass uns zur Disco fahren«, schlug Monika vor.

»Die ist jetzt geschlossen.«

»Weiß ich, aber vielleicht wohnt der Betreiber in der Nähe. Zumindest stehen sein Name und seine Telefonnummer irgendwo an der Tür.«

Till warf Monika einen überraschten Blick zu. »Du warst schon dort?«

»Nein.«

»Aber woher weißt du ...«

Monika rümpfte die Nase. »Weil es Vorschrift ist, die Erreichbarkeit des Betreibers gut sichtbar neben dem Eingang zu hinterlassen.«

*

Trevisan saß in seinem Büro und wälzte Akten.

Alex und Tina hatten Kropps Touren der letzten vierzehn Monate mit den Einzahlungen auf dem Konto seiner Exfrau verglichen. Begonnen hatte alles mit einer Einzahlung von zehntausend Mark, dann waren in unregelmäßigen Abständen weitere Zahlungen eingegangen. Mal fünfhundert Mark, mal tausend und zweimal sogar dreitausend. Damit war klar, dass er noch immer Flüchtlinge über die Grenze brachte. Stand der Mord mit seinen Taten in Zusammenhang?

Die Tatausführung sprach dafür. Ein Killer oder gar ein Killerkommando hatte ihn erwartet. Vor seiner Ermordung war er aus Spanien zurückgekommen. Kein klassisches Land der Menschenschmuggler, aber es wäre naheliegend, dass seine Mittäter über seinen Tourenplan Bescheid wussten. Möglicherweise war sogar jemand aus der Firma in den Fall verwickelt. Der Disponent vielleicht?

Ihm blieb keine andere Wahl, als das LKA zu informieren. Er griff zum Telefon und wählte Becks Nummer, doch dort war besetzt. Kaum hatte er den Hörer auf die Gabel gelegt, klingelte sein Apparat. »Ich bin es, Dietmar«, dröhnte es aus dem Lautsprecher. »Johannes geht es besser.«

»Das ist eine gute Nachricht«, antwortete Trevisan.

»Es wird zwar noch eine Weile dauern, aber er wird wieder vollständig genesen«, erklärte Dietmar.

»Du kannst diese Woche noch bei ihm bleiben«, entschied Trevisan. »Nächste Woche sehen wir dann weiter. Grüß Barbara von mir!«

Dietmar bedankte sich überschwänglich, ehe er auflegte.

Trevisan starrte noch eine Weile auf den Hörer. Er dachte an Paula. Wie schnell es doch passieren konnte, dass die eigene Familie mitten in einer Tragödie steckte. Wie hatte Angela einmal gesagt: »Das Leben ist eine Kette von Augenblicken. Man kann nur hoffen, dass die glücklichen Momente im Leben überwiegen.«

Als er aufblickte, stand Beck vor ihm. Trevisan erschrak.

»Tagträume, Herr Kollege?«, fragte Beck lächelnd. »Ich habe gesehen, dass du mich angerufen hast. Außerdem habe ich mehrmals geklopft.«

»Dietmar hat angerufen«, erklärte Trevisan. »Seinem Jungen geht es besser.«

»Das ist erfreulich«, antwortete Beck. »Weswegen wolltest du mit mir sprechen?«

»Kropp«, entgegnete Trevisan. »Er hat Flüchtlinge über die Grenze geschmuggelt. Wahrscheinlich wurde er von seinen Geschäftspartnern ermordet. Wir müssen das Landeskriminalamt einschalten, ich glaube nicht, dass wir alleine klarkommen.«

Beck kratzte sich am Kinn. »Ich werde die Direktorin informieren.«

*

Willo Brunken begann seine Nachtschicht pünktlich um zehn. Er zog sich um, holte die Schlüssel und ging zu seinem LKW. Heute standen drei Abnahmestellen auf dem Programm. Es nieselte, aber auf den Straßen war nur wenig Verkehr – wenn er sich beeilte, konnte er bis um drei Uhr wieder zu Hause sein. Den Rest der Woche hatte er sich freigenommen. Morgen würde er mit Martina in die Stadt fahren und Bettwäsche, ein Lammfell und ein Mobile besorgen. Er freute sich darauf. »Du spinnst«, hatte Martina ihm geantwortet, als er ihr vorschwärmte, was er dem Kleinen alles schenken und mit ihm unternehmen wollte.

Sein Sohn sollte alles haben, was er selbst in seiner Kindheit vermissen musste. Willo lächelte, als er an sein ungeborenes Kind dachte. Bald war es so weit.

Er vergewisserte sich, dass der Tank gut verriegelt war, und stieg ein. Heute fuhr er wieder allein, Jens sollte noch keine Nachtschicht machen. Er schaute auf seinen Lieferschein und prüfte, ob er die richtigen Schlüssel für die entsprechenden Tankstellen mitgenommen hatte. Allesamt Stammkunden. Zufrieden blickte er noch einmal auf seine Armbanduhr. Es war kurz vor halb elf. Er lag gut in der Zeit. Der Laster spie einen Schwall an dunklem Qualm aus, als er den Motor startete. Ein paar Minuten ließ er ihn warmlaufen. Im Radio stellte er FFN ein. Es lief gerade *Down under* von Men at Work. Er wippte mit dem Kopf im Rhythmus des Liedes. Down under, Australien, da wollte er immer schon mal hin. Aber die Reise war teuer und Martina würde sich wohl kaum auf einen Tramperurlaub einlassen, so wie er früher Portugal, Indien und Kanada bereist hatte. Und jetzt, mit dem Kind, war es sowieso nicht mehr möglich. Trotzdem, irgendwann würde er nach Australien reisen.

Er fuhr vom Firmengelände und bog in Richtung Voslapp ab. Vorbei am Ölhafen und den riesigen Tanks führte ihn sein einsamer Weg am Voslapper Seedeich entlang. Die gut ausgebaute Straße war um diese Zeit meist leer. Seine erste Abnahmestelle lag in Wilhelmshaven. Mit seinen Fingern schnippte er den Rhythmus des nächsten Liedes. *Simply the Best*, von Tina Turner. Wieder ein Klassiker. Er fuhr langsam, schließlich war der Tank bis oben hin angefüllt.

Als er sich dem Badestrand unweit des Campingplatzes näherte, stutzte er. Ein Wagen stand beinahe quer auf der Fahrbahn. Das Warnblinklicht war eingeschaltet. Er verringerte seine Geschwindigkeit und suchte im Scheinwerferlicht seines Lastwagens die Umgebung ab. Stand irgendwo noch ein weiterer PKW? Hatte es einen Unfall gegeben?

Möglicherweise ein paar Teens, die den wenig befahrenen Weg entlang des Dammes als Rennstrecke missbrauchten. Er bremste ab und stoppte seinen Laster. Der Wagen wirkte im Scheinwerferlicht unbeschädigt. Was war dort nur los?

Bevor er seinen LKW verließ, schaltete er ebenfalls das

Warnblinklicht an. Die Taschenlampe in seinem Handschuhfach vergaß er. Er näherte sich dem dunklen Wagen. Ein VW mit auswärtigem Kennzeichen. Er stutzte, in dem Wagen saß jemand. Schemenhaft konnte er die Gestalt erkennen. Die Seitenscheibe war heruntergelassen, obwohl es immer noch leicht nieselte.

»Ist Ihnen etwas passiert?«, fragte Willo laut.

Er erhielt keine Antwort und ging zögernd näher. Er war nur noch wenige Schritte vom Wagen entfernt. Der gleißende Strahl einer Taschenlampe erfasste ihn. Plötzlich zuckte ein greller Blitz auf ihn zu. Ein Donnerknall dröhnte durch die Nacht und er spürte einen Schlag gegen die Brust, der ihn von den Beinen riss. Hart landete er auf dem Boden. Durch seinen Körper raste ein brennender Schmerz. Er hörte, wie die Wagentür geöffnet wurde. Es schien, als liefe alles um ihn in Zeitlupe ab.

»Was ... was ist ... was?«, stammelte er. Er schmeckte das Blut auf seiner Zunge. Dann beugte sich eine dunkle Gestalt über ihn. »Wa... warum ... warum ...?«

Die Antwort war ein weiterer lauter Knall, doch diesmal spürte er keinen Schmerz. Das Bild trübte sich ein, wurde rot, dann violett und schließlich schwarz, schwarz für immer.

*

»Doch, das ist schlimm, das ist sogar sehr schlimm und daran bist nur du schuld«, fauchte Paula.

Trevisan winkte ab und schenkte sich ein Jever ein. »Eine Drei in Mathe und noch dazu bei den Winkelfunktionen. Ich wäre damals froh gewesen, hätte es bei mir zu einer Drei gereicht. Deine Lehrer sind mit deinen Leistungen sehr zufrieden. Du gehörst zu den besten Schülerinnen deiner Klasse.«

Mit funkelnden Augen blitzte sie ihn an.

»Ich habe dir doch Geld auf den Tisch gelegt, warum hast du dir den Taschenrechner nicht rechtzeitig besorgt?«, fragte Trevisan gelassen und bewunderte die Schaumkrone auf seinem Glas.

»Du hast es mir versprochen, du hast gesagt, dass du mir

einen Taschenrechner besorgst«, lamentierte Paula. »Du hast es vergessen.«

»Warum ist dieser verdammte Taschenrechner daran schuld, dass du eine Drei geschrieben hast?«

Sie verzog das Gesicht. »Ich hatte nur zwei Tage Zeit, um die Funktionen zu lernen! Nur zwei Tage.«

Trevisan nahm einen kräftigen Schluck. »Also gut, dann bin ich eben schuld. Ist nun nicht mehr zu ändern. Aber ich bitte dich, Kind, eine Drei ist doch kein Grund, dermaßen auszurasten.«

»Willst du wissen, was Anja hat?«

»Was interessiert mich Anja ...« Trevisan legte sich gemütlich im Sessel zurück.

»Die Streberin hat eine glatte Eins«, setzte Paula nach. »Die Drei versaut meinen ganzen Schnitt.«

Trevisan richtete sich auf. Er erinnerte sich an die Worte des Klassenlehrers vor ein paar Tagen. Offenbar focht eine kleine Gruppe Schülerinnen, zu der auch Paula gehörte, einen Wettkampf um die besten Noten aus. Das war zwar nicht unbedingt schlecht, aber für manche der Schülerinnen kam eine Zwei schon einer mittleren Katastrophe gleich. »Paula, du bist eine ausgezeichnete Schülerin. Erst auf dem Elternsprechtag letzte Woche haben deine Lehrer sich nur positiv über dich geäußert. Du lernst, machst deine Hausaufgaben ordentlich und bringst nur gute Noten mit nach Hause. Ich bewundere dich. Ich glaube, diesen Ehrgeiz hast du von deiner Mutter. Von mir kannst du ihn jedenfalls nicht haben. Ich war nur Durchschnitt.«

Paula warf ihm einen scharfen Blick zu und stürmte aus dem Wohnzimmer. Trevisan schüttelte den Kopf. Er wusste nicht, was in seine Tochter gefahren war. Zwar hatte das Schuljahr erst begonnen, aber im letzten Jahr hatte sie in den Hauptfächern zwischen eins und zwei gestanden, und auch die ersten Tests in diesem Jahr belegten ihre guten Leistungen. Er würde mit ihr noch einmal darüber reden müssen. Und er würde ihr sagen, dass es nicht darauf ankam, welche Noten die Mitschülerinnen nach Hause brachten, sondern dass für ihn nur sie wichtig war. Selbst wenn sie nur eine mittelmäßige

Schülerin wäre, würde er sie deswegen nicht weniger lieben.

Das Telefon riss ihn aus seinen Gedanken. Er schaute auf die Uhr. Es war kurz nach elf. Seufzend erhob er sich und ging hinaus in den Flur. Das Display seines Mobilgerätes zeigte eine Handynummer. »Trevisan«, meldete er sich.

»Du musst sofort kommen«, sagte Tina. »Wir haben einen Toten draußen am Ölhafen. Ein LKW-Fahrer ist erschossen worden. Alex und ich fahren gleich raus. Kleinschmidt habe ich schon informiert und Beck kommt auch an den Tatort.«

»Beck?«, wiederholte Trevisan. »Was will der da draußen?« Er erhielt keine Antwort.

»Ich komme sofort«, sagte er schließlich und legte auf.

25

Der Tatort war weiträumig abgesperrt. Der Wind zerrte an dem rot-weiß gestreiften Absperrband. Der Nieselregen hatte nachgelassen. Scheinwerfer und Spots der Feuerwehr und der Polizei erhellten die Umgebung. Trevisan hatte seinen Wagen am Straßenrand geparkt, direkt hinter dem Leichenwagen.

Er blieb vor der Absperrung stehen und musterte die Umgebung. Diese Stelle lag keinen Kilometer von Voslapp entfernt, dennoch war es hier draußen am Damm einsam. Etwa fünfhundert Meter entfernt lag ein Campingplatz an der Straße, aber auch von dort ging keine Betriebsamkeit aus. Nur wenige trübe Lampen verströmten von dem weitläufigen Platz her ihr fahles Licht.

In der Nähe standen zwei uniformierte Kollegen. Sie unterhielten sich mit einem Mann im hellgrauen Arbeitsmantel, wohl der Fahrer des Leichenwagens. Trevisan nickte ihnen zu und kletterte über die Absperrung. Ein paar Kollegen von der Spurensicherung waren mit Vermessungsarbeiten beschäftigt. Das Blitzlicht des Fotoapparates flammte von Zeit zu

Zeit auf. Tina stand mit Kleinschmidt und Beck neben dem großen Tanklaster, an dem noch immer das Warnblinklicht eingeschaltet war. Das Dröhnen der Generatoren, die Strom für die riesigen Scheinwerfer erzeugten, erfüllte die nächtliche Stille. Mitten auf der Straße lag eine Plane. Trevisan wusste genau, was sich darunter befand.

»Weiß man schon, was passiert ist?«, fragte er.

»Der Fahrer des LKW«, erklärte Tina, »er wurde mitten auf der Straße mit zwei Schüssen getötet. Einen in die Brust und den anderen in den Kopf. Tatort und Fundort sind identisch, der Täter hat sich keine Mühe gegeben, seine Tat zu verbergen. Er hat ihn einfach liegen lassen.«

»Weiß man, wer das Opfer ist?«

»Er heißt Willo Brunken, ist 34 Jahre alt und bei der FÖHA als Auslieferungsfahrer beschäftigt. Die beliefern freie Tankstellen mit Sprit und Diesel.«

»Nachts?«

»Offenbar«, entgegnete Tina.

»Und wer hat ihn gefunden?«

Tina wies auf einen in der Nähe abgestellten Polizeibus. »Ein Arbeiter aus dem Ölhafen hatte Schichtende und ist hier langgefahren. Alex vernimmt ihn gerade.«

»Gibt es irgendwelche Spuren für einen Überfall?«, fragte Trevisan an Kleinschmidt gewandt.

»Bisher sieht es nicht danach aus«, entgegnete Horst Kleinschmidt. »Das Einzige, was wir bislang gefunden haben, ist das hier.« Er öffnete die Mappe in seiner Hand und reichte ihm eine kleine Plastiktüte. »Das lag direkt neben ihm.«

Trevisan betrachtete die Tüte mit dem kleinen Hemdenknopf darin. Er sog die Luft tief in seine Lungen. »Ist es der gleiche?«

»Ich muss ihn erst genau untersuchen, aber auf den ersten Blick würde ich ja sagen.«

Beck drängte sich in den Vordergrund. »Kannst du dir das erklären, Martin?«

»Wenn der Knopf mit dem identisch ist, den wir am Tatort bei Hans Kropp gefunden haben, dann gibt es nur eine Erklärung: Die Taten hängen zusammen.«

»Aber ich dachte, Kropp war in kriminelle Machenschaften verstrickt. Das würde ja bedeuten, dass wir uns geirrt haben könnten.«

Trevisan musterte den Tankwagen. »Ich glaube kaum, dass man damit Menschen über die Grenze schmuggeln kann«, murmelte er. »Aber wir müssen erst mehr über den Toten wissen, bevor wir unsere Schlüsse ziehen.«

»Vielleicht hat es jemand einfach auf Lastwagenfahrer abgesehen«, mutmaßte Beck.

Trevisan zuckte die Schulter. »Gibt es schon Ideen zum Tatablauf?«

»Aus seiner Tachoscheibe ist zu ersehen, dass er seinen Dienst erst angefangen hatte und es kurz nach halb elf war, als er hier anhielt und die Warnblinkanlage einschaltete«, erklärte Kleinschmidt. »Das korrespondiert auch mit der mutmaßlichen Todeszeit, die der Arzt festgestellt hat. Er ist ausgestiegen und dorthin gelaufen.« Er wies auf die Leiche. »Dann wurde er erschossen. So einfach ist das. Keine Kampfspuren, keine Spuren einer Auseinandersetzung, rein gar nichts.«

»Vielleicht hat jemand eine Panne vorgetäuscht«, sagte Tina.

»Oder er hat denjenigen gekannt, der ihn stoppte«, wandte Beck ein.

Trevisan überlegte einen Augenblick. »Unter diesen Umständen brauchen wir mehr Leute. Die Suche nach dem Brandstifter muss warten. Ich brauche Till und Monika.«

Beck nickte. »Ich denke, das geht in Ordnung. Wir waren sowieso der Meinung, dass wir die Soko schnellstmöglich einrichten sollten. Wir reden morgen darüber.«

»Und wir beide«, sagte Trevisan an Tina gewandt, »schauen uns in der Firma des Opfers um.«

*

Das Auslieferungslager der FÖHA war vom Tatort gerade mal einen Kilometer entfernt. Als Trevisan in die kleine Zufahrtsstraße einbog, kam ihm ein Tanklastwagen entgegen. Trevisan betätigte die Lichthupe. Der LKW stoppte. Trevisan stieg aus und redete kurz mit dem Fahrer. Schließlich setzte er sich wieder in seinen Wagen und wartete geduldig, bis der LKW wieder rückwärts auf das Gelände gefahren war. Anschließend fuhr auch er auf den Hof und parkte vor dem Tankwagen. Der Fahrer war ausgestiegen. »Ist etwas passiert?«

Trevisan nickte. »Können wir uns irgendwo unterhalten?«

Der Fahrer wies auf den kleinen Container in der Nähe. Trevisan und Tina folgten ihm in den spartanisch eingerichteten Raum. Ein Holztisch in der Mitte und ein Sammelsurium nicht zusammengehörender Holzstühle standen wirr herum. An den Wänden gab es schmucklose Metallspinde. An einigen waren Poster angebracht, die mehr oder minder bekleidete Schönheiten zeigten. »Ist nur unser Aufenthaltsraum«, sagte der Mann. Er war wohl um die fünfzig und hatte schütteres dunkles Haar.

»Sie sind hier als Fahrer angestellt?«, sagte Trevisan. »Von der Geschäftsleitung ist wohl niemand hier?«

»Die schlafen um diese Zeit tief und fest.«

»Wie heißen Sie?«

»Herbert Arndt. Ich arbeite schon über zwanzig Jahre hier.«

»Wie viele Beschäftigte gibt es hier eigentlich?«, fragte Tina.

Der Fahrer wies auf die Tür. »Ich will nicht unfreundlich sein, aber ich muss heute noch nach Holland. Ich würde jetzt gerne erfahren, aus welchem Grund die Polizei hier mitten in der Nacht auftaucht.«

»Kennen Sie Willo Brunken?«, fragte Trevisan.

»Willo, sicher.«

»Er wurde ermordet.«

Der Mann wurde bleich und ließ sich auf einen Stuhl fallen. »Ermordet«, wiederholte er ungläubig.

»Keinen Kilometer von hier entfernt«, erklärte Tina. »Am Seedeich, auf der Straße nach Voslapp. Wissen Sie, wann er heute angefangen hat?«

Der Mann starrte fassungslos durch Trevisan hindurch. »Die Nachtschicht beginnt um zehn«, antwortete er wie eine Maschine.

»Und wie läuft so eine Nachtschicht ab?«

Herbert Arndt schaute Tina an. »Was?«

»Die Nachtschicht, wie geht das vor sich?«, wiederholte Trevisan.

»Normalerweise stehen die Tanker vollgeladen auf dem

Hof. Wir haben alle einen Schlüssel zum Büro. Dort liegen die Fahrzeugschlüssel und die Tourenpläne. Meistens drei oder vier Anlaufstellen. Das geht von Oldenburg bis Emden und hinüber nach Norden. Kommt immer darauf an, welcher Kunde einen leeren Tank hat.«

»Dann sind nachts nur die Fahrer hier?«

»Ja, der Disponent legt die Strecke fest und teilt die Touren und den Laster den Fahrern zu. Wir arbeiten im Drei-Schicht-Betrieb.«

»Dann hat heute Willo um zehn hier angefangen, sich umgezogen, seinen Laster genommen und ist losgefahren?«

»So muss es gewesen sein«, erwiderte Arndt. »Er war alleine eingeteilt. Ich hab heute die Tour nach Holland.«

»Die meisten Tankstellen haben nachts doch geschlossen«, wandte Tina ein.

Arndt lächelte geistesabwesend. »Die bestellen und wir liefern, die Maschinen müssen laufen. Wir haben für jeden unserer Kunden einen Schlüssel zum Tanklager und für den Füllstutzen. Da muss niemand dabei sein.«

»Kannten Sie Willo Brunken näher?«, fragte Trevisan.

Arndt fuhr sich über die breite Stirn. »Wir sind Kollegen. Er gehört einer anderen Generation an. Aber er ist ein feiner Kerl. Ich kann nur Gutes über ihn sagen. Er hat auch ausgeholfen, wenn man seine Schicht tauschen musste.«

Trevisan ging zum Fenster und warf einen Blick hinaus. Arndts LKW stand direkt gegenüber.

»Ihr Lastwagen hat eine Schlafkabine, Willos Wagen hatte keine, wie kommt das?«

»Mit diesem hier holen wir Sprit in Rotterdam, direkt bei der Raffinerie. Da ist man schon mal länger unterwegs. Die Auslieferungswagen fahren nur hier in der Gegend.«

»Ist Willo Brunken auch nach Holland gefahren?«

Arndt schüttelte den Kopf. »Der macht nur Auslieferung.«

»Ich dachte, wir hätten hier einen Ölhafen«, bemerkte Tina. »Warum dann nach Holland fahren?«

Er zuckte die Schultern. »Wir sind eine freie Handelsgesellschaft und kaufen, wo es am günstigsten ist.«

»Und das lohnt sich? Trotz der weiten Fahrt?«

»In Holland treffe ich viele Kollegen aus Deutschland. Also muss es sich wohl rentieren. Der Firma geht's jedenfalls gut. Erst letzte Woche haben wir wieder einen neuen Fahrer eingestellt, weil unser Kundenstamm stetig anwächst.«

Trevisan nickte. »Hat sich Willo Brunken in letzter Zeit komisch benommen oder hat er etwas gesagt, vielleicht, dass er bedroht wird oder Probleme hat?«

»Wissen Sie, Herr Kommissar«, antwortete Arndt, »wir sehen uns zwischen Tür und Angel. Ich weiß nur, dass seine Frau schwanger ist. Er ist stolz und freut sich darauf, Vater zu werden.«

Trevisan warf Tina einen Blick zu. »Gut, das wäre alles. Wie kann ich den Geschäftsführer oder den Disponenten erreichen?«

Arndt kramte eine Visitenkarte aus seiner Jackentasche. »Ich schreibe Ihnen die Nummer hier auf.«

Als Trevisan kurze Zeit später im Wagen vom Betriebgelände fuhr, warf Tina noch einmal einen Blick auf Arndts Lastwagen. »Das mit der Schlafkabine«, sagte sie. »Hast du gedacht, dass Brunken Flüchtlinge aus Holland einschleust?«

»Wäre doch immerhin möglich gewesen«, erwiderte Trevisan. »Aber wenn er nicht ins Ausland gefahren ist, dann können wir diese Theorie vergessen.«

»Und wer sagt es jetzt seiner Frau?«

Trevisan schaute auf die Uhr im Armaturenbrett. Es war kurz nach vier. »Wir wollen ihr noch ein paar Stunden Schlaf gönnen. Ob sie es jetzt oder in fünf Stunden erfährt, das macht ihn auch nicht mehr lebendig.«

*

Monika hatte gehört, dass es mitten in der Nacht am Seedeich einen Mord gegeben hatte, dennoch war sie mit Till am frühen Morgen zur Diskothek *Nachtschicht* losgefahren. Der Termin war wichtig, der Inhaber erwartete sie. Trevisan war noch nicht wieder im Büro und wenn alles glatt lief, waren sie in zwei Stunden wieder zurück. Vielleicht gelang es endlich, den Kreis um den Feuerteufel vom Wangerland enger zu ziehen.

Sie bogen von der B 210 in Richtung Wittmund ab. Kaum

zehn Minuten später stoppten sie vor dem langgestreckten Gebäude. Der Parkplatz war bis auf einen Kleintransporter leer, aber die Tür zur Disco stand offen.

Sie stiegen aus und betraten den dunklen Vorraum.

»Hallo, ist da jemand?«, rief Monika.

Der Vorhang, der den Eingangsbereich vom Inneren abtrennte, wurde zur Seite geschoben. Ein junger Mann um die dreißig erschien. Er trug eine blaue Latzhose und hatte einen Schraubenschlüssel in der Hand. Mit wachem Blick musterte er die beiden Kriminalbeamten. Schließlich lächelte er. »Haben Sie mich gestern angerufen?«

»Monika Sander, Kripo Wilhelmshaven.« Sie streckte ihm die Hand entgegen. »Das ist mein Kollege Till Schreier.«

»Angenehm. Thilo Rohlfs. Kommen Sie herein.« Er führte die beiden an die Bar. »Wollen Sie etwas trinken, Orangensaft oder Cola?«

Dankend lehnte Monika ab. »Als wir gestern miteinander sprachen, erwähnten Sie einen Vorfall mit einem Mann, auf den unsere Beschreibung passen könnte.«

»Ja, das war samstags, so vor sechs bis acht Wochen«, antwortete Rohlfs. »Wir hatten unsere *Entweder-Oder-Party*. Wir machen ab und zu so'n Event, weil wir unseren Gästen etwas bieten wollen. An diesem Abend war die Disco gut gefüllt. Es war so gegen eins, als es losging. Der Kerl war hoffnungslos betrunken. Er stolperte herum, pöbelte andere Gäste an und schrie komisches Zeug. Hörte sich an wie Bibelsprüche.«

»Wissen Sie noch, was er gerufen hat?«, fragte Till.

»Irgendwas wie *Tötet alle Frauen, die nicht mehr Jungfrauen sind; aber nicht die Mädchen, die unberührt sind* oder so ähnlich, aber das war nicht sein einziger Spruch. Wir haben ihn rausgeworfen und die Polizei angerufen, weil er draußen weiterkrakeelte. Aber bevor die kamen, ist er verschwunden. Ich glaube sogar, mit einem Wagen.«

»Hat der Mann gehinkt?«

»Ja, er lief komisch. Ich glaube, er zog den rechten Fuß nach. Aber ich weiß nicht, ob er überhaupt noch normal laufen konnte.«

»War er das erste Mal hier?«

»Ich habe ihn vorher noch nie gesehen. Und er ist bislang auch nicht mehr wiedergekommen. Auf solche Gäste kann ich verzichten ...«

»Wenn wir einen Polizeizeichner vorbeischicken, meinen Sie, das hätte Sinn?«

»Ich sehe sein Gesicht noch vor mir.«

»Sie sagten etwas von einem Wagen?«, fragte Monika.

»Ein schwarzer Opel Corsa«, antwortete Rohlfs. »FRI-Kennzeichen, den Rest konnte ich nicht erkennen, da die Nummernschildbeleuchtung nicht ging.«

Monika nickte. »Kann ich mal kurz mit meiner Dienststelle telefonieren?«, fragte sie.

Rohlfs zeigte ihr das Telefon. Monika verschwand hinter der Theke.

»Glauben Sie, dass der Mann hier aus der Gegend stammt?«, fragte Till den Discobesitzer, als er wieder zurückkam.

»Ich glaube schon«, sagte Rohlfs nachdenklich. »Er sprach zumindest unseren Dialekt. Aber gesehen habe ich ihn noch nie. Er war ungefähr so alt wie ich, aber er kam mir vor wie ein Früchtchen vom Land, verstehen Sie? Ich glaube nicht, dass er viel in Discotheken herumhängt.«

Monika kam zurück. »Wo kann man Sie heute Mittag erreichen?«

»Ich bin heute den ganzen Tag hier. Wir erneuern unsere Soundanlage.«

»Heute Mittag kommt ein Kollege vorbei, um ein Phantombild anzufertigen.«

»Nur zu, ich bin hier«, antwortete Rohlfs.

Als Monika und Till kurze Zeit später auf der Rückfahrt waren, ballte Monika die Faust und stieß einen lauten Jubelschrei aus. »Jetzt haben wir ihn!«

Till nickte. »Ja, ich glaube, das Feuerzeug war ein Geschenk des Himmels.«

26

Einer hochschwangeren Frau die Nachricht vom Tode ihres Mannes zu überbringen, war keine einfache Sache. Trevisan rief vorsorglich zuerst einen Arzt in der Nachbarschaft an und klingelte ihn aus dem Bett. Der Arzt war zunächst sehr ungehalten, aber dann stellte sich heraus, dass Martina Brunken bei ihm in Behandlung war, und er stimmte zu, Trevisan zu begleiten.

Trevisan holte ihn gegen halb acht an seiner Wohnung ab. Nach gerade mal zwei Stunden Schlaf war er müde und hatte Kopfweh. Doch als Tina den Wagen in die Danziger Straße lenkte, machten die Kopfschmerzen einer tiefen Beklommenheit Platz.

Das Mehrfamilienhaus mit der hellen Fassade wirkte wie eine uneinnehmbare Festung. Tina parkte. Trevisan öffnete dem jungen Arzt die Fondtür.

»Das wird keine angenehme Sache«, bemerkte der. »Ich glaube, die beiden waren sehr ineinander verliebt.«

Sie klingelten mehrmals, ehe sich über die Sprechanlage eine verschlafene Stimme meldete. Trevisan nannte seinen Namen und sagte der Frau, dass er dringend mit ihr sprechen müsse. Den Grund verschwieg er. Der Türöffner summte. Martina Brunken wohnte im zweiten Stock. Sie wartete an der offenen Wohnungstür, mit großen und verängstigten Augen. »Ist… ist etwas … ist etwas passiert? – Herr Doktor, was machen Sie denn hier?«

»Können wir in der Wohnung mit Ihnen sprechen?«, fragte Tina.

Martina Brunken wankte durch den Flur ins Wohnzimmer. Als sie sich wieder umwandte, kullerten dicke Tränen über ihre Wangen.

»Setzen Sie sich bitte!«, forderte Trevisan.

Die Wohnung war stillvoll eingerichtet. Eine rote Ledercouch beherrschte das Wohnzimmer. An der Wand hing ein Druck mit moderner Malerei. Trevisan fühlte sich an die Abteilungen der Möbelzentren für »junges Wohnen« erinnert.

»Frau Brunken, es tut mir leid«, sagte Tina sanft. »Ihr Mann wurde in der vergangenen Nacht ermordet.«

Für Sekunden herrschte eine lastende Stille, dass selbst das Fallen einer Stecknadel einem Donnerhall gleichgekommen wäre. Dann brachen die Dämme. Ihr Schrei war ohrenbetäubend. Sie krampfte sich zusammen. Der Arzt kniete sich neben sie. Jemand klingelte Sturm und pochte dann hektisch an die Tür.

Trevisan gab Tina ein Zeichen, und sie öffnete. Eine Frau mit kurzen blonden Haaren, etwa im Alter von Martina Brunken, stürmte in die Wohnung. Verwirrt blickte sie sich um, ehe sie sich neben Martina setzte und sie in die Arme nahm. »Was ist denn passiert?«

»Wer sind Sie?«, fragte Trevisan.

Der Arzt holte sein Blutdruckmessgerät aus seinem Koffer. Martina Brunken war aschfahl.

»Das könnte ich Sie ebenso fragen«, antwortete die Blonde bissig.

Trevisan holte seinen Dienstausweis hervor. Sie warf einen flüchtigen Blick darauf. »Ich bin Inga Holt, ich wohne nebenan. Martina und ich sind befreundet. Sagen Sie, was passiert ist. War es ein Unfall?«

Trevisan schüttelte den Kopf.

»Ich glaube, wir rufen besser einen Krankenwagen«, mischte sich der Arzt ein.

»Ich kümmere mich darum.« Tina zog ihr Handy hervor und ging in den Flur.

»Was ist passiert?«, fragte die Blonde erneut.

Trevisan warf dem Arzt einen Blick zu, doch der schüttelte den Kopf.

»Können wir uns irgendwo unterhalten?«, antwortete Trevisan.

Die Blonde wollte sich erheben, aber Martina Brunken klammerte sich an sie wie an einen Rettungsring.

»Der Krankenwagen kommt«, verkündete Tina, als sie ins Wohnzimmer zurückkehrte.

*

»Das darf doch nicht wahr sein!« Monika Sander knallte das Phantombild, das Hanselmann von der Spurensicherung zusammen mit dem Betreiber der Disco erstellt hatte, auf den Schreibtisch. »Jetzt, wo wir so weit gekommen sind!«

»Wir brauchen jetzt das gesamte Team«, entgegnete Alex. »Die beiden Morde hängen zusammen, das ist sicher.«

»Ich habe mir die Hacken abgelaufen, hunderte von Vernehmungen gemacht, mir die Nächte an kalten und gottverlassenen Orten um die Ohren geschlagen und jetzt, wo ich kurz vor der Lösung des Falles stehe, soll ich ihn abgeben?! Und dann auch noch an Schneider, der drei Monate lang nichts unternommen hat. Das sehe ich nicht ein. Ich bin jetzt so weit gekommen, ich lass mir die Butter nicht mehr vom Brot nehmen. Außerdem dachte ich, Beck leitet die Sonderkommission.«

»Beck sagt viel, wenn der Tag lang ist«, entgegnete Alex. »Wahrscheinlich ist es ihm zu heiß, schließlich haben sich schon andere die Zähne an dem Fall ausgebissen. Vielleicht übernimmt er ihn, wenn er erfährt, wie weit du gekommen bist.«

»Till hat die Staatsanwaltschaft noch einmal kontaktiert«, erklärte Monika. »Ich glaube, dass wir mit der konkreten Beschreibung einen Beschluss erwirken können. Dann muss uns das Finanzamt die Daten übermitteln. So viele Opelfahrer in dem Alter und mit der Behinderung wird es im Kreis Friesland nicht geben.«

»Und wenn der Wagen auf einen Verwandten zugelassen ist?«

»Das glaube ich nicht, weil es nur für den Behinderten selbst die Steuerbefreiung gibt. Außerdem haben wir vor, das Bild zu veröffentlichen. Es gibt bestimmt einige, die ihn kennen. Schließlich stammt er aus der Gegend.«

Alex nickte. Monika hatte recht. Den Feuerteufel mit all diesen Hinweisen ausfindig zu machen, war nun sicher keine Kunst mehr. Und er verstand Monikas Widerwillen, den Fall an Schneider abzugeben. Er fragte sich, ob Beck nicht wusste, welche Spannungen er damit auslöste, oder ob es ihm gleichgültig war.

»Wo ist Trevisan überhaupt?«, fragte Monika.

»Der überbringt gerade der Frau des Ermordeten die Todesnachricht. Tina ist bei ihm.«

Monika Sander schaute auf die Uhr. »Wenn ich mich beeile, dann kriegen wir das Bild noch heute an die Zeitung.«

»Willst du nicht warten, was Beck oder Schneider dazu sagen?«

Monika schüttelte den Kopf. »Noch ist es mein Fall.«

*

»Soll ich Ihnen einen Kaffee kochen? Sie sehen nicht besonders gut aus«, sagte Inga Holt.

Trevisan war mit ihr in ihre Wohnung gegangen, während sich Tina bei den Brunkens etwas umschaute. Martina Brunken war mit dem Krankenwagen in das Reinhard-Nieter-Krankenhaus gefahren worden. Der Arzt hatte sie begleitet.

»Ich habe gerade mal zwei Stunden geschlafen«, antwortete Trevisan. Er hatte ihr von dem Mord an Willo Brunken berichtet.

»Ich kann es noch überhaupt nicht fassen«, sagte Inga Holt, nachdem sie den Kaffee aufgesetzt hatte. Die kleine Küche war gemütlich eingerichtet. Überall in der Wohnung standen kleine Figürchen aus Gips. Sogar der Küchenschrank war über und über damit verziert.

»Sie leben hier alleine?«, fragte Trevisan.

»Sieht das hier so aus, als ob bei mir noch ein Mann Platz hätte?«, fragte sie lächelnd.

Trevisan schüttelte den Kopf. »Ich glaube, mich würden die ganzen Figuren hier nur stören.«

»Ich sammle die, seit ich denken kann.«

Der Kaffee war fertig. Sie schenkte zwei Tassen ein. »Zukker, Milch?«

Trevisan schüttelte den Kopf. »Wie lange kennen Sie die Brunkens schon?«

Inga Holt setzte sich. »Wir leben seit vier Jahren Tür an Tür. Martina und ich haben uns auf Anhieb verstanden. Und Willo ist ein feiner Kerl. Wenn ich mal mit einem Mann zusammenleben sollte, dann müsste er viel von Willo haben.«

»Sie waren oft zusammen?«

»Wir sind die besten Freundinnen, Martina und ich. Und Willo war ganz froh, dass es mich gab. Er wusste, wenn er zu seiner Arbeit ging, dass Martina nichts passieren konnte. Er war sehr aufgeregt. Haben Sie eigentlich das Kinderzimmer gesehen, das er eingerichtet hat?«

Trevisan schüttelte den Kopf.

»Er hat das mit erstaunlich viel Feingefühl getan. Er hatte einfach einen Blick für Details. Fast wie eine Frau.«

Trevisan nahm einen Schluck Kaffee. »Wie meinen Sie das?«, fragte er, nachdem er die Tasse abgestellt hatte.

»Nur weil ich alleine bin, heißt das nicht, dass ich die Männer nicht kenne. Ich war zwei Jahre mit einem Mann zusammen, bevor ich ihn hinausgeworfen habe. Taugte nicht viel. Seine Kumpels und die Sauferei waren ihm wichtiger als ich. Willo war ganz anders. Er wusste, worauf es ankam. Manchmal hatte ich das Gefühl, er müsse etwas gutmachen.«

Trevisan zog die Stirn kraus. »Etwas gutmachen?«

»Na ja, war eben so ein Gefühl. Er hat Martina umsorgt, hat ihr jeden Wunsch von den Lippen abgelesen. Das war mir manchmal fast ein bisschen unheimlich.«

»Können Sie sich vorstellen, dass Willo Brunken Feinde hatte?«, fragte Trevisan trocken.

Inga Holt schüttelte vehement den Kopf. »Bestimmt nicht. Willo war einfach eine Seele von Mensch. Wenn ein Kollege dringend frei brauchte, dann ist er eingesprungen, sogar am Wochenende. Ich kann mir nicht mal vorstellen, dass es jemanden gibt, der Willo nicht mochte. Es muss Zufall gewesen sein. Vielleicht sollte er ausgeraubt werden und der Täter wurde gestört.«

Trevisan nickte. »Das könnte so gewesen sein, trotzdem muss ich mir ein Bild von Willo Brunken machen. Uns fehlen zurzeit sämtliche Ansatzpunkte.« Er hatte ihr von dem Mord an Hans Kropp und den Zusammenhängen nichts erzählt.

»Ich möchte, dass Sie das Schwein kriegen, das Willo umgebracht hat. Und ich bedauere, dass es bei uns keine Todesstrafe mehr gibt. So einer gehört erschossen. Martinas Kind wird ohne Vater aufwachsen müssen. Und der Kerl, der es getan hat, darf weiterleben. Das ist nicht mehr gutzumachen. Denken Sie das nicht auch manchmal bei Ihrem Beruf?«

Trevisan antwortete darauf nicht. »Hatte er in den letzten Tagen Besuch?«

Inga Holt schüttelte den Kopf. »Außer seinem neuen Arbeitskollegen keinen.«

»Hatte er Freunde?«

»Roland«, antwortete Inga Holt. »Aber der war schon eine ganze Weile nicht mehr hier. Roland ist Seemann und manchmal ein ganzes Jahr unterwegs. Ansonsten waren Willo und Martina am glücklichsten, wenn sie zusammen waren. Mein Gott, ich will gar nicht daran denken, wie sich Martina jetzt fühlt.«

Es klingelte an der Tür. Inga Holt öffnete. Tina kam herein. Trevisan leerte seine Kaffeetasse und legte eine Visitenkarte auf den Tisch. »Falls Ihnen noch etwas einfällt, bitte rufen Sie mich an.«

Als er mit Tina das Haus verließ, war es bereits Mittag. »Hast du etwas in der Wohnung entdeckt, dass uns weiterhelfen könnte?«

»Also wenn du mich fragst, führten die beiden eine perfekte Ehe. Sie waren sehr ordentlich. Die Ordner sind voller Verträge. Versicherungen, Sparbriefe, Rechnungen, alles an seinem Platz und nach Buchstaben geordnet. Und das Kinderzimmer solltest du dir ansehen. Die Frau hat Geschmack.«

»Willo Brunken hat das Kinderzimmer ausgestattet«, widersprach Trevisan.

Tina betrachtete ihn verwundert. »Alle Achtung. Es ist perfekt.«

*

Alex hatte sämtliche polizeilichen Computersysteme nach Willo Brunken befragt. »Der ist sauber«, berichtete er, als Trevisan den Kopf in sein Büro steckte, um sich zu erkundigen.

»Haben sich Kleinschmidt oder Doktor Mühlbauer schon bei dir gemeldet?«, fragte Trevisan.

Alex erhob sich. »Kleinschmidt ist noch im Labor und die Obduktion wird heute Mittag durchgeführt.« Er druckste herum. »Du solltest mal mit Monika reden. Sie ist ganz schön angefressen. Im Haus geht schon rum, das es eine Soko für die Ermittlungen nach dem Brandstifter geben soll, und dass Schneider sie leiten wird.«

»Schneider? Beck wollte doch persönlich die Fäden in der Hand halten.«

»Beck will sich offensichtlich nicht blamieren«, entgegnete Alex.

»Und warum ist Monika sauer? Schneider hat die Ermittlungen vor ihr geführt. Er kennt den Fall. Ich finde, da ist doch nichts dabei.«

Alex atmete tief ein. »Monika steht kurz vor der Lösung. Sie hat ein Phantombild und nun glaubt sie, Schneider wird sich mit ihren Lorbeeren schmücken.«

»Aha«, sagte Trevisan. »Daher weht der Wind.«

27

Monika lümmelte mit dem Rücken zur Tür in ihrem Bürostuhl, hatte die Beine auf den Schreibtisch gelegt und schaute zu, wie die kleinen Regenperlen am Fenster hinabrannen. Sie blieb regungslos sitzen, als Trevisan nach mehrmaligem Klopfen ihr Büro betrat.

»Ich habe schon gehört, dass Beck deinen Fall einer Soko übergeben hat«, sagte er leise. »Ich brauche dich, wir haben zwei Mordfälle, die offenbar zusammenhängen.«

»Er hat mir den Fall entzogen und ihn Schneider zugeschustert«, sagte Monika. »Und das, obwohl wir kurz vor der Aufklärung standen. Schneider wird jetzt die Lorbeeren einstreichen. Obwohl er ein fauler Hund ist, der nur sein Gehalt einsteckt und den lieben Gott einen guten Mann sein lässt, wird er als derjenige dastehen, der den Feuerteufel vom Wangerland festgenommen hat. Und über mich werden sie sagen, dass ich nicht in der Lage war, den Kerl zu kriegen.«

Trevisan zog sich einen Stuhl heran und setzte sich rittlings darauf. »Ich wusste nicht, dass wir jetzt Preise für unsere Ermittlungsarbeit erhalten«, antwortete er spöttisch. »Wann wurden die goldenen Handschellen eingeführt?«

Monika nahm die Füße vom Schreibtisch und richtete sich auf. Trevisan wusste, wenn Blicke töten könnten, wäre er augenblicklich mausetot vom Stuhl gerutscht.

»Du bist mir in den Rücken gefallen«, zischte sie.

Trevisan atmete tief ein. »Waren wir uns nicht einig, dass Polizeiarbeit Teamarbeit ist? Dass es eigentlich egal ist, wer die Verbrecher festnimmt, Hauptsache, die Guten gewinnen am Ende und die Bösen verlieren?«

»Till und ich haben den Täter so gut wie ermittelt.« Sie warf Trevisan ein Blatt Papier zu. Das Blatt schwebte zu Boden, ehe Trevisan es fangen konnte. Das Konterfei eines Mannes mittleren Alters mit schütterem Haar und stechenden Augen glotzte ihn vom Papier an.

»Ist das der Brandstifter?«

»Seine Festnahme wäre reine Formsache«, sagte Monika. »Presse, Identifikation und dann abräumen und anklagen. Wir haben genug Beweise. Aber so soll es nicht sein. Die Herren wollen ihn nicht aufscheuchen.«

»Was?!«

»Ich war vorhin bei der Pressestelle, aber offenbar war Schneider schneller. Hanselmann hat ihm von dem Phantombild erzählt. Schneider hat eine Nachrichtensperre verhängen lassen. Keine Veröffentlichungen in Bezug auf den Brandstifter, ohne dass er die Meldung freigegeben hat.«

»Das wusste ich nicht«, entgegnete Trevisan. »Hast du mit Beck gesprochen?«

»Keine zwei Minuten, nachdem ich die Pressestelle verlassen hatte, hat er mich zu sich gerufen. Der Geier hat auch schon bei ihm gewartet. Er hat mich frech angegrinst und mich aufgefordert, ihm alle Ermittlungsergebnisse und einen Abschlussbericht zukommen zu lassen. Dieser faule Hund, ich könnte ihm die Augen auskratzen. Einen Bericht über unsere Erkenntnisse, stell dir das mal vor! – Darauf kann er lange warten!«

»Monika, ich habe zwei Morde ...«

»Beck hat übrigens gesagt, dass du ihm vorgeschlagen hast, mich vom Fall des Feuerteufels abzuziehen und die Sache einer Soko zu übergeben. Ich danke dir, dass du mich so gut unterstützt hast, wirklich, ich sehe, ich kann mich voll auf dich verlassen.«

»Beck war in der Nacht am Tatort«, erklärte Trevisan. »Es stimmt, ich sagte ihm, dass ich es wohl kaum schaffen werde, wenn ich nur das halbe FK 1 zur Verfügung habe. Aber ich habe ihm nicht gesagt, dass er dich von deinem Fall entbinden soll.«

»Das ist doch das Gleiche«, fauchte Monika.

»Nicht für mich«, widersprach Trevisan. »Ich habe zwei Tote und alles spricht dafür, dass derselbe Täter dahintersteckt. Alle Spuren, die wir im Falle Hans Kropp verfolgt haben, waren vergebens. Wir stehen wieder dort, wo wir angefangen haben. Mit einem kleinen Unterschied. Unser Täter tötet mit eiskalter Präzision. Er löscht Leben aus. Er zündet keine baufälligen Hütten an. Er schreibt seinen Namen mit Blut in unseren Landstrich. Ich befürchte, dass es weitergehen wird. Vielleicht ein Spinner, der sich an den Sommer erinnert, als unser Wangerlandmörder hier Amok gelaufen ist, vielleicht aber auch gezielte Anschläge auf Lastwagenfahrer. Ich weiß es nicht, alles ist möglich. Ich weiß nur, dass ich es mir in diesem Fall nicht leisten kann, auf irgendwelche Bedürfnisse anderer Rücksicht zu nehmen. Jeder Fehler, jede Verzögerung von unserer Seite aus kostet Menschenleben.« Trevisan war aufgestanden.

Monika Sander schwieg.

»Ich erwartet dich um drei im Konferenzraum. Jetzt muss ich zur Obduktion. Und sag bitte Till Bescheid, falls er noch nichts davon weiß. Er war nicht in seinem Büro.« Trevisan verließ den Raum ohne weitere Worte.

*

Im Konferenzraum des 1. Fachkommissariats herrschte dichtes Gedränge. Neben Trevisan und seinem Team, Kriminaloberrat Beck und Kleinschmidt mit zweien seiner Mitarbeiter hatten sich außerdem noch vier zugeordnete Kollegen und Kolleginnen der anderen Dezernate versammelt.

Alex und Tina hatten alles vorbereitet, Berichte verteilt und die Bilder der Tatorte an die Tafel geheftet. Trevisan hatte sich beeilen müssen, um rechtzeitig zu erscheinen. Er war außer Atem, als er an der Stirnseite des Tisches Platz nahm. Beck saß neben ihm. Trevisan schaute sich um. Sein Blick blieb kurz auf Monika Sander haften, doch sie wandte sich verlegen ab.

Trevisan erhob sich. Das Gemurmel der Anwesenden verstummte langsam.

»Zwei Männer, zwei LKW-Fahrer. Beide erschossen. Das erste Opfer, Hans Kropp, wurde mit einem Gewehr kampfunfähig gemacht, dann wurde ihm aus nächster Nähe in den Kopf geschossen. Willo Brunken wurde in der Nacht auf der Straße Am tiefen Fahrwasser mit seinem Lastwagen gestoppt. Als er ausstieg, traf ihn zunächst ein Projektil in die Brust, anschließend wurde auch ihm in den Kopf geschossen. In beiden Fällen gibt es außer einem kleinen Hemdenknopf, der am Tatort zurückgelassen wurde, keine verwertbaren Spuren. Wir kennen weder das Motiv, noch haben wir irgendwelche Täterhinweise.«

Trevisan trat an die Tafel und wies auf den Tatort im Industriegebiet West. »Hans Kropp wurde ermordet, als er nachts von einer Auslandstour zurückkehrte. Seine Rückkehrzeit war unbestimmt. In der Firma wusste man nur, dass er irgendwann in der Nacht ankommen würde.«

Er ging einen Schritt zur Seite und wies auf das großformatige Bild der Straße am Neuen Voslapper Seedeich. »Willo Brunken fuhr in der Nacht, in der er ermordet wurde, mit seinem Tanklaster in Richtung Wilhelmshaven. Seine Tour und seine Arbeitszeit wechseln häufig. Der Täter konnte nicht von vornherein wissen, welche Strecke er fährt. Er muss sein Opfer beobachtet haben.«

Monika Sander meldete sich zu Wort. »Hattest du nicht den Verdacht, dass der Fall Kropp im Zusammenhang mit organisierter Schleuserkriminalität steht?«

Trevisan nickte. »Wir hatten seine beiden Ex-Schwäger in Verdacht. Nach weiteren Ermittlungen kamen wir dann auf seine Exfrau, doch auch das können wir ausschließen. Von ihr erhielten wir Hinweise, dass Kropp bei seinen Fahrten ins Ausland in Schleuseraktivitäten verstrickt war. Nach dem neuen Mordfall glaube ich aber nicht mehr daran, dass Kropps illegale Tätigkeit Auslöser für den Mord war. Brunken fuhr keine Touren ins Ausland. Die Fälle hängen aber zweifellos zusammen. Die Knöpfe und die Projektile aus der Pistole stimmen überein, beide starben durch einen Kopfschuss aus einer Pistole mit dem Kaliber 7,65 mm. In beiden Fällen wurde ein Teilmantelflachkopfgeschoss verwendet. Zwar steht die genaue Analyse durch die Kriminaltechnik noch aus, aber ich glaube mit Sicherheit, sie wird zeigen, dass Kropp und Brunken mit derselben Waffe erschossen wurden.« Trevisan ging zurück zum Tisch und setzte sich.

Beck erhob sich, stellte sich hinter seinen Stuhl und faltete die Hände vor seinem Bauch. Das tat er immer, wenn er einen Vortrag vor einer größeren Gruppe zu halten hatte. Er räusperte sich.

»Wie Martin Trevisan bereits sagte, gehen wir von einem Täter bei beiden Taten aus. Das ist zwar noch keine Serie, aber dennoch ist nicht auszuschließen, dass es weitere Morde geben wird. Ich möchte jetzt hier nicht spekulieren, aber ich erinnere an unsere Mordserie zu Beginn des Sommers. So etwas darf sich nicht wiederholen. Bislang gibt es nur wenige Artikel in den Boulevardblättern und Morgenmagazinen, aber wenn die seriösen Zeitungen ebenfalls auf diesen Zug aufspringen, dann macht das unsere schöne Region bald zum Dorado für Mord und Totschlag. Ohnehin ist unser Image derzeit sehr ange-kratzt, denn es ist noch immer nicht gelungen, den Feuerteufel vom Wangerland, wie ihn die Presse poetisch nennt, dingfest zu machen. Aber diesbezüglich wird eine Sonderkommission ab Montag ihre Tätigkeit aufnehmen. Sie, meine Damen und Herren, werden sich intensiv um die Aufklärung der Mord-fälle bemühen.« Beck fuhr sich über die Stirn. Er wandte sich Trevisan zu. »Sollten weitere Leute gebraucht werden, dann wende dich bitte sofort an mich. Und vergiss nicht, mich über die Fortschritte in der Sache zu informieren.«

Beck verabschiedete sich. Als er die Tür hinter sich geschlos-sen hatte, erhob sich Trevisan wieder. »Also gut, dann gehen wir jetzt ans Eingemachte. Wir müssen eventuelle Zeugen ausfindig machen. In der Nähe des zweiten Tatortes ist ein Campingplatz. Vielleicht hat dort jemand was beobachtet oder in der Firma wurden Beobachtungen gemacht. Wer kümmert sich darum?«

Annemarie Petri vom 7. FK und ihre Kollegin Simone Jentsch meldeten sich. Trevisan stimmte zu. »Als Nächstes müssen wir im Leben von Willo Brunken kramen. Woher kommt er, wo und wie lebte er, Freunde, Bekannte, Umfeld. Gibt es eine Beziehung zu Hans Kropp?«

»Das übernehme ich mit Anne«, sagte Monika Sander.

»Für Kropp gilt das Gleiche, ich denke, das sollten Tina und Alex machen. Ihr habt ja schon mal angefangen.«

»Alles klar, Boss«, quittierte Alex.

»Spurenauswertung, Vergleiche, Überprüfungen, vor allem der Knöpfe, das fällt in dein Ressort, Horst«, sagte Trevisan zu Kleinschmidt.

»Und was mache ich?«, fragte Till Schreier.

»Du hängst dich an den Computer«, antwortete Trevisan. »Wir brauchen die Lebensläufe der Opfer. Lückenlos, wenn es geht.« Er schaute auf die Uhr. Es war kurz nach vier. »Lest euch in den Fall ein, die Berichte liegen vor euch, und dann gilt es keine Zeit zu verlieren, denn ich glaube, das war nicht der letzte Mord. Ich habe ein ungutes Gefühl bei der Sache.«

*

Sie hatte gehofft, etwas mehr Zeit zu haben, aber jetzt wusste sie, dass es schnell gehen musste. Er hatte sich ein Flugticket gekauft. Schon nächsten Dienstag würde er von Hamburg abfliegen. Nach Thailand. Das machte er jedes Jahr. Immer um die gleiche Zeit, hatte sie erfahren. Und weniger Zeit bedeutete ein höheres Risiko. Trotzdem würde sie es schaffen, das wusste sie. Sie würde alles schaffen, was sie sich vorgenommen hatte.

Er wohnte in Fedderwarden und arbeitete im Hafen. Er lebte alleine, hatte keine Frau und auch sonst keine Angehörigen. Ein dreckiger, stinkender Hafenarbeiter war aus ihm geworden, und ein Trinker, der sein Leben nicht in den Griff bekam. Anders als Willo Brunken. Diesmal würde sie kein Mitleid empfinden. Diesmal würde sie keine Träne vergießen, so wie heute Morgen, als sie mit verheulten Augen aufgewacht war. Konnte es tatsächlich sein, dass sich Menschen änderten, dass Wölfe zu Schafe wurden und Schafe zu reißenden Wölfen?

Sie hatte oft genug darüber nachgedacht, aber sie glaubte nicht daran. Die Aufrichtigkeit, das Verantwortungsgefühl, die Menschlichkeit – alles nur gespielt. Unter der Schale befand sich ein verfaulter Kern. Und verfaultes Obst wurde ausgesondert. Es taugte gerade noch als Tierfutter.

Sie war auf der Jagd und kein Mensch der Welt vermochte sie aufzuhalten. Niemand würde sich ihr entgegenstellen. Sie war ein Sturm, ein heftiger Orkan. Der Tod ihrer Mutter hatte diesen Orkan entfesselt. Und der Orkan würde erst wieder abflauen, wenn er den Tod über die gebracht hatte, die ihn verdienten.

Sie stieg in ihren Wagen und fuhr über die Kaiser-Wilhelm-Brücke zurück in die Stadt. Sie sehnte sich nach einer heißen Dusche.

28

Ein verregneter und hektischer Freitag war angebrochen. Trevisan hatte gut geschlafen und war gegen acht ins Büro gefahren. Die Straßen in der Stadt waren verstopft, Trevisan benötigte beinahe eine halbe Stunde, bis er seinen Wagen endlich im Hof parken konnte.

Im Büro rief er umgehend im Reinhard-Nieter-Krankenhaus an. Er musste unbedingt mit Frau Brunken sprechen. Er bekam die Auskunft, dass sie am heutigen Morgen das Krankenhaus auf eigene Verantwortung in Begleitung einer Freundin verlassen hatte. Nachdem die Stationsschwester die Freundin beschrieben hatte, wusste Trevisan, von wem die Rede war.

Inga Holt empfing Trevisan an der Wohnungstür.

»Wie geht es ihr?«, fragte er.

»Wie soll es schon jemandem gehen, dessen Mann ermordet wurde«, antwortete Inga Holt.

»Kann ich mit ihr sprechen?«

Sie trat einen Schritt zur Seite und ließ ihn passieren. Martina Brunken lag auf dem roten Sofa. Sie hatte sich in eine Decke gekuschelt und trank heißen Tee. Ihre Augen waren gerötet, die Augenränder geschwollen. Sie hatte wohl die ganze Nacht hindurch geweint.

»Ich muss Ihnen noch ein paar Fragen stellen«, erklärte Trevisan. »Aber nur, wenn Sie dazu in der Lage sind.«

»Fragen Sie«, antwortete sie mit brüchiger Stimme und zeigte auf den Sessel.

Er nahm Platz. »Als Ihr Mann am Donnerstag zu seiner Arbeit gefahren ist, war da etwas ungewöhnlich? Hat er sich sonderbar verhalten, gab es Zwischenfälle, die Sie sich nicht erklären können, oder Anrufe oder ähnliches?«

»Nein«, antwortete sie. »Es war wie immer, er hat seine Tasche gepackt, dann hat er mich geküsst und ist zur Arbeit gefahren.«

Trevisan nickte. »Wie lange kennen Sie sich schon?«

»Seit sechs Jahren. Er kam früher immer in den Laden, in dem ich arbeitete. Er hat dort eingekauft. Vor vier Jahren sind wir uns nähergekommen, sind zusammengezogen und haben dann geheiratet. Er war so ein guter Mann, er hat alles für mich getan.«

»Sagt Ihnen der Name Hans Kropp etwas?«, fragte Trevisan.

Marina Brunken überlegte. »Hab ich noch nie gehört. Vielleicht ein Fußballspieler? Willo spielte nämlich Fußball beim SV Wilhelmshaven. Früher, als er noch jünger war, sogar in der ersten Mannschaft. Aber in letzter Zeit spielte er nur noch, um sich fit zu halten.« Tränen kullerten über ihre Wangen. Das Taschentuch war bereits durchnässt. »Warum hat man ihn umgebracht?«, fragte sie kopfschüttelnd. Ihr Gesicht wurde kalkweiß. Sie schlug die Decke zurück. »Entschuldigen Sie mich, ich muss auf die Toilette.« Sie stürmte aus dem Raum. Inga Holt folgte ihr.

Trevisan erhob sich und schlenderte zu dem kleinen Wandschrank. Dort stand ein Sammelsurium von Fotos.

Hochzeitsbilder von Martina und Willo Brunken, Bilder von Urlaubsreisen und Bilder aus der Kindheit der beiden Ehepartner. Ein Mädchen mit einer Schultüte vor der Schule, an den Augen erkannte er, dass es wohl Martina Brunken sein musste. Drei Jugendliche in kurzen Hosen, vor einer kleinen Kirche mit einem kleinen, spitzen Glockentürmchen auf dem Dach, ein kleines Baby in einem Kinderwagen aus den frühen Sechzigern.

Inga Holt kam aus dem Badezimmer zurück. »Vielleicht sollten Sie später noch einmal kommen. Sie ist noch nicht in der Lage, über die Dinge zu reden.«

*

In der Dienststelle suchte Trevisan nach Till Schreier und fand ihn im Computerraum der Datenstation. Till starrte auf einen Monitor und bemerkte nicht, dass Trevisan sich hinter seinem Rücken auf einem Stuhl niederließ.

»Hast du schon etwas Brauchbares gefunden?«, sagte Trevisan nach einer Weile.

Till fuhr zusammen und wandte sich um. »Ich habe dich überhaupt nicht gehört. – Ich habe schon mindestens sechs Telefonate geführt und den Weg von Willo Brunken bis zu seiner Geburt zurückverfolgt.«

»Und, gibt es eine Gemeinsamkeit zwischen ihm und Hans Kropp?«

»Bislang nichts, außer den Berufen«, entgegnete Till. »Brunken ist in Emden geboren und dort aufgewachsen. Er kam erst mit neunzehn Jahren nach Wilhelmshaven. Er hat wie Kropp Kfz-Mechaniker gelernt und bei einer VAG-Werkstatt in Mariensiel gearbeitet. Der Inhaber hatte keine Erben und hat den Betrieb aufgegeben. Brunken ist dann nahtlos bei der FÖHA als Fahrer eingestiegen. Sie wurden im Übrigen nicht zusammen ausgebildet, falls du da einen Zusammenhang siehst.«

»Sonst noch etwas?«

Till klickte auf eine Datei und das formatfüllende Bild einer Fußballmannschaft erschien. »Er hat bei der SV in der Oberligamannschaft gespielt. War Linker Verteidiger. Ansonsten kennt ihn das Internet nicht. In unseren Polizeicomputern hat er keinen Eintrag. Ich glaube, außer Falschparken und vielleicht dem einen oder anderen Geschwindigkeitsverstoß hat er noch nicht mit uns zu tun gehabt. Ganz anders als Kropp, der ganze Dateien füllt.«

Trevisan runzelte nachdenklich die Stirn. »Mach bitte weiter. Vielleicht findest du noch einen gemeinsamen Nenner. Ich hoffe es zumindest, denn wenn nicht, dann sehe ich schwarz.«

»Weshalb?«

»Wenn die beiden nur sterben mussten, weil sie Lastwagenfahrer waren, dann kann es jeden beliebigen Fahrer treffen. Das wäre nicht auszudenken, denn der Mörder kann ziellos operieren und wir stünden gänzlich ohne Chance da, ihn jemals zu erwischen, solange er keine Fehler macht. Du weißt, was das bedeuten kann.«

Till fuhr sich über das Kinn. »Die ganze Region in Angst und Schrecken. Ein Amokläufer, der auf alles schießt, was mehr als 3,5 Tonnen bewegt. Seit dem Sommer weiß ich, wie eine Region unter solchen Taten leiden kann.«

»Wenn wir in den Zeitungen von den Verbrechen lesen, dann ist alles weit weg«, sagte Trevisan. »Jeder denkt, mich kann es nicht treffen, ich lasse mich nicht mit der Unterwelt ein, bin nicht reich und meide nachts dunkle Gassen. Aber in einem Fall, wo jeder Beliebige zum Opfer werden kann, denken die Leute anders. Die Angst wird ihr ständiger Begleiter. Und das wird unserer Stadt ganz schön zusetzen. Deswegen hoffe ich, dass du auf eine Verbindung zwischen den beiden Opfern stößt.«

Till nickte entschlossen. »Wenn es eine gibt, dann werde ich sie finden.«

*

Das Team hatte sich um fünf im Konferenzraum im zweiten Stock eingefunden. Trevisan war gespannt auf die ersten Ergebnisse.

Annemarie Petri vom 7. FK meldete sich zu Wort. »Auf dem Campingplatz hat niemand etwas mitbekommen. Sie wurden erst aufmerksam, als die Polizeiwagen vorfuhren. Aber wir haben einen Mann ausfindig gemacht, der etwa um die Zeit auf der Niedersachsenbrücke mit seinem Hund unterwegs war. Er kann sich daran erinnern, dass zweimal kurz hintereinander geschossen wurde. Er war im Krieg und weiß deshalb, wie sich Schüsse anhören. Als er zurück in Richtung Küste ging, fuhr auf der Straße entlang des Seedeichs ein Wagen an ihm vorbei. Er konnte zwar das Nummernschild nicht erkennen, aber er ist sich sicher, dass es ein dunkler Wagen war. Ein Golf vielleicht. Er sagt, die Autos sehen heute alle gleich aus. Der Wagen ist in Richtung Voslapp abgebogen.«

»Kann er sich an die Zeit erinnern?«, fragte Trevisan.

»Er meint, es war gegen halb elf«, erwiderte Petri. »Der Wagen kam die Küstenstraße herunter. Er muss also vom Tatort gekommen sein.«

Trevisan nickte und wandte sich Monika Sander zu. »Was gibt es aus der Firma zu berichten?«

Monika zog ihren Notizblock hervor. »Ich habe mit dem Disponenten gesprochen. In der Firma sind alle erschüttert. Offenbar war er eine echte Seele von Mensch. Sein Tourenplan hat sich übrigens erst kurzfristig ergeben. Er war auf dem Weg zur Freien Tankstelle in der Gökerstraße. Die Bestellung war in der Firma erst am späten Nachmittag eingegangen. Also konnte vorher niemand wissen, welchen Weg er nehmen würde.«

»Das spricht also für unsere Theorie, dass er beobachtet wurde«, resümierte Trevisan. »Dabei kann der Täter vorher schon mal aufgefallen sein.«

Monika nickte. »Wir kümmern uns darum.«

Kleinschmidt bestätigte offiziell, dass das Projektil aus der Pistole mit den beiden sichergestellten Geschossen im Fall Brunken identisch mit dem Geschoss war, das Kropp getötet hatte. Als Tatwaffe kamen eine Pistole der Marke Browning oder eine Walther PPK in Betracht. Die Ermittlung bezüglich des Hemdenknopfes würde noch eine geraume Zeit in Anspruch nehmen.

»Es bleibt uns nicht erspart, morgen eine Sonderschicht einzulegen«, sagte Trevisan. »Wir brauchen Ergebnisse.« Im Saal erhob sich Gemurmel. Trevisan hob beschwichtigend die Arme. »Ich denke, die Teams legen selbstständig fest, wann sie sich morgen treffen. Wir sehen uns am Montag um drei Uhr wieder hier an gleicher Stelle.«

Als Trevisan nach Hause kam, wartete Paula bereits auf ihn. »Angela hat angerufen. Sie kann erst am Sonntag kommen, sie muss nach München.«

»Und warum hat sie mich nicht selbst angerufen?«

»Im Büro hieß es, du wärst in einer wichtigen Besprechung«, erklärte Paula.

»Ja, leider«, seufzte Trevisan. »Und morgen muss ich auch arbeiten.«

»Dachte ich mir schon. Hab die Zeitung gelesen.«

»Aber heute habe ich Zeit«, sagte Trevisan voller Energie. »Was hältst du davon: Zuerst gehen wir schwimmen und dann essen wir Pizza bei *Fazio*?«

Paulas Augen leuchteten. »Ich würde gerne mal wieder zum Schwimmen ins Aqua Toll. Und kann ich Anja anrufen? Sie könnte ja mitgehen.«

»Nach Schortens?« Trevisan warf einen Blick auf die Uhr. Es war kurz nach sechs. »Also gut, ruf Anja an. In einer halben Stunde holen wir sie ab.«

»Darf sie auch bei mir übernachten?«

»Aber dann gehen wir auch in Schortens essen«, beschloss Trevisan. »Dort gibt es ebenfalls phantastische Pizza.«

29

Trevisan hatte ausgeschlafen und war erst gegen neun Uhr aufgestanden. Paula und ihre Freundin schliefen noch in ihrem Zimmer. Er bemühte sich, leise zu sein. Auf dem Tisch ließ er einen Zehnmarkschein zurück, damit Paula einkaufen gehen konnte. Gegen zehn parkte er auf dem Parkplatz im Hof der Dienststelle. Monika Sander fuhr im Dienstwagen an ihm vorbei und winkte ihm zu. Anne saß neben ihr.

Die Kollegen von der Wache grüßten, als er durch die Sicherheitsschleuse das Gebäude betrat. Er ging die Treppe hinauf in den zweiten Stock. Auf dem Flur war es ruhig. Waren Monika und Anne die Einzigen, die heute außer ihm arbeiteten?

Seine Frage war schnell beantwortet, denn Kleinschmidt kam mit lautem Gepolter durch die Glastür. Er fluchte, weil er mit seinem Ärmel an der Klinke hängen blieb.

»Eigentlich ist heute Wochenende«, lamentierte er. »Ich könnte mich zu Hause auf die Couch legen und den ganzen lieben langen Tag an die Decke starren. Aber nein, wo bin ich, ich bin im Büro. Im nächsten Leben werde ich Polizeidirektor.«

Trevisan lächelte. Er mochte den kauzigen Kollegen von der Spurensicherung. Und seine Kompetenz war von unschätzbarem Wert für die Abteilung.

»Bist du wieder einmal mit dem linken Bein zuerst aufgestanden?«, frotzelte Trevisan.

Horst Kleinschmidt betrachtete Trevisan nachdenklich. »Du kommst jetzt erst?«, bemerkte er dreist. »Deine Kollegen sind alle schon auf Achse und ich bin auch schon seit acht Uhr unterwegs. Du willst wohl auch Polizeidirektor werden.«

Trevisan überging seine Anspielung. »Hast du etwas für mich?«

»Und ob«, antwortete Kleinschmidt und folgte Trevisan ins Büro.

Trevisan hängte seine Jacke an den Kleiderständer und setzte sich an seinen Schreibtisch, während Kleinschmidt stehen blieb und ihn mit listigen Augen musterte.

»Hast du die Zeitung heute schon gelesen?«

Trevisan schüttelte den Kopf. »Keine Zeit.«

»Die Schmierfinken ziehen dich wieder ganz schön durch den Kakao. Wieder der Kerl vom *Wilhelmshavener Tageblatt*. Der hatte dich doch schon im Frühjahr wegen des Wangerlandmörders auf dem Kieker.«

Trevisan blieb gelassen. »Mich interessiert nicht, was die Kerle schreiben. Die wollen doch auch nur ihre Auflage steigern, der Rest ist ihnen egal.«

»Aber sie erzeugen Stimmung«, gab Kleinschmidt zu bedenken. »Und unsere Frau Direktorin hat dafür eine ganz feine Nase.«

»Wir machen unsere Arbeit und versuchen, einen Mörder zu fangen. Da bleibt keine Zeit für gute Publicity. Ich kann mir keinen Medienberater leisten, dazu ist mein Gehalt etwas zu schmal. Hast du etwas, das uns weiterhelfen könnte?«

Kleinschmidt zog einen Zettel aus seiner Jackentasche. »Wir haben uns noch einmal intensiv mit den Knöpfen befasst.«

»Ich dachte, das ist Dutzendware und bringt uns nicht weiter?«

»So haben sie es Hanselmann in der Boutique am Bahnhof erklärt«, antwortete Kleinschmidt. »Die Verkäuferin hat zum Teil recht, aber mir reichte die Auskunft nicht. Ich habe ihn an die KTU geschickt, damit man eine Analyse durchführt.«

»Und?«

»Es ist ein Hemden- oder Blusenknopf mit zwei Löchern. Durchmesser 12,5 Millimeter. Ein Normmaß, das sind 20 Linien, wenn man das englische Knopfmaß zugrunde legt. Er ist aus Horn gemacht. Aus Kuhhorn, um genauer zu sein. Es handelt sich tatsächlich um Dutzendware und ich glaube kaum, dass wir die Spur der Knöpfe verfolgen können. Sie werden zu tausenden ausgeliefert und die Herstellerfirmen von Bekleidung wechseln ihre Zulieferer gerade wie es ihnen gefällt.«

Trevisan verzog die Stirn. »Dann kannst du das nächste Mal der Verkäuferin vertrauen.«

Kleinschmidt lächelte. »Bemerkenswert ist, dass der Knopf schon ein paar Jahre auf dem Buckel hat. Er stammt aus den späten Sechzigern. Zumindest hat das die Analyse ergeben.«

Trevisan blickte auf. »Das müsste bedeuten, dass unser Täter die Knöpfe mit sich herumschleppt. Ich glaube kaum, dass jemand ein vierzig Jahre altes Hemd trägt.«

»Der würde damit auffallen wie ein bunter Hund«, bestätigte Kleinschmidt. »Obwohl, wenn ich mir das richtig überlege, dreht sich die Mode in den letzten Jahren immer nur im Kreis.«

»Wir müssen diese Knöpfe vielleicht als Zeichen werten«, sagte Trevisan nachdenklich. »Sie haben für den Täter wohl eine besondere Bedeutung.«

»Das müsst ihr herausfinden. Ich überbringe nur die Fakten, den Reim darauf müsst ihr euch machen.«

Trevisan hörte Kleinschmidts Standardantwort schon nicht mehr, er war tief in Gedanken. Der Kollege war längst gegangen, als Trevisan sich erhob und hinaus ins Treppenhaus ging. Tills Büro war leer, aber seine Jacke hing über dem Stuhl. Er war bestimmt wieder oben in der Datenstation. Trevisan lief den Flur entlang und traf Monika Sander und Anne Jensen.

»Wo kommt ihr her?«, fragte Trevisan.

»Wir waren noch einmal in Brunkens Firma. Dort haben wir uns mit einem gewissen Jens Freiwaldt unterhalten. Er hat da gerade erst angefangen und wurde in den ersten Tagen zum Anlernen zusammen mit Willo Brunken losgeschickt. Aber er hat nicht bemerkt, dass ihnen jemand gefolgt wäre. Willo ist brav seine Touren gefahren. Es gab weder Anrufe unterwegs, noch hat sich Willo Brunken mit jemandem getroffen. Freiwaldt meinte, Willo Brunken war ein absoluter Familienmensch. Einmal ist er mit ihm ein Bier trinken gegangen, aber dazu musste Freiwaldt ihn regelrecht überreden.«

»Ein richtiger Saubermann also«, antwortete Trevisan.

»Ein idealer Ehemann«, bestätigte Monika kühl.

»Habt ihr heute noch etwas vor?«

Monika schüttelte den Kopf. »Wir sind mit unseren Überprüfungen durch. Bislang alles negativ. Ich komme mir fast vor wie bei der Suche nach dem Feuerteufel. Nicht der geringste Ansatzpunkt.«

»Bist du noch böse wegen der Sache mit der Soko?«, fragte Trevisan.

Monika Sander schüttelte den Kopf. »Es war nur wegen Schneider.«

»Manchmal muss man eben Prioritäten setzen«, entschuldigte sich Trevisan. »Schließlich geht es hier jetzt um eiskalten Mord. – Ist Till oben?«

»Ich denke schon, er wollte wieder die Maschinen quälen.«

Trevisan setzte seinen Weg fort und traf Till tatsächlich in der Datenstation, wo er an zwei Bildschirmen gleichzeitig surfte. Das Brummen der Lüfter überdeckte Trevisans Begrüßung, Till hob erst nach dem zweiten, lauteren »Moin« den Kopf. »Moin, Martin. Ich tappe immer noch auf der Stelle.« Er reichte Trevisan einen Computerausdruck mit einem Foto.

Trevisan betrachtete das Bild. »Brunken?«

»Das ist die Klasse 9b der Osterburgschule in Emden, die Abschlussklasse von 1981«, erklärte Till. »Der kleine Junge am rechten Bildrand in der zweiten Reihe ist Willo Brunken. Die Namen stehen unter dem Bild. Ich habe die 9a und die 9c ebenfalls überprüft, aber auf den Namen Kropp bin ich leider nicht gestoßen. Auch bei Brunkens Fußballverein war Kropp kein Mitglied. Bislang gibt es keine offensichtliche Verbindung.«

Trevisan gab das Foto zurück. »Kleinschmidt hat mir gerade erzählt, dass die Knöpfe vom Tatort wohl aus den Sechzigern stammen. Ob das irgendeine Bedeutung hat?«

Till zuckte mit den Schultern. »Ich habe keine Ahnung.«

Trevisan nickte. »Wie lange willst du noch hier arbeiten?«

»Eigentlich ist Polizist mein Traumberuf, ich denke schon, dass ich es noch ein paar Jahre mache.«

Trevisan grinste. »Und heute?«

Till seufzte. »Ich denke, in ein bis zwei Stunden habe ich Willo Brunkens Lebenslauf so weit fertig. Von Kropp habe ich im Internet nichts gefunden, und die Ämter haben heute geschlossen. Da komme ich erst am Montag weiter.«

»Vielleicht kann ich noch etwas dazu beitragen«, antwortete Trevisan und schaute auf seine Armbanduhr. »Ich denke, ich sollte noch einmal mit Kropps Stiefschwester sprechen.«

Aber Kropps Stiefschwester war nicht zu Hause. Trevisan versuchte es mehrmals und gab gegen drei Uhr auf. Montag ist auch noch ein Tag, dachte er, als er seinen Wagen über die Peterstraße in Richtung Banter Weg lenkte.

Am Abend schaute er die Sportschau, bis schließlich Angela um sieben anrief. Sie war bereits auf der Rückfahrt, der Zug würde kurz nach zehn auf dem Bahnhof in Wilhelmshaven sein. Sie bat ihn, sie abzuholen. Sie erzählte, dass sie eine schöne Zweizimmerwohnung in der Nähe des Englischen Gartens gefunden habe und der neue Verlag für die ersten sechs Monate die Miete übernehmen würde. So musste sie ihre Wohnung in Westerwerde nicht aufgeben.

Trevisan hörte ihr geduldig zu, obwohl er ihr am liebsten »Bleib! Bleib hier bei mir!« zugerufen hätte. Er wusste, dass dieses Thema nach ihrem letzten langen Gespräch endgültig vom Tisch war. Ihm blieb nur übrig, gute Miene zum bösen Spiel zu machen. Angela wollte Karriere machen und niemand durfte ihr dabei im Weg stehen, noch nicht einmal er.

*

Der Sonntag hatte warm und sonnig begonnen, doch gegen Mittag trieben dunkle Wolken aufs Festland zu. Sturm kam auf, Regen prasselte nieder und verwandelte die Straßen in kleine Bäche. Blitz und Donner störten die feierliche Ruhe des Sonntagnachmittages. Erst gegen Abend flaute die stürmische Brise etwas ab, der Regen ließ nach. Dennoch blieben die Straßen leer.

Uwe Lohmann fluchte, als er durchnässt bis auf die Haut den *Klosterkrug* am Ende des kleinen Dorfs westlich von Wilhelmshaven betrat.

»Moin, Uwe«, grüßte der Wirt hinter seinem Tresen, als Lohmann seinen triefenden Friesennerz an die Garderobe hängte.

»Keiner da?« Lohmann setzte sich an den Stammtisch direkt neben dem Tresen.

»Siehst du jemanden?«, fragte der Wirt.

Der *Klosterkrug* war leer. Der Sturm hielt offenbar auch die hartgesottenen Kneipengänger zu Hause. Doch nicht Uwe Lohmann, den Stauer vom Hafen. Der *Klosterkrug* war seine zweite Heimat. Er wohnte nur wenige Häuser entfernt – alleine, seit er das Haus nach dem Tod seiner Mutter vor sechs Jahren geerbt hatte. Es gab keine Frau in seinem Leben. Mit diesem Thema hatte er abgeschlossen. Für Zärtlichkeiten bezahlte er. Welche Frau würde sich schon mit ihm einlassen? Ungepflegt, übergewichtig und ein Trinker war er, hatte seine Mutter zu ihm gesagt, bevor sie starb.

»Bier und Korn?«, fragte der Wirt.

Lohmann nickte. »Was fragst du ...?!«

»Willst du essen?«

»Was hast du?«

»Fisch, heute.«

»Dann trink ich lieber«, antwortete Lohmann.

Und er trank viel. Als er sich vier Stunden später vom Stammtisch erhob, schwankte er leicht. Zehn Bier und vier Korn hatte er sich einverleibt. Hunger hatte er nicht mehr.

»Bis morgen«, verabschiedete ihn der Wirt, als Lohmann seinen Friesennerz anzog.

Lohmann antwortete mit einem Rülpser, dann schlug die Tür hinter ihm zu. Der Wirt räumte das Glas ab und verschwand hinter dem Tresen, als es plötzlich draußen laut knallte. Der Wirt zuckte zusammen. Kam das Gewitter zurück? Es hatte doch längst zu regnen aufgehört.

Erneut zerriss ein Knall die Stille. »Verdammt, das ist kein Gewitter«, raunte der Wirt und humpelte zur Tür. Er warf einen Blick durch die kleine Scheibe im Türblatt, konnte aber nichts erkennen. Er wartete eine Weile und lauschte, doch es blieb ruhig. Schließlich öffnete er vorsichtig die Tür und warf einen Blick hinaus auf die Roffhauser Straße. Im trüben Schein der Straßenlaterne sah er einige Meter entfernt etwas auf der Straße liegen. Es war etwas Großes, Massiges und es schimmerte gelb.

Der Wirt schlug die Tür zu und schob den Riegel vor. So schnell wie nie zuvor hinkte er zurück zum Tresen und griff zum Telefon.

*

Trevisan schlief bereits seit einer Stunde, als ihn das Telefon aus dem Schlaf riss. Auch Paula wurde wach und irrte schlaftrunken durch den Flur.

»Ist für mich«, erklärte Trevisan, nachdem er das Gespräch angenommen hatte. »Geh wieder zu Bett.«

Paula nickte nur.

»Was ist so spät noch?«, flüsterte er.

»Ein Mann wurde erschossen«, erklärte der Kollege vom Kriminaldauerdienst. »In Langewerth, mitten auf der Straße. Frau Sander und Kollege Petermann sind bereits draußen. Horst Kleinschmidt belädt gerade seinen Wagen.«

»Ich komme.« Trevisan schaute auf die Uhr.

Es war zehn nach halb zwölf und in Sande regnete es.

30

»Das ist doch krank«, schimpfte Kleinschmidt. »Da ist jemand auf einem Rachefeldzug und niemand hält ihn auf.«

»Hast du einen Knopf gefunden?«, fragte Trevisan.

Kleinschmidt präsentierte den kleinen Plastikbeutel. »Lag direkt neben der Leiche. Sag mal, wie verrückt ist unsere Welt eigentlich geworden, was läuft hier, verdammt noch mal?«

»Das versuchen wir herauszufinden«, antwortete Trevisan. »Oder glaubst du, wir sitzen im Büro und drehen Däumchen.«

Kleinschmidt schüttelte den Kopf. »Ich frag mich bloß, wo das noch enden soll.«

Trevisan wandte sich ab. Die Leiche lag noch immer auf der Straße, eine schwarze Leichendecke spannte sich über dem massigen Körper. Das Licht aus leistungsstarken Strahlern vermischte sich mit dem feuchten Glanz des Asphalts. Trevisan fröstelte. Die Nacht war kühl und der Nieselregen durchnässte seinen Mantel. Dietmar schlenderte zu ihm herüber.

»Bislang gibt es keine Anhaltspunkte, auch die Geldbörse ist noch da«, erklärte er. »Der kam einfach aus der Kneipe und wurde erschossen. Der Wirt wartet drinnen.«

Keine Anhaltspunkte, wieder einmal, mittlerweile das

Unwort des Jahres, dachte Trevisan. Er nickte. »Wie geht es deinem Jungen?«

»Er wird wieder ganz der Alte«, entgegnete Dietmar Petermann mit einem Lächeln.

Trevisan räusperte sich. »Schön, dann werde ich mir mal den Wirt vornehmen. Gibt es sonst noch etwas?«

»Monika und Till hören sich in der Nachbarschaft um. Vielleicht haben wir ja Glück.«

Hinter dem Absperrband auf der gegenüberliegenden Straßenseite standen einige Anwohner und beobachteten die Szenerie. Ab und zu flammte das Blitzlicht eines Fotoapparates auf. Für Langewerth war dieser Mord eine Sensation. Auch einige Pressefotografen hatten sich unter die Menschenmenge gemischt, die trotz des Regens ausharrte.

Das Opfer hieß Uwe Lohmann, war fünfunddreißig und wohnte nur wenige Schritte vom Tatort entfernt. Trevisan wusste, dass er im Ölhafen arbeitete. Diesmal hatte es keinen LKW-Fahrer getroffen.

»Martin!«, riss ihn Monikas Stimme aus den Gedanken. »Ich habe eine Anwohnerin, die etwas gesehen hat! Sie konnte nicht schlafen und hat aus dem Fenster geschaut. Sie sah gegenüber des *Klosterkrugs* eine dunkle Gestalt stehen. Beinahe eine halbe Stunde stand sie dort drüben, im Schatten des Hauses.« Monika wies auf ein Häuschen auf der gegenüberliegenden Straßenseite.

»Was ist das für ein Gebäude?«

»War früher einmal eine Milchannahmestelle, steht aber schon seit Jahren leer.«

»Kann die Frau die Person beschreiben?«

»Nur vage«, antwortete Monika. »Mittelgroß, schlank und dunkel gekleidet. Offenbar trug die Person einen schwarzen Schal, um das Gesicht zu verdecken. Die Frau hatte das Gefühl, dass sich die Gestalt extra dicht an das Haus drückte, um nicht gesehen zu werden.«

»Und was hat sie beobachtet?«

»Lohmann kam aus der Kneipe. Er schwankte leicht und ging die Straße hinunter. Die Person ging hinter ihm her, holte ihn ein und sprach ihn an. Sie war überhaupt nicht hektisch

219

und schlenderte eher zufällig, beinahe leichtfüßig hinter ihm her. Fast so, als hätte sie nur den gleichen Weg wie er. Lohmann wandte sich um und dann krachte es auch schon. Lohmann ist zu Boden gestürzt, die Person ging auf ihn zu, beugte sich über ihn und es blitzte und knallte erneut. Dann ist die Gestalt wieder in die Richtung des Milchhäuschens weggerannt und verschwunden.«

»Leichtfüßig«, hakte Trevisan nach, »was meint deine Zeugin damit?«

»Ich habe nachgefragt«, entgegnete Monika. »Sie meint damit, dass die Person sportlich und gelenkig wirkte, ganz im Gegensatz zu Lohmann. Deswegen war die Zeugin auch so überrascht, als plötzlich die Schüsse fielen. Sie kann es nicht erklären und meint, dass es ihr deshalb so erschien, weil Lohmann betrunken war und schwankte.«

Trevisan nickte. »Hast du Kleinschmidt Bescheid gesagt, dass er den Weg absuchen soll, den der Täter bei seiner Flucht nahm?«

»Er hat die Hundestaffel angefordert. Die Kollegen schicken Verstärkung. Vielleicht finden wir etwas auf dem Fluchtweg.«

»Wohin führt der Weg neben dem Haus?«, fragte Trevisan.

»Ein Feldweg, er führt nach Roffhausen, man kann aber auch auf die Landstraße nach Wilhelmshaven gelangen.«

»Okay, dann sucht alles ab. Vielleicht findet ihr Reifenspuren.«

Monika nickte und blickte zu Dietmar hinüber, der noch immer neben der Leiche stand und offenbar eine kleine Skizze anfertigte. »Hast du veranlasst, dass er angerufen wird?«

Trevisan schüttelte den Kopf. »Er stand im Bereitschaftsplan, ich habe vergessen, ihn zu streichen. Aber seinem Jungen geht es gut. Dietmar sagt, er wird wieder ganz der Alte.«

*

Der *Klosterkrug* war eine typische Dorfkneipe, ein bisschen schummrig und mit dunklen Möbeln ausgestattet, die vor dreißig Jahren modern gewesen waren. Über den runden Tischen im Gastraum schwebten Lampen mit Werbung für eine Biermarke, die es seit Jahren nicht mehr gab. Links neben dem Tresen stand ein runder Tisch, auf dem ein großer Aschenbecher prangte. Auch die Zigarettenmarke, für die er warb, gab es längst nicht mehr. Über diesem Tisch hingen zwei Lampen und an der Wand dahinter hatte der Wirt Postkarten aufgehängt. Ein Werder-Schal prangte darüber. Zweifellos der Stammtisch in dieser Wirtschaft.

Ein großer, rundlicher Mann mit Glatze saß an dem Tisch und blickte auf, als Trevisan die Gaststätte betrat. Der Wirt des *Klosterkrugs*. Ein Schnapsglas stand vor ihm auf dem Tisch. Trevisan hob seine Dienstmarke in die Höhe und setzte sich zu ihm.

»Moin, ich bin Martin Trevisan von der Kripo Wilhelms-haven.«

Der Wirt leerte das Glas und setzte es geräuschvoll auf dem Tisch wieder ab. »Hier saß er«, murmelte er.

»Uwe Lohmann?«, sagte Trevisan. »Er war also Stammgast.«

»Fast jeden Tag war er hier, außer Montag, da haben wir zu.«

»Wann kam er am Abend hierher?«

Der Wirt schaute auf die Uhr, die über der Tür hing. »Kurz vor acht, wie immer.«

»Wie war er, verhielt er sich auffällig?«

Der Wirt schüttelte vehement den Kopf. »Wie immer. Im Gegenteil, er hat sich sogar gefreut.« Franksen, der Wirt, erhob sich, schnappte sich das leere Schnapsglas und hinkte zum Tresen. »Auch einen?«, fragte er, als er sich erneut einen Klaren eingoss.

Trevisan schüttelte den Kopf.

»Dienstag wäre er nach Thailand geflogen. Er hatte schon das Flugticket gekauft. Das macht Uwe nämlich jedes Jahr. Sonst gönnt er sich ja nicht viel. Abends ein paar Bierchen und Korn und am Wochenende geht er nach Bremen zum Fußball. Angehörige hat er ja auch nicht mehr, seit seine Mutter tot ist. Uwe war immer für sich. Das reichte ihm. Er brauchte niemanden. Abends ist er hierher gekommen und wir haben ein bisschen geredet. Das war alles.«

»Er arbeitete im Ölhafen?«

»Er hat hart gearbeitet, sogar am Samstag. Manchmal zehn Stunden. Der *Klosterkrug* und einmal im Jahr drei Wochen

Thailand, das war sein ganzes Vergnügen. Und jetzt ist er tot. Wer macht so etwas?«

»Das wollen wir herausfinden«, antwortete Trevisan. »Wie hat er gelebt, gab es Frauen oder Freunde, mit denen er etwas unternommen hat?«

Der Wirt betrachtete nachdenklich das Schnapsglas. »Ich kannte ihn schon, da war Uwe noch ein kleiner Junge. Sein Vater hat sich davongemacht, als er zehn war. Die Mutter hat sich dann an Uwe gehängt. Er war ihr Ein und Alles. Sie haben zusammengewohnt. Da war kein Platz für eine weitere Frau. Und Uwe war schon immer ein bisschen moppelig, ich glaube, er hatte eigentlich nie eine richtige Freundin.«

»Und Freunde?«

Der Wirt schlug sich auf seine Brust. »Ich war sein Freund«, antwortete er. »Früher gab's mal einen Nachbarsjungen, aber der ist weggezogen, als er sechzehn war. Ansonsten war Uwe immer ein Einzelgänger. Wobei ich glaube, dass er ganz ordentlich Geld hatte. Er hat ja nie was ausgegeben und gut verdient hat er allemal.«

In Trevisan keimte eine Hoffnung auf. »Wissen Sie noch, wie sein damaliger Freund hieß?«

Der Wirt überlegte. »Die Familie hieß Hansen. Der Mann arbeitete bei der Marine in Wilhelmshaven. Aber auf den Namen des Jungen komme ich nicht mehr. Jürgen oder so ähnlich, meine ich.«

Trevisan hatte gehofft, der Wirt würde vielleicht »Kropp« oder »Brunken« antworten. Das dritte Mordopfer, und immer noch keine Verbindung zu erkennen ... Trevisan redete noch eine ganze Weile mit dem Wirt, doch am Ende hatte er nur wenig erfahren, das ihnen bei den Ermittlungen weiterhelfen würde.

Es war halb vier, als Trevisan sich erhob. Bevor er den *Klosterkrug* verließ, wandte er sich noch einmal um. »Wissen Sie, ob Uwe Lohmann früher einmal Lastwagen gefahren ist?«

Der Wirt zuckte die Schulter. »Das ist schon eine Weile her. Vier Jahre vielleicht. Aber dann hat die Streife ihn erwischt und ihm den Führerschein abgenommen. Seither fährt er nur noch Mofa. Er hat nie wieder einen Führerschein gemacht.«

*

Sie saß hinter dem Steuer ihres Wagens, direkt am Fliegerdeich, und beobachtete den Sonnenaufgang. Das Wasser
glitzerte rötlich und die Schaumkronen der Wellen wirkten
wie eine blutige Woge, die über das Ufer schwappte.

Sie hatte nicht geschlafen, aber sie war nicht müde. Zu
viele Gedanken rasten ihr durch den Kopf. Sie dachte an
ihre Zukunft. Zurück in ihr altes Leben würde sie nicht
mehr können – und auch nicht mehr wollen. Aber sie hatte
genug Geld auf die Seite gebracht, um ein bescheidenes, aber
durchaus ereignisreiches Leben führen zu können. Sie würde
auswandern. Vielleicht würde es ihr gelingen, ihr altes Leben
hinter sich zu lassen, es abzustreifen, wie die Schlange ihre
zu eng gewordene Haut abstreifte. Vielleicht. Und wenn sie
die Schatten der Vergangenheit immer noch nicht in Ruhe
ließen, was wäre dann?

Es war schon komisch. Über all die Zeit konnte man tatsächlich vergessen, wer Täter und wer Opfer war. Das Leben
war einfach nicht in solche Begriffe zu fassen. Schwarz und
weiß, groß und klein, alt und jung, gut oder böse, alles war
nur eine Frage der Perspektive.

Langsam fühlte sie die Müdigkeit, die sich über ihre Glieder
in ihren Kopf schlich und sich wie ein Schleier über ihre Augen
legte. Sie atmete noch einmal tief ein, dann startete sie den
Motor. Die Sonne hatte es geschafft, sie war dem graublauen
Wasser entkommen und hing einen Daumenbreit in der Luft.

31

Nach vier Stunden Schlaf, einer kalten Dusche und reichlich starkem Kaffee traf sich Trevisan mit Monika in der Dienststelle, um noch einmal hinaus nach Langewerth zu fahren und das Haus des ermordeten Uwe Lohmann gründlich zu durchsuchen. Dietmar Petermann und Anne Jensen hatten sich ebenfalls eingefunden. Sie nahmen einen VW-Bus von der Fahrbereitschaft. Dietmar lenkte den Wagen vorsichtig durch die verstopften Straßen der Stadt. Als er an einer Einmündung hielt, um einen Lastwagen passieren zu lassen, der aus weiter Entfernung auf der Vorfahrtstraße angefahren kam, knurrte Trevisan: »Wie lange willst du hier eigentlich noch stehen bleiben? Wir haben nicht den ganzen Tag Zeit.«

Dietmar warf ihm einen bösen Blick zu. »Wenn du meinst, du fährst besser, überlasse ich dir gerne meinen Platz.«

»Schon gut ... Ich meine ja nur ...« Trevisan bereute seine Äußerung, schließlich war er froh gewesen, dass Dietmar den Schlüssel an sich genommen hatte. Autofahren gehörte nicht zu Trevisans Stärken, und einen VW-Bus zu lenken, hatte ihm schon in seiner Zeit als Schutzpolizist nicht gelegen.

In Langewerth führte ihr Weg am *Klosterkrug* vorbei, der zum Schauplatz des nächtlichen Dramas geworden war. Knapp dreihundert Meter entfernt stand das kleine, verklinkerte Wohnhaus, in dem Uwe Lohmann gelebt hatte. Die Büsche und das Gras im Vorgarten wucherten wild, die Fassade war schmutzig und die Fugen zwischen den einzelnen Steinen geschwärzt. Am Fensterladen neben der Tür fehlten ein paar Lamellen. Insgesamt wirkte das Haus unbewohnt und dem Verfall geweiht.

Trevisan zog den Schlüsselbund aus seiner Jackentasche, den sie bei der Leiche gefunden hatten. Er entfernte das Polizeisiegel, das Till in der Nacht nach oberflächlicher Nachschau im Haus an der Haustür angebracht hatte, und probierte die Schlüssel durch. Der dritte passte und die Tür sprang knarrend auf.

»Ein bisschen Öl hätte wohl auch nicht geschadet«, murrte Dietmar.

»Sieht aus, als ob Lohmann nicht sonderlich reinlich war«, bestätigte Monika Trevisans ersten Eindruck. »Das stinkt ja wie auf einer Müllkippe.«

Die Tür zur Küche war geöffnet und ein beißender Gestank wehte durch den Flur. Auf dem Küchenschrank und in der Spüle stapelte sich schmutziges Geschirr. Auf einem Teller auf dem Küchentisch verschimmelte ein Stück Bratenfleisch. In einer Ecke stand eine ganze Kompanie leerer Flaschen, angetreten zum Rapport. Bierflaschen, Schnapsflaschen, sogar die eine oder andere Weinflasche darunter.

Dietmar deutete auf das gläserne Sammelsurium. »Er hat wohl seinen Geruchssinn betäubt. Da macht einem der Gestank nichts weiter aus.«

Trevisan ging den Flur entlang und öffnete die Türen zu den einzelnen Räumen. Neben der Toilette mit Bad gegenüber dem Eingang gab es noch weitere fünf Zimmer. Im Vorratsraum, in dem sich auch die Gastherme befand, standen weitere Bierkästen. Einige Konserven standen in den Regalen, und ansonsten lagen Schuhe und andere Kleidungsstücke ungeordnet herum.

»Was hoffen wir, hier zu finden?«, fragte Anne verlegen.

Trevisan schaute sich um. »Ich denke, jeder nimmt sich einen Raum vor. Einen Keller gibt es nicht, aber einen Lagerraum unter dem Dach. Interessant ist alles, was Aufschluss über sein Leben geben kann.«

Dietmar blickte sich suchend um. »Wo ist die Treppe?«

Trevisan wies den Flur entlang. »Eine Zugtreppe. Wir gehen hoch, sobald wir hier unten fertig sind.«

»Und was genau suchen wir?«, wiederholte Dietmar.

»Ich sagte doch«, antwortete Trevisan genervt, »wir suchen nach Verbindungen zu unseren anderen Opfern. Briefe, Schriftstücke, Fotos. Wir müssen gründlich vorgehen, der kleinste Hinweis kann hilfreich sein.«

»Also gut«, antwortete Monika Sander. »Ich übernehme das Schlafzimmer.«

»Ich nehme das Zimmer am Ende des Flures und Dietmar, du kümmerst dich um das Wohnzimmer«, fügte Trevisan hinzu.

Anne schaute sich um.

»Dann bleibt für dich das Badezimmer und der Vorratsraum,

die Küche machen wir später«, entschied Trevisan. »Vorher lüften wir erst einmal.«

Das Team verteilte sich. Trevisan öffnete das Küchenfenster, dann betrat er das Zimmer am Ende des Flures. Auf den ersten Blick war klar, dass es sich um das Zimmer handeln musste, in dem Uwe Lohmann gelebt und geschlafen hatte. Unterhalb der Schlafcouch und auf dem runden Tisch standen weitere geleerte Bierflaschen. Die Decke auf der Couch war zerwühlt. Der ganze Raum wirkte schmuddelig und der alte rote Teppich strotzte vor Fusseln und Staub. Neben der Tür stand ein moderner Fernseher auf einer alterschwachen Kommode. Ein Videogerät befand sich daneben in einem Regal. Ein weiterer kleiner Kommodenschrank stand unterhalb des Fensters, ein runder Tisch mit zwei zerschlissenen Sesseln mitten im Raum, ein Schrank neben der Tür und eine alte Stereoanlage komplettierte die Ausstattung. An der Wand über der Couch hing ein verblichenes Poster von Werder Bremen als Europapokalsieger der Pokalsieger aus dem Jahr 1993.

Trevisan bückte sich und öffnete die Türen der Kommode. Darin befanden sich Unterwäsche und Kleidungsstücke. Offenbar nur wenig getragen, denn sie waren akkurat gefaltet, aber teilweise schon eingestaubt. In zwei Schubladen fand Trevisan zwei Sparbücher der Wilhelmshavener Bank. Er pfiff durch die Zähne. Hein Franksen, der Wirt vom Klosterkrug, hatte recht, Uwe Lohmann war gut betucht. Beinahe zweihunderttausend Mark hatte er auf den Konten angehäuft. Die letzte Einzahlung, ein Betrag von zehntausend Mark, war vor einer Woche eingegangen. Ansonsten waren stetig kleine Beträge auf den Konten eingezahlt worden. Offenbar hatte er einen Sparvertrag abgeschlossen, denn die Bücher waren gesperrt. Auch die Kontoauszüge des Girokontos waren vorhanden. Fünftausend Mark hatten sich dort angehäuft. Trevisan blätterte die Auszüge durch. Von seinem Arbeitgeber bekam Lohmann meist zwischen drei- und viertausend Mark überwiesen. Andere Geldeingänge gab es nicht. Die Abzüge bewegten sich im Rahmen des Üblichen. Versicherungen, Nebenkosten, Telefongebühren, eine ganz normale Kontoführung. Am Ende des Monats wurde der übrig gebliebene Betrag auf eines der

Sparbücher transferiert, meistens um die zweitausend Mark. Er hatte wohl nicht viel zum Leben gebraucht.

Trevisan legte die Sparbücher zurück. In der unteren Schublade fand er zwei Ordner mit Versicherungsverträgen. Trevisan überflog die Papiere und legte sie ebenfalls zurück. Die Summe von zehntausend Mark, die auf das Sparkonto eingezahlt worden war, stammte aus einer Lebensversicherung.

Er richtete sich auf und widmete sich der Kommode, die unter dem Fenster stand. Das Flugticket der Condor-Air von Hamburg Fuhlsbüttel nach Thailand oder genauer gesagt, nach Bangkok auf den Suvarnabhumi International Airport, lag unter dem unterschriebenen Formular einer Reiseversicherungsgesellschaft. Der Abflug sollte morgen Mittag um ein Uhr erfolgen.

Trevisan öffnete die beiden Schiebetüren der Kommode. In drei Regalebenen waren Videofilme archiviert. Neben Actionfilmen und Thrillern gab es auch einige Pornos. Typisch Junggeselle, dachte Trevisan.

Trevisan zog die einzelnen Videohüllen hervor, Actionfilme mit Arnold Schwarzenegger und Sylvester Stallone sowie Pornofilme mit eigentlich gängigen Szenen. Nur einer fiel aus dem Rahmen. Lohmann hatte ihn wohl von einer Urlaubsreise mitgebracht, denn die Darstellerinnen waren allesamt Asiatinnen und erschienen Trevisan etwas sehr jung. Er suchte weiter, doch erfolglos. Es gab weder Briefe noch andere Schriftstücke, die mit Brunken oder Kropp in Verbindung zu bringen waren. Auch Fotos existierten keine. Trevisan blickte nachdenklich aus dem Fenster.

Monika schaute herein. »Hast du was gefunden?«

Trevisan wies auf die Kassettenhülle, die er auf die Kommode gelegt hatte. »Pornographie mit Minderjährigen. Hat er wohl aus Übersee mitgebracht. Er wollte morgen wieder nach Thailand.«

»Ich rede mal mit den Jungs vom Rotlichtkommissariat«, sagte Monika. »Vielleicht ist er in den Kreisen kein Unbekannter.«

Trevisan nickte. »Und du, hast du etwas gefunden?«

»Das Schlafzimmer gehörte wohl seiner Mutter«, antwortete

Monika. »Ich glaube, er hat es in den letzten Jahren überhaupt nicht betreten. Zumindest gibt es dort nichts, das ihm gehört.«

»Dito«, rief Dietmar. »So sieht es auch mit dem Wohnzimmer aus. Die Sessel, der Tisch und die Schränke, alles ist verstaubt. Sogar der alte Fernseher trägt einen Staubmantel.«

Trevisan schaute sich noch einmal im Zimmer um. »Dann war das hier sein Refugium.«

Anne betrat das Zimmer. »Ich habe das Bad und den Vorratsraum durchsucht. Ich dachte nicht, dass ein Mensch so viel trinken kann. Mit dem Pfandgeld für die leeren Flaschen könnte man glatt einen Kurzurlaub finanzieren.«

»Dann bleiben noch die Küche und der Lagerraum unter dem Dach«, sagte Trevisan.

Während Monika zusammen mit Anne die Küche durchsuchte, ließen Trevisan und Dietmar die Spitztreppe herab. Unter dem Dach war es stickig und warm, denn es gab hier keine Isolierung. Der Raum war leer bis auf zwei große Umzugskartons in einer Ecke.

»Wenigstens ist es hier schön übersichtlich«, sagte Trevisan.

Dietmar öffnete einen Karton. Er enthielt abgelegte Frauenkleidung. Trevisan widmete sich der anderen Kiste. Sie war angefüllt mit zusammengebundenen Briefen und Fotoalben.

Trevisan griff sich wahllos einen Packen Briefe heraus und öffnete die Schleife. Die Poststempel verrieten, dass sie aus den Siebzigern und frühen Achtzigern stammten. Sie waren an Hildegard Lohmann adressiert und stammten offenbar von einem Verehrer mit Namen Gustav Heimann aus Kiel. Trevisan suchte weiter. Er fand einen kleineren Packen, bestehend aus etwa zehn Kuverts, die mit handgemalten Blumen verziert waren. Er zog eins hervor und schaute auf den Poststempel. Der Brief war im Mai 1981 auf Spiekeroog abgestempelt worden und von Uwe Lohmann an seine Mutter adressiert. Trevisan las die wenigen Zeilen.

»... ich will nicht hier bleiben. Bitte hole mich wieder ab. Sie hänseln mich alle. Ich will wieder nach Hause ...«

»Er war schon damals als Sechzehnjähriger auf seine Mutter fixiert«, sagte Trevisan und streckte Dietmar den Brief entgegen.

Dietmar überflog die Zeilen. »Kein Wunder. Wenn der Vater einfach abhaut ... «

Trevisan dachte an Grit, seine Frau, die ihn vor zwei Jahren verlassen und Paula bei ihm zurückgelassen hatte. »Ja, und dann klammert man sich an das, was man noch hat.«

»Eben, ein Trauma«, antwortete Dietmar trocken.

»Ich glaube, wir nehmen die Kiste mit«, beschloss Trevisan. »Sie scheint mir das Persönlichste, was uns Lohmann hinterlassen hat.«

»Was versprichst du dir davon?«, fragte Dietmar.

Trevisan verzog das Gesicht. »Vielleicht ein wenig Klarheit.«

*

Seit vier Stunden versuchte er bereits, diesen blöden Zaun aufzurichten, den irgendein Spinner umgefahren hatte, doch er versank im matschigen Boden und beinahe hätte ihm der Morast die Stiefel vom Fuß gezogen. Er schwitzte, aber er ließ nicht von seiner Arbeit ab. Mutter hatte ihm ausdrücklich aufgetragen, den Zaun endlich wieder zu reparieren. Und er hatte es ihr versprochen. Mutter konnte sehr lästig sein, wenn sie etwas erreichen wollte. Er mühte sich ab, mit dem großen Vorschlaghammer den hölzernen Pflock in den Boden zu rammen, aber egal welche Stelle er aussuchte, immer wieder traf er auf durchweichten Untergrund.

Fluchend warf er den Hammer auf den Boden und atmete tief ein.

»Es klappt wohl nicht so, wie du willst«, sagte eine Stimme in seinem Rücken. Erschrocken fuhr er herum.

»Swantje!«, stieß er überrascht hervor.

Die junge Frau stand lächelnd auf dem Feldweg. Ihr Fahrrad hatte sie neben sich abgestellt. »Ja, ich bin wieder hier.«

Er wischte sich die schmutzigen Hände an seiner Arbeitshose ab. Ihm wurde heiß und er spürte, dass er errötete. »Ich habe gehört, dass du wiedergekommen bist«, sagte er heiser. »Ich dachte, du wolltest nach Amerika.«

»Hat nicht so geklappt«, antwortete sie knapp. »Was machst du hier?«

Er wies auf den Zaun. »Hat jemand umgefahren.«

»Und jetzt musst du ihn wieder aufstellen.«

Er nickte. »Und was machst du?«

Das Mädchen wies nach Osten. »Ich will nach Langewerth. Paulsen verkauft Honig.«

Er überlegte. »In Langewerth ist jemand umgebracht worden«, antwortete er.

»Habe ich gehört«, entgegnete Swantje. »Ist schon schlimm. In Chicago spricht niemand großartig darüber. Dort gibt es fast zweitausend Morde pro Jahr. Aber hier bei uns ... Das ist unvorstellbar. – Vielleicht können wir uns ja mal treffen«, sagte sie und schwang sich auf ihr Fahrrad.

Er nickte. »Ja, vielleicht.«

Sie winkte ihm zu und trat in die Pedale. Er schaute ihr nach, bis sie an der nächsten Biegung verschwand. Eine wohlige Wärme breitete sich in seinem Körper aus.

»Ja, vielleicht sollten wir das«, murmelte er.

*

»Mensch, Trevisan«, sagte Beck hektisch. »Wo hast du nur gesteckt?! Hier war die Hölle los. Die Presse gibt sich die Klinke in die Hand und die Direktorin sucht auch schon nach dir.«

»Wir ermitteln in drei Mordfällen«, antwortete Trevisan. »Ich habe keine Zeit, mich auf den Stuhl zu setzen und zu warten, bis mich jemand besucht.«

»Und wie läuft es?«

»Es ist noch zu früh, um etwas sagen zu können«, erklärte Trevisan. »Die drei Morde hängen zusammen, aber wir haben bislang weder einen Ansatz, noch eine heiße Spur, noch wissen wir, welches Motiv hinter den Taten steckt.«

»Das waren doch alle drei LKW-Fahrer«, sagte Beck.

»Zwei«, berichtigte Trevisan. »Uwe Lohmann fuhr offenbar früher Lastwagen, wurde aber mit Alkohol am Steuer erwischt und hat keinen Führerschein mehr.«

Beck runzelte die Stirn. »Die Gewerkschaft für Transport und Verkehr hat sich gemeldet. Sie wollen wissen, ob wir Tipps für ihre Fahrer haben und ob es Hinweise gibt, dass ein Irrer Jagd auf LKW-Fahrer macht.«

Trevisan seufzte. »Wenn wir das wüssten!«

»Die Direktorin hat für morgen um zehn eine Pressekonferenz anberaumt. Sie will, dass wir die Presse informieren und die Interessenvertretungen beruhigen.«

»Dann soll sie es tun«, antwortete Trevisan. »Zurzeit können wir überhaupt nichts sagen.«

»Sag ihr das selbst, sie erwartet dich«, antwortete Beck und packte Trevisan am Arm. »Ich glaube aber nicht, dass es ihr genügen wird.«

32

Das Gespräch mit der Polizeidirektorin verlief in geordneten Bahnen. Keine Vorwürfe, keine weltfremden Ideen, keine Missbilligungen. Anke Schulte-Westerbeck hatte hinzugelernt. Nach anfänglichen Startschwierigkeiten in der Zusammenarbeit schätzte sie Trevisans Arbeit. Die Aufregung angesichts einer zweiten Mordserie innerhalb eines Jahres im Wangerland war dennoch verständlich und Trevisan glaubte ihr, dass der Fall hohe Wellen schlug.

Geistesgestörter ermordet Lastwagenfahrer, hatte die Schlagzeile der *Bild*-Zeitung an diesem Dienstagmorgen gelautet. Dieser Artikel hätte auch ihm einen kalten Schauer über den Rücken gejagt, wäre er Lkw-Fahrer gewesen. So war es nur allzu begreiflich, dass der große Lehrsaal im Polizeigebäude vor Journalisten überquoll. Die zahlreichen Personen heizten den Saal auf und Trevisan, der sich ein gutes Jackett übergezogen hatte, schwitzte bereits nach wenigen Minuten. Neben der Polizeidirektorin, Kriminaloberrat Beck und dem Pressereferenten der Direktion hatte auch Oberstaatsanwalt Brenner hinter dem Pult Platz genommen. Trevisan saß neben Jung, dem Pressereferenten der Polizeidirektion, und musterte die anwesenden Journalisten. In der dritten Reihe saß Schulze vom *Tageblatt*, der ihn bereits bei der letzten großen Konferenz, als es um den Wangerlandmörder gegangen war, in arge Bedrängnis gebracht hatte. Auf ihn würde Trevisan heute ganz besonders achten.

Jung eröffnete die Konferenz mit einem kurzen Abriss der bisherigen Geschehnisse und wies auf das Informationsblatt mit standardisierten Verhaltensregeln hin, das an alle Anwesenden verteilt worden war. Trevisan beobachtete Schulze aus den Augenwinkeln. Über das schelmische Gesicht des Journalisten huschte ein Lächeln, als Jung verkündete, dass Hauptkommissar Trevisan mit den Ermittlungen betraut worden war. Es brauchte nicht einmal eine Minute, bis Schulze die Hand hob.

»Herr Trevisan«, sagte er mit übertriebener Förmlichkeit. »Arbeiten Sie alleine an dem Fall oder werden Sie auch diesmal Hilfe aus Hannover erhalten?«

Alle Augen waren auf einmal auf Trevisan gerichtet. Kameras klickten und ein Blitzlichtgewitter durchzuckte den Raum.

Du kleiner, impertinenter Intrigant, dachte Trevisan. »Ich leite die Ermittlungen.«

»Haben Sie denn schon eine Spur?«

Trevisan warf der Polizeidirektorin einen verstohlenen Blick zu. »Aus polizeitaktischen Gründen kann ich die Frage leider nicht beantworten.«

»Ist das eine Umschreibung dafür, dass Sie noch komplett im Dunkeln tappen?« Schulze wandte sich grinsend zu seinen Kollegen um, als wolle er sich für einen besonders geistreichen Einwurf feiern lassen.

»Herr Schulze«, sagte Trevisan, »bereits im Frühjahr, als wir in Sachen Wangerlandmörder ermittelten, haben Sie sich durch Ihre besondere Art der Fragestellung hervorgetan. Am Ende hatten Sie sich gründlich geirrt. Sie sollten sich nicht zu weit aus dem Fenster lehnen, sonst stehen Sie schon wieder mitten im Regen.«

Schulzes Gesichtszüge entgleisten. Diesmal war es an Trevisan, zu lächeln. Die Blicke der Anwesenden hatten sich von ihm abgewandt und lagen auf Schulze.

»Herr Trevisan will damit sagen«, fing die Polizeidirektorin die Situation auf, »dass das gesamte Fachkommissariat in die Ermittlungen eingebunden ist und mit Hochdruck an der

Aufgabe arbeitet. Haben Sie bitte Verständnis dafür, dass wir zum jetzigen Zeitpunkt noch keine Ergebnisse preisgeben, Sie werden rechtzeitig informiert.«

Die weitere Konferenz verlief in ruhigen Bahnen. Am Ende schaltete sich Jung wieder ein und gab ein paar allgemeine Hinweise zum Ablauf des Informationsflusses. »Ich danke Ihnen, meine Damen und Herren und wünsche Ihnen noch einen schönen Tag«, schloss er die Pressekonferenz. Doch ehe er sein Mikrofon abschaltete, meldete sich Schulze noch einmal zu Wort.

»Ist es richtig, dass Trevisans Abteilung auch noch mit der Suche nach dem Brandstifter betraut ist, der seit Wochen das Wangerland unsicher macht und bislang nicht erwischt werden konnte? Da gab es doch auch einen Toten?« Offenbar hatte sich Schulze vom Tiefschlag erholt.

Anke Schulte-Westerbeck aktivierte ihr Mikro. »Herr Trevisan war mit den Ermittlungen nicht betraut. Die Brandermittlungen werden von einer Sonderkommission durchgeführt. Wir hoffen, dass wir Ihnen dazu bald mehr erzählen können.«

Schulze schrieb hastig auf seinen Block. »Aber war nicht Trevisan damals am Tatort am Hafen? Ich meine, ich hätte ihn dort gesehen.«

»Habe ich Ihnen einmal den Führerschein entzogen oder Sie wegen Falschparkens abschleppen lassen oder weswegen versuchen Sie mich die ganze Zeit über anzugreifen und zu …«

»Meine Herren«, mischte sich die Direktorin ein. »Diese Veranstaltung sollte in einer sachlichen Art und Weise beendet werden. Die Brandserie war nicht Gegenstand dieser Pressekonferenz. Wenn Sie mehr wissen wollen, wenden Sie sich an unsere Pressestelle. Dort wird man Ihnen weiterhelfen.«

Schulze klappte seinen Block zu und griff nach seiner Jacke, die er locker über den Stuhl gehängt hatte. Er warf Trevisan einen verächtlichen Blick zu, bevor er zum Ausgang strebte.

Trevisan wischte sich mit einem Taschentuch den Schweiß von der Stirn. Anke Schulte-Westerbeck trat an seine Seite. »Da haben Sie offenbar einen persönlichen Feind«, flüsterte sie.

Trevisan zuckte mit der Schulter. »Wenn er der einzige ist, dann kann ich damit leben.«

*

Im Konferenzsaal warf Trevisan seine Jacke über die Lehne. Erschöpft ließ er sich auf den Stuhl fallen.

»Und, wie ist die Pressekonferenz gelaufen?«, fragte Monika.

»Manchmal glaube ich, das sind Hyänen«, seufzte Trevisan. »Schulze vom *Tageblatt* war wieder da. Der hat mich auf dem Kieker.«

»Schulze ist ein Blödmann«, kommentierte Dietmar. »Der hält sich für einen großen Enthüllungsjournalisten und träumt vom Pulitzer-Preis.«

Trevisan winkte ab. »Widmen wir uns wieder dem Wichtigen. Was habt ihr herausgefunden?«

»Ich habe den Lebenslauf von Willo Brunken so weit fertig«, berichtete Till, »aber ich finde keinen Anhaltspunkt dafür, dass sich Kropp und Brunken gekannt haben. Sie wuchsen hundert Kilometer entfernt voneinander auf, und auch sonst hat sich ihr Lebensweg nicht überschnitten. Ich werde mich jetzt um Lohmann kümmern, vielleicht ergibt sich in dieser Richtung eine neue Perspektive.«

Trevisan nickte. »Seit ihr schon mit der Kiste weiter?«, fragte er Dietmar Petermann.

Dietmar schenkte sich einen Kaffee ein. »Ich glaube, ich kriege eine Staublunge. Wir haben gerade mal ein Drittel der Briefe gelesen. Offenbar hat Lohmanns Mutter in den Siebzigern intensiv nach einem neuen Lebenspartner gesucht, ein Teil der Briefe liefen über ein Heiratsinstitut. Die ersten zaghaften Kontakte. Aber einige Hämmer sind auch darunter. Einer der Verehrer fragte die Lohmann im Brief, ob sie nachts Unterwäsche trägt.«

Trevisan lächelte. »Bleib am Ball. Interessant sind die Briefe von Lohmann an seine Mutter. Vielleicht ergibt sich daraus ein Hinweis.«

Trevisans Blick traf Tina. »Wir sind noch nicht viel weiter«, sagte sie. »Kropp lebte zurückgezogen. Aber wir haben morgen einen Termin bei einem Bekannten, den wir über Jenny Kropp ausfindig machen konnten.«

»Wie geht es ihr denn?«, fragte Trevisan.

»Ich glaube, sie fängt sich gerade wieder. Ihr Junge ist jetzt bei ihr. Das ist über das Jugendamt gelaufen. Ihre Brüder sollen nicht erfahren, wo sie sich aufhält.«

»Vielleicht solltet ihr noch einmal mit Kropps Halbschwester in Dornum reden. Ich gebe euch die Adresse. – Monika, hat die Befragung in Langewerth noch etwas ergeben?«

Monika schüttelte den Kopf. »Es war ein Sonntagabend, da waren nicht viele unterwegs. Niemand außer der alten Frau hat etwas gesehen.«

»Okay, dann machen wir weiter wie bisher«, schloss Trevisan. »Und denkt daran, die Presse sitzt uns im Nacken und wirft mit Dreck ...«

»Glaubst du, der Täter schlägt noch einmal zu?«, fragte Monika.

Trevisan seufzte. »Ich fürchte sogar, früher als uns lieb ist.«

*

Sie hatte ihren Wagen auf einem Feldweg abgestellt und schlenderte wie eine gewöhnliche Spaziergängerin den Schotterweg entlang. Einzelne Wolken zogen am Himmel ihre Bahn, aber es war warm und trocken. Sie hasste den Regen. Wenn es regnete, zogen düstere Gedanken durch ihren Kopf und legten Melancholie wie einen Schleier über ihr Leben. Dieser Schleier sollte ein für alle Mal verschwinden. Sie hatte genug Zeit in der düsteren Welt zugebracht. Hatte sich das Hirn zermartert, gegrübelt und war zu dem Ergebnis gekommen, dass man nur Ruhe hatte, wenn man das Buch endgültig zuschlagen konnte. Die Schuld war wie ein tonnenschweres Gewicht, das einem die Luft abschnürte.

Lucia würde es verstehen. Wenn sie auch fern von irdischer Wahrnehmung lebte, versunken in eine eigene Welt, so würde sie sicher dennoch verstehen, was es bedeutete, sich von allen Sünden reinigen zu können.

... und der Herr war ein verzehrendes Feuer ...

Mehr als einmal hatte sie sich an diesen Spruch erinnert, hatte dieser Schrei sie in der Nacht aus dem Schlaf gerissen, sie schweißgebadet aufgeweckt. Danach hatte sie stundenlang wach gelegen und war bei Sonnenaufgang müde und mit heftigen Kopfschmerzen aufgestanden, um sich durch den Alltag zu quälen, bis die nächste Nacht hereinbrach und dieser Schrei wiederum ihren Schlaf beendete. Manchmal drei, vier

Nächte hintereinander, bis dann die Müdigkeit so groß war, dass selbst dieser Schrei ungehört verhallte.

Im Betrieb war sie stets zuverlässig und strebsam gewesen. Fassade, nichts als Fassade. Oh, wie gut man sich doch unterordnen konnte, wenn man wusste, dass man einer großen Aufgabe diente.

Das Gehöft lag abseits des Weges. Sie blieb stehen, weil sie eine Bewegung erkannt zu haben glaubte, und sah drüben einen Mann auf der Wiese stehen. Er schlug einen Pfahl in die Erde. Noch war er zu weit entfernt, um das Gesicht erkennen zu können. Doch sie hatte die Witterung aufgenommen. Das Raubtier verbarg sich noch im Unterholz, aber es war auf der Jagd. Für die Beute gab es kein Entkommen mehr.

33

Dietmar und Till hatten sich früh am Morgen im Büro verabredet. Dietmar hatte Till gebeten, ihm bei den Briefen aus der Umzugskiste auf Uwe Lohmanns Dachboden zu helfen. Es waren beinahe fünfhundert Kuverts. Zehn Briefe hatte Uwe Lohmann an seine Mutter geschrieben, aus Landschulheimen und Ferienfreizeiten, an denen er wohl zwangsweise hatte teilnehmen müssen. Zumindest hatte es den Anschein, denn die Briefe waren von einem unglücklichen und heimwehgeplagten Jungen verfasst worden. Seine Mutter war der Mittelpunkt seines Lebens und das, konnte man den Angaben der Nachbarschaft glauben, hatte sich bis ins Alter fortgesetzt.

Die übrigen Briefe stammten meist von Beziehungssuchenden. Manchen lagen Bilder bei, die adrette Herren zeigten. Offenbar hatte Lohmanns Mutter über mehrere Kontaktbörsen und Heiratsinstitute einen neuen Lebenspartner gesucht. Ihre Suche schien vergeblich geblieben zu sein, denn sie hatte nie wieder geheiratet. Dennoch war einigen Briefen zu entnehmen, dass sie sich mit dem einen oder anderen Kandidaten getroffen und zarte Bande geknüpft hatte.

»Also, ich weiß nicht«, murmelte Dietmar und schaute in die noch halb gefüllte Kiste, »ich denke nicht, dass uns die Briefe wirklich weiterbringen. Wir wissen ja überhaupt nicht, nach was wir genau suchen sollen.«

Till verzog das Gesicht. »Verbindungen«, antwortete er trocken.

Dietmar zog mit einem Seufzer einen weiteren Brief heraus und begann zu lesen. Er lachte. »Hier habe ich einen ganz besonderen Poeten. *Deine Augen glänzen wie ein stiller, ruhiger See, deine Lippen sind wie Feuer und dein Antlitz ist die Sonne, die meinen Tag erhellt.*«

Till grinste. »Ich finde das gut, zeig mal her.«

Dietmar reichte Till den Brief. Er war auf rosa Papier verfasst. Lilien zierten die Ränder.

»Meinst du, der hat das selbst erfunden oder bloß irgendwo geklaut?«

Bevor Dietmar antworten konnte, klingelte das Telefon. Er nahm das Gespräch an und reichte Till den Hörer. »Für dich.«

»Hier ist ein Herr Goldbeck am Apparat«, sagte die Dame von der Vermittlung. »Er will mit Ihnen sprechen.«

Till bestätigte und schon knackte es in der Leitung. »Herr Schreier, Sie erinnern sich noch an mich?«, begrüßte ihn Jakob Goldbeck. »Ich habe mit einigen Gemeindemitgliedern gesprochen. Ich glaube, wir haben jemanden, der Ihren Verdächtigen kennt. Haben Sie etwas zum Schreiben?«

Till wurde hellhörig. »Sicher«, antwortete er knapp.

»Fragen Sie bei Frau Mathilde Dahms in Schortens nach. Sie kann Ihnen mehr erzählen. Aber regen Sie Frau Dahms nicht auf, sie ist schon über achtzig. Es gab ein Mitglied unserer Gemeinde mit dem Namen Josef Stein. Er war als Arbeiter auf einem Gehöft in Ihrer Gegend beschäftigt. Ein paar Mal brachte er einen jungen Mann mit, der sich sehr für unsere Kultur interessierte. Ich weiß nicht mehr, wie der junge Mann hieß, aber ich glaube, er war der Sohn des Hofbesitzers. Ich kann mich nur noch vage an ihn erinnern, aber soviel ich noch weiß, hinkte der junge Mann. Frau Dahms müsste wissen, wo er wohnt und wie er heißt.«

Tills Blut kam in Wallung, das Jagdfieber war erwacht. Er schrieb die Adresse der Frau nieder. Einen Telefonanschluss hatte sie offenbar nicht.

»Dieser Josef Stein«, fragte Till, »können Sie mir sagen, wo der wohnt?«

»Josef Stein ist vor über einem Jahr verstorben«, erklärte Goldbeck. »Leider habe ich keine Adresse in unserer Mitgliederverwaltung gefunden. Aber Frau Dahms kann Ihnen ganz sicher weiterhelfen.«

Till bedankte sich und legte aufgeregt den Hörer zurück auf die Gabel. »Das war jemand, der möglicherweise unseren Brandstifter kennt!«

Dietmar rümpfte die Nase. »Das ist nicht mehr unser Fall.«

Till überging den Kommentar. »Ich glaube, ich fahr mal …«

»Du musst Schneider informieren«, fiel ihm Dietmar ins Wort. »Er leitet die Soko, und er wird es nicht gerne sehen, wenn du ihm ins Handwerk pfuschst.«

»Wir haben ihm schon das Phantombild geliefert und er hat den Täter noch immer nicht«, protestierte Till.

»Wenn du Ärger haben willst, nur zu«, entgegnete Dietmar.

Till überlegte. »Gib mir mal das Telefon.«

Dietmar reichte ihm den Apparat. Till wählte die Nummer von Helge Bergkamp, einem Kollegen vom 3. FK und guten Bekannten, ebenfalls Mitglied der Sonderkommission *Feuerteufel*, und erzählte ihm von Goldbecks Anruf.

»Das ist interessant, ich werde es Schneider erzählen. Wir überprüfen gerade alle Opel Corsas aus unserer Region, 189 Fahrzeuge, das ist nicht so einfach.«

»Und was ist mit dem Phantombild?«, fragte Till.

»Bislang haben wir noch keine Resonanz auf die Veröffentlichung«, erklärte Helge Bergkamp. »Aber das kennen wir ja. Phantombilder ähneln vielen Leuten, und wenn ein prägnantes Detail fehlt, meldet sich niemand. Wer will schon seinen unschuldigen Nachbarn anschwärzen. Das bringt nur Ärger.«

»Die Überprüfung von Goldbecks Angaben wäre aber wichtig«, setzte Till nach. »Sie wird euch mit Sicherheit zum Täter führen.«

»Ich muss alle Maßnahmen mit Schneider absprechen, aber ich sag es ihm.«

Till bedankte sich und legte auf. Eine ganze Weile starrte er noch auf das Telefon.

»Und, überprüfen sie deine Adresse?«, fragte Dietmar.

Till zuckte mit der Schulter. »Ich bin mir da nicht so sicher.«

*

Tina und Alex waren früh aufgebrochen und nach Dornum gefahren. Kropps Halbschwester erwartete die beiden Kripobeamten im Garten. Miriam Kleese hatte den sonnigen Vormittag zum Rasenmähen genutzt und einen Teil der Büsche geschnitten. Sie bot ihnen auf der Terrasse Kaffee an. Till und Alex lehnten dankend ab.

»Was führt Sie denn noch einmal zu mir?«, sagte Miriam Kleese. »Ich habe Ihrem Kollegen doch schon alles gesagt.«

»Sie haben bestimmt gehört, dass es noch weitere Morde gegeben hat«, antwortete Tina.

»Ich habe es in der Zeitung gelesen«, antwortete Miriam Kleese abweisend.

»Haben Sie jemals im Zusammenhang mit Ihrem Halbbruder die Namen Willo Brunken oder Uwe Lohmann gehört?«, fragte Alex.

»Ich sagte doch schon, mein Bruder war mir egal. Ich war froh, als er endlich wegging und unsere Familie nicht weiter terrorisierte.«

Alex nickte. »Er ging in Norden zur Schule?«

»In die Hauptschule, war aber ein fauler Hund. Ist zweimal sitzen geblieben und hat gerade so den Abschluss geschafft. Wenn sich damals das Jugendamt nicht um einen Ausbildungsplatz bemüht hätte, dann wäre er auf der Straße gelandet. Hat mich sowieso gewundert, dass er durchgehalten hat. Aber basteln konnte er schon immer. Das war das Einzige, was er konnte. Reparierte sogar manchmal unsere Nähmaschine, mit der sich unsere Mutter ein paar Mark nebenbei verdiente.«

»Wissen Sie noch, wie die Schule hieß, in die er ging?«, fragte Tina.

»Die Hauptschule eben, da gab es nur eine«, antwortete Miriam Kleese. »Heute gibt es ja immer mehr neue Schulkonzepte, nur besser wird nichts. Wer nicht mitkommt, wird einfach links liegen gelassen. Meine Kinder sitzen manchmal drei Stunden an den Hausaufgaben. Da ist nicht mehr viel mit Freizeit.«

Tina setzte ein mitfühlendes Lächeln auf. »Ihre Kinder gehen in weiterführende Schulen?«

Miriam Kleese schaute auf ihre Armbanduhr. »Sie besuchen die Realschule. Ich habe drei Kinder, zwei Mädchen und einen Jungen. Das ist nicht immer einfach. Mein Mann fährt zur See. Ich bin oft wochenlang alleine.«

Alex räusperte sich. »Frau Kleese, wer könnte uns nähere Auskünfte über das Leben von Hans Kropp geben, bevor er in den Osten ging und dort geheiratet hat? Gibt es noch Verwandte oder Freunde, die Kontakt zu ihm hatten?«

Miriam Kleese zuckte mit der Schulter. »Verwandte gab es keine. Ich habe bereits vom Nachlassgericht aus Wilhelmshaven einen Brief erhalten. Dort sind nur noch seine Exfrau und sein Sohn erwähnt. Seine Freunde kannte ich nicht und die Firma, bei der er in Norden gelernt hat, die gibt es schon seit Jahren nicht mehr. Ich weiß nicht, wer dort seine Arbeitskollegen waren. Vielleicht gibt es noch eine Akte beim Jugendamt, aber sonst kann ich Ihnen nicht weiterhelfen.«

Alex packte sein Notizbuch ein und reichte ihr eine Visitenkarte. »Falls Ihnen noch etwas einfallen sollte, dann rufen Sie uns an.«

»Das hat Ihr Kollege auch schon gesagt«, antwortete Miriam Kleese. »Es tut mir leid, dass ich nicht helfen kann. Aber ich habe mich nie um Kropp gekümmert. Und ehrlich gesagt hat mich sein Tod auch nicht sonderlich erschüttert. Es heißt, wer Wind sät, wird Sturm ernten. Und jetzt ist er dem Sturm zum Opfer gefallen.«

Tina und Alex verabschiedeten sich. Den Dienstwagen hatten sie auf einem nahen Parkplatz abgestellt.

»Glaubst du, wir sollten in Norden mal vorbeifahren?«, fragte Tina. »Jetzt sind wir schon einmal hier ...«

Alex nickte und schaute in den strahlend blauen Himmel. »Das machen wir, aber zuerst lade ich dich zu einem Eis ein. Wie wär's?«

Tina grinste. »Okay, wenn du bezahlst ...«

*

Martin Trevisan hatte auf seinem Schreibtisch die Bilder der drei Tatorte ausgebreitet. Im gesamten Büro lagen Berichte, Skizzen und Dokumente verstreut. Kleinschmidt hatte vor Stunden den Obduktionsbericht und den vorläufigen Spurenbefund zum Mord an Uwe Lohmann übergeben und Trevisan hatte beides aufmerksam studiert. Lohmann war mit einem Projektil aus der gleichen Waffe erschossen worden, mit der auch Willo Brunken und Hans Kropp umgebracht worden waren. Die beiden Berichte förderten nichts Neues zutage. Die Morde hingen zweifelsfrei zusammen und die Vorgehensweise des Täters war immer gleich. Mit dem ersten Schuss wurden die Opfer kampfunfähig gemacht, der zweite Schuss, aus nächster Nähe in den Kopf, führte zum Tod.

Eigentlich eine typische Vorgehensweise für Auftragsmorde

im kriminellen Milieu. Aber sie konnten weder Lohmann noch Brunken dem organisierten Verbrechen zuordnen, lediglich Hans Kropp passte aufgrund seiner illegalen Nebentätigkeit in dieses Schema. Uwe Lohmann war nur zweimal wegen einer Wirtshausschlägerei registriert, und wegen seiner Verkehrsdelikte würde man niemanden umbringen.

Die Männer verband nur, dass sie alle drei eine Hauptschule besucht und danach ein Handwerk erlernt hatten und zumindest zeitweise als LKW-Fahrer unterwegs gewesen waren. Aber Lohmann hatte seit Jahren keinen Führerschein mehr, also strich Trevisan auch diese Option von seiner Liste.

Er fühlte sich nicht wohl bei dem Gedanken, dass ein Mörder wahllos Menschen in seinem Zuständigkeitsbereich erschoss. Wenn auch manches für den Zufall sprach, glaubte Trevisan fest an eine Verbindung. Kropp, Brunken und Lohmann waren Männer im gleichen Alter. Das bot zwar noch keinen Ansatzpunkt, war aber durchaus auffällig.

Es klopfte, und Till Schreier schaute herein. »Willst du keinen Feierabend machen?«

Trevisan schaute auf die Uhr. Es war schon weit nach fünf. »Verdammt, ich habe gar nicht gemerkt, wie die Zeit vergeht. Hast du etwas für mich?«

Till schüttelte den Kopf. »Ich wollte dir nur sagen, dass wir mit den Briefen am Ende sind. Es ergaben sich keine Hinweise. Die Namen Kropp oder Brunken tauchen nicht auf. Ich glaube, wir können den Karton in den Asservatenraum bringen.«

Trevisan sog die Luft tief in seine Lungen. »Schade.«

Till trat näher und betrachtete die Tatortfotografien. »Bist du auf etwas gestoßen?«

»Ich suche nach dem gemeinsamen Nenner, tappe aber noch im Dunkeln. – Ein Mörder und ein Brandstifter ... Worauf sollen die Kollegen von den Revieren noch achten?! Wir können nicht an jeder Ecke einen Polizisten postieren. So viele Leute haben wir nicht.«

Till grinste. »Ach ja, das mit dem Brandstifter dürfte sich bald erledigt haben. Ich habe eine verdammt heiße Spur.«

»Hast du es Schneider gesagt?«

»Ich habe Helge Bergkamp angerufen. Verdammt, wegen

der Briefe habe ich ganz vergessen, ihn zu fragen, ob sie schon weitergekommen sind.«

Trevisan zeigte auf sein Telefon. »Tu dir keinen Zwang an.«

Till wählte Bergkamps Nummer. »Hallo, Helge, was macht die Überprüfung? Habt ihr den Kerl schon?«

»Schneider hat die Sache erst mal auf Eis gelegt«, antwortete Helge Bergkamp. »Er hat mich zu einer anderen Überprüfung nach Sande geschickt.«

Tills Gesicht lief puterrot an. »Was soll das? Ich habe dir gesagt, der Tipp ist hundertprozentig. Glaubst du, ich hätte dich angerufen, wenn ich mir nicht sicher wäre?«

»Schneider ist der Boss.«

»Wenn du es nicht machen willst, dann …«

»Morgen ganz sicher, ich habe sowieso in der Gegend zu tun«, versprach Helge.

»Wenn ich morgen kein Okay von dir bekomme, dann gehe ich selbst los. Aber ihr werdet dann ganz schön doof dastehen«, drohte Till.

»Keine Angst, ich kümmere mich darum«, versprach Helge.

Till knallte den Hörer zurück auf die Gabel. »Da gebe ich einen einhundertprozentigen Hinweis und die legen den auf Eis, als hätte ein anonymer Spinner angerufen!«

Trevisan faltete die Tatortskizze zusammen. »Geht es um eine Sache, die du mit Monika angeleiert hast?«

Till nickte. »Ja, wegen der Bibelsprüche aus dem jüdischen Pentateuch.«

Trevisan erinnerte sich. »Wenn Schneider es nicht macht, dann bringst du es morgen zu Ende. Und nimm Monika mit. Wenn jemand fragt, hab ich euch geschickt.«

Tills Augen glänzten.

34

Till hatte unruhig geschlafen und war an diesem trüben Mittwochmorgen früh ins Büro gefahren. Er setzte sich an seinen Schreibtisch, ließ die Tür zu seinem Zimmer offen stehen und beobachtete ungeduldig den Flur. Er musste beinahe eine halbe Stunde warten, bis Monika Sander auftauchte, und sprang auf, als er ihre Stimme hörte. Sie war in Begleitung von Anne Jensen.

»Moin, Monika – ich muss dringend mit dir reden.«

Er nahm sie mit in sein Büro, schloss die Tür und erzählte ihr von Goldbecks Anruf und Trevisans Vorschlag, die Überprüfung in Schortens selbst durchzuführen.

»Bist du dir sicher?«, fragte Monika. »Das wird Ärger geben, wenn Schneider es erfährt.«

»Ich habe die Sache mit Goldbeck angeleiert, jetzt bringe ich sie auch zu Ende. Ich kann nichts dafür, dass sich Schneider nicht für mein Ermittlungsergebnis interessiert und lieber nach dunklen Corsas suchen lässt.«

Monika nickte entschlossen. »Dann ruf an, ich komme mit.«

Kaum zehn Minuten später fuhr Till zusammen mit Monika im weißen VW Passat nach Schortens. Frau Dahms erwartete sie.

Mathilde Dahms wohnte in einem kleinen Häuschen an der Wilhelmshavener Straße in Accum, einem Ortsteil von Schortens. Sie legte offenbar viel Wert auf ein sauberes Erscheinungsbild, nur der Regen trübte den Eindruck des gepflegten Vorgartens und der sauberen Wege um das Haus ein wenig.

Till und Monika standen vor dem Gartentor, als die Haustür geöffnet wurde und eine kleine, zierliche Dame mit ergrauten Haaren den beiden freundlich zuwinkte. »Guten Tag, Sie wollen bestimmt zu mir!«

»Frau Dahms?«, fragte Till.

Die Frau nickte lächelnd. »Kommen Sie nur herein, ich habe schon einen Tee aufgesetzt. Das Wetter ist heute wieder furchtbar. Herr Goldbeck hat gesagt, dass Sie kommen werden.«

Die alte Dame führte Till und Monika in die Stube. Überall

standen Nippesfigürchen herum, auf dem Schrank, der Kommode, dem Tisch. Till schätzte ihre Zahl auf weit über hundert. Frau Dahms bot Monika und Till Platz auf dem weichen Sofa an und verschwand in der Küche. Der aromatische Duft von Kräutertee zog durch das Haus. Mit einer dampfenden Kanne kehrte sie zurück.

»Es freut mich, dass inzwischen auch Frauen bei der Polizei arbeiten«, sagte sie, als sie Tee einschenkte. »Das macht den Beruf so menschlich.«

Monika nickte lächelnd.

»Frau Dahms, Herr Goldbeck hat mir Ihre Adresse gegeben, weil Sie etwas wissen, das für uns von Interesse sein könnte«, versuchte Till die Initiative zu ergreifen.

»Ich weiß«, antwortete Frau Dahms und wandte sich wieder Monika zu. »Wie lange arbeiten Sie schon bei der Polizei?« Offenbar freute sich die kleine Frau mit der faltigen Haut und den listigen und wachen Augen sehr über ihren Besuch und beabsichtigte, ihn nicht gehen zu lassen, bevor sie nicht alles erfahren hatte, was sie interessierte. »Ich bin nämlich schon zweiundachtzig«, sagte sie und setzte sich in den bequemen Plüschsessel.

»Frau Dahms«, antwortete Monika. »Mein Kollege hätte ein paar Fragen, die uns vielleicht weiterhelfen könnten.«

»Ja, ja, fragen Sie ruhig, fragen Sie. Es ist ja Ihre Aufgabe. Wenn ich ehrlich bin, würde ich auch gerne bei der Polizei arbeiten. Sie mögen jetzt lachen, weil ich alt bin, aber ich schaue jeden Tag einen Krimi. Und was soll ich sagen, meistens kenne ich den Täter bereits, bevor ihn die Polizei herausfindet. Geht es bei Ihrem Fall auch um Mord?«

Till rollte die Augen. »Frau Dahms, Sie kannten Josef Stein?«

»Der Josef, oh Gott ja, sagen Sie nur nicht, dass er umgebracht wurde. Er starb vor einem Jahr. Ich habe dem jungen Mann gleich misstraut. Wissen Sie, ich spüre, wenn jemand etwas zu verbergen hat. Und dieser Junge war verschlagen. Ich hatte sogar ein wenig Angst vor ihm.« Sie lächelte verschmitzt, als ob ihre Worte nur so aus Spaß dahergesagt waren.

Till legte das Phantombild auf den Tisch. Frau Dahms nahm

es in die Hand. Sie erhob sich, ging zur Kommode, setzte ihre Brille auf und betrachtete das Bild lange und nachdenklich.

Till warf Monika einen fragenden Blick zu, doch die zwinkerte ihm nur zu. Ihr schien die Frau zu gefallen.

»Ja, das könnte er sein«, meldete sich Frau Dahms wieder zu Wort. »Seine Haare sind anders und seine Augen liegen etwas näher zusammen, aber er hat große Ähnlichkeit mit dem Bild. Was hat er denn angestellt?«

»Kennen Sie seinen Namen?«

»Josef brachte ihn ein paar Mal mit«, erklärte Frau Dahms. »Sie müssen wissen, dass ich Jüdin bin. Es gab eine Zeit in diesem Land, wo es besser war, seinen Glauben zu verschweigen. Aber das ist jetzt Gott sei Dank Vergangenheit. Wenn es auch immer noch ein paar Unverbesserliche gibt, die gerne wieder den Hitler an der Macht sähen. Die haben die Zeit damals nicht erlebt. Und ich glaube sogar, die meisten unter diesen Verblendeten wären die Ersten, die unter Hitler in einem Arbeitslager verschwunden wären. Die haben keine Ahnung, wie es wirklich war. Ich hingegen weiß, was es heißt, wenn man von einem ganzen Volk gehasst wird.«

Till seufzte ungeduldig. »Wissen Sie, wie der junge Mann heißt und wo er wohnt?«

Frau Dahms ging zum Schrank und öffnete eine der Schubladen. »Der Junge war der Sohn des Bauern, wo Josef arbeitete. Das Gehöft liegt gleich hinter dem kleinen Teich, direkt an der Straße, wenn Sie einfach nur geradeaus weiterfahren. Es steht ein altersschwaches Windrad vor der Scheune. Sie können es nicht verfehlen. Irgendwo habe ich …«

Frau Dahms kramte in der Schublade. Schließlich zog sie ein Notizbuch hervor und blätterte darin.

»Ja, hier habe ich es«, sagte sie schließlich. »Die Leute heißen Grevesand. Den Namen des Jungen, daran kann ich mich nicht erinnern. Bernd oder Bernhardt. Ich habe hier die Telefonnummer. Josef hatte selbst kein Telefon, deshalb gab er mir die Nummer der Grevesands. Er wohnte zur Untermiete auf dem Hof. Er war ein guter Mensch, der Josef. Aber dem Jungen war nicht zu trauen. Ein komischer Geselle.«

»Wissen Sie, ob er hinkte?«

»Ja, er zog sein rechtes Bein nach«, antwortete sie sofort. »Er hatte einen Unfall, hat mir Josef erzählt. Ein paar Mal hat er uns in seinem Wagen nach Oldenburg gefahren.«

»Wissen Sie noch, was für ein Wagen das war?«, fragte Monika.

Frau Dahms schüttelte den Kopf. »Ich kenne mich bei Autos nicht aus. Es war ein kleiner Wagen mit zwei Türen. Er war dunkel, aber die Marke kenne ich nicht. In meinem Alter interessiert man sich nicht mehr für Autos, müssen Sie wissen.«

Till hatte die Angaben der Frau notiert und nahm einen Schluck Tee. Er schüttelte sich, denn die Flüssigkeit schmeckte bitter.

Erst beinahe eine Stunde später verabschiedeten sich Till und Monika von Frau Dahms, die ihren morgendlichen Besuch sichtlich genossen hatte. Sie fuhren durch Accum und kamen am Accumer See vorbei. Das Gehöft, das Frau Dahms beschrieben hatte, lag direkt an der Straße. Das hölzerne Windrad vor der Scheune war unübersehbar. Ein paar der Flügel fehlten.

»Wir fahren nach Schortens und sprechen auf der Gemeinde vor«, sagte Till, nachdem sie den Hof passiert hatten.

Monika schaute auf ihre Armbanduhr. »Dann lass uns den Brandstifter fangen, aber schnell«, entgegnete sie.

Auf der Gemeindeverwaltung legten sie das Phantombild vor. Fünfzehn Minuten später kannten sie den Namen des Feuerteufels vom Wangerland, der die Region so lange in Atem gehalten hatte.

*

Trevisan stand an der Tafel im Konferenzzimmer und hatte die Namen der Mordopfer jeweils als Überschrift einer Tabellenspalte aufgemalt. Darunter hatte er stichpunktartig ihren Lebenslauf vermerkt. Alter, Herkunft, Schulbildung, Berufe, alles, was ihm wichtig erschien. Er suchte nach Gemeinsamkeiten, doch bislang war ihm nichts aufgefallen. Unterschiedliche Herkunft, unterschiedliche Lebensweise, sogar das Alter differierte jeweils um ein Jahr. Das Einzige, was sie verband, waren ihre Tätigkeit als Lastwagenfahrer und ihr Tod.

Er trat einen Schritt zurück und betrachtete seine Aufzeichnungen. Eine weitere Verbindung gab es. Sie hatten alle eine Hauptschule absolviert. Kropp in Norden, Brunken in Emden und Lohmann in Schortens.

Alex betrat das Zimmer. »Wir kommen bei Kropp nicht weiter. Diese Kleese kann uns nichts Neues berichten und auf dem Amt in Norden haben wir ebenfalls nichts erreicht. Die haben dort offenbar früher Feierabend gemacht. Alles ausgeflogen.«

Trevisan wies an die Tafel. »Irgendwo muss es eine Verbindung geben. Ich glaube nicht an einen Psychopathen, der wahllos mordet. Das waren gezielte Anschläge.«

»Und das Motiv?«

»Rache!«, entgegnete Trevisan. »Hass bis auf den Tod.«

»Aber dann müsste doch in letzter Zeit irgendetwas passiert sein, das den Täter zu seinen Racheakten animiert hat. Wenn das Ereignis länger zurückläge, warum sollte der Täter erst jetzt handeln?«

Trevisan fuhr sich über die Stirn. »Vielleicht konnte er nicht früher.«

Es klopfte, und Till und Monika kamen herein. Sie strahlten. »Unser Brandstifter heißt Bernd Grevesand, wohnt in Accum auf einem Hof und wartet nur noch auf seine Festnahme.«

»Ist das sicher?«

Till zog eine Ablichtung von Grevesands Passbild hervor und legte es neben dem Phantombild auf den Tisch.

Trevisan warf einen Blick darauf und nahm die beiden Bilder an sich. »Ich gehe zu Beck, ihr wartet hier.«

*

»Wir kommt das 1. FK dazu, sich in unsere Ermittlungen einzumischen?«, protestierte Schneider.

»Till hat die Sache angeleiert, als der Fall noch von uns bearbeitet wurde«, erklärte Trevisan. »Er hat nur das zu Ende gebracht, was er begonnen hat. Mit meiner Zustimmung.«

»Wir reißen uns den Arsch auf, überprüfen hunderte von Fahrzeughaltern und ihr glaubt, ihr könnt einfach auf unsere Kosten die Lorbeeren einheimsen.« Schneiders Gesicht war rot vor Wut.

»Was heißt hier Lorbeeren«, erwiderte Trevisan. »Ihr hattet den Fall lange vor uns und habt nichts herausgefunden. Nur durch unsere Arbeit wisst ihr überhaupt, wonach ihr suchen sollt. Schneider, deine Inkompetenz ist himmelschreiend und jetzt willst du dich auch noch darüber aufregen, dass wir deinen Job gemacht haben. Wenn ich hier etwas zu sagen hätte, dann wärst du längst in der Aktenhaltung.«

»Meine Herren«, mischte sich Beck ein. »Ich muss doch sehr bitten. Gemeinsam sind wir die Polizei. Gemeinsam haben wir Erfolge oder Misserfolge. Draußen interessiert sich niemand dafür, welcher Name hinter der Ermittlung steht, Hauptsache, der Täter kommt hinter Schloss und Riegel.«

»Dann soll er dafür sorgen«, sagte Trevisan und warf die beiden Bilder auf den Schreibtisch. »Heute ist der 27. September, wir haben zwölf Uhr. Ich werde mich daran erinnern, wenn noch einmal jemand in dieser Region durch ein Feuer zu Schaden kommt.«

»Du willst mir drohen?«, zischte Schneider. »Du willst mich dafür verantwortlich machen? Lehn dich bloß nicht zu weit aus dem Fenster. Wir wären wahrscheinlich heute oder morgen auch auf ihn gestoßen. Aber wo ist dein Mörder, wie viele Leichen wird es noch geben, bevor du endlich deinen Job richtig machst?«

Trevisan zuckte zusammen. Sein Körper spannte sich. Er dachte daran, Schneider seine Faust auf die Nase zu schlagen, doch er riss sich zusammen.

Beck saß mit großen Augen hinter seinem Schreibtisch. »Ich glaube, es ist besser, wenn ihr euch erst einmal beruhigt.«

»Wenn wir ihn jetzt festnehmen, dann haben wir gar nichts«, wandte sich Schneider an Beck. »Wenn wir sein Haus durchsuchen und nichts finden, dann sehen wir alt aus. Ich weiß nicht, ob die Aussage eines zwielichtigen Discobesitzers und einer alten Frau ausreichen, ihn von der Straße zu holen.«

Beck warf Trevisan einen fragenden Blick zu. Trevisan zuckte mit der Schulter. »Das ist nicht mein Fall«, antwortete er spitz.

Beck überlegte. »Gut, dann überwachen wir ihn«, beschloss er. »Vielleicht erwischen wir ihn auf frischer Tat. Wir schicken drei Observationsteams nach Accum. Schneider, organisieren Sie das.«

Schneider drehte sich wortlos um und verließ Becks Büro.

»Also, Martin ...«, sagte Beck, »war das jetzt notwendig? Solche Anfeindungen ersticken den Teamgeist und nur als Team haben wir Erfolg.«

»Schneider ist dumm, faul und inkompetent und ich kann ihn nicht leiden, das darf er ruhig wissen. Er hat sich seine Position durch Schleimerei und auf Kosten von anderen erschlichen und jeder hier im Haus weiß das, aber niemand tut etwas dagegen.«

Beck räusperte sich verlegen. »Das war vor meiner Zeit.«

»Er hat sich nicht geändert«, entgegnete Trevisan.

»Er ist Hauptkommissar und in die Stelle des Fachkommissariatsleiters eingewiesen und daran ist nun mal nichts zu ändern, wenn er sich keine Verfehlungen leistet.«

»Ich weiß«, antwortete Trevisan. »Wir sind Beamte, und wer einmal etwas geworden ist, wie auch immer, der bleibt es bis zur Pension. Ich glaube, dass es genau deswegen so viele unzufriedene Kollegen und Kolleginnen bei unserer Polizei gibt. Und ehrlich gesagt wundere ich mich darüber, dass wir überhaupt noch ein paar Verbrecher fangen. Offenbar gibt es doch noch ein paar Dumme auf der Straße.«

»Wie weit seid ihr in eurem Fall?«, lenkte Beck ab. Das Gespräch war ihm sichtlich unangenehm. Er war Beamter mit Leib und Seele und glaubte fest an das System, schließlich hatte auch er davon profitiert.

»Wir arbeiten daran«, erwiderte Trevisan knapp und verließ Becks Büro. Er lächelte. Schneider würde endlich etwas unternehmen müssen, und genau das hatte Trevisan beabsichtigt.

35

Trevisan kehrte gut gelaunt in den Konferenzraum zurück. Es schadete nichts, ab und zu Dampf abzulassen. Monika, Alex und Till saßen am Konferenztisch und schauten an die Tafel.

»Urlaubsreise«, sagte Monika.

Till notierte auf einem Schmierblatt.

»Freundin, Frauen«, ergänzte Alex.

»Das ist typisch«, bemerkte Monika.

»Was ist typisch?«

»Dass du dabei an Frauen denkst.«

»Was macht ihr hier für ein Spielchen?« Trevisan setzte sich an den Tisch.

»Wie ist es gelaufen?«, fragte Till.

»Ich habe Schneider so in den Arsch getreten, dass ihm gar nichts anderes übrig bleibt, als endlich etwas zu tun. Grevesand wird überwacht. Beck hat es angeordnet. Sie wollen den Kerl auf frischer Tat erwischen. Und was treibt ihr hier?«

»Wir suchen nach möglichen Verbindungen«, antwortete Monika.

Trevisan lächelte. »Welche Möglichkeiten habt ihr schon gefunden?«

»Truckertreffen, Festbesuche, Fangemeinschaften«, las Till vor. »Schulausflüge, Kuren, Krankenhausaufenthalte, gemeinsame Bekannte, Urlaubsreisen, Frauen und kriminelle Machenschaften wie zum Beispiel Schmuggel. Mehr ist uns bislang noch nicht eingefallen. Aber bei all diesen Aktivitäten hätten sie sich begegnen können.«

»Ich weiß nicht«, sagte Alex. »Irgendwie kommt es mir vor, als drehten wir uns im Kreis.«

Trevisan winkte ab. »Im Kreis drehen ist immer noch besser als stillzustehen. Das Leben der drei Mordopfer enthält den Schlüssel zur Klärung des Falles, da würde ich mein Haus und mein Auto darauf verwetten.«

»Was haben wir sonst noch für Ansatzpunkte?«, mischte sich Monika ein.

»Die Waffe, die Spur mit dem Wagen«, antwortete Till.

»Zu wenig«, wandte Trevisan ein. »Die Waffe ist vor diesen Morden noch nicht aufgetaucht und die Beschreibung des Wagens ist zu vage für eine gezielte Fahndung.«

»Also bleibt uns nichts anderes übrig, als uns noch intensiver mit dem Leben der drei Toten auseinanderzusetzen.«

»Ich habe früher als Kind schon die Puzzlespiele gehasst«, antwortete Alex.

*

Der grüne Audi stand abseits des Accumer Sees mit Blick auf das Gehöft der Grevesands. Der blaue BMW hatte an der Accumer Straße Stellung bezogen. Noch hatte sich auf dem Hof nichts bewegt.

Der Regen ließ nach. Gegen Abend lockerte die Bewölkung im Westen auf und die sonnigen Abschnitte wurden länger, bis sich die Sonne dem Meer näherte und glühend rote Strahlen vergoss.

Ein weiterer Wagen, ein weißer Passat, stand in Accum zur Überwachung der Durchgangsstraße. Schneider hatte wegen der Unterredung bei Beck kalte Füße bekommen und die Observationsteams umgehend an den Einsatzort beordert. Zuerst hatte er darüber nachgedacht, sich selbst an der Aktion zu beteiligen, doch dann war ihm der Kegelabend eingefallen. Sein Kegelbruder Hermann hatte Geburtstag und würde heute im Hotel Knurrhahn wohl die eine oder andere Runde schmeißen.

Schneider hatte Helge Bergkamp mit der Einsatzleitung beauftragt. Schließlich hatte der die Aktion indirekt ins Rollen gebracht, sollte er sich also auch die Nacht um die Ohren schlagen. Ginge etwas schief, hätte Schneider dann auch gleich einen Sündenbock, denn Bergkamp passte nicht ins Team. Er war zu offen und hing oft mit Schreier vom FK 1 herum. Schneider konnte keinen brauchen, der Internes nach außen trug.

Helge Bergkamp saß in dem Audi und beobachtete mit einem Fernglas das Gehöft. Weder stand der gesuchte Kleinwagen im Hof, noch schien es dort drüben überhaupt Menschen zu geben. Sein Kollege Klein lümmelte auf dem Fahrersitz und kaute an einer getrockneten Feige.

»Ich weiß nicht, wie man sich so ein Zeug in den Mund schieben kann.« Bergkamp musterte verächtlich den Kollegen, der normalerweise in der Fahndungsabteilung Dienst versah.

Klein griff zur Tüte auf der Rückbank und reichte sie ihm grinsend. »Willst du auch eine? Sind verdammt gut, die Dinger.«

Helge schüttelte den Kopf und blickte auf die Uhr. In zwei Stunden würde es dunkel sein. Ablösung kam erst gegen sechs Uhr morgens. Die Nacht mit dem wiederkäuenden Kollegen im Wagen zu verbringen, würde ihm den letzten Nerv rauben. Observationen waren ihm schon immer ein Gräuel gewesen. Stupides Herumsitzen in unkomfortablen Zivilwagen, nichts als abwarten und sich nicht sehen lassen und dennoch immer hellwach bleiben – eine Ochsentour. Schneider hatte ihm das eingebrockt, und nur, weil er mit Till geredet hatte.

Er überlegte, ob es ein Fehler gewesen war, sich zur Kripo versetzen zu lassen. Damals beim Verkehrszug war die Bezahlung auch nicht schlechter gewesen. Und von wegen Karriere – angesichts der angespannten Haushaltslage würde es bis zur nächsten Beförderung Jahre dauern. Da hätte er besser mit der neuen Radarpistole den Verkehr überwachen können. Zumindest hatte man dann, mal abgesehen von irgendwelchen Demo-Einsätzen, eine geregelte Dienstzeit.

»Dort, da drüben!«, flüsterte Klein.

Helge riss das Fernglas vor die Augen. Ein Mann ging über den Hof auf die Scheune zu. Sein Gang war eigenartig. Kein Zweifel, der Mann humpelte.

»Wilhelm 100 an alle Einsatzkräfte«, sagte er in die Muschel des Funkgerätes. »Zielperson hat Haus verlassen. Achtung, alles in Bereitschaft.«

»Wilhelm 110 verstanden«, quittierte die Besatzung des BMW.

»120 ebenfalls klar«, tönte eine weitere Stimme aus dem kleinen Lautsprecher. Die Besatzung aus dem Passat.

Der Mann öffnete das Scheunentor. Ein Wagen kam zum Vorschein. »Das ist ein schwarzer Corsa«, sagte Bergkamp. »Das Kennzeichen lautet FRI-AC 4112. Gib das an die anderen durch.«

Klein griff zum Funkhörer.

*

Er schaute in den Himmel. Die Voraussetzungen waren ideal und er hatte schon ein bestimmtes Objekt im Auge. Diesmal wollte er, dass sogar das Fernsehen darüber berichtete. Ein ganz besonderes Objekt war es, doch es erforderte viel Feingefühl. Alleine mit den üblichen Utensilien würde er den Tank nicht zum Brennen bringen. Doch mit etwas Säure, einem Kanister Benzin und den Anzündern, die er zuhauf in der Scheune deponiert hatte, wäre es kein Problem.

Mutter war zu Bett gegangen. Ihr ging es nicht besonders. Er hatte eine zweite Schlaftablette in das Wasserglas geworfen. Sie würde durchschlafen bis zum Morgen. Er hatte also genug Zeit.

Über den Brand in Wilhelmshaven hatte das lokale Fernsehen nur drei Sätze gebracht, nicht einmal einen Filmbericht. Diesmal würde sich das ändern.

Er war gespannt darauf, ob die Polizei noch immer einsame Objekte überwachte oder ob sie aufgegeben hatte. Eigentlich war es egal, denn dort, wo er sich heute Abend zu schaffen machen würde, stünde bestimmt keine Streife. Dort war Leben, dort wurde gearbeitet. Dennoch würde er in Ruhe sein Vorhaben ausführen können, denn niemand würde ihn beachten. Er hatte vorgesorgt.

Er schaute sich um, doch weit und breit war niemand zu sehen. Er fühlte sich sicher. Sie würden ihn nie finden, er war zu schlau für sie. Viel zu schlau. Er hinterließ keine Spuren.

Er öffnete das Scheunentor und fuhr seinen Wagen aus dem Verschlag. Dann stieg er aus und räumte die Utensilien in den Kofferraum. Seine Gummistiefel und den gelben Overall, den er vor Tagen in einem Müllcontainer gefunden hatte, durfte er ebenfalls nicht vergessen.

Das Reagenzgläschen mit der trüben Flüssigkeit trug er äußerst vorsichtig zum Wagen. Das Zeug war aggressiv und gefährlich. Er legte es in eine mit Watte ausgekleidete Schachtel.

Er bog auf die Straße in Richtung Wilhelmshaven ab. Zuerst einmal galt es, die Lage zu sondieren. Vor allem würde er auf verdächtige Wagen achten. Den Cops war nicht zu trauen. Die brachten es fertig und standen noch immer nutzlos im Gelände herum.

*

Der Passat hatte sich in Accum hinter den schwarzen Corsa gesetzt und blieb auf Abstand. Zwei weitere Wagen befanden sich zwischen ihm und dem Zielfahrzeug. Bergkamp und Klein im Audi folgten in einiger Entfernung und Huneke im BMW war ebenfalls ein paar Wagenlängen dahinter. Der Corsafahrer hielt sich strikt an die Verkehrsregeln. Bei Langewerth bog er nach links in Richtung Antonslust ab. Er schien ziellos umherzufahren, nach Fedderwarden und anschließend zurück nach Schortens, wo er vor der Pizzeria Il Capriccio anhielt. Beinahe eine Stunde verbrachte er in der Gaststätte. Es war kurz nach zehn, als er wieder in seinen Wagen stieg und in Richtung Sillenstede davonfuhr.

»Achtung, nicht zu nahe ran!«, raunte Helge, als der BMW dem Zielfahrzeug seiner Einschätzung nach zu dicht hinterherfuhr. »110, an der nächsten Einmündung biegt ihr ab, wir bleiben hinter ihm, verstanden?«

»Wilhelm 110, verstanden«, quittierte die Besatzung des BMW. Von Sillenstede fuhr Grevesand nach Waddewarden und anschließend nach Hooksiel. Dort parkte der Opel Corsa fast eine Stunde lang vor dem Muschelmuseum, ohne dass der Fahrer ausstieg. So sehr sich Helge Bergkamp auch anstrengte, er konnte nicht erkennen, was Grevesand im Wagen machte.

Es war schon kurz vor Mitternacht, als der Corsa erneut losfuhr. Diesmal ging die Fahrt über die Schnellstraße zurück nach Wilhelmshaven.

»An alle Einheiten«, meldete Helge Bergkamp. »Wir bleiben direkt hinter ihm. Dicht aufschließen, ich will nicht, dass wir ihn in der Stadt verlieren.«

»110 verstanden.«

»120 hat klar«, quittierten die Kollegen aus dem Passat.

Bei Altengroden bog Grevesand in Richtung Innenstadt ab. Direkt vor Bergkamp fuhr ein dunkler Van, davor der Corsa.

»Jetzt aufpassen, damit er uns nicht abhängt«, ermahnte Helge seinen Fahrer.

Über die Ostfriesenstraße ging es stadteinwärts.

»Ich hasse es, wenn die Straßenlaternen alles ausleuchten«, bemerkte Klein. »Ich komme mir vor wie auf dem Präsentierteller.«

Sie fuhren auf die Kreuzung mit der Kurt-Schumacher-Straße zu. Die Ampel zeigte Grün. Es herrschte nur noch wenig Verkehr.

Als der Corsa noch knappe fünfzig Meter von der Kreuzung entfernt war, schaltete die Ampel auf Gelb um. Der Corsa verringerte seine Geschwindigkeit.

Dann plötzlich gab Grevesand Gas.

»Du musst ihm folgen, er hängt uns ab!«, schrie Helge.

Klein beschleunigte, doch der Van vor ihm bremste schon ab, um an der roten Ampel anzuhalten.

»Auf die Linksabbiegerspur!«, befahl Helge Bergkamp.

Klein beschleunigte den Audi und zog nach links. Mit beinahe achtzig Stundenkilometern brauste er auf die Kreuzung zu. Plötzlich schoss rechts neben ihm ein Schatten vorbei.

»Was macht der Spinner bloß!«, schrie Klein laut auf und trat auf die Bremse, als ihn der fremde Wagen schnitt. Die Ampel zeigte für seine Richtung längst Rot, und der Querverkehr auf der Kurt-Schumacher-Straße war bereits angefahren.

Bergkamp starrte mit weit aufgerissenen Augen durch die Windschutzscheibe. »Das ist keiner von uns! Gib Gas, fahr weiter!«

Noch bevor Klein das Gaspedal durchtreten konnte, rasten von links zwei Scheinwerfer auf ihn zu. Die Bremsen des Tanklastzugs quietschten laut, doch es war zu spät. Mit voller Wucht knallte der Lastwagen in die linke Seite des zivilen Polizeifahrzeugs. Der Audi wurde durch die Luft geschleudert, fiel auf die Seite und kippte um. Er schlitterte auf dem Dach über die Straße und blieb in Höhe des Mittelstreifens liegen.

Helge Bergkamp lief Blut über die Stirn, der Gurt schnitt in seine Schulter und sein Arm schmerzte entsetzlich. Er wollte den Kopf wenden, um nach seinem Kollegen zu sehen, doch der Schmerz hielt ihn gefangen wie in Eis eingefroren. Dann hörte er laute und hektische Stimmen. Die Beifahrertür klemmte, die Helfer mussten mehrmals an ihr rütteln, ehe sie endlich aufging.

»Vorsichtig, er blutet stark«, sagte ein Mann.

Helge Bergkamp meinte die Stimme seines Kollegen Huneke zu erkennen. Man versuchte, ihn so vorsichtig wie möglich aus dem Wrack zu befreien, doch als der Gurt geöffnet wurde und ihn die Helfer aus dem Wagen zogen, spürte er einen heftigen Stich in seinem Rücken und verlor die Besinnung. Er kam erst wieder zu sich, als er in Decken gehüllt auf der Straße lag und ein Martinshorn durch die Nacht heulen hörte. Helge Bergkamp öffnete die Augen. Huneke hatte sich über ihn gebeugt und hielt seine Hand, um den Puls zu fühlen.

»Was ist mit Klein?«, fragte Helge mit brüchiger Stimme.

Huneke schüttelte den Kopf.

»Und unsere Zielperson?«

»Verschwunden«, antwortete Huneke trocken.

»Verdammt, wo kam plötzlich dieser Wagen her«, fluchte Helge.

»Der hat den Van einfach rechts überholt, wahrscheinlich ein Betrunkener.«

»Verdammt, ich hab's vermasselt«, sagte Bergkamp leise, als sich der Rettungssanitäter über ihn beugte.

36

Trevisan hatte am Abend über eine Stunde mit Angela telefoniert, die ihm für das kommende Wochenende abgesagt hatte. In München wäre noch so viel zu erledigen, dass sie es nicht schaffe, nach Wilhelmshaven zu kommen. Sie wollte sich noch um die Ausstattung ihrer Wohnung kümmern.

Als sie gefragt hatte, ob er ihr deswegen böse wäre, hatte er verneint, obwohl er am liebsten seinen Ärger laut herausgeschrien hätte. War das bereits der Anfang vom Ende ihrer Wochenendbeziehung?

Er liebte Angela. Sie war verständnisvoll, mitfühlend und großherzig. Dazu war sie auch noch schön und überaus intelligent. Aber ihr fehlte jeglicher Sinn für ein normales Familienleben.

Bevor er um kurz nach halb zehn zu Bett ging, schaute er noch in Paulas Zimmer vorbei. Sie lag auf dem Bett und las.

»Solltest du nicht schon schlafen?«

Paula nahm das Buch ein Stück zur Seite, um ihn anzusehen. »Es ist gerade so spannend.«

»Was liest du denn da?«

»*Harry Potter und der Gefangene von Askaban.*«

Trevisan seufzte, er dachte an Angela. »Der junge Zauberer ... Manchmal wünschte ich mir auch, ich könnte zaubern. – Mach aber nicht mehr so lange. Es ist schon spät.«

Paula nickte und widmete sich wieder ihrem Buch.

Trevisan legte sich in sein Bett. Er grübelte noch eine ganze Weile, ehe er seine düsteren Gedanken zur Seite schieben konnte und in einen unruhigen Schlaf fiel. Als kurz nach Mitternacht das Telefon klingelte, glaubte er zuerst an einen Traum.

Aber als er Dietmars Stimme hörte, war er sofort hellwach. Noch bevor der Kollege den Grund seines Anrufs erklären konnte, krächzte Trevisan: »Unser Mörder hat schon wieder zugeschlagen.«

»Stimmt«, bestätigte Dietmar. »Nicht weit vom Jade-Wind-park. Alex kommt in fünfzehn Minuten bei dir vorbei.«

Trevisan sprang aus seinem Bett.

Alex war pünktlich. »Stell dir vor, wer der Tote ist«, sagte er, als Trevisan auf dem Beifahrersitz Platz nahm. »Der Feuerteufel!«

»Wer?«, fragte Trevisan ungläubig.

»Kein Geringerer als unser lang gesuchter Brandstifter.«

»Woher weiß man das?«, fragte Trevisan.

Alex berichtete von der Überwachungsaktion der Sonderkommission, der Verfolgungsfahrt und dem Unfall an der Kreuzung.

»Wie geht es den Kollegen?« Trevisans Mund war ausgetrocknet und ein flaues Gefühl machte sich in seinem Magen breit.

»Klein war sofort tot. Offenes Schädeltrauma. Er hatte keine Chance. Bergkamp liegt mit Knochenbrüchen und einer schweren Gehirnerschütterung im Krankenhaus.«

Trevisan atmete tief ein. Er schaute durch die Windschutzscheibe, aber alles um ihn herum verschwamm. Trevisan starrte ins Leere.

Sie fuhren über den Bohnenburger Weg. Schon von weitem erhellte das Blaulichtstakkato der Streifenwagen die Dunkelheit. Alex bremste den Dienstwagen ab und parkte hinter einem dunklen Zivilfahrzeug.

Generatoren brummten, zwei Lichtmastwagen der Feuerwehr warfen gleißende Helle in die Nacht. Hier draußen war es menschenleer. Nur die nahen Windräder mit ihren rot blinkenden Lichtern säumten die einsame Straße.

Trevisan wartete, bis Alex den Wagen abgeschlossen hatte. Gemeinsam gingen sie hinüber zum Tatort, wo Kleinschmidts Team in weißen Anzügen mit der Arbeit begonnen hatte. Monika Sander und Till Schreier warteten neben dem weißen Bus der Spurensicherung. Ein schwarzer Opel Corsa mit friesländischem Kennzeichen stand am Straßenrand.

Monika Sander nickte Trevisan zu. »Bernd Grevesand, unser Feuerteufel vom Wangerland. Sitzt in seinem Wagen und hat drei Kugeln im Leib und eine im Kopf.« Sie reichte Trevisan einen Bogen Papier, der in eine Plastikfolie gehüllt war. *Von unbehauenen Steinen sollst du einen Altar bauen, deinem*

Herrn, deinem Gott, und darauf sollst du dein Brandopfer darbringen, deinem Herrn, deinem Gott.

»Das ist aus dem fünften Buch Moses, Kapitel 27, Vers 6«, erklärte Till. »Im Kofferraum hat er einen gefüllten Ersatzkanister, auf dem Rücksitz liegen eine Art Brandbombe auf Magnesiumbasis und diverse Chemikalien. Deswegen haben wir die Feuerwehr gerufen. Wir wissen nicht, wie gefährlich das Zeug ist.«

Trevisan schaute sich um. Das flache Land und die klare Nacht erlaubten ihm einen Blick in die Ferne. Im Südwesten standen die riesigen, hell gestrichenen Tanklager des Ölhafens.

Till folgte mit seinen Augen Trevisans Blick. »Ich glaube, ich denke das Gleiche wie du. Vielleicht müssen wir dem Mörder sogar noch dankbar sein.«

»Wenn er es auf einen Tank abgesehen hatte«, sagte Trevisan, »dann hätte es leicht zu einer Katastrophe kommen können.«

Kleinschmidt näherte sich mit einer blauen Plastiktüte. »Hallo, Martin. Hast du schon von Klein gehört? Schöne Scheiße. Soviel ich weiß, hatte er eine schwangere Freundin und wollte bald heiraten.«

»Ist jemand bei ihr und seiner Familie?«, fragte Trevisan.

»Beck ist mit der Chefin hinausgefahren. Sie haben einen Psychologen von der Dienststelle aufgetrieben.« Er öffnete die Plastiktüte und ließ Trevisan einen Blick hineinwerfen. »Eine Jacke von der Mannschaft des Ölhafens«, erklärte Kleinschmidt. »Der Spezialist von der Feuerwehr meinte, dass er mit seiner Brandbombe und den Chemikalien durchaus so einen Tank hätte in Brand setzen können. Was glaubst du, was da passiert wäre. Dort arbeiten Menschen. Das hätte in einer großen Katastrophe enden können.«

»Ist Grevesand zweifelsfrei der Feuerteufel?«, fragte Trevisan.

»Hundert Prozent«, entgegnete Kleinschmidt. »Wir haben die Schuhe im Wagen gefunden. Das Profil stimmt mit den Abdrücken überein, die wir beim Brand der Hütte bei Utwarfe gesichert haben.«

»Und der Mord wurde mit Sicherheit von unserem Serienkiller verübt?«

Kleinschmidt lächelte. Er öffnete die Schiebetür des Busses, legte die Plastiktüte hinein und holte aus dem Koffer, der im Fußraum stand, ein Tütchen hervor. »Das hier lag in seinem Schoß.«

Trevisan griff nach dem Tütchen und warf einen langen Blick darauf. Der Knopf schimmerte grünlich im Scheinwerferlicht.

»Wie viele Knöpfe hat ein Hemd?«, fragte er in die schweigende Runde.

*

Während Trevisan am Tatort war, koordinierte Dietmar Petermann von der Dienststelle aus den Abtransport der Leiche, die Formalitäten mit der Staatsanwaltschaft und die Obduktion. Er telefonierte gerade mit dem Bereitschaftsstaatsanwalt, als Rolf Huneke von der Fahndung zusammen mit seinem Vorgesetzten den Raum betrat.

»Rolf hat etwas zu berichten, ich glaube, das könnte interessant für euch werden«, sagte der Fahndungsleiter.

Dietmar nahm das Telefon vom Ohr und blickte Huneke neugierig an.

»Da war ein Wagen«, sagte Huneke. »Kurz bevor der Unfall passierte. Er ist ebenfalls bei Rot über die Kreuzung gefahren und hat unseren Streifenwagen rechts überholt und abgedrängt. Das könnte doch ein weiterer Verfolger gewesen sein, der uns vorher nicht aufgefallen ist.«

»Moment«, sagte Dietmar, »das sollte sich Trevisan mit anhören.« Er wählte die Nummer von Trevisans Handy.

Eine Stunde später saßen Trevisan, Dietmar, der Fahndungsleiter und Alex zusammen mit dem Kollegen Huneke am Konferenztisch. Huneke war von dem nächtlichen Vorfall sichtlich gezeichnet, er war bleich wie eine Wand und hatte tiefblaue Ringe unter den Augen.

»Es war ein blauer Golf. Der ist einfach weitergerast. Hinter dem Corsa her. Ich dachte, das ist ein Betrunkener. Aber jetzt sieht es doch ganz anders aus.«

»Wie denn?«, fragte Dietmar.

»Das ist doch logisch«, antwortete Huneke aufgewühlt. »Der ist hinter Grevesand her gewesen. Das war bestimmt der Mörder.«

261

»Kannst du den Wagen näher beschreiben?«, fragte Trevisan.

»Mitternachtsblau, würde ich sagen. Ein Golf der Baureihe vier. Das Kennzeichen habe ich nicht genau gesehen, aber es war kein hiesiges. Zwei Buchstaben. Ein M oder ein W war mit dabei. Mehr kann ich beim besten Willen nicht sagen.«

»Hast du gesehen, ob eine oder zwei Personen im Wagen saßen?«, fragte Dietmar.

»Nein, wir waren ja ein paar Wagen dahinter«, erklärte Huneke eindringlich. »Aber ich weiß, dass der Unfall nie passiert wäre, wenn der Golf Klein nicht zum Bremsen und Ausweichen genötigt hätte.«

Trevisan nickte dem Fahndungsleiter unauffällig zu und sagte: »Kollege Huneke, ich danke dir. Das sollte erst einmal genügen. Vielleicht findest du ein klein wenig Ruhe.«

Der Fahndungsleiter legte seinem Kollegen die Hand auf die Schulter. Gemeinsam verließen sie den Konferenzraum.

»Dietmar, gib eine Fahndung nach einem blauen Golf vier mit auswärtigem Kennzeichen heraus. Und du, Alex, setz dich bitte mit der Pressestelle in Verbindung. Ich will nicht, dass ein Zusammenhang zwischen dem Unfall und dem Mord hergestellt werden kann.«

Stille kehrte ein, nachdem die Kollegen das Zimmer verlassen hatten. Trevisan schlug die Hände vor das Gesicht und lehnte sich im Stuhl zurück.

»Welche Schweinerei läuft hier?«, murmelte er, doch der leere Raum blieb ihm die Antwort schuldig.

*

Sie war immer noch vollkommen außer Atem. Woher war bloß dieser grüne Audi gekommen? War das ein Zivilwagen der Polizei gewesen? Waren sie ihr längst auf den Fersen?

Aber woher sollten sie von ihr wissen? Sie hatte peinlich darauf geachtet, keine Spuren zu hinterlassen. Jedes Mal, bevor sie zuschlug, hatte sie sich versichert, dass niemand in der Nähe war, dass niemand etwas beobachten konnte und selbst wenn, dass niemand eine geeignete Beschreibung von ihr abgeben konnte.

Sie parkte auf einem kleinen Waldparkplatz unweit von

Osnabrück. Nach dem nächtlichen Vorfall war ihr wichtig gewesen, eine große Distanz zwischen sich und ihr Opfer zu bringen. Vielleicht waren das Missachten der Ampel und ihr Überholmanöver ein großer Fehler gewesen. Eine Überwachungsanlage hatte sie an der Kreuzung nicht gesehen, trotzdem könnte es Zeugen geben, schließlich hatten sicher noch andere Wagen vor der Kreuzung gewartet.

Abbrechen, sagte sie sich, abbrechen; wenn etwas nicht planmäßig verläuft, dann musst du die Aktion abbrechen. Geduld ist der Schlüssel. Geduld und Vorsicht. Aber nun war es passiert, daran ließ sich nichts mehr ändern.

Sie griff in das Handschuhfach und holte ihr Notizbuch heraus. Dabei fiel ein Plastiktütchen herunter und landete im Fußraum der Beifahrerseite. Sie hob es wieder auf und betrachtete nachdenklich den kleinen Knopf.

Jetzt würde sie erst einmal den Wagen in einer Tiefgarage abstellen und ein Hotelzimmer in der Stadt mieten. Sie brauchte Ruhe. Vielleicht würde sie am Mittag einen Wagen leihen und den Golf einfach zurücklassen, bis alles erledigt war. Das Kennzeichen hatten die Zeugen bestimmt nicht erkannt – und wenn, dann war daran nichts zu ändern. Sie war sich im Klaren darüber, dass – egal wie die Sache auch ausging – jemand ihr irgendwann die Rechnung präsentieren würde. Doch zuvor hatte sie noch etwas zu tun. Ein Knopf war noch übrig. Sie durfte sich nicht allzu viel Zeit lassen.

37

Trevisan stand vor der Haustür und schaute sich nachdenklich um. Zwei Polizeibusse und mehrere Zivilfahrzeuge säumten den Hof des Anwesens nahe des Accumer Sees. Nachdem Schneider von der Soko *Feuerteufel* vom Tod des Gesuchten informiert worden war, hatte er keine Sekunde gezögert, einen Durchsuchungsbeschluss für das Gehöft an der Straße nach Schortens zu erwirken. Gegen acht Uhr war er mit zahlreichen Beamten angerückt und hatte die Mutter von Bernd Grevesand aus dem Tiefschlaf gerissen.

Als die alte Frau ihnen nach längerem und vergeblichem Klingeln und Klopfen endlich öffnete, hatte er ihr ganz beiläufig vom Tod ihres Sohnes erzählt und sein Durchsuchungskommando ausschwärmen lassen.

Trevisan hatte sich erst einmal vom Tatort des Mordes direkt nach Hause fahren lassen und war gegen zehn Uhr – nach wieder einmal viel zu kurzem Schlaf – auf der Dienststelle eingetroffen. Als er von Schneiders Durchsuchungsaktion erfahren hatte, war er direkt zu Beck gegangen und hatte sich beschwert. Beck hatte in seiner altbewährten Art, es jedem recht machen zu wollen und Konflikte zu zerreden, an Trevisans Verständnis appelliert, dass auch Schneider endlich seinen Fall abschließen wolle. Die Durchsuchung sei notwendig, um weiteres belastendes Material zu finden und ausschließen zu können, dass der Feuerteufel einen Komplizen hatte. Aber Schneider würde sicherlich auch Trevisans Lage verstehen und hätte sicher nichts dagegen, dass auch er sich mit seinem Team an der Durchsuchung beteiligte.

Trevisan war es leid, nachzuhaken. Zusammen mit Monika Sander und Dietmar Petermann aus dem FK 1 sowie Kleinschmidts Spurensicherungsteam war er nach Accum gefahren.

»Jetzt platzt der Hof bald aus seinen Nähten«, tönte es hinter Trevisans Rücken. Er wandte sich um. Schneider hatte ihm die Haustür geöffnet. Er grinste.

»Beck hat mich angerufen«, sagte Schneider. »Der Hof gehört dir. Wir haben nicht vor, euren Ermittlungen im Weg zu stehen. Wir machen hier ebenfalls nur unsere Arbeit.«

Trevisan schob sich an Schneider vorbei in den dunklen Flur. Monika folgte ihm. Sie würdigte Schneider keines Blickes.

»Guten Morgen, Frau Sander«, grüßte Schneider schnippisch, doch Monika schwieg.

»Ich hasse ihn«, sagte sie, als Trevisan vor der Stubentür stehen blieb. »Kleins Tod scheint ihn überhaupt nicht zu belasten. Er ist ein charakterloses Schwein.«

Trevisan nickte. Er klopfte an der Tür und öffnete.

Frau Grevesand saß vor dem Tisch, hatte ihren Kopf auf die Hände gestützt und starrte vor sich ins Leere.

Trevisan stellte sich vor und fügte hinzu: »Ich leite die Ermittlungen im Falle Ihres Sohnes. Wir haben ein paar Fragen, aber wenn Sie sich nicht in der Lage fühlen …«

Mit ihren hochgesteckten grauen Haaren wirkte sie wie eine strenge Lehrerin. Ihr faltiges Gesicht war ausdruckslos und ihre Augen wie tiefe, kalte und starre blaue Seen. »Er war ein guter Junge«, sagte Frau Grevesand mit brüchiger Stimme.

»Mein Kollege hat Ihnen sicherlich bereits erklärt, weswegen er hier ist. Es deutet alles darauf hin, dass Ihr Sohn für die zahlreichen Brände in dieser Gegend verantwortlich war.«

»Er war ein guter Junge«, wiederholte sie. »Ich habe ihn immer gewarnt. Der alte Josef hat ihn mit seinem Gefasel von Gott und Moses ganz dösbaddelig gemacht. Er war immer ein guter Junge. Er hat das nicht getan, das kann ich nicht glauben.«

»Wir sind aus anderem Grund hier«, erklärte Trevisan. »Wir wollen herausfinden, wer ihn umgebracht hat.«

Frau Grevesand schaute auf. »Er hat niemandem etwas zuleide getan. Er war ein guter Junge.«

»Hatte er Freunde?«, fragte Monika Sander.

»Er hatte keine Zeit für so etwas. Er war immer hier und hat mir geholfen. Wir bewirtschaften den Hof allein. Niemand weiß, was es bedeutet, für sein Auskommen kämpfen zu müssen, wenn einem der Mann weggestorben ist.«

»Hatte er denn keine Freundin?«, fragte Monika. »Eine Partnerin oder Bekannte, Freunde?«

»Er war hier und half mir. Jeden Tag.«

»Und nachts?«, fragte Trevisan.

»Im letzten Jahr starb unser Helfer, der alte Josef. Wir waren alleine. Wer so hart arbeiten muss, der hat keine Zeit für andere Dinge. Er war ein guter Junge.«

Trevisan warf Monika einen fragenden Blick zu. Monika zuckte beinahe unmerklich mit der Schulter. Von dieser Frau würden sie nichts erfahren, was sie weiterbringen konnte. Zumindest heute nicht.

»Hatte er ein eigenes Zimmer?«, fragte Trevisan.

Die Frau wies mit einem Kopfnicken nach oben.

»Können wir uns darin einmal umschauen?«

»Tun Sie, was Sie nicht lassen können.« Sie richtete ihren Blick wieder auf die Tischplatte.

Auf der schmalen Treppe kamen ihnen zwei Kollegen von Schneiders Team entgegen. Sie schleppten eine Kiste, randvoll gefüllt mit Büchern. Als sie etwa in der Mitte waren, verlor der Kollege, der unten ging, den Halt und die Kiste knallte auf die Treppenstufen. Mehrere Bücher rutschten herab. Trevisan ging ein Stück zur Seite. Zwei Bücher landeten direkt vor seinen Füßen.

»Was macht ihr hier, zum Teufel«, herrschte er die beiden an.

»Anordnung von Schneider«, erwiderte ein Kollege. »Wir sollen alles mitnehmen, was verdächtig erscheint.«

Trevisan schüttelte den Kopf. »Und Beck meint, dass wir uns ergänzen können. Wie denn, wenn Schneider hier drinnen haust wie die Axt im Walde.«

Er bückte sich und hob eines der Bücher auf. Es war ein Buch über Chemie. Ein Schulbuch, wie es schien. Als er darin blätterte, fiel etwas heraus. Geschickt fing Monika es auf und reichte Trevisan ein altes, verblichenes Foto. Drei Jungs in kurzen Hosen standen vor einer kleinen Kirche. In der Mitte ein kleiner, schmächtiger Bursche. Der Junge auf der rechten Seite war ein klein wenig zu dick und von eher gedrungener Gestalt, während der linke drahtig und ein bisschen mädchenhaft wirkte. Trevisan drehte das Bild herum. Auf der Rückseite waren mit einem Füller in schnörkeliger Schrift ein Ort und ein Datum vermerkt.

Spiekeroog, Mai 1981

Trevisan reichte dem Kollegen das Buch, das Bild aber steckte er ein.

Es polterte im Flur, Dietmar Petermann kam um die Ecke gelaufen. »Martin, da bist du ja«, keuchte er. »Komm mal mit rüber in den Schuppen, das musst du dir anschauen.«

Martin und Monika folgten ihm zu einem einfachen Bretterverschlag direkt gegenüber der Scheune. Zwei uniformierte Kollegen standen davor. Dietmar führte sie in den geräumigen Schuppen. Auf der gegenüberliegenden Seite gab es eine weitere Tür, die weit offen stand. Trevisan sah, dass das Bügelschloss aufgebrochen worden war.

»Sie haben keinen Schlüssel gefunden, da haben sie kurzerhand das Brecheisen genommen«, erklärte Dietmar.

Schneider und Kleinschmidt standen in dem Raum und schauten sich um. Nicht nur die Wände, auch die Decke und der Boden waren über und über mit Graffiti besprüht. Die Motive waren immer gleich: brennende Gebäude und Strichmännchen, die davor standen und in die Flammen starrten. An der Decke erkannte Trevisan eine Windmühle, aus der die Flammen schlugen. Ihr gegenüber war ein hohes Gebäude aufgesprüht worden, aus dem ebenfalls leuchtend rote Flammen loderten. Ein Strichmännchen, umhüllt von Flammen, krümmte sich vor Schmerz. Trevisan blickte zu Boden. Er stand auf einem brennenden Haus. Auch davor krümmte sich ein Strichmännchen, das offenbar eine Frau darstellte, die in ein Flammenmeer eingehüllt war.

»Ein Psychopath, wenn du mich fragst.« Kleinschmidt deutete auf den alten Computer, der mit einem Drucker daneben in der Ecke stand. »Und damit hat er seine Botschaften geschrieben. Wir haben noch zwanzig weitere Bibelsprüche gefunden. Der hätte uns noch eine ganze Weile beschäftigt.«

»Ich nehme an«, sagte Trevisan an Schneider gewandt, »ihr nehmt den Computer mit?«

»Da kannst du dir sicher sein«, antwortete Schneider knapp.

»Ich will alles überprüfen, was ihr hier mitnehmt«, fuhr Trevisan fort. »Morgen früh brauche ich die Verzeichnisliste.«

»Ich weiß nicht, ob wir damit so schnell durch sind«, entgegnete Schneider.

»Wenn ich bis zehn Uhr kein Beweismittelverzeichnis auf meinem Schreibtisch habe, treffen wir uns im Büro der Chefin.

Und diesmal werde ich nicht klein beigeben, dessen kannst du dir sicher sein.«

Schneider grinste.

Trevisan wandte sich Kleinschmidt zu. »Mach gute Fotos. Ich will das alles auf Bildern vor mir liegen haben. Da könnten Hinweise in den Zeichnungen enthalten sein, die uns weiterhelfen.«

Kleinschmidt legte die Hand an eine imaginäre Mütze, schlug die Hacken zusammen und salutierte. »Jawohl, Chef.«

Schneider zeigte auf die brennende Mühle. »Mach ein paar Abzüge für uns. Es sieht aus, als ob er alle seine Verbrechen hier verewigt hat.«

*

»Vier Schüsse«, erklärte Till Schreier. »Der erste traf ihn in den rechten Leberlappen, der zweite unterhalb der linken Niere. Der dritte Schuss zerfetzte die rechte Herzkammer, und dann der Schuss in den Kopf oberhalb des rechten Auges, der in das Kleinhirn eindrang. Anhand der Bewegung des Körpers und des Eindringwinkels lässt sich erkennen, dass der Täter schräg vor dem Wagen gestanden haben muss. Der vierte Schuss war überflüssig. Wahrscheinlich hätte sogar der erste schon zum Tod geführt, die Einblutungen durch den Leberdurchschuss waren so stark, dass Grevesand nach ein bis zwei Minuten innerlich verblutet wäre. Zumindest behauptet das Doktor Mühlbauer.«

»Da wollte jemand auf Nummer sicher gehen«, sagte Alex.

»Die Projektile stimmen überein?«, fragte Tina.

»Das gleiche Kaliber zumindest«, antwortete Till.

Trevisan räusperte sich. »Und der Knopf ... Eindeutig die Handschrift unseres Killers, auch wenn die weiteren Untersuchungen noch ausstehen.«

»Grevesand war kein Fernfahrer«, berichtete Anne Jensen. »Er hatte keinen LKW-Führerschein.«

»Dann können wir unsere Theorie vom LKW-Mörder endgültig vergessen.« Dietmar rührte in seiner Kaffeetasse.

»Nicht so schnell«, entgegnete Alex. »Vielleicht war dieser Mord ein Ausrutscher. Ein reiner Zufall. Schließlich hat der Täter diesmal vier Schüsse abgegeben.«

»Oder er war am Tod von Grevesand besonders interessiert«, wandte Monika Sander ein.

Trevisan schaute nachdenklich aus dem Fenster. Draußen wiegten sich die Birken in der heftigen Brise, die seit Mittag landeinwärts wehte und bereits die ersten dunklen Wolken des Tages ins Wangerland gebracht hatte. »Unsere Opfer waren keine zufälligen Ziele. Der Mörder hat ihren Tod gewollt. Und er hat sich gut darauf vorbereitet. Er hat sie beschattet und dann zugeschlagen, als er den Zeitpunkt für gekommen hielt. Er ist gut ausgestattet. Bei Kropp benutzte er ein Gewehr, um ihn kampfunfähig zu machen. Bei den drei anderen Morden war er dicht an seinen Opfern dran, damit er die Pistole benutzen konnte. Er stoppte Brunkens LKW. Er hätte ihm auflauern können, aus der Ferne, meine ich. Aber er hat ihn studiert. Er wusste, dass Brunken anhalten würde, wenn er einen Unfall vortäuschte. Und diesen Aspekt hat er eiskalt ausgenutzt. So wie wir Kropp kennen gelernt haben, war er ein ganz anderer Typ als Willo Brunken. Er hätte möglicherweise nicht gestoppt, wenn vor ihm ein Wagen im Graben gelandet wäre. Also nutzte unser Täter die Gelegenheit auf dem Betriebshof der Firma. Und Lohmann ging in der Kneipe aus und ein. Es war ein Leichtes, ihm aufzulauern.«

»Und bei Grevesand nutzte er die Gelegenheit, als der wieder auf Tour war, um ein Haus oder in diesem Fall vielleicht sogar einen Öltank in Brand zu stecken«, stimmte Monika Sander zu.

»Wir suchen also nach einem Mörder, der seine Opfer studiert und dann geplant und spezifisch auf den Opfertyp ausgerichtet vorgeht«, sagte Trevisan. »Die Opfer haben eine Verbindung miteinander. Und es ist kein Lastwagen. Das wäre zu einfach und zu banal. Wahrscheinlich liegt ihre Verbindung sehr weit zurück. Und, so scheint es, alle Opfer sind relativ arglos in die Falle getappt.«

»Und was heißt das?«, fragte Dietmar und legte den Löffel auf die Untertasse.

»Sie wussten nichts voneinander«, behauptete Trevisan. »In unserer Region ist es leicht, die Namen von Verbrechensopfern zu erfahren, so etwas spricht sich herum. Die anderen hätten leicht herausfinden können, dass das erste Opfer Hans Kropp hieß, trotzdem haben weder Brunken noch Lohmann noch Grevesand Vorkehrungen getroffen, um sich zu schützen.«

»Nehmen wir mal an, du hast recht«, mischte sich Alex ein. »Sie haben alle einen dunklen Fleck auf ihrer mehr oder minder weißen Weste, weil sie vor mehreren Jahren gemeinsam etwas Verbotenes taten, irgendetwas Illegales. Vielleicht wussten sie überhaupt nicht voneinander, weil ihre Tat nicht unmittelbar eine persönliche Verbindung erforderte.«

»Du meinst so etwas wie Schmuggel?«, fragte Dietmar.

»Zum Beispiel«, antwortete Alex. »Kropp hat Illegale nach Deutschland gebracht. Vielleicht Frauen aus Osteuropa. Brunken hat sie hier übernommen und weiterverschoben. Grevesand hat sie bei sich auf dem Hof versteckt und Lohmann hat sie dann im Rotlichtmilieu untergebracht. Und nun ist der Vater eines der Opfer auf einem Rachefeldzug.«

»Das klingt gut«, bestätigte Dietmar.

Trevisan hob beschwichtigend die Hände. »Kropp ist der Einzige, von dem wir wissen, dass er in krumme Geschäfte verwickelt war. Weder bei Brunken noch bei Lohmann gibt es Anzeichen dafür. Und Grevesand war ein Spinner mit krankhaften Zügen und einem Hang zum Feuerlegen. Das passt irgendwie nicht zusammen.«

»Und was könnte sonst zusammenpassen?«, fragte Till.

»Kennst du noch jemanden aus deiner Parallelklasse?«, fragte Trevisan.

Till zuckte mit der Schulter. »Alle bekomme ich bestimmt nicht zusammen.«

»Soviel ich weiß, besuchten die Opfer zwar alle die Hauptschule, aber an vollkommen unterschiedlichen Orten«, entgegnete Dietmar.

»Das stimmt«, antwortete Trevisan. »Aber sie waren nahezu im gleichen Alter. Was ist mit Ausflügen, mit Landschulheimaufenthalten? Es könnte in dieser Zeit Berührungspunkte gegeben haben.«

Till lachte laut. »Wenn ich an meinen Landschulheimaufenthalt auf Sylt denke ... Wenn man uns damals erwischt hätte, wäre ich heute vielleicht nicht bei der Polizei.«

»Wieso?«, fragte Dietmar.

»Ich war mit drei Jungs aus Hamburg zusammen, die ich dort getroffen hatte. Ganz schön durchtrieben, die Kerle. Wir haben uns davongeschlichen und sind an den Strand gegangen. Ich weiß es noch wie heute, es hat in Strömen geregnet. Einer hatte Tabak dabei, ein anderer eine Flasche Korn. Natürlich auch Shit. Danach haben wir am Yachthafen die Taue einiger Boote gelöst. Ich glaube, das gab eine Menge Schrott damals. Als jemand kam, sind wir abgehauen, und als ich am Abend ins Landschulheim zurückkam, war mir schlecht wie noch nie in meinem Leben. Meine Lehrerin hat es auf den Fisch geschoben, den es zum Mittagessen gab. Es ist nie herausgekommen.«

Trevisan lächelte. »Und wer waren deine Komplizen?«

Till überlegte. »Wir haben uns nie wiedergesehen. Ich weiß nur noch, dass einer von ihnen Johnny hieß oder zumindest so genannt wurde. Der war ein Jahr älter und war sitzen geblieben. Er hatte es faustdick hinter den Ohren. Ich glaube, der könnte heute durchaus in unserer Kundenkartei stehen.«

Trevisans Grinsen wurde breiter. »Eben«, antwortete er. »Kropp hat auch ein Jahr wiederholt.«

38

Trevisan und sein Team hatten sich vorgenommen, ihr Augenmerk auf die Kindheit beziehungsweise frühe Jugendzeit der Opfer zu richten. Schulzeit, Ausbildung und eventuelle Vereinstätigkeiten. Gegen sechs Uhr waren alle nach Hause gegangen. Sie hofften, dass diesmal ihre Nachtruhe nicht durch einen Anruf von der Dienststelle unterbrochen würde.

Zu Hause versuchte Trevisan mehrmals, Angela anzurufen, doch sie war nicht zu Hause. Als er Paula eine gute Nacht wünschte, fiel seiner Tochter ein, dass ein Bekannter mit dem Namen Peter Koch angerufen hatte. Er würde sich am Wochenende wieder melden.

Trevisan überlegte. Peter Koch war ein Freund aus alten Tagen. Peter war Arzt und Ende des letzten Jahres für ein Jahr nach München in das Universitätsklinikum gewechselt. Man kann immer dazulernen, hatte er gesagt, als er sich von Trevisan verabschiedet hatte. Anfangs hatten sie noch ein paar Mal miteinander telefoniert, dann war der Kontakt abgebrochen. Peter hatte unter Stress gestanden und bei Trevisan war das Jahr ebenfalls sehr anstrengend verlaufen.

Er legte sich ins Bett und las noch ein wenig in einem Buch, dass ihm Angela vor ein paar Wochen geschenkt hatte. Es ging um Wochenendehen. Trevisan überflog ein paar Seiten, schließlich schlief er ein.

Am nächsten Morgen wachte er ausgeschlafen und voller Tatendrang auf. Nach der Dusche und einem starken Kaffee weckte er Paula. Sie musste heute erst zur zweiten Stunde zur Schule. Bevor er nach Wilhelmshaven fuhr, versuchte er noch einmal, Angela zu erreichen, wieder vergeblich. Schließlich ging er hinaus in den Regen.

Als er im Büro seine Jacke auszog, rutschte das Foto aus der Tasche, das er gestern im Haus Grevesand eingesteckt hatte. Er hob es auf und betrachtete es nachdenklich, bis das Telefon klingelte. Er setzte sich hinter seinen Schreibtisch und nahm den Hörer ab.

»Das Beweisstückverzeichnis ist auf dem Weg«, meldete Schneider unfreundlich.

»Gut«, antwortete Trevisan und legte den Hörer auf.

Es klopfte. Till Schreier steckte den Kopf herein. »Ich fahr zu Helge ins Krankenhaus. Er ist vernehmungsfähig. Willst du mit?«

Trevisan erhob sich und griff nach seiner Jacke.

*

Helge Bergkamp lag im Reinhard-Nieter-Krankenhaus. Als Trevisan durch den langen Gang in der Unfallchirurgie schritt, fiel ihm der Anruf von Peter Koch wieder ein. Er hatte lange Jahre in dieser Klinik gearbeitet.

Auf der Intensivstation mussten sie ihre Schuhe draußen lassen und bekamen ein paar einfache Sandalen und einen grünen Kittel. Helge Bergkamp lag umgeben von allerlei Geräten und Apparaten im Gipsbett, den Kopf mit einer weißen Binde umwickelt, und sah aus wie der leibhaftige Tod. Ein gleichmäßiges Piepen drang aus einem der Apparate.

»Ich habe es vermasselt«, sagte Helge leise. Seine Stimme klang, als habe er einen Tischtennisball im Mund.

Till beugte sich zu ihm herab. »Du kannst nichts dafür. Wir wissen, warum der Unfall passiert ist. Der andere Wagen hat euch abgedrängt.«

»Wir hätten anhalten müssen. Wir hätten Grevesand nicht folgen dürfen.«

»Es wäre gar nichts passiert, wenn der andere Wagen ...«

»Ich bin schuld an seinem Tod.« Helge wandte den Kopf und blickte zur Decke.

»War Schneider schon hier?«, fragte Trevisan.

Helge blieb ihm die Antwort schuldig.

»Helge«, fragte Till, »ist dir noch irgendetwas in Erinnerung, das uns weiterhelfen könnte?«

»Alles ging so schnell. Wir schossen hinter dem Corsa her und plötzlich war der andere Wagen direkt neben uns. Klein hat noch gebremst, sonst wären wir zusammengestoßen. Dann kreischten die Bremsen des LKW und es hat furchtbar geknallt.«

»Weißt du, was für ein Wagen euch abgedrängt hat?«

Helge schüttelte den Kopf. »Habt ihr den Brandstifter schon verhaftet?«

»Er wurde umgebracht«, erwiderte Trevisan. »Noch in derselben Nacht. Wir glauben, der Mörder saß in dem Wagen, der euch abgedrängt hat.«

Helge atmete tief ein. »Ich habe nicht viel gesehen, aber ich bin mir ziemlich sicher, dass der erste Buchstabe im Kennzeichen ein W war. Aber es war kein Wagen aus Wilhelmshaven.«

»Ein W, sagst du?«

»Ganz sicher«, bestätigte Helge Bergkamp.

Sie sprachen noch eine ganze Weile miteinander, aber Helge konnte sich an keine weiteren Details erinnern. Sie verabschiedeten sich von ihm, als sie merkten, dass er müde wurde. Till versprach, ihn bald wieder zu besuchen.

Eins war mittlerweile beinahe sicher: Er würde nie mehr Außendienst leisten können. Er hatte sich am Rückgrat verletzt.

»Zwei Buchstaben, hat Huneke gesagt«, sagte Till, als sie das Krankenhaus verließen. »Und Helge ist sich sicher, dass der erste ein W war.«

»So viele gibt es da nicht«, erwiderte Trevisan.

»WI für Wiesbaden, WL für Winsen an der Luhe und WW für Westerwald«, zählte Till einige auf.

»Es gibt noch WN für Waiblingen und WR für Werningerode, und bestimmt noch einige mehr.«

»Aber das lässt sich herausfinden.«

*

Sie hatte gestern bereits Osnabrück verlassen und war nach Varel gefahren. Die Pause hatte ihr gut getan. Heute hatte sie sich ein Bahnticket nach Wilhelmshaven gekauft und ihren Wagen auf dem Parkplatz vor dem Bahnhof abgestellt.

Sie hatte die Zeitungen durchforstet, alle Ausgaben aus Friesland. Neben dem *Wilhelmshavener Boten* und der *Wilhelmshavener Zeitung* gab es noch die *Ostfriesenzeitung*, die *Ostfriesischen Nachrichten*, den *General-Anzeiger*, den *Anzeiger für das Harlingerland* und noch einige mehr. Sie hatte von dem Mord an Grevesand und von dem Unfall in

Wilhelmshaven gelesen. Doch in beiden Meldungen stand, dass die Polizei noch im Dunkeln tappe.

Bei dem Unfall war ein Mensch ums Leben gekommen. Es tat ihr leid. Aber sie hatte nicht damit rechnen können, dass der andere Wagen ebenfalls das Rotlicht missachten und über die Kreuzung rasen würde.

Einen Zusammenhang zwischen dem Mord an Grevesand und dem Unfall in Wilhelmshaven hatte die Presse offenbar nicht feststellen können. Sie atmete auf, denn sie hatte befürchtet, dass es sich bei dem anderen Auto um einen zivilen Polizeiwagen gehandelt hatte, der hinter ihr her gewesen war. Doch die Pressemeldungen ließen nichts erkennen, was ihre Befürchtung hätte untermauern können. Jetzt, zwei Tage später, war sie sich sicher, dass alles nur eine Verkettung von unglücklichen Umständen gewesen war.

Der Regioexpress nach Wilhelmshaven fuhr in den Bahnhof ein. Eine angenehme Frauenstimme verkündete, dass der Zug nach zehn Minuten Aufenthalt von Gleis 2 weiterfahren würde. Auf dem Bahnsteig standen nur ein paar Jugendliche und eine alte Dame. Falls Polizisten dabei wären, dann hätten sie sich ausgesprochen gut getarnt.

Sie nahm ihre Reisetasche von der Bank und stieg in der Mitte des Zuges ein. Es gab keine verdächtigen Personen in ihrer Nähe, keine allzu gleichgültigen Passanten oder Liebespaare im mittleren Alter. Warum machte sie sich verrückt? Sie konnten nichts von ihr wissen, sonst hätten sie bereits eine Fahndung eingeleitet und die Presse eingeschaltet.

Sie atmete tief ein. Es gab noch eine Sache zu erledigen. Eine einzige Sache, dann wäre alles vorbei.

*

Trevisan saß an seinem Schreibtisch und betrachtete das Foto. Die Kirche im Hintergrund, die Jungs davor. Dieses Bild hatte er schon einmal gesehen. Entweder war dies ein Déjà-vu oder er wurde langsam selbst verrückt ...

Schließlich schlug er sich mit der flachen Hand gegen die Stirn. Er sprang auf, griff nach einem Fahrzeugschlüssel und stürmte über den Flur

Der silberne Audi stand einsam und verlassen in der Garage. Trevisan setzte sich hinter das Steuer. Er hätte den Weg auch zu Fuß zurücklegen können, aber das hätte nur unnötig Zeit gekostet.

Die Parkplätze waren rar in der Danziger Straße. Kurzerhand parkte er in einer Ausfahrt, lief zum Haus von Martina Brunken und klingelte.

»Ja, bitte?«, ertönte es nach einem Moment. Die Stimme gehörte Inga Holt.

»Trevisan hier, ich muss noch einmal mit Frau Brunken sprechen.«

Inga Holt erwartete ihn an der geöffneten Wohnungstür. »Es geht ihr nicht besonders«, flüsterte sie. »Gibt es etwas Neues?«

Trevisan nickte. »Ich brauche nicht lange.«

Inga Holt führte ihn ins Wohnzimmer. Martina Brunken lag auf der Couch. Sie hatte sich zugedeckt. Ihre stumpfen Augen empfingen Trevisan beinahe gleichgültig.

»Sie nimmt Beruhigungsmittel«, erklärte Inga Holt. »Auf Naturbasis, versteht sich.« Sie zeigte auf ihren Bauch.

Trevisan verstand.

»Was führt Sie zu uns?«

Trevisan ging zielstrebig auf den Wandschrank zu und griff nach einem Bild. Das Bild mit drei Jungs in kurzen Hosen. »Wer ist das auf dem Bild und wo wurde es gemacht?«

Inga nahm ihm das Bild aus der Hand und zeigte es Martina Brunken. Sie warf einen langen Blick darauf. »Der Junge hier links, das ist Willo als Jugendlicher.« Ihre Stimme klang hohl und leblos. »Das war im Ferienlager. Irgendwo auf einer Insel vor der Küste. Er war damals fünfzehn, glaube ich.«

»Wissen Sie, wann?«

»Nein, keine Ahnung.«

»Und wer sind die anderen?«

»Wir haben nie darüber gesprochen. Ich habe es in seinen Sachen gefunden und aufgestellt. Er war sogar ein wenig böse darüber. Aber ich sagte, dass unsere Fotos aus Kindertagen die Wohnung zur Heimat machen. Er hat es akzeptiert. Warum ist das Bild wichtig?«

Trevisan öffnete die Verriegelung des Glasrahmens, nahm

das Foto heraus und hielt die Rückseite vor das Fenster. Die geschwungene, altmodische Schrift war nur noch schwach zu erkennen: *Spiekeroog, Mai 1981*

»Ich möchte es gerne mitnehmen. Ich bringe es auch ganz sicher wieder zurück.«

»Warum ist Willos Bild wichtig?«, fragte Martina Brunken noch einmal.

»Vielleicht zeigt es uns seinen Mörder«, erwiderte Trevisan ernst.

39

Sie war mit dem Zug bis nach Wilhelmshaven gefahren und hatte bei der Europcar-Niederlassung in der Peterstraße einen Kleinwagen angemietet. Über Jever, Wittmund und Esens fuhr sie nach Bensersiel. Im Hotel *Vier Jahreszeiten* in der Nähe des Fährhafens mietete sie sich ein Einzelzimmer. Die Fähre nach Langeoog ging am nächsten Morgen um zehn Uhr.

Das Hotel war voller Gäste vor allem aus den südlichen Gefilden Deutschlands, die ihren Urlaub an der Nordseeküste genossen. Sie mischte sich unter die Touristen, aß im Restaurant Fisch und machte anschließend einen Abendspaziergang. Sie wusste, sie wirkte vollkommen unbeschwert und niemand wäre auf die Idee gekommen, dass der Tod ihr stiller Begleiter war.

Am Abend öffnete sie das Kombinationsschloss ihrer Aktentasche und holte das alte in Leder gebundene Buch hervor. Sie las die Eintragungen, die den Mann betrafen, der mittlerweile auf Langeoog einen kleinen Lebensmittelmarkt inmitten des Inselstädtchens leitete. Ihn hatte sie sich bis zum Schluss aufgespart. Nicht weil sie ihn besonders hasste, er war genauso schuldig wie alle anderen es gewesen waren, aber diese Aktion würde besonders heikel werden. Es gab nur einen Weg auf die Insel und wieder zurück. Deshalb musste sie diesmal besonders vorsichtig agieren. Einen weiteren Fehler konnte sie sich nicht leisten. Sie musste auf die richtige Gelegenheit warten. Vielleicht würde es ein paar Tage in Anspruch nehmen, bis der richtige Augenblick gekommen war. Aber sie hatte Zeit, sie hatte ihr Leben diesem einen Zweck gewidmet. Und selbst, wenn es am Ende kein Entkommen gäbe, so hätte sich ihr Lebenszweck erfüllt. Die Schuld wäre beglichen. Und wie hieß es so schön, irgendwann wurde einem alles vergolten, was man im Leben tat. Gutes oder Böses.

Sie nahm die Pistole aus der Reisetasche, zerlegte sie in drei Einzelteile und reinigte das Rohr, den Abzug und den Verschluss. Sie gab sich Mühe. Vater hatte immer gesagt, ein gut gereinigtes Gewehr ist dir stets ein treuer Begleiter. Den Spruch hatte sie damals belächelt, weil doch im Volksmund der Hund als des Menschen treuer Begleiter galt. Doch mittlerweile wusste sie, was ihr Vater damit hatte ausdrücken wollen.

Kurz nach elf Uhr löschte sie das Licht. Sie schlief einen tiefen und traumlosen Schlaf. Das Träumen hatte sie vor Jahren bereits verlernt.

*

Trevisan hatte Anne Jensen gefragt, ob sie ihn nach Hannover zum LKA begleiten wollte. Sie hatte zugestimmt.

»Was willst du in Hannover?«, hatte ihn Monika gefragt.

»Ich habe gestern Abend mit einem alten Kollegen von mir telefoniert«, erwiderte Trevisan und zeigte ihr einen Umschlag. »Er muss mir da bei einer Sache helfen.«

»Und schicken kannst du es nicht?«

»Glaubst du, ich will die Antwort erst im nächsten Jahr?!« Anne lächelte.

»Kennst du den Weg?«, fragte er sie, als sie in der Garage vor dem Opel standen. Sie nickte, und Trevisan warf ihr den Autoschlüssel zu.

Anne Jensen setzte sich hinters Steuer. Sie fuhr langsam und vorsichtig. »Ganz schön viel los hier«, sagte Trevisan, als Anne den Wagen aus der Stadt lenkte. »Wir konnten uns noch gar nicht richtig miteinander unterhalten. Gefällt es dir überhaupt bei uns?«

»Ich habe es mir ein wenig anders vorgestellt«, antwortete sie schüchtern.

»So, und wie?«

»Ich weiß es nicht, aber auf der Polizeischule wirkt alles etwas steifer. Ich meine, untereinander. Es gibt den Leiter und die Mitarbeiter.«

»Ich weiß schon, was du meinst«, antwortete Trevisan. »Aber draußen auf der Straße läuft alles etwas anders. Wir sind ein Team. Gleichberechtigt, meist. Jeder hat Stärken, jeder hat Schwächen. Und wenn untereinander alles stimmt, dann hat ein Fachbereichsleiter nur wenige Probleme. Er muss sich einfach auf seine Leute verlassen können, und er muss wissen, wo ihre Stärken und wo ihre Schwächen liegen.«

»Ich verstehe.«

»So ist es nun einmal«, resümierte Trevisan. »Die Theorie und die Praxis liegen in unserem Beruf nun einmal beinahe so weit auseinander, wie die Erde von der Sonne entfernt ist. Sie werden sich nie berühren, aber trotzdem sind beide nie außer Sichtweite und aufeinander angewiesen.«

Sie unterhielten sich, bis sie Oldenburg hinter sich gelassen hatten, dann überkam Trevisan die Müdigkeit. Er kurbelte den Sitz ein wenig zurück und schloss die Augen. Erst als sie kurz vor Hannover die Autobahn verließen und auf die B 3 einbogen, wachte Trevisan wieder auf.

Das LKA lag am Welfenplatz nahe dem Stadtzentrum. Sie wiesen sich an der Einfahrt aus. Auf dem Besucherparkplatz waren noch zwei Stellplätze frei.

Birger Giesmann war ein alter Bekannter Trevisans, der sich nach seiner Ausbildung zum Landeskriminalamt beworben hatte und dort seit Jahren in der Fachgruppe 52.2 tätig war. Die Abteilung 5, die wissenschaftliche und kriminaltechnische Abteilung, die sich vorwiegend mit Werkzeugspuren befasste, war ein wichtiger Teilbereich der Spurenauswertung. Giesmanns Büro war im dritten Stock des Nebengebäudes untergebracht. Der Aufzug steckte irgendwo in den oberen Stockwerken fest, deswegen benutzten sie die Treppe. Die langen und nüchternen Flure, erhellt durch kaltes Neonlicht, erinnerten Trevisan an einen Stollen in einem Berg. Hier und da hingen Werbeplakate der Polizei an der Wand. Vor dem Büro mit der Nummer 322 blieb Trevisan stehen und klopfte.

Birger Giesmann stand am geöffneten Fenster und rauchte eine Zigarette. Er war seit dem letzten Mal noch ein klein wenig kräftiger geworden. Trevisan taxierte sein Gewicht auf 120 Kilo. Doch die überschüssigen Pfunde fielen bei seiner Größe von über einem Meter neunzig nicht sonderlich ins Gewicht.

»Mensch, Martin!« Giesmann schnippte die Zigarette aus dem Fenster. »Schön, dich wieder mal zu sehen, habe ja lange nichts mehr von dir gehört. Wie geht es deiner Tochter?«

»Gut, ihr geht es gut«, antwortete Trevisan.

»Und wer ist die junge Dame, die du hier mitgebracht hast?«

»Das ist Anne Jensen«, erklärte Trevisan. »Sie ist noch in der Ausbildung und macht bei uns ihren praktischen Umlauf.«

Anne lächelte verlegen. Giesmann nickte ihr freundlich zu.

»Wollt ihr einen Kaffee?«

»Vorerst nicht«, entgegnete Trevisan. »Aber schön von dir, dass du dir Zeit für mich nimmst. Ich stehe etwas unter Druck. Können wir gleich zur Sache kommen? Ich will vor Dienstschluss wieder in Wilhelmshaven sein.«

Giesmann schloss das Fenster. »Also dann, gehen wir zu ihm. Er ist unter dem Dach. Ich habe gehört, was für eine Schweinerei bei euch da oben läuft. Das ist schon das zweite Mal in diesem Jahr, nicht? Mal sehen, ob wir euch ein bisschen helfen können.«

Im Dachgeschoss empfing sie eine Kühle, die Trevisan frösteln ließ.

»Die Klimaanlage läuft wegen der Computer ständig auf Hochtouren«, erklärte Birger.

Er führte sie in ein kleines dunkles Zimmer am Ende des Flures. Zwei Computerbildschirme flimmerten in einer Ecke. Ansonsten war der Raum leer.

Giesmann schaute sich suchend um. »Vielleicht ist er auf dem Klo.«

Ein junger Mann mit kurzgeschorenen Haaren und bleichem Gesicht trat hinter ihnen ein, in der Hand eine Coladose.

»Hallo Mike«, grüßte Giesmann. »Das ist der Kollege aus Wilhelmshaven, von dem ich dir erzählt habe.«

Der Angesprochene nickte nur kurz. Trevisan musterte den jungen Mann. Er war nicht viel älter als seine Begleiterin Anne. Giesmann bemerkte Trevisans Blick.

»Das ist die junge Generation, die unsere Überlegenheit über das Verbrechen garantiert«, sagte er schmunzelnd. »Auf der Straße wären sie hoffnungslos verloren, aber vor den Bildschirmen sind es wahre Helden.«

»Haben Sie die Bilder?«, fragte Mike mit krächzender Stimme.

Trevisan reichte ihm das Kuvert. Mike nahm die Fotos heraus, warf einen kurzen Blick darauf und legte eines nach dem anderen auf einen Scanner.

»Dann wollen wir mal sehen«, sagte er, bevor er sich an den Schreibtisch setzte und mit flinken Fingern die Computertastatur bediente. Kurz darauf wurden die Bilder auf einem der Monitore sichtbar.

»Wie lange wird es dauern?«, fragte Trevisan.

Mike wandte sich um. »Wenn wir Glück haben, sehen wir in einer halben Stunde das Ergebnis.«

Giesmann warf einen Blick auf die Armbanduhr. »Dann gehen wir in die Kantine und schauen in einer Stunde wieder bei dir vorbei.« Er blickte Trevisan an und machte eine einladende Geste.

Trevisan zögerte.

»Kommt nur, hier können wir sowieso nicht helfen.«

*

Till Schreier legte den Hörer zurück auf das Telefon. »Puh, das war eine schwere Geburt«, seufzte er. »War mir fast schon peinlich. Zweimal musste sie in den Keller, um die Akten zu finden.«

»Dann hat die Dame vom Amt wenigstens ein bisschen Bewegung«, antwortete Alex. »Die sitzen doch eh nur den ganzen Tag auf ihren vier Buchstaben. Hat es sich wenigstens gelohnt?«

»Das will ich meinen. Trevisan hatte wieder mal recht. Hans Kropp war vom 2. bis zum 15. Mai auf Spiekeroog. Er war im Evangelischen Jugendhof untergebracht. Zusammen mit drei weiteren Jugendlichen aus dem sozial schwachen Umfeld. Schwer Erziehbare eben. Sie hatten zwei Betreuer dabei, aber Kropp wurde vorzeitig nach Hause geschickt. Er wurde mit Alkohol auf dem Zimmer erwischt.«

»Das reichte, um ihn nach Hause zu schicken?«

»Er war Wiederholungstäter.«

Alex lehnte sich im Stuhl zurück. »Jetzt fügen sich die Puzzleteile langsam zusammen. Kropps Halbschwester sprach von der Insel, Lohmann hat Briefe von Spiekeroog geschickt und Brunken wie auch Grevesand haben Bilder von der Inselkirche. Ich wette einhundert Mark, dass die Jungs auf den Fotos Brunken, Lohmann und Grevesand sind.«

Monika kam herein. »Seid ihr weitergekommen?«

»Die Verbindung ist Spiekeroog«, sagte Till. »Alle vier hielten sich im Mai 1981 auf der Insel auf. Vermutlich haben sie sich dort kennen gelernt.«

Monika schaute auf die Uhr. »Martin wird noch eine ganze Weile brauchen, bis er aus Hannover zurück ist. Wir könnten inzwischen schon weiter an der Sache arbeiten. In welchem Zeitrahmen waren alle vier gleichzeitig auf der Insel?«

Till schaute auf den Notizblock. »Vom 2. bis zum 15. Mai.«

»Ich schlage vor, wir überprüfen unser Polizeiarchiv nach Vorfällen, die unsere Kollegen auf der Insel in diesem Zeitraum beschäftigt haben. Einbrüche, Unfälle, egal, alles könnte interessant sein.«

Alex erhob sich. »Ich kümmere mich mit Tina darum.«

Monika wandte sich Till zu. »Dann versuchen wir, Leute ausfindig zu machen, die zusammen mit den vier Opfern auf der Insel waren. Vielleicht haben wir Glück.«

»Und wo fangen wir an?«, fragte Till.

»Wie wäre es mit den Betreuern von Kropp?«

*

»Ist das absolut sicher?«, fragte Trevisan.

»Klar doch«, antwortete Mike. »Das Programm irrt sich nicht. Der schmächtige Junge ist nicht unter euren Mordopfern.«

Das Foto aus dem Jahr 1981 zeigte Brunken und Lohmann,

aber der dritte Junge war weder Bernd Grevesand noch Hans Kropp.

»Dann könnte das unser Täter sein«, murmelte Trevisan und griff nach dem Animationsbild, das der Computer anhand simulierter Alterungserscheinungen erstellt hatte. Er reichte es Anne Jensen.

»Die Technik schreitet unaufhaltsam fort«, sagte Giesmann. »Bald muss man keinen Schritt mehr vor die Tür setzen, um einen Mörder zu identifizieren.«

»Es könnte aber auch ein weiteres potentielles Opfer sein oder der Junge hat überhaupt nichts mit dem Fall zu tun«, überlegte Trevisan laut. »Das müssen wir erst noch feststellen.«

»Also doch wieder zurück auf die Straße.«

»Daran wird sich nie etwas ändern«, scherzte Trevisan.

40

Als Trevisan gegen sechzehn Uhr wieder auf seiner Dienststelle eintraf, waren die Mitglieder seiner Crew noch im Konferenzsaal versammelt.

»Hast du uns etwas mitgebracht?«, fragte Monika.

»Das will ich meinen«, antwortete Trevisan. Er legte seine Jacke ab und befestigte das Bild, das der Drucker des Computers im LKA ausgespuckt hatte, mit einem Magneten an der Tafel. »Das ist der dritte Junge auf dem Foto, das wir bei Brunken und Grevesand gefunden haben«, erklärte er. »Brunken und Lohmann sind die beiden anderen Jungs.«

»Dann könnte das unser Mörder sein«, sagte Monika.

»Oder ein weiteres potentielles Opfer«, bemerkte Tina.

»Es könnte auch sein, dass er überhaupt nichts mit der Sache zu tun hat«, warf Alex ein.

Trevisan nickte. »Deswegen können wir mit dem Bild nicht an die Öffentlichkeit gehen. Außerdem kann es natürlich Abweichungen zur Computersimulation geben. Längere Haare oder Glatze, keine Zähne. Solche Dinge kann das Programm ja nicht berücksichtigen. Aber seine Gesichtszüge müssten identisch sein.«

»Und wo sollen wir mit der Suche beginnen?«, fragte Dietmar.

»Wie wäre es mit den Schulklassen von Brunken oder Lohmann«, entgegnete Monika.

»Wir haben herausgefunden, dass sich alle vier Mordopfer zur selben Zeit auf der Insel Spiekeroog aufhielten«, sagte Till. »Im Mai 1981 waren sie in unterschiedlichen Unterkünften untergebracht. Kropp war siebzehn, Lohmann sechzehn und die anderen fünfzehn Jahre alt. Sie könnten sich dort begegnet sein. Sieben Tage haben sie dort gemeinsam verbracht. Da kann man allerhand aushecken.«

Dietmar schüttelte den Kopf. »Wir schreiben jetzt das Jahr 2000. Was könnte vor neunzehn Jahren so Schlimmes passiert sein, dass sich nach so langer Zeit jemand rächen will. Ich meine, das klingt doch abenteuerlich – oder?«

Trevisan rollte die Augen. »Ich denke, das ist der Schlüssel, den wir die ganze Zeit gesucht haben. Das war sehr gute Arbeit.«

»Uns bleibt nichts anderes, als herauszufinden, was damals passiert ist«, bestätigte Monika.

Dietmar rückte seinen gelben Schlips zurecht. »Und wie sollen wir das nach all den Jahren machen?«

»Wir müssen Klassenkameraden ausfindig machen. Lehrer, Betreuer, Wirtsleute, vielleicht erinnert sich noch jemand«, erklärte Monika.

»Auch Polizeiakten könnten uns behilflich sein«, warf Trevisan ein.

»Ich habe schon eine Anfrage an das zuständige Revier gerichtet«, bestätigte Till. »Aber es wird eine Weile dauern, die Akten aus dieser Zeit – wenn überhaupt noch welche vorhanden sind – sind im Archiv eingelagert.«

»Vielleicht haben wir diese Zeit nicht«, sagte Trevisan nachdenklich.

»Wieso«, fragte Dietmar.

»Tina sagte es bereits.« Trevisan deutete auf das Bild an der Tafel. »Er könnte auch unser nächstes Opfer sein.«

*

Der nächste Morgen begann hektisch. Nach einer kurzen Frühbesprechung schnappten sich die einzelnen Teams die zugeteilten Wagenschlüssel und schwärmten aus.

Tina und Alex fuhren nach Norden, um Kropps damalige Betreuer ausfindig zu machen. Über das Jugendamt hatten sie die Namen erfahren. Einer der Männer war bereits gestorben, aber der andere war noch immer beim Landkreis angestellt.

Monika und Anne wollten nach Emden, um dort mit einem ehemaligen Klassenlehrer von Willo Brunken zu reden, und Trevisan nahm Dietmar ins Schlepptau. Sie fuhren nach Federwarden. Dort wohnte ein Schulkollege von Uwe Lohmann. Till hatte den Namen über einen Eintrag in der Homepage der Schule ausfindig machen können.

Till selbst war nach Aurich unterwegs, um dort Polizeiakten aus dem betreffenden Jahr zu sondieren.

»Ich habe den Kollegen doch schon ein Fax geschickt«, hatte Till eingewandt, als ihm Trevisan den Auftrag erteilte.

»Du weißt doch, was man nicht selbst in die Hand nimmt, das wird meistens nichts«, hatte Trevisan erwidert. »Die Kollegen schieben solche Anfragen gerne auf die lange Bank.«

Das leuchtete Till ein. Als er seinen Wagen vor dem Polizeirevier in Aurich parkte, waren gerade zwei uniformierte Kollegen damit beschäftigt, einen Betrunkenen auf die Wache zu bringen. Der Mann, offensichtlich ein Landstreicher, stemmte sich vehement gegen die Versuche der beiden, ihn vor sich herzuschieben.

Till nickte ihnen zu. »Moin. Soll ich helfen, ich bin Kollege.«

Die beiden schüttelten die Köpfe. »Das schaffen wir schon. Ist ein alter Stammgast.«

Till betrat das Revier. Hinter dem Wachpult stand ein großgewachsener Kollege mit einem leichten Bauchansatz und einem dichten, schwarzen Vollbart. Till präsentierte seinen Dienstausweis und erklärte, weswegen er gekommen war.

»Das macht unser Geschäftszimmer.« Der Kollege wies den Gang hinunter. »Das letzte Zimmer links.«

Es dauerte eine ganze Weile, bis Till den Dienststellenleiter von der Dringlichkeit seiner Nachforschungen überzeugt hatte und der Dame aus dem Schreibzimmer in den Keller folgen durfte. Unzählige Ordner füllten die einfachen Metallregale an den Wänden. Es roch nach Staub und Moder. Till seufzte, als er dem Aktenberg gegenüberstand.

»Ich suche Akten aus dem Jahr 1981«, sagte er. »Spiekeroog im Mai des Jahres.«

»Tja, dann wollen wir mal«, entgegnete die Angestellte. »Ich suche hier drüben und Sie nehmen sich die Regale auf der anderen Seite vor.«

Schweigend machten sie sich an die Arbeit. Es dauerte beinahe eine halbe Stunde, bis sie auf mehrere Ordner mit der Aufschrift »1981« stießen.

»Sind die Akten nicht nach Orten getrennt?«, fragte Till, nachdem er einen Blick in den ersten Ordner geworfen hatte.

Die Angestellte blickte ihm über die Schulter. »Ich fürchte, nicht.«

Till atmete tief ein. Sieben Ordner stapelten sich vor ihm auf dem kleinen Tisch in der Ecke. »Das kann ja Stunden dauern.«

»Sie können die Ordner auch mit hinaufnehmen. Dort ist die Luft besser. Und da können Sie auch Kopien anfertigen, falls es notwendig wird.«

Till machte sich in einem kleinen Zimmer im Erdgeschoss über die Aufzeichnungen her. Es dauerte genau zwei Stunden und vierzig Minuten, bis er alle erfassten Vorgänge im Mai 1981 auf Spiekeroog ausfindig gemacht und Kopien von den Deckblättern mit den wichtigen Details angefertigt hatte. Am Ende lag ein ganzer Packen Papier vor ihm, aber die Namen Kropp, Brunken, Grevesand und Lohmann waren nicht darin aufgetaucht, obwohl er auf insgesamt fünfzig Vorfälle gestoßen war.

Er schaute auf die Uhr und wusste, er musste sich beeilen, wenn er noch rechtzeitig zur Beerdigung des Kollegen Klein in Wilhelmshaven eintreffen wollte.

*

Die Fähre war am Samstag mit einigen Minuten Verzögerung aus dem Bensersieler Hafen gestartet. Die Nordsee lag still im glänzenden Sonnenlicht. Die Fähre quoll fast über vor Wochenendausflüglern. Es störte sie nicht, im Gegenteil, es gab ihr die nötige Sicherheit. In der Masse konnte sie untertauchen.

Die Überfahrt dauerte beinahe eine Stunde. Segler und Motorboote kreuzten ihren Kurs. Einmal, kurz vor dem Einlaufen in den Hafen von Langeoog, wurden sie von einem Zollboot begleitet. Doch es lief Langeoog nicht an und drehte vor der Hafeneinfahrt bei, nahm Kurs nach Osten und brauste mit aufheulendem Motor in einem Schwall von Gischt und Wellen davon.

Nachdem die Frisia-Fähre angelegt hatte und die Ströme der Menschen auf den Landungssteg zuhielten, blieb sie noch eine Weile auf ihrem Platz sitzen. Sie legte den Kopf zurück und genoss die Sonnenstrahlen, die das Oberdeck der Fähre erwärmten.

Nicht die Ankunft war das Problem. Erst wenn sie getan hatte, was getan werden musste, dann würde es schwierig. Wenn die Leiche zu früh entdeckt wurde, riegelten sie bestimmt den Hafen ab. Niemand würde dann noch die Insel verlassen können. Es sei denn, er hatte ein eigenes Boot und es nicht im Hafen festgemacht. Aber einen Bootsführerschein besaß sie nicht. Außerdem traute sie sich eine Flucht in einem Motorboot nicht zu. Eine Jolle über einen See rudern, war eine Sache, aber ein Boot in rauer See auf Kurs zu halten, während Fähren oder Motoryachten den Weg kreuzten, war etwas ganz anderes. Nein, die Fähre war die einzige Möglichkeit, rechtzeitig zu entkommen – bevor überhaupt bemerkt worden war, dass sie zugeschlagen hatte.

Inzwischen hatte sich das Deck geleert. Sie erhob sich und verließ das Schiff. Eine kleine rote Lok stand gegenüber der Landungsbrücke. Die Türen der grünen Waggons waren geöffnet. Sie stieg in den vorletzten Waggon, mitten ins Stimmengewitter der Touristen.

Die Fahrt dauerte eine knappe halbe Stunde. Vom kleinen Inselbahnhof war es nur noch ein zehnminütiger Fußmarsch bis in den Ortskern der kleinen Stadt.

Als sie den Lebensmittelmarkt in der Fußgängerzone betrat, musste sie nicht lange suchen. Sie erkannte ihn sofort. Er war alt geworden, doch das spitzbübische Grinsen war dasselbe wie damals, vor langer, langer Zeit. Er unterhielt sich mit einer Verkäuferin, die Bananen am Obststand einsortierte.

Sie kaufte eine Flasche Wasser und nahm einige Süßigkeiten mit. Schokolade für die Nerven. Er war in ihr Visier geraten und sie würde ihn von nun an nicht mehr aus den Augen verlieren.

Fast ein wenig provokativ schlenderte sie auf dem Weg zur Kasse an ihm vorüber. Er bemerkte sie nicht, er beachtete sie überhaupt nicht, er würdigte sie keines Blickes.

Aber er verströmte bereits den typischen Geruch eines Beutetiers. Den deutlichen Geruch des Todes.

41

Die Menschen standen dicht an dicht auf den schmalen, geschotterten Wegen des Banter Friedhofes. Trevisan trug einen dunklen Rollkragenpullover und einen schwarzen Blazer darüber. Bis auf Anne und Monika, die den Termin mit einem Mitschüler Willo Brunkens hatten, war das gesamte Team des 1. Fachkommissariats auf Kleins Beerdigung versammelt. Familienangehörige, Bekannte, Freunde und Polizisten bevölkerten die kahlen Grünflächen zwischen den Gräbern. Trevisan schätzte die Zahl der Trauergäste auf etwa zweihundert. Kleins schwangere Freundin saß weinend auf einem einfachen Holzstuhl vor dem Grab. Die kleine Wölbung ihres Bauches unter dem schwarzen Kleid war deutlich zu erkennen, und Trevisan dachte an die Witwe von Willo Brunken.

Bei Kleins Freundin stand ein junger Mann, der den Arm um ihre Schultern gelegt hatte, neben ihm ein älteres Ehepaar, Kleins Eltern. Auch sie blickten starr auf den Eichensarg, der über dem geöffneten Grab auf zwei Bohlen stand.

Nachdem der Pfarrer gesprochen hatte, trat Anke Schulte-Westerbeck an das Mikrophon, würdigte den Einsatz des Verstorbenen und sprach von der Gefahr, in der alle Polizisten Tag um Tag schwebten, wenn sie ihre Gesundheit und ihr Leben für die Öffentlichkeit im Kampf gegen das Verbrechen riskierten. Die Polizeidirektorin fasste sich kurz. Am Ende ihrer Rede trat sie vor den Sarg und verneigte sich.

Es war ein trauriger Augenblick, als die Helfer den Sarg in das Grab hinabließen. Auf dem Friedhof wurde es still. Nur das Schluchzen der schwangeren Frau auf dem Holzstuhl war zu vernehmen. Trevisan schluckte.

Nachdem er dem Kollegen die letzte Ehre am Grab erwiesen hatte, verließ er den Friedhof. Noch bevor er das schmiedeeiserne Tor erreichte, rief ihm Beck zu, dass er einen Moment warten solle.

Trevisan blieb stehen und scharrte mit der Schuhspitze im Kies.

»Wir haben einen Fonds für Kleins Freundin eingerichtet«,

sagte Beck. »Ich hoffe, du und deine Kollegen machen ebenfalls mit.«

»Einen Fonds?«, fragte Trevisan erstaunt.

»Sie ist schwanger«, erklärte Beck. »Und so, wie es aussieht, hat sie keine Aussicht auf finanzielle Unterstützung.«

Trevisan zog die Stirn kraus. »Ich dachte, Klein wäre von dem Wagen unseres Täters abgedrängt worden. Das ist doch zumindest so etwas wie fahrlässige Tötung.«

»Der Bericht der Verkehrspolizei ist da nicht so eindeutig. Schließlich hat auch Klein das Rotlicht missachtet.«

»Er war doch im Einsatz.«

»Aber er hatte weder Blaulicht noch Martinshorn eingeschaltet, deswegen wird der Unfall höchstwahrscheinlich nicht als qualifizierter Dienstunfall anerkannt. Außerdem waren Klein und seine Freundin weder verlobt noch verheiratet.«

»Das heißt, seine Hinterbliebenen bekommen nichts?«, fragte Trevisan ungläubig.

»Das Verfahren ist zwar noch nicht abgeschlossen, aber ich fürchte …«

»Weiß das die Chefin?«, unterbrach Trevisan.

»Ich denke schon.«

»Dann waren ihre Worte also nur hohle Phrasen«, murmelte Trevisan.

»Wir können die Vorschriften nicht außer Acht lassen«, tat Beck Trevisans Einwand ab und wechselte das Thema. »Ich wollte dich fragen, wie es um eure Ermittlungen bestellt ist. Ich habe gehört, ihr habt eine Spur.«

Trevisan nickte stumm.

»Ich denke, du solltest mit deinen Leuten reden. Ich dachte an fünfzig Mark pro Mann. Das hilft zumindest, die Kosten ein wenig zu lindern«, sagte Beck, wandte sich um und eilte davon, bevor Trevisan antworten konnte.

Er stand noch eine Weile und malte mit der Schuhspitze Kreise in den Kies.

»Was hast du?«, fragte Alex, der neben ihm stehen geblieben war.

»Kleins Hinterbliebene werden keine Abfindung erhalten. Er ist an seinem Tod selbst schuld, weil er bei Rot über die Kreuzung gefahren ist.«

»Das ist nicht dein Ernst?«, fragte Alex.

»Todernst«, entgegnete Trevisan.

Er setzte sich in seinen Wagen und fuhr vom Banter Friedhof hinüber zum Stadtpark. Am Friedhof an der Friedenstraße hielt er an und stieg aus. Er wusste nicht, wie lange es zurücklag, dass er das letzte Mal diesen Weg gegangen war. Es war ebenfalls ein geschotterter Weg, der entlang unzähliger Gräber führte. Kurz vor der Kleingartenanlage befand sich eine Reihe Urnengräber. Dort lag Johannes Hagemann bestattet. Trevisans alter Kollege, der ihn über lange Jahre begleitet und angeleitet hatte, und dem er überhaupt zu verdanken hatte, dass er heute das 1. Fachkommissariat führte. Stumm blieb er stehen. Er suchte nach Worten, die ausdrücken konnten, wie er sich fühlte. Schließlich fiel ihm nur ein Gebet ein. Er verneigte sich, als er die Grabstätte verließ und zur Dienststelle zurückkehrte.

»Wir warten schon auf dich«, sagte Till, als er Trevisan auf dem Flur begegnete.

»Ist Monika schon zurück?«

Till schüttelte den Kopf. Trevisan schaute auf seine Armbanduhr. Es war bereits nach sechzehn Uhr.

»Gut, dann fangen wir ohne sie an«, entschied Trevisan. »Ich komme gleich. Ich muss mich erst noch frisch machen.«

*

Trevisan stand vor dem Waschbecken und betrachtete sein bleiches Gesicht. Dunkle Ränder umgaben seine Augen. Er fühlte sich müde und schlapp. Er drehte den Wasserhahn auf und benetzte seine Haut mit kaltem Wasser. Es erfrischte ihn ein wenig.

Als er die Toilette verlassen wollte, klingelte sein Mobiltelefon. Er meldete sich und war überrascht, Angelas Stimme zu hören.

»Hallo, Martin, ich hörte, du hast mich angerufen«, fragte sie.

»Mehrmals«, antwortete Trevisan.

»Ich musste noch einmal nach München, aber du warst ja nicht zu erreichen«, sagte sie.

»Ich habe gearbeitet«, stellte Trevisan klar.

Angela war feinfühlig genug, den ärgerlichen Unterton nicht zu überhören. »Bist du mir böse?«

Trevisan atmete tief ein. »Habe ich nicht gesagt.«

»Gut, dann ist ja alles klar«, antwortete Angela und nahm Trevisan jede Chance, sich seinem Selbstmitleid zu ergeben.

»Ja«, krächzte er.

»Ich komme heute Abend, holst du mich am Bahnhof ab?«

»Ich weiß nicht, ob ich Zeit dazu habe. Wir stecken mitten in den Ermittlungen. Vielleicht muss ich das ganze Wochenende arbeiten.«

»Wenn du nicht da bist, nehme ich ein Taxi. Einen Schlüssel habe ich ja.«

Angelas Antworten verwirrten ihn immer wieder. Er ahnte, dass sie wie eine Katze um den heißen Brei schlich und sich nicht auf Trevisans Sinn-und-Zweck-Diskussion einlassen wollte. Geschickt wich sie ihm aus und nahm ihm jede Möglichkeit, ihr mitzuteilen, wie schlecht er sich gerade fühlte.

»Ich komme auch ein bisschen wegen dir«, sagte sie schließlich, ehe sie das Gespräch beendete.

Trevisan grinste, als er das Telefon wieder in seine Tasche steckte.

*

Holger Bergen hatte in seinem Lebensmittelmarkt bis kurz vor ein Uhr gearbeitet, ehe er sich bei seinen Mitarbeitern verabschiedete. Er hatte einen wichtigen Termin, der keinen Aufschub duldete. Seit er im letzten Jahr zum Vorsitzenden des Heimat- und Inselvereins gewählt worden war, war er für verschiedene Projekte verantwortlich. Und eines dieser Projekte hatte er selbst ins Leben gerufen. Es ging um die Renovierung des alten Wasserturms, dem weit über die Region hinaus bekannten Wahrzeichen der Insel.

Neben der Stiege und diversen Dielen und Planken mussten auch einige Bretter im Dachgeschoss ausgebessert werden. Holger Bergen hatte Farbe besorgt, denn auch die Fassade sollte bald wieder im hellen Glanz erstrahlen.

Zusammen mit zwei weiteren Vereinsmitgliedern ging er am

frühen Nachmittag die Renovierungsarbeiten an. Das Wetter war für ihr Vorhaben ausgezeichnet. Eine leichte Brise wehte über die Dünenlandschaft und strich über den sanften Hügel oberhalb des Dorfes, auf dem der Turm erbaut worden war. Holger Bergen streifte einen weißen Overall über und packte die mitgebrachten Pinsel aus.

Für den Rest des Tages wurde der Turm für Besucher gesperrt. Die meisten Tagesausflügler hatten bereits den Rückweg zum Hafen angetreten. Während seine beiden Kollegen im oberen Stockwerk eine Diele auswechselten, widmete sich Holger Bergen der Türeinfassung. Er trug die wetterfeste Farbe dick auf, damit sie auch wirklich deckte. Drinnen hämmerten seine Vereinskollegen. Erneut tauchte er den Pinsel ein, als er hinter sich eine Bewegung wahrnahm.

»Der Turm ist gesperrt«, sagte er, ohne sich umzudrehen. »Sie müssen am Montag wiederkommen.« Er strich mit dem Pinsel über den Türrahmen.

Die Person stand noch immer hinter ihm.

»Haben Sie nicht gehört?«, fragte er und wollte sich umdrehen.

Ein Schuss peitschte auf. Er spürte einen brennenden Schmerz. Ungläubig schaute er in das vermummte Gesicht, ehe er zu Boden stürzte.

Einer seiner Kollegen trat mit einem Hammer in der Hand aus der Tür. »Was ist hier los?« Als er den Hammer drohend hob, machte die dunkel gekleidete Gestalt auf dem Absatz kehrt, rannte die Treppe hinab, die zum Turm führte, und verschwand in Richtung der Dünenlandschaft.

Bergens Kamerad beugte sich herab. »Was ist passiert?«, fragte er.

Bergen betastete vorsichtig seinen rechten Arm. »Ich … ich weiß nicht, ich glaube … Ich glaube, der Kerl hat auf mich geschossen.«

Seine Hand war blutig.

42

»Fünfzig Einträge im Monat Mai«, stöhnte Till. »Ich dachte immer, wir wohnen in einer beschaulichen Gegend und auf den Inseln herrscht Glückseligkeit.«

Trevisan schmunzelte. »Was hast du im Einzelnen?«

Till griff nach seinen Aufzeichnungen. »Siebzehn Sachbeschädigungen und vierzehn Diebstähle, dazu sechs Anzeigen wegen Erschleichen von Leistungen, zweimal Beleidigung und einmal Körperverletzung. Vier weitere Vorgänge nach dem Schifffahrtsrecht und ein Zollvergehen. Ich denke, diese Fälle dürfen wir ausschließen.«

»Sind noch fünf Fälle offen«, folgerte Dietmar Petermann.

»Mathematik, Note eins«, unkte Tina.

»Bleiben zwei Brände, ein schwerer Badeunfall, ein Einbruch und eine Gefährliche Körperverletzung«, fuhr Till fort. »Aber in keinem der Fälle kommen Namen unserer Mordopfer vor.«

Trevisan griff nach der Aufstellung, die vor Till auf dem Tisch lag. »Wie war das mit den Bränden?«, fragte er.

Till durchsuchte seinen Ordner. »Im Westen der Insel brannte am 4. Mai ein Schuppen ab, in dem Strandkörbe untergestellt waren. Die Kollegen gingen von Brandstiftung aus. Zwar wurde kein Brandbeschleuniger festgestellt, aber das Feuer muss nach Zeugenberichten an zwei unterschiedlichen Stellen ausgebrochen sein. Die Kunststoffauflagen brannten wie Zunder und bis geeignete Löschversuche unternommen werden konnten, stürzte das Dach des Schuppens ein.«

Monika fuhr sich nachdenklich durch die Haare. »Das klingt aber verdammt nach Grevesand.«

»Haargenau seine Handschrift«, bestätigte Alex. »Wir haben mit dem Betreuer geredet, der Kropp nach Spiekeroog begleitet hatte. Kropp hat sich damals mehrfach unerlaubt vom Jugendheim entfernt und ist erst bei Dunkelheit nach Hause gekommen. Der Betreuer sprach auch von einer Gruppe Halbstarker, die sich in der Nähe herumtrieb und die wohl aus dem *Haus Quellerdünen* stammten. Da waren mehrere Schulklassen und sonstige Ausflügler untergebracht.«

294

Dietmar klopfte mit der flachen Hand auf den Tisch. »Also, da haben wir es doch. Grevesand, Kropp und wohl auch die anderen haben auf der Insel ihr Unwesen getrieben und Hütten angesteckt. Zwei Brände in der Zeit. Das ist die Verbindung. Jetzt müssen wir nur noch herausfinden, wer der fünfte in der Gruppe war. Dann haben wir den Mörder.«

»Wieso sollte ein damaliger Komplize Grevesands denn neunzehn Jahre später die möglichen Mittäter einen nach dem anderen aus dem Weg räumen?«, fragte Alex. »Das ergibt doch keinen Sinn.«

Dietmar breitete seine Arme aus und verzog sein Gesicht. »Das ist doch klar. Er wusste, dass Grevesand der Feuerteufel vom Wangerland ist und befürchtete, dass man herausfinden würde, was sie damals auf Spiekeroog alles angestellt hatten, wenn Grevesand erst einmal festgenommen wird.«

»Ist der zweite Brand auch nicht aufgeklärt worden?«, fragte Monika.

»Doch«, antwortete Till. »Das war eine tragische Geschichte, weil ein Mädchen schwer verletzt wurde. Sie und ihre Zwillingsschwester hatten sich in ein leerstehendes Haus in der Nähe der Kohhuckdüne am Hellerweg zurückgezogen und wollten heimlich eine Zigarette rauchen. Schrecklicherweise haben sie dabei das Haus in Brand gesetzt. Es gab ein Ermittlungsverfahren, weil das verletzte Mädchen lange Zeit mit dem Tod rang. Die Schwester hat zugegeben, ein paar Zeitungen und trockenen Strandhafer mit dem Feuerzeug entzündet zu haben, um ein Lagerfeuer zu entfachen, weil sie nur noch ein paar Streichhölzer hatten. Das Verfahren wurde eingestellt. Die beiden waren erst vierzehn. Grevesand hatte offenbar mit der Sache nichts zu tun.«

»Na und«, entgegnete Dietmar. »Der andere Brand reicht doch schon.«

»Das war aber ein Schuppen und niemand kam großartig zu Schaden«, mischte sich Trevisan in die Diskussion ein. »Ich glaube nicht, dass jemand wegen eines kleinen Brandes Menschen umbringt. Außerdem wäre der Fall längst verjährt.«

»Das muss unser Täter aber nicht wissen«, verteidigte Dietmar seine Theorie.

Trevisan überging seinen Einwand. »Was hast du noch?«, fragte er Till.

Till blätterte in seinem Ordner. »Bei einem Badeunfall vor der Ostküste sind eine Oma und ihr Enkelkind ertrunken. Trotz mehrerer Rettungsversuche der Mutter konnte sie den beiden nicht mehr helfen. Es waren Holländer. Außerdem wurde in die *Kogge*, das Haus des Gastes, eingebrochen, der Fall blieb ungeklärt, und zwei betrunkene Engländer haben sich mit Biergläsern traktiert. Ihre Verletzungen mussten genäht werden.«

»Das war alles?«, fragte Tina.

Till nickte. »Ich finde das für vierzehn Tage eine ganz ordentliche Latte, wenn du mich fragst.«

Es klopfte an der Tür. »Herein!«, brüllte Trevisan, dem die Störung mitten in der Besprechung missfiel. Frau Reupsch, die Sekretärin, öffnete die Tür.

»Ich wollte nicht stören, aber ein Kollege Heyken aus Aurich hat angerufen«, sagte sie. »Auf Langeoog wurde ein Mann angeschossen. Er meint, es könnte etwas mit unserem Fall zu tun haben?«

Trevisan erhob sich. »Und wie kommt er darauf?«

Frau Reupsch reichte Trevisan den Notizzettel, auf dem sie die Rückrufnummer notiert hatte. »Er wartet.«

*

Sie saß am Rande des Hospizplatzes auf einer Bank und starrte mit leeren Augen in die Ferne. Wieso hatte sie sich nur zu dieser idiotischen Aktion hinreißen lassen? Es war absurd zu denken, sie könnte ihr Opfer mitten am Tag und in aller Öffentlichkeit stellen und anschließend in aller Seelenruhe von der Insel verschwinden. Wenigstens hatte sie zuvor den Overall übergezogen und ihr Gesicht unter der Kapuze und mit einer Sonnenbrille und einem Schal verborgen. Niemand konnte sie erkannt haben.

Nachdem das Hinweisschild auf die Sperrung des Turmes oberhalb der kleinen Buchhandlung aufgestellt worden war, waren keine Touristen mehr den steilen, gepflasterten Weg zum Turm entlanggegangen. Beinahe eine Stunde hatte sie auf ihre Gelegenheit gewartet. Deutlich hatte sie das Hämmern gehört, das aus dem Turm zu ihr herübergeweht worden war. Sie war sich einfach zu sicher gewesen. Sie hätte ihn in den Hinterkopf schießen sollen und alles wäre vorüber gewesen. Aber nein, sie hatte unbedingt in sein Gesicht sehen wollen, wenn er starb.

Und dann war der Freund des Opfers mit dem Hammer in der Hand aufgetaucht. Sie war zu Tode erschrocken und in Panik weggelaufen. Und dabei hätte sie nur schießen müssen. Doch sie war nicht hierher gekommen, um ein Blutbad anzurichten.

Innerlich fluchte sie, weil sie versagt hatte. Jetzt war Bergen gewarnt. Wahrscheinlich hatte sie ihn nicht einmal richtig getroffen.

Sie fasste sich an den Kopf. Alles hätte so einfach sein können. Einfach abwarten. Vielleicht sogar die Nacht hier auf der Insel verbringen und auf eine günstige Gelegenheit warten.

Die Ungeduld ist der ärgste Feind des Jägers, hatte ihr Vater einmal gesagt, als sie mit ihm auf einem Hochsitz angesessen hatte. Ein Rehbock war im Zielfernrohr aufgetaucht und hatte auf der nahen Lichtung gegrast. Beinahe zehn Minuten hatte der Bock dort gestanden. Immer wieder hatte er aufgesehen und die Ohren in den Wind gehoben. Dennoch hatte Vater abgewartet, bis sich das Reh den Magen vollgeschlagen hatte. Dann erst hatte er geschossen. Der Rehbock war sofort zu Boden gegangen. Es war ein Blattschuss gewesen.

Warum, zum Teufel, hatte sie nicht gewartet.

Zwei Polizisten in Uniform liefen durch den Park. Sie legte den Kopf zurück und mimte eine harmlose Touristin, die den Sonnenschein genoss und sich durch nichts aus der Ruhe bringen lassen würde. Die Polizisten kontrollierten einen jungen Mann, der den Weg durch den Park entlangschlenderte. Sie hatten sich direkt vor ihm aufgebaut, und aus ihren Gesten entnahm sie, dass die beiden Beamten höchste Vorsicht walten ließen. Einer hatte sogar die Hand an die Dienstpistole gelegt. Argwöhnisch beobachteten sie den jungen Mann, der seinen Ausweis aus der Jackentasche zog. Bevor die Beamten die Kontrolle beendeten, warfen sie einen Blick in den Rucksack des jungen Mannes. Sie konnte nicht verstehen, was sie sagten, aber ihr war klar, dass diese Kontrolle im Zusammenhang mit dem Anschlag auf Bergen stand. Seit einer Stunde wimmelte es hier auf der Insel vor Polizei. Mit dem Boot und sogar mit einem Hubschrauber waren sie gekommen. Und nun suchten sie nach dem Täter. Aber sie suchten nach einem Mann.

Du bist so burschikos, lass deine Haare wachsen, zieh dir Röcke an, damit du auch wie eine Frau aussiehst, hatte Mama ihr früher immer gepredigt. Ihr Körperbau entsprach nicht unbedingt dem weiblichen Ideal, aber das hatte auch seine guten Seiten.

*

Der Mörder hatte erneut zugeschlagen. Die Ermittler waren sich sicher. Zumindest stimmte das Projektil aus der Waffe augenscheinlich mit dem Kaliber überein, das bei den Morden um Wilhelmshaven benutzt worden war.

Das Opfer war ein sechsunddreißigjähriger Kaufmann aus Langeoog. Er war schwer verletzt, schwebte aber nicht in Lebensgefahr. Mit großen Augen betrachtete Trevisan das angeforderte Bild des Opfers, das ihm die Auricher Kollegen über Mail zugesandt hatten. Der Mann ähnelte der Person auf dem Alterssimulationsbild des LKA sehr. Nur die rötlich schimmernden Haare waren ein klein wenig lichter.

»Das ist unser Fall«, sagte Trevisan. »Jetzt wissen wir es genau, der dritte Junge auf Grevesands Bild ist ein weiteres Opfer.«

»Aber diesmal hat das Opfer überlebt«, antwortete Monika.

»Wir müssen auf die Insel«, beschloss Trevisan.

Es galt keine Zeit zu verlieren. Ein Polizeihubschrauber brachte das Team nach Langeoog. Alex, Tina und Monika Sander begleiteten Trevisan, während Anne, Till und Dietmar zurückblieben, um möglichst viele Details über das vermeintliche Opfer des Anschlages herauszufinden. Holger Bergen hieß der Kaufmann, der in die Ubbo-Emmius-Klinik nach Aurich eingeliefert worden war. Till war mit Anne dorthin unterwegs.

Der Hubschrauber landete auf dem Inselflugplatz. Ein Elektrowagen brachte sie durch den Ort bis zu einer Buchhandlung, wo noch immer eine Traube von Menschen vor einem Absperrband stand und neugierig das Treiben der Spurensicherungsbeamten beobachtete. Polizeibeamte in Uniform musterten argwöhnisch die Zuschauer.

Der weiße Turm thronte auf der Düne und reflektierte das rötliche Licht der untergehenden Sonne. Der Auricher Kollege lotste Trevisan und seine Begleiter den schmalen Fußweg entlang, der zum Turm führte. Kaum hatte Trevisan die Treppe zum Turm hinter sich gebracht und die Spitze des Hügels erreicht, als sich die erste Windböe von der Seeseite in seinen Haaren verfing.

Ein bärtiger Mann im weißen Trenchcoat gab zwei Hundeführern Anweisungen. Trevisan kannte den Auricher Kollegen der Außenstelle. »Moin, Hartmann.«

Hartmann wandte sich um. »Hallo, Trevisan, das ging ja flott.«

»Wir sind herübergeflogen«, antwortete Trevisan. »Was genau hast du für uns?«

»Drei Mann vom Verein zur Erhaltung des Langeooger Wahrzeichens waren hier mit Renovierungsarbeiten beschäftigt. Der maskierte Täter ging über die Treppe auf den Turm zu und schoss Holger Bergen, den Vorsitzenden des Heimatvereins, der alleine außen die Türeinfassung strich, ohne Vorwarnung nieder. Zufällig kam einer seiner Kollegen hinzu, die im Inneren des Turmes arbeiteten. Der Täter ist sofort in Richtung der Herrenhusdünen geflüchtet. Wir haben mehrere Streifen und auch Hunde im Einsatz, aber bislang keine Spur.«

»Und wann war das?«, fragte Trevisan.

Hartmann schaute auf seine Armbanduhr. »Die Meldung ging bei der Einsatzzentrale um 16.02 Uhr ein. Bergens Kollege sagt, er hat sofort, nachdem der Kerl abgehauen ist, über Handy die Polizei gerufen. Mein Kollege wartet mit dem Zeugen unten im Buchladen auf euch.«

Trevisan wandte sich Monika zu. »Übernimmst du das?«

Monika nickte und machte sich auf den Weg.

»Wir haben eine vage Beschreibung«, fuhr Hartmann fort. »Der Kerl ist ungefähr einsfünfundsiebzig groß, schlank und, zumindest hat das unser Zeuge gesagt, schmächtig gebaut, was immer das bedeuten soll. Er trug einen dunklen Overall und darüber ein schwarzes Kapuzenshirt und war schnell wie eine Gazelle. Er hatte die Kapuze ins Gesicht gezogen, trug außerdem eine Sonnenbrille und hat den Rest seines Gesichts mit einem Schal verhüllt. Der Zeuge meint, dass die Autonomen so herumlaufen.«

»Die Autonomen?«, wiederholte Trevisan.

»Na ja, diese Linksradikalen eben«, verdeutlichte Hartmann. »Sicher ist, dass der Kerl eine Pistole hatte. Das Projektil wurde sichergestellt. Bergen hatte Glück. Das Geschoss hat seinen Oberarm durchschlagen und seine Seite gestreift. Es ist nicht eingedrungen, weil es offenbar an einer Rippe abgeprallt ist. Wir haben es im Sand gefunden, unmittelbar dort, wo Bergen zu Boden gegangen ist. Es ist dasselbe Kaliber wie bei euren Morden, deswegen habe ich gleich an dich gedacht.«

Trevisan zog die Kopie des Fotos hervor, das er bei Grevesand gefunden hatte. Er zeigte es Hartmann.

»Wer sind die drei Jungs?«, fragte Hartmann.

»Zwei davon sind bereits tot und der dritte ist Bergen«, erklärte Trevisan.

»Woher weißt du das?«

Trevisan faltete ein weiteres Foto auseinander. Das Foto der Kollegen vom LKA.

»Das ist doch Bergen«, sagte Hartmann.

»Richtig«, bestätigte Trevisan. »Und deshalb kannst du dir sicher sein, dass der Fall zu unserer Serie gehört. Wir übernehmen die Sache.«

43

»Fragt ihn, was er über den Täter weiß, und bleibt bei ihm, bis ich auf der Insel fertig bin«, hatte Trevisan Till und Anne angewiesen. »Und sorgt dafür, dass zwei uniformierte Beamte vor seiner Tür postiert werden, wir können nicht ausschließen, dass der Täter noch einmal zuschlägt.«

Till hatte Trevisans Anweisung beherzigt. Er saß mit einem grünen Mantel bekleidet zusammen mit Anne in der Intensivstation der Auricher Klinik und sprach mit Bergen.

Holger Bergen hatte Glück gehabt. Das Projektil hatte keine großen Blutgefäße geschädigt. Ein glatter Durchschuss durch das Muskelfleisch an seinem rechten Oberarm. Jedoch hatte die Wucht des Geschosses eine Rippe angebrochen. Er hatte Schmerzen, aber er war wach und vernehmungsfähig. Zumindest zehn Minuten hatten die Ärzte Till für eine erste Befragung eingeräumt.

»Hat der Täter etwas zu Ihnen gesagt, bevor er schoss?«, fragte Till.

Bergen wollte den Kopf schütteln, doch die Schmerzen waren offenbar zu heftig. Schließlich krächzte er ein tonloses »Nein.«

»Kannten Sie den Mann, ich meine, kam er Ihnen bekannt vor?«

»Nein.«

»Haben Sie Feinde, Herr Bergen?«, fragte Anne.

Bergen versuchte ein Lächeln, doch es missglückte. »Feinde? Ich bin Geschäftsmann und habe einen kleinen Frischemarkt auf der Insel. Vielleicht mag der eine oder andere Kunde meinen, die Preise in meinem Laden wären zu hoch, aber deswegen holt man doch keine Pistole hervor. Nein, Feinde habe ich nicht. Zumindest wüsste ich nichts davon.«

»Es müssen keine aktuellen Vorfälle sein«, versuchte Till einen Vorstoß, »vielleicht jemand aus der Vergangenheit. Ein enttäuschter Nebenbuhler oder jemand aus der Jugendzeit.«

Bergen zog die Stirn kraus. »Ich kenne niemanden, dem ich so etwas zutraue.«

Eine Schwester streckte den Kopf durch den Vorhang. »Meine Damen und Herren von der Polizei, der Arzt meint, dass es jetzt genügt, unser Patient braucht Ruhe.«

»Können wir morgen noch einmal kommen?«, fragte Till.

Die Schwester zuckte mit der Schulter. »Morgen ist ein neuer Tag. Rufen Sie einfach an.«

Till erhob sich. »Wir haben zwei Kollegen vor dem Zimmer postiert«, sagte er zu der Schwester. »Wenn etwas Ungewöhnliches vorfällt, geben Sie bitte sofort Bescheid.« Er wandte sich Bergen zu. »Wir schauen morgen noch einmal herein.«

Bergens Augen flogen zwischen Till und Anne hin und her. »Ja, glauben Sie denn, der Kerl kommt wieder?«

»Man kann nie wissen«, antwortete Till.

*

»Das haben wir oberhalb des Strandes hinter einer Düne gefunden«, sagte der Hundeführer und öffnete den braunen Papiersack.

Trevisan warf einen Blick hinein. Ein dunkler Kapuzenpulli und eine Sonnenbrille. »Das könnte vom Täter stammen«, sagte er. »Die Spurensicherung soll es nach Haaren oder Hautschuppen untersuchen. Vielleicht können wir daraus ein DNA-Profil erstellen.«

»Demnach ist der Täter an den Strand geflüchtet«, folgerte Hartmann und schaute nach Norden.

»Von dort aus kann er über die Höhenpromenade wieder zurück in die Stadt und dann zum Hafen gelangen«, antwortete Trevisan.

»Der Hafen wird überwacht. Wir überprüfen alle Passagiere, die auf die Fähren gehen. Bislang negativ.«

»Der Täter ist jetzt bestimmt gekleidet wie ein normaler Tourist. Vielleicht hat er sich sogar der Waffe entledigt. Aber er hat auf alle Fälle einen kleinen Knopf bei sich. Ein braunschattierter Knopf mit zwei Knopflöchern.«

»Wir können doch nicht jeden Passagier durchsuchen«, wandte Hartmann ein.

»Aber jeden, auf den die Beschreibung passt.«

Hartmann holte tief Luft. »Gut, ich gebe es an die Kollegen im Hafen weiter.«

Tina und Alex kamen die Treppe herauf und blieben vor dem Turm stehen. »Viel ist es nicht, was der Zeuge sagen kann. Aber er hat unheimlich Glück gehabt, dass er nicht selbst zur Zielscheibe wurde. Der Kerl hätte nur abzudrücken brauchen.«

Trevisan überlegte. »Bergen war das Ziel des Täters, möglicherweise will er keine Unbeteiligten ermorden. Das bedeutet, dass er sich strikt an seinen Plan hält und einen nach dem anderen von der Liste streicht.«

»Welche Liste?«, fragte Tina.

»Seine Todesliste«, bekräftigte Trevisan. »Der nächste Knopf ist für Bergen bestimmt und für niemand anderen sonst.«

»Das heißt, dass er es noch einmal versuchen wird«, bemerkte Alex.

»Wir müssen zumindest damit rechnen«, antwortete Trevisan. Sein Handy klingelte. Er ging ein Stück zur Seite und sprach kurz mit Till, der sich aus dem Krankenhaus meldete.

»Bergen kann nicht viel sagen«, erklärte er, nachdem er wieder zurückgekehrt war. »Till hat den Eindruck, dass er tatsächlich nicht weiß, wer auf ihn geschossen hat.«

»Oder die Sache, um die es geht, ist so heikel, dass er bewusst nichts darüber herauslässt«, wandte Alex ein. »Vielleicht muss er befürchten, dass nicht nur der Mörder ihn zur Rechenschaft ziehen wird, wenn herauskommt, was hinter dem Anschlag steckt.«

»Ein Verbrechen?«, fragte Tina.

»So etwas in der Art«, bestätigte Alex.

»Wenn wir herausfinden, in welche Geschichte unsere Opfer verwickelt waren, dann haben wir den Täter«, murmelte Trevisan. »Davon bin ich überzeugt.«

»Dann sollten wir vielleicht ein wenig Druck auf Bergen ausüben«, schlug Alex vor.

»So viel Druck wie möglich«, bestätigte Trevisan. »Ich habe die uniformierten Kollegen abgezogen. Till und Anne bleiben vorerst im Krankenhaus. Ihr müsst sie so schnell wie möglich unterstützen.«

*

Sie war überrascht, wie einfach es war, von Langeoog zu verschwinden. Als sie die Fähre betrat, blickte sie sich noch einmal um. Die Polizisten kontrollierten ausschließlich Männer. Männer, die etwa ihrer Statur entsprachen. Sie kannten also nur die halbe Wahrheit. Schwieg Bergen? Oder wusste er gar nicht mehr, um was es ging? Hatte er längst vergessen, was er vor neunzehn Jahren auf Spiekeroog angerichtet hatte? Sicherlich, er war damals nicht die treibende Kraft gewesen, trotzdem hatte er sich hinreißen lassen. Und nun würde er dafür bezahlen.

Sie saß auf der Holzbank im Zwischendeck und lächelte. Das war ihre Chance. Sie suchten nach einem Mann. Und genau dieser Umstand würde ihr eine weitere Chance eröffnen. Und diesmal würde sie ihre Chance nutzen. Wenn doch nur dieser Kerl mit dem Hammer in der Hand nicht aufgetaucht wäre. Dann hätte sie jetzt alles hinter sich lassen und ein neues Leben beginnen können.

Vor Wochen, als sie in den Norden gefahren war, hatte sie sich keine Gedanken darüber gemacht, wie es hinterher weitergehen würde. Einzig und allein ihr Schwur, den sie damals auf dem langen Flur in der Klinik geleistet hatte, war ihr wichtig gewesen. Doch nun, so kurz vor dem Ziel, kamen ihr andere Gedanken in den Sinn. Das Leben war schön – zu schön, um es leichtfertig wegzuwerfen. Sie hatte noch eine Zukunft. Das Geld aus der Erbschaft würde für ein einfaches Leben irgendwo weit im Süden ausreichen. Und für Lucia war gesorgt. Wenn es so weit wäre, dann würde sie ihre Schwester nachholen. Früher hatte sie ihr oft von den Stränden auf der Insel im Mittelmeer erzählt.

Das Signalhorn der Fähre riss sie aus ihren Gedanken. Der Hafen von Bensersiel kam in Sicht. Jetzt musste sie erst einmal herausfinden, wohin Bergen gebracht worden war. Er war nicht allzu schwer verletzt. Bestimmt würde er in ein paar Tagen das Krankenhaus wieder verlassen können. Würde er einfach nach Langeoog zurückkehren und sein Leben weiterführen wie bisher? Arglos?

Nein, bestimmt würde ihn die Polizei ausfragen und eine Verbindung zu den Toten in Wilhelmshaven herstellen. Dann wüsste Bergen bald, wer auf ihn lauerte, und würde untertauchen.

Nein, sie musste es sofort versuchen. Im Krankenhaus.

44

»Wir postieren unsere Leute überall an den Zugängen und überwachen die Flure. Er wird morgen früh auf ein Privatzimmer am Ende des Flurs verlegt. Dahin kommt man nur entweder über das Treppenhaus oder den Fahrstuhl. Am Ende des Flures ist ein Verbindungsgang. Die Stahltür ist verschlossen. Nur wer einen Schlüssel hat, kann da durch.«

»Das Sondereinsatzkommando steht bereit«, warf Monika Sander ein. »Sie halten sich im oberen Stockwerk auf und operieren verdeckt. Sobald sich etwas Verdächtiges ereignet, sind sie in zwei Minuten über den internen Gang am Einsatzort.«

Beck studierte den Grundriss des Krankenhausgebäudes. »Wir müssen auf alle Fälle die Gefährdung unbeteiligter Personen ausschließen können. Mir ist nicht ganz wohl bei der Sache. Warum leitet Trevisan den Einsatz nicht selbst? Wo ist er überhaupt?«

»Er sagte, er habe noch etwas zu erledigen«, antwortete Monika Sander. »Er wird rechtzeitig hier sein.«

»Und wer passt jetzt auf den Mann auf?«

»Alex und Tina sind im Krankenhaus«, erklärte Monika. »Außerdem noch zwei Kollegen von der Fahndung. Aber solange Bergen auf der Intensivstation liegt, kommt niemand an ihn heran. Das Wachzimmer ist vom restlichen Bereich des Krankenhauses abgeschirmt. Zurzeit ist er außer Gefahr. Wir haben nur die Streife abgezogen, damit unser Täter den Braten nicht riecht.«

»Außerdem wird die *Ostfriesen-Zeitung* morgen von einem bewaffneten Überfall auf Langeoog berichten«, fügte Dietmar hinzu. »Darin wird es heißen, dass die Polizei davon ausgeht, ein Räuber habe sich die Eintrittskasse des Turmmuseums verschaffen wollen und den falschen Zeitpunkt erwischt.«

Beck zog die Stirn kraus. »Wenn das nur gut geht. Ich habe ein ganz schlechtes Gefühl dabei. Der Kerl geht über Leichen und ich war erst gestern auf der Beerdigung eines Kollegen.«

Monika schaute auf die Uhr über der Tür des Konferenzraumes. Es war kurz nach Mitternacht. »Wir treffen uns morgen um zehn Uhr. Die Klinikleitung hat uns verbindlich zugesagt, Bergen nicht vor dieser Zeit auf sein Zimmer zu verlegen.«

»Und wie lange, denken Sie, wird diese Aktion dauern?«, fragte Beck.

»Martin meint, dass der Täter innerhalb weniger Tage zuschlagen wird. Im Pressebericht wird stehen, dass sein Opfer die nächste Woche im Krankenhaus zubringen wird, bevor er auf Reha muss. Wir wollen ihn damit zu einer schnellen Aktion zwingen und ausschließen, dass er sich Chancen ausrechnet, Bergen in nächster Zeit wieder auf der Straße zu begegnen.«

»Ich weiß nicht, ich weiß nicht«, lamentierte Beck. »Eine Klinik als Einsatzort, das halte ich für keine gute Idee. Vielleicht sollten wir erst mit Frau Schulte-Westerbeck darüber reden. Wenn da etwas schief geht, können wir alle unseren Hut nehmen.«

Monika Sander blickte Beck unverwandt an. »Wir wissen nicht, wie viele Menschen noch auf der Todesliste des Mörders stehen. Er ist bislang gezielt und koordiniert vorgegangen und hat so gut wie keine verwertbaren Spuren hinterlassen. Jetzt hat er einen Fehler gemacht und das zwingt ihn zu einer unüberlegten und unvorbereiteten Aktion. Schon bei Grevesand hat er seinen sicheren Weg verlassen und einen schweren Unfall in Kauf genommen. Wir bekommen ihn nur auf diesem Weg – oder wollen Sie für Bergen Personenschutz für die nächsten Wochen und Monate organisieren? Wenn wir diese Chance nicht nutzen, finden wir den Kerl vielleicht nie. Und eine ungeklärte Serie schlägt mindestens genauso negativ zu Buche wie eine Aktion in einem Krankenhaus. Zumal wir diesmal den Ort bestimmen und rechtzeitig mit allen Eventualitäten planen können.«

»Ihr Wort in Gottes Ohr«, seufzte Beck. »Also gut, dann gehen wir es an. Aber seien Sie um Himmels Willen vorsichtig.«

*

Sie faltete die Zeitung zusammen und bestellte sich einen weiteren Cappuccino. Die warme Morgensonne strich über ihr Gesicht. Der Wetterbericht hatte einen warmen, sonnigen Tag angekündigt. Sie blickte in den blauen und wolkenlosen Himmel. Einen weiteren Fehler wie gestern durfte sie sich nicht leisten. Sie stand nahe am Abgrund. Aber sie würde diesmal ihre Chance nutzen.

Wenn sie dem Bericht in der Zeitung Glauben schenken konnte, dann tappte die Polizei auf Langeoog im Dunkeln. Sie gingen von einem versuchten Raubüberfall aus und suchten einen schlanken Mann mit durchschnittlicher Größe und wohl auch durchschnittlichem Alter. Keine Beschreibung, wegen der sie sich Sorgen machen musste. In der Zeitung hatte gestanden, in welche Klinik das Opfer eingeliefert worden war. Bergen war schwer verletzt worden. Das würde ihr vielleicht die Aktion ein wenig erleichtern. Sie wollte es endlich zu Ende bringen.

Die Gefahr, dass sie ihr auf die Schliche kamen, wurde mit jedem Tag ein klein wenig größer. Ein weiterer Fehler war gewesen, die verräterische Kleidung auf Langeoog einfach wegzuwerfen, statt sie zu verbrennen. Wenn die Polizei sie fände, gäbe sie ihr sicher genügend DNA-Material. Und ein genetischer Fingerabdruck verriet das Geschlecht des Täters. Und mehr. War man erst einmal in Verdacht geraten, zählte er mittlerweile vor den Gerichten als schlüssiger Beweis. Ein Freund der Familie hatte damals bei der Kripo in Würzburg gearbeitet, daher wusste sie, wie Polizisten vorgingen und mit welchem Druck sie einen Mörder jagten. Die Polizei würde alles unternehmen und jeglichen Aufwand betreiben.

Der Kellner stellte den Cappuccino auf ihren Tisch und lächelte ihr freundlich zu.

»Ich zahle dann bitte«, sagte sie.

Der Kellner nickte. »Macht sechsfünfzig.«

Sie gab ihm sieben und erhob sich. Unbefangen schlenderte

sie weiter durch die Fußgängerzone von Aurich, betrachtete die Auslagen in den Geschäften oder musterte die Menschen, die ihr auf ihrem Weg begegneten. Sie war eine Touristin, die ihren wohlverdienten Urlaub im hohen Norden genoss. Doch in ihrem Rucksack waren keine Bücher für den Strand, kein Badeanzug für ein Bad in den salzigen Wellen, kein Fotoapparat für die schönen Erinnerungen, in ihrem Rucksack befand sich der Tod.

*

Vor Stunden schon hatte sich Trevisan in sein Büro zurückgezogen und brütete über den Akten. Monika hatte ihm berichtet, dass die Überwachungsaktion ab zehn Uhr planmäßig anlaufen würde. Er hatte nur genickt.

Als er gestern nach Hause gekommen war, hatte Angela bereits geschlafen. Sie war mit dem Taxi vom Bahnhof nach Sande gefahren. Er hatte sie nicht wecken wollen, als er heute früh gegen acht Uhr das Haus verließ. Er selbst hatte nur wenig geschlafen, und am Ende beschlich ihn das Gefühl, dass er nicht gründlich genug gearbeitet hatte, dass er etwas Wesentliches übersehen hatte. Also befasste er sich noch einmal mit der Akte. Mittlerweile umfasste sie drei große Ordner – Spurensicherungsberichte, Fotomappen, Obduktionsergebnisse, Vernehmungen, Ermittlungsersuchen und Gesprächsnotizen. Überall konnte sich das Detail verstecken, nach dem er krampfhaft suchte, ohne überhaupt zu wissen, was es genau war.

Er breitete die Bilder von den Tatorten vor sich aus. Till hatte mal vorgeschlagen, die gesamten Akten im Computer zu erfassen, Berichte einzuscannen und mit der EDV zu verarbeiten. Trevisan hatte ihn damals belächelt, aber nachdem er die ersten beiden Stunden vor den Berichten verbracht hatte, erschien ihm der Vorschlag gar nicht mehr so abwegig. Im Computer gab es bessere Recherchemöglichkeiten als in so einem Papierberg.

Als das Telefon klingelte, blickte er nur kurz auf das Display. Becks Nummer wurde angezeigt. Er ließ es einfach klingeln. Nach dem achten Mal verstummte der Apparat. Trevisan brauchte Ruhe und Konzentration. Bald schon verschwammen die Buchstaben vor seinen Augen. Er kochte einen starken Kaffee und öffnete das Fenster. Die frische, warme Luft weckte neue Lebensgeister.

Das Kapuzenshirt, das bei der Spurensuche auf Langeoog aufgefunden worden war, entsprach der Kleidergröße M. Außerdem hatte Bergens Lebensretter von einer gazellenhaften Beweglichkeit des Täters gesprochen. Einen ähnlichen Eindruck auch einmal eine Zeugin beim Mord an Uwe Lohmann gehabt. Trevisan las noch einmal die Zeile in Monikas Vernehmungsprotokoll.

… Person ging hinter ihm her, holte ihn ein und sprach ihn an. Sie war überhaupt nicht hektisch und schlenderte eher zufällig, beinahe leichtfüßig hinter ihm her. Fast so, als hätte sie nur den gleichen Weg wie der Tote …

Damals war er darüber hinweggegangen, aber heute sah er die Bemerkung der Frau unter einem ganz anderen Aspekt.

Er blätterte weiter. Huneke hatte von einem blauen VW Golf mit einem Kennzeichen gesprochen, dessen Ortskennbuchstaben mit einem W begannen. An den zweiten Buchstaben konnte er sich nicht mehr erinnern.

Trevisan schenkte sich eine Tasse Kaffee ein und nippte daran. Er fluchte, weil er sich die Lippe verbrannte, und stellte die Tasse zurück auf den Tisch.

Er nahm die Fotos in die Hand, die Kleinschmidt im Schuppen von Grevesand gemacht hatte. Die Bilder, die Grevesand in dunklen Farben an die Wand gesprüht hatte, hatten etwas Bedrohliches an sich. Schneider hatte nur zum Teil recht behalten, nicht alle Bilder konnte er Grevensands Taten zuordnen, einige blieben übrig. Und brennende Menschen in Form der Strichmännchen gab es zuhauf. So viele Brandopfer konnte selbst Grevensand nicht auf sein Gewissen geladen haben. Trevisans Blick blieb auf einem Bild haften. Es zeigte eine brennende Hütte und ein in Flammen gehülltes Strichmännchen. Ein weiteres Strichmännchen stand im Hintergrund und streckte hilflos flehend die Hände in den Himmel. Doch die Männchen waren gar keine Männchen. Die dreieckige Form ihrer Körper stellte Kleider dar.

Die Erkenntnis traf ihn wie ein Blitz. Hastig suchte er im dritten Ordner nach dem Ermittlungsergebnis, das Till aus der Aktenhaltung im Auricher Polizeirevier mitgebracht hatte. Er überflog die Zeilen, schaute noch einmal auf das Bild, sprang auf und hastete zur Tür. Er stürmte den Flur entlang und klopfte an Monikas Tür, aber ihr Büro war verwaist. Auch das nächste Zimmer war leer. Draußen im Treppenhaus hörte er ein Geräusch. Er ging durch die Glastür und sah Dietmar Petermann, der vor dem geöffneten Kopierapparat kniete und an einer Kurbel drehte. Dietmar schaute erschrocken auf. »Hey, was ist in dich gefahren?«, sagte er, als er Trevisans hektischen Gesichtsausdruck bemerkte.

»Wo sind die anderen?«, fragte Trevisan. Sein Puls raste.

»Monika, Till und Anne sind in der Klinik und Alex und Tina kommen erst um zwei«, entgegnete Dietmar.

Trevisan warf einen Blick auf seine Armbanduhr. »Ruf sie zurück! Dienstbesprechung in einer Stunde!«

»Aber ... aber die Überwachung«, stotterte Dietmar.

»Das muss die Fahndung übernehmen«, erklärte Trevisan. »Ich glaube, ich weiß jetzt, wer unser Täter ist.«

»Ich weiß nicht, ob die Fahndung genügend Leute stellen kann. Möglicherweise müssen wir ...«

»Ruf sie zurück, du hast eine Stunde Zeit!«, beharrte Trevisan. »Und ruf Alex und Tina an. Es ist wichtig, klar!«

Dietmar nickte entgeistert, aber Trevisan war bereits wieder hinter der Glastür verschwunden. Er eilte zurück in sein Büro und suchte im Polizeiadressbuch die Telefonnummer der Würzburger Kriminalpolizei.

45

»Unser Mörder ist eine Frau«, sagte Trevisan in den stickigen Raum.

Die Anwesenden schauten ihn ungläubig an.

»Die Morde zeigen aber keine typische Vorgehensweise für eine Frau«, antwortete Monika Sander.

»Ich hatte auch Kriminalistik«, entgegnete Trevisan. »Ich weiß, was die statistischen Untersuchungen ergeben haben, aber das hier ist keine Statistik, sondern die Realität.«

»Könnte mal jemand das Fenster öffnen?«, fragte Dietmar und handelte sich ein paar missbilligende Blicke ein.

»Und wie kommst du darauf?«, meldete sich Tina zu Wort.

»Wir haben zwei Zeugen«, erklärte Trevisan. »Beide haben unseren Täter kurz zu Gesicht bekommen und beide sprachen von leichtfüßigen Bewegungen. Außerdem wurde auf Langeoog ein Kapuzenshirt mit der Größe M aufgefunden. Es entspricht der Größe 40. Bergens Kollege ist sich ziemlich sicher, dass es sich um das Kleidungsstück handelt, das der Täter trug.«

»Es gibt auch schmächtige Männer«, wandte Till ein.

»Da gebe ich dir uneingeschränkt recht, aber betrachtet auch das einmal ein wenig genauer.« Trevisan schaltete den Laptop ein und projizierte über einen Beamer, den er sich von der Pressestelle geholt hatte, das Bild aus Grevesands Schuppen an die Wand. »Was seht ihr?«

»Nicht viel mehr als du«, unkte Dietmar. »Ein brennendes Haus und ein brennender Mensch. Vermutlich eine Frau.«

»Und was noch?« Trevisan deutete auf das Bild.

»Da steht jemand im Hintergrund«, sagte Tina. »So wie es aussieht, ebenfalls eine Frau.«

»Oder ein Mädchen«, entgegnete Trevisan. »Ein vierzehnjähriges Mädchen, das zuschauen muss, wie ihre Zwillingsschwester bei lebendigem Leib verbrennt.«

»Du meinst, Grevesand könnte mit dem Brand auf der Insel etwas zu tun haben?«, fragte Till. »Die Sache mit dem Haus in den Dünen?«

Trevisan zeigte noch einmal auf das Bild. »Seht ihr die Linien im Hintergrund?«

»Klar, das sind Hügel«, sagte Dietmar.

»Hügel, richtig«, bestätigte Trevisan. »Sandhügel vielleicht. Die Dünen auf Spiekeroog im Mai 1981, davor das brennende Haus und Lucia Oberdorf, die in Flammen steht. Und im Hintergrund Veronika, ihre Schwester. Unsere Mörderin.«

Till meldete sich zu Wort. »Soweit ich mich noch erinnere, hatte doch diese Veronika Oberdorf zugegeben, den Brand gelegt zu haben. Es war ein Unglück. Fahrlässige Brandstiftung. Der Fall ist gegen Auflagen eingestellt worden.«

»Und woher hatten sie die Zigaretten?«, wandte Trevisan ein. »Was, wenn unsere Mordopfer hinter der Sache stecken?«

»Welche Zigaretten denn?«, unterbrach Dietmar.

»Der Brand wurde ausgelöst, weil die beiden Schwestern heimlich rauchen wollten«, erklärte Till. »Dabei sind getrockneter Strandhafer und alte Zeitungen in Brand geraten, die irgendjemand dort zu einem weichen Lager aufgeschichtet hatte. Das Haus stand seit Jahren leer und war beinahe verfallen.«

»Ach so, das«, murmelte Dietmar.

Monika erhob sich und öffnete das Fenster. »Also, ich weiß nicht, Martin. Das ist nicht mehr als eine Theorie.«

»Ich habe eine Anfrage beim Kraftfahrtbundesamt gemacht«, sagte Trevisan. »Auf Veronika Oberdorf ist ein blauer Golf, Baujahr 1998, mit dem Kennzeichen WÜ-AS 4883 angemeldet. Till, kannst du dich noch erinnern, was Huneke über den Wagen sagte, der Klein und Bergkamp abdrängte?«

»Würzburg, das könnte passen«, antwortete Till.

»Wir müssen mit Bergen reden«, sagte Trevisan. »Er wird wissen, was damals in dem geheimnisvollen Haus in den Dünen geschehen ist.«

*

Sie hatte ihren Leihwagen an der B 72 geparkt und blickte über die grüne und gepflegte Wiese auf das sandfarbene, vierstöckige Gebäude, in dem sich die Chirurgische Abteilung befand. Hinter einem dieser zahlreichen Fenster erholte Holger Bergen sich von einem Schuss, der das eigentliche

Ziel verfehlt hatte. Sie würde herausfinden, hinter welchem Fenster. Heute wollte sie erst einmal die Lage sondieren. Sie trug ein geblümtes Sommerkleid und hatte sich geschminkt, obwohl sie Lippenstift und Make-up hasste. Aber schließlich suchte die Polizei noch immer nach einem Mann. Und so wie sie sich heute hergerichtet hatte, war sie meilenweit davon entfernt, für einen gehalten zu werden. Zudem hatte sie in einem Blumenladen einen schönen Strauß gelber Rosen gekauft. Sie würde niemandem auffallen, wenn sie sich in dieser Verkleidung in das Gebäude begab.

Als sie durch das gläserne Portal trat, empfing sie eine angenehme Kühle. Sie ging am Empfang vorüber, wo zwei Krankenhausangestellte damit beschäftigt waren, den anstehenden Besuchern Auskunft zu erteilen, und orientierte sich an dem großen Wegweiser. Bergen musste entweder in der Station vier oder fünf untergebracht sein. Oder lag er noch auf der Intensivstation?

Sie schlenderte den langen und breiten Gang hinunter. Zwei Krankenschwestern begegneten ihr. Die beiden unterhielten sich angeregt. Der fränkische Akzent der älteren erinnerte sie an zu Hause. Sicherlich, die Welt war ein Dorf, aber ausgerechnet hier auf jemanden aus der Heimat zu treffen, das war schon verwunderlich. Die beiden Krankenschwestern blieben stehen, und so schob sie sich ein wenig näher heran, bis sie das Namensschild auf dem weißen Kittel erkennen konnte. Schwester Karin. Ein Name, den sie sich merken musste, vielleicht würde ihr das eine Chance eröffnen.

Sie blickte sich um und entdeckte einen freien Platz in der Sitzecke neben dem Kiosk. Ein idealer Ort für ihre Beobachtungen. Jeder musste sie für eine Besucherin halten, selbst Polizisten, die in der Nähe patrouillierten. Bislang hatte sie niemanden entdeckt, der ihr verdächtig erschien.

*

Trevisan hatte sich wieder in sein Büro zurückgezogen und studierte die Akte des damaligen Falles. Das Landgericht hatte ein psychologisches Gutachten von Veronika angefordert, das ein namhafter Psychiater und Kinderpsychologe mit Akribie ausgefertigt hatte. Nachdem Trevisan die zehn Seiten starke Abhandlung gelesen hatte, kam es ihm vor, als würde er das Mädchen kennen.

Meistens, so hatte der Psychiater attestiert, schien es, als ob Veronika das Geschehen gar nicht richtig zur Kenntnis genommen hatte.

Offenbar hatten die Schwestern eine besondere Verbindung zueinander gehabt, so wie es landläufig von Zwillingen, dazu noch eineiigen, behauptet wurde. Nachdem Lucia wieder auf dem Weg der Besserung gewesen war, war Veronika ihr nicht mehr von der Seite gewichen. Ihre Eltern, bürgerliche und sehr gläubige Menschen, hatten sie gewähren lassen. Und so hatte Veronika sich zur Fürsprecherin ihrer Schwester entwickelt, die, gezeichnet von dem Brand und mit einer Hirnschädigung durch den Sauerstoffmangel infolge einer Rauchgasvergiftung, auf dem geistigen Entwicklungsstand eines Kindes stehen blieb. Veronika kümmerte sich um ihre Schwester. Vielleicht war auch das der Beweggrund dafür, dass man das Verfahren nach knapp einem Jahr gegen Auflagen eingestellt hatte.

Als Trevisan die damaligen Vernehmungsprotokolle gelesen hatte, waren am Ende mehr Fragen offen, als letztlich hatten beantwortet werden konnten. Offenbar litt Veronika unter einer Amnesie und konnte das Geschehen auf Langeoog im Mai 1981 nur bruchstückhaft wiedergeben. Der Psychologe führte dies auf eine traumatische Verletzung ihrer seelischen Integrität zurück, deren Folge ein unbewusstes Löschen der Erinnerung an diesen tragischen Abend war. Eine ganz normale, unterbewusste Schutzfunktion, die insbesondere bei jüngeren Menschen nicht unüblich war. Ansonsten bescheinigte er ihr eine übliche charakterliche Reife und eine positive Entwicklung.

Trevisan missfiel es, die Arbeit der Kollegen zu kritisieren, jedoch hatte der sachbearbeitende Kollege einige aus kriminaltaktischer Sicht unverzeihliche Fehler begangen. Er hatte offenbar nicht Veronikas Erzählungen aufgenommen, sondern selbst Fragen ausformuliert, die dann die erwarteten Antworten weitestgehend schon enthielten. Als man Veronika fand, lag eine Packung Zigaretten in ihrer Nähe. Dieser Umstand

314

brachte die Theorie ins Spiel, dass das heimliche Rauchen Ursache dieser Katastrophe gewesen war. Doch niemand hatte die Zigaretten untersucht, niemand hatte überhaupt Spuren gesichert. Nachdem die Brandursache vermeintlich feststand, war das Verfahren recht zügig und ohne tiefergehende Untersuchungen abgeschlossen worden.

Tatsächlich fest stand, dass sich das Feuer schnell im Haus ausgebreitet und die beiden Mädchen im Inneren eingeschlossen hatte. Veronika hatte sich ein paar oberflächliche Brandverletzungen an den Händen zugezogen. Ansonsten war im Bericht nichts über ihre Kleidung und ihren Zustand erwähnt. Lediglich aus einem Satz eines Arztes war herauszulesen, dass sie eine Hemdbluse getragen hatte.

War das die Verbindung zu den Hemdenknöpfen?

Für Trevisan stand fest, dass hier etwas nicht stimmte. Er musste unbedingt mit Holger Bergen über den Brand auf Langeoog reden. Und er würde ihn zu Antworten zwingen.

46

Die Nacht über war es ruhig geblieben. Niemand hatte sich bislang Bergens Zimmer genähert, der nicht berechtigt war oder nicht zum Klinikpersonal gehörte. Mittlerweile wussten alle Kollegen, dass es sich beim Täter um eine Frau handeln konnte. Trevisan hatte alle notwendigen Vorkehrungen getroffen. Die beiden Kollegen, die das Zimmer beobachteten, hatten Bilder der Krankenschwestern und der beiden Ärzte erhalten, die auf der Station arbeiteten. Sie waren angewiesen, jeden zu überprüfen, der sich Bergens Zimmer näherte, wenn sie nicht den Personen auf den Fotos entsprachen. Selbst Klinikpersonal sollte nicht ausgespart werden. Schließlich arbeiteten hier weit über zweihundert Angestellte und nicht von jedem konnten auf die Schnelle Bilder besorgt werden. Das wäre auch schlichtweg unsinnig gewesen, denn wer sollte bei einer so hohen Zahl noch den Überblick behalten.

Bevor Trevisan zusammen mit Till Schreier nach Aurich in die Klinik fuhr, erkundigte er sich bei der Einsatzzentrale, ob sich die Kollegen aus Würzburg schon gemeldet hatten. Doch leider war noch keine Nachricht aus dem Süden eingetroffen.

Kurz nach acht trafen sie vor der Klinik ein. Die Fenster spiegelten die Sonnenstrahlen wider und Trevisan schloss für einen Moment geblendet die Augen. Sie gingen durch die Glastür, und er blickte sich aufmerksam um. In der Nähe des Kiosks stand ein junger Mann im Morgenmantel an einem Stehtisch und las Zeitung. Ein Kollege von der Fahndungsabteilung. »Wir müssen aufpassen, dass wir nicht auffallen«, hatte Trevisan den Kollegen gesagt. »Mischt euch einfach unter die Patienten, lasst eurer Phantasie freien Lauf.«

Trevisan und Till fuhren mit dem Fahrstuhl in den dritten Stock. Dort war die Abteilung IV untergebracht, die Unfallchirurgie. Holger Bergen lag im Zimmer 343. Unterwegs begegneten ihnen drei getarnte Mitarbeiter. Verkleidet als Reinemachefrau, Krankenschwester und als Arzt hielten sie sich in der Nähe des Zimmers am Ende des Flures auf. Im Zimmer selbst lagen zwei weitere »Patienten«, auch sie waren

Kollegen. Noch nicht einmal Bergen selbst wusste, dass seine Bettnachbarn Kriminalbeamte waren.

Holger Bergen lag im mittleren Bett. Seine Gesichtsfarbe ähnelte einer gekalkten Wand. Offenbar ging es ihm nicht besonders gut, denn hin und wieder seufzte er gequält. Vor allem, als er seinen Kopf leicht in Trevisans Richtung drehte.

»Guten Morgen, Herr Bergen.« Trevisan zog sich einen Stuhl ans Bett. »Mein Name ist Martin Trevisan, meinen Kollegen Till Schreier kennen Sie ja bereits.«

Bergen seufzte erneut. »Ich habe bereits alles erzählt, was ich weiß. Ich möchte bloß wissen, was der Kerl wollte. Selbst wenn wir einen guten Tag haben, liegen meist nicht mehr als dreihundert Mark in der Turmkasse. Das lohnt sich doch gar nicht.«

»Wieso sind Sie so sicher, dass der Täter Geld wollte?«

Bergen zog die Stirn kraus. »Was denn sonst?«

»Sie!«, antwortete Trevisan kalt.

Bergen versuchte ein Lächeln, doch es misslang, weil er vor lauter Ungläubigkeit seinen gesunden Arm in einer wegwerfenden Geste gehoben hatte. Er stöhnte vor Schmerz auf. »So ... so ein Blödsinn! So einen Blödsinn kann sich nur die Polizei ausdenken.«

»Denken Sie nach«, sagte Trevisan. »Vielleicht gibt es einen Vorfall in Ihrem Leben, bei dem Sie sich jemanden zum Feind gemacht haben, der jetzt Rache nehmen will.«

Bergen schüttelte den Kopf, zumindest deutete er diese Geste an. »Hören Sie, ich betreibe einen kleinen Frischemarkt auf Langeoog. Meine Waren sind gesund, meine Preise okay. Ich zahle rechtzeitig meine Steuern, ich rauche nicht, ich trinke nicht und ich habe auch sonst keine Laster. Mein Freundeskreis besteht aus lauter normalen Menschen. Was Sie sagen, ist lächerlich und klingt wie aus einem schlechten Kriminalroman.«

»Es muss kein aktueller Vorgang sein. Denken Sie an die Vergangenheit. Sagen wir, vor etwa neunzehn Jahren.«

»Was soll das heißen?«, fragte Bergen.

»Ein Montag im Mai«, fuhr Trevisan unbeirrt fort. »Der 13. Mai im Jahr 1981 auf der Insel Spiekeroog. In der Dünenlandschaft im Westen. Ein einsames Haus, eine Gruppe Jugendliche, fast Kinder noch. Darunter zwei Mädchen, Zwillinge …«

Bergens Gesichtszüge verhärteten sich. Sein Atem verflachte. »Woher … woher wissen Sie das?« Verstohlen wandte er den Blick zu seinem Bettnachbarn zur Linken.

»Sie brauchen nicht zu flüstern«, erklärte Trevisan. »Ihre Zimmergenossen sind Kriminalbeamte. Sie wird es noch einmal versuchen. Beim ersten Mal hatten Sie Glück, Herr Bergen. Pures Glück.«

»Was soll das heißen?«

»Die Morde in der Umgebung von Wilhelmshaven«, erklärte Till.

Trevisan zog das Bild hervor, das er bei Grevesand gefunden hatte. Er hielt es Bergen vor die Nase. »Erkennen Sie sich wieder?«, fragte er. »Uwe Lohmann, Willo Brunken, wer war noch dabei? Hans Kropp und Bernd Grevesand? Hat Grevesand das Haus angezündet? Ist er dafür verantwortlich, dass eines der Mädchen beinahe verbrannt ist?«

Bergen standen Schweißperlen auf der Stirn. »Ich … ich kann Ihnen nicht … Ich weiß nicht, was Sie von mir wollen?«

»Sie wissen, dass Sie nicht mit mir darüber reden müssen«, betonte Trevisan. »Sie können mir sagen, dass Sie nichts mit der Sache zu tun haben. Sie haben das Recht zu schweigen. Das kann Ihnen niemand verwehren.«

»Ich weiß nichts«, sagte er hastig. »Ich habe … Ich bin unschuldig.«

»Gut, dann haben Sie nichts zu befürchten«, antwortete Trevisan und steckte das Bild wieder ein. »Dann können wir ja gehen.« Trevisan fummelte in seiner Jackentasche. Er zog weitere Bilder hervor. Sie zeigten Aufnahmen der bisherigen Mordopfer. Aufnahmen, die am Fundort der Leichen aufgenommen waren. Blutige Schnappschüsse.

»Das ist Hans Kropp«, sagte er, als er Bergen das erste Bild zeigte. »Zwei Schüsse in den Körper, dann ein weiterer aus nächster Nähe in den Kopf.«

Er zeigte das nächste Bild. »Willo Brunken. Zwei Schüsse. Und das ist Uwe Lohmann. Er kam gerade aus einer Kneipe.« Er präsentierte das letzte Bild. »Bei Grevesand hat sie vier Mal

318

geschossen. Bei ihm wollte sie offenbar ganz sichergehen, dass er nicht überlebt. Aber Sie sagen ja, Sie waren nicht dabei, damals auf Spiekeroog an diesem Montag in dem Haus in den Dünen. Kurz nach Sonnenuntergang. Das getrocknete Gras brannte wie Zunder.«

Bergen wich Trevisans Blick aus und schaute stumm an die Decke. Sein Atem ging wieder gleichmäßig. Offenbar hatte er sich beruhigt.

»Also gut, gehen wir«, sagte Trevisan zu Till und erhob sich. »Ach ja, wenn er nichts zu befürchten hat, dann ziehen wir unsere Männer wieder ab. Wir werden es merken, wenn er sich geirrt hat. Aber darauf kommt es wohl nicht mehr an. Wir werden dann einen weiteren Knopf finden.«

»Knopf?«, fragte Bergen.

»Ja, den Knopf einer Hemdbluse«, erklärte Trevisan. »Sie hat jedem ihrer Opfer einen Knopf von ihrer Bluse gewidmet. Er hat offenbar eine ganz besondere Bedeutung für die Mörderin. Aber das dürfte Sie ja nicht interessieren. Ich wünsche Ihnen gute Besserung und ein langes Leben.«

Ehe Trevisan die Tür öffnete, wandte er sich an die beiden Bettgenossen von Bergen. »Sie können dann nach Hause gehen. Wahrscheinlich haben wir uns getäuscht. Wenn nicht, werden wir es bald wissen.«

Trevisan legte die Hand an die Türklinke, doch noch bevor er öffnen konnte, rief Bergen: »Warten Sie, bleiben Sie hier! Ich … ich möchte ein Geständnis ablegen.«

Trevisan wandte sich zu ihm um. »Sie müssen das nicht tun. Aber wenn es Ihr Gewissen erleichtert und vielleicht Ihr Leben schützt, dann rate ich Ihnen dazu.« Er ging zum Fenster und blickte hinaus. Die Sonne stand hoch über dem benachbarten Gebäude. Im Hof stand ein weißer Kleintransporter, der von einem Mann in blauem Overall mit schmutziger Bettwäsche beladen wurde.

»Dann erzählen Sie endlich!« Trevisan schaute Bergen an. »Aber wenn ich das Gefühl habe, dass Sie lügen, dann gehen wir.« Er machte eine ausholende Geste. »Ich meine damit, wir alle.«

*

Dietmar Petermann heftete den Computerauszug des Einwohnermeldeamtes auf die erste Seite des neuen Aktenordners. Er überflog noch einmal die Aufzeichnungen und klappte schließlich den Deckel zufrieden zu.

Er hatte sich am heutigen Morgen schon die Finger wund gewählt. Unzählige Telefonate mit öffentlichen Stellen, Ämtern und Behörden. Sachbearbeiter, die sich nicht zuständig wähnten oder von nichts wussten, andere, die wichtige Termine wahrzunehmen hatten und wieder andere, die ihn einfach weitervermittelten, bis er das hektische Piepen des Besetztzeichens hörte und laut fluchte. Jetzt war er hungrig und dachte daran, ein einfaches Mittagsmahl in der Stadt einzunehmen. Trevisan war noch immer nicht aus dem Krankenhaus zurückgekehrt und gemeldet hatte er sich bislang auch noch nicht. Tina, Alex und Till waren außer Haus und hatten ihm nicht Bescheid gesagt, wo sie sich aufhielten, nur Monika hatte sich zusammen mit Anne bei ihm abgemeldet.

»Offenbar tut hier in letzter Zeit jeder, was er will«, schimpfte Dietmar.

Er erhob sich und blickte aus dem Fenster. Die Sonne schien und keine Wolke zeigte sich am Himmel. Der Wetterdienst hatte für den Abend leichte Gewitter vorhergesagt, aber vorerst würde er seine Jacke nicht brauchen.

Das Telefon klingelte. Dietmar warf einen missbilligenden Blick auf seine Armbanduhr. Es war kurz vor zwölf. Er umrundete den Schreibtisch und nahm missmutig das Gespräch entgegen.

»Hackenberg, Kripo Würzburg«, meldete sich ein Mann mit bayerischem Akzent. »Ich versuche, den Kollegen Trevisan zu erreichen, aber der ist offenbar nicht im Haus.«

»Ich fürchte«, antwortete Dietmar, »ich kann Ihnen da auch nicht helfen. Ich habe ihn heute noch nicht gesehen.«

»Er bat uns um eine Überprüfung«, fuhr der Kollege fort. »Er sagte, es sei dringend.«

Dietmar setzte sich auf den Stuhl und zog einen Notizblock heran. »Ja, ich denke, ich weiß Bescheid.«

»Wir konnten Veronika Oberdorf nicht an der genannten Adresse antreffen. Sie ist schon seit längerer Zeit nicht mehr zu

Hause gewesen. Sie hat Mitte August ihre behinderte Schwester in ein Pflegeheim gebracht und ist dann in einen längeren Urlaub gefahren. Zumindest haben das ihre Nachbarn erzählt.«

»Wissen Sie, wann das war?«, fragte Dietmar.

»Soviel ich weiß, war das kurz nach dem Tod ihrer Mutter«, antwortete der bayerische Kollege. »Eine tragische Geschichte. Die Mutter wurde von einem LKW überrollt und starb noch an der Unfallstelle. Ich habe alles in einem Bericht zusammengefasst und Bilder der Frau habe ich ebenfalls über das Einwohnermeldeamt besorgt. Ich weiß zwar nicht, ob die Aufnahmen noch aktuell sind, aber ich schicke alles per Mail.«

Dietmar bedankte sich und bat Hackenberg um schnelle Übersendung des Berichts. Trevisan lag goldrichtig. Vielleicht war der Tod der Mutter der Auslöser, der Veronika Oberdorf auf den dunklen Pfad geführt hatte.

»Ach, da ist noch etwas«, sagte Hackenberg. »Kollege Trevisan wollte wissen, ob Veronika Oberdorf an Waffen herankommt. Sie ist eine ausgezeichnete Schützin und war sogar einmal unterfränkische Jugendmeisterin im KK-Schießen. Ihr verstorbener Vater war Jäger und sie hat ebenfalls einen Jagdschein. Außerdem sind vier Waffen auf ihrer Waffenbesitzkarte eingetragen. Es handelt sich um ein Gewehr der Marke Ritterbusch, Kaliber 9,3 x 62, eine Winchester, Modell 94, Kaliber 45, ein Gewehr Krieghoff, Ultra, Kaliber 9,3 x 74 und um eine Automatikpistole Walter PPK, Kaliber 7,65 mm.«

Dietmar hatte alle Daten auf dem Notizzettel mitgeschrieben. Nachdenklich verabschiedete er sich von dem Würzburger Kripobeamten. Eine Jagdwaffe der Marke Krieghoff mit dem Kaliber 9,3 x 74 ... Mit eben solch einem Kaliber war Hans Kropp angeschossen worden.

Dietmar erhob sich, er musste unbedingt Trevisan erreichen.

47

»Ich weiß nicht, was in uns gefahren ist«, schluchzte Bergen. Tränen liefen ihm über die Wangen. »Man verdrängt es, will sich nicht mehr daran erinnern, versucht zu vergessen. Manchmal gelingt es auch, aber dann kommt alles wieder hervor und es ist, als wäre es gestern gewesen. Wirklich vergessen wird man es nie, es sei denn, man ist eiskalt.«

»Sind Sie eiskalt?«, fragte Trevisan.

»Kropp war eiskalt, er und dieser kleine verstörte Junge vom Bauernhof. Die waren eiskalt. Wir anderen, wir hatten bloß zum ersten Mal Alkohol getrunken. Ich wusste nicht mehr, was ich tat. Ich war nicht mehr ich selbst. Alles lief ab wie in einem Film. So als wenn eine Kamera von oben auf das Szenario gerichtet ist und man die Dinge zwar sieht, aber nicht eingreifen kann. Man will, dass es aufhört, aber man stolpert weiter, immer weiter in sein Unglück. Und der Verstand funktioniert nicht mehr. Niemand legt den Hebel um.«

»Sind die Mädchen freiwillig mitgegangen?«, fragte Trevisan.

»Freiwillig«, antwortete Bergen. »Ich glaube, die waren genauso neugierig wie ich. Anfangs. Aber dann ging es zu weit. Kropp fing an und riss der Stillen die Bluse vom Leib. Der Junge vom Bauernhof lachte dazu und grölte.«

»Was haben Sie getan?«

»Mein Gott, was schon«, antwortete Bergen hysterisch. »Wir waren Jungs, wir waren eine Gruppe, die sich aus Zufall zusammengefunden hat. Wir waren abenteuerlustig und wollten etwas erleben. Niemand will sich einen Feigling nennen lassen.«

»Erzählen Sie mir, was geschehen ist!« Das Band des kleinen Aufnahmegerätes drehte sich mit gleichbleibender Geschwindigkeit.

»Wir haben die eine festgehalten, während sich die beiden anderen über die andere hermachten. Sie haben sie ausgezogen und geschlagen. Das Komische war, dass sie still blieb. Sie blieb einfach still liegen und wehrte sich nicht, während Kropp sie vergewaltigte. Sie hat nur an die Decke gestarrt. Einfach nur gestarrt und leise gejammert. Ganz leise.«

»Und dann?«

»Kropp ist irgendwann aufgestanden und hat gesagt, dass wir jetzt dran wären. Aber wir wollten nicht. Wir haben gesagt, dass wir jetzt gehen müssen, sonst bekämen wir Ärger. Selbst der Junge vom Bauernhof hat plötzlich einen Rückzieher gemacht. Das Mädchen hat die Kleider wieder angezogen. Wir ließen die Schwester los. Sie ist zu der Ruhigen gegangen und hat ihr beim Anziehen geholfen.«

»Haben Sie das Mädchen ebenfalls angefasst?«

»Nein, ich sagte doch: Wir haben nur ihre Schwester festgehalten, während Kropp das andere Mädchen vergewaltigt hat. Dann haben wir uns in der anderen Ecke zusammengesetzt. Kropp und dieser Bauernjunge …«

»Sie meinen Grevesand?«

»Ich kannte seinen Namen nicht. Eigentlich weiß ich nur, dass der Große Kropp hieß, weil alle ihn so nannten. Es war sein Spitzname, ich dachte, sein wirklicher Name lautet anders. Der Dicke hieß Uwe, und den Namen des Blonden habe ich vergessen.«

»Was geschah dann?«

»Ich weiß noch, dass wir die Flasche Korn leerten. Kropp und dieser Grevesand unterhielten sich. Sie befürchteten, dass die Mädchen quatschen würden. Wir anderen drei versuchten, Kropp zu beruhigen. Sie kannten uns doch überhaupt nicht. Aber Kropp blieb dabei, dass die Mädchen uns gefährlich werden konnten. Er sprach vom Gefängnis und davon, dass es dort Kerle gäbe, die nur auf so schüchterne kleine Burschen wie uns warten würden. Irgendwann ist der Bauernbursche aufgestanden und zu den Mädchen hinübergegangen, die auf dem Heu saßen und schwiegen. Selbst da blieb die Kleinere still. Plötzlich sind die Flammen in die Höhe geschlagen. Wir waren so erschrocken. Wir sind alle aufgestanden und aus der Hütte gerannt. Kropp und Grevesand waren die Letzten, die herauskamen. Sie haben die Tür zugeschlagen und den Riegel zugeschoben. Dann haben sie noch einen Pflock genommen, der im Sand lag, und die Tür damit versperrt.«

»Und die Mädchen?«

Bergen schaute an die Decke. »Die blieben im Haus zurück.«

Trevisan atmete tief ein. »Das heißt, die blieben im brennenden Haus zurück. Einfach so?«

»Nein, nicht einfach so. Kropp und dieser Grevesand haben sie zurückgehalten, als sie uns folgen wollten, und ihnen die Tür vor der Nase zugeschlagen.«

»Und Sie haben zugeschaut?«

»Die anderen, sogar der Dicke, sind einfach weitergerannt und hinter den Dünen verschwunden. Ich wusste nicht, was ich tun sollte. Dann sind auch schon Kropp und Grevesand an mir vorbeigelaufen. Kropp hat mich an der Jacke gepackt und mitgezogen. Da ist schon dichter Rauch aus den Ritzen der Tür gequollen.«

»Was geschah danach?«

»Irgendwann trennten wir uns. Ich bin in die Jugendherberge zurückgelaufen und habe mich in mein Zimmer geschlichen. Ich konnte nicht schlafen. Mir war todschlecht. Ich hab gekotzt.«

»Und die anderen?«

»Wir haben uns nie wieder getroffen«, antwortete Bergen. »Ich habe auch keinen Wert darauf gelegt. Irgendwann erfuhr ich, dass die Mädchen überlebt haben. Von der Vergewaltigung hat niemand gesprochen. Es hieß, dass es ein tragischer Unfall war. Eines der Mädchen hätte gezündelt und dabei das Haus in Brand gesteckt. Das haben auch unsere Lehrer erzählt und uns gewarnt, mit Feuer zu spielen.«

»Sie haben die ganzen Jahre über geschwiegen, wie haben Sie sich dabei gefühlt?«

Bergen zögerte. »Ich würde mein Leben dafür hergeben, wenn ich es ungeschehen machen könnte, aber es ist zu spät. Wir haben uns damals nicht viel bei der Sache gedacht. Es hat sich einfach so ergeben. Es … es tut mir leid.«

*

»Die Blumen sind für Herrn Holger Bergen«, sagte der junge Mann. »Er müsste auf der chirurgischen Abteilung liegen.«

Die Frau hinter dem Empfangspult suchte auf dem Computerbildschirm. »Abteilung IV, Zimmer 343«, antwortete sie.

Der junge Mann mit der Baseballmütze und dem blauen Windbreaker nickte kurz und ging zu den Aufzügen. Er kannte sich hier aus. Das war nicht sein erster Besuch. Als er den Fahrstuhl betrat, musste er aufpassen, dass er den riesigen Blumenstrauß nicht beschädigte. Der hatte eine ganze Menge Geld gekostet.

Im oberen Stockwerk standen zwei Ärzte in weißem Kittel auf dem Flur. Er grüßte freundlich, als er an ihnen vorbeiging. Das Zimmer lag am Ende des Ganges. Er wusste das, weil er den Wegweiser studiert hatte, der im Aufzug angebracht war.

Die Blumen verströmten einen betörenden Duft. Sommerblumen, blau und gelb, durchsetzt von grünem Blattwerk, mit Schleifen und Bändchen verziert. Ein schöner Strauß. Selbst die Ärzte warfen einen neugierigen Blick darauf.

Eine Schwester folgte ihm und huschte an ihm vorbei. Sie hatte es offenbar eilig. Vorbei an den zahlreichen Türen führte ihn sein Weg in den hinteren Teil des Gebäudes. Sie hatten den Empfänger des Straußes im letzten Winkel der Station untergebracht. Er schaute auf die schwarzen Ziffern. Zimmer 340, 341, dann die Toilette für Besucher und direkt daneben die Teeküche. Er ging daran vorüber. Die Tür stand einen Spalt offen. Zwei Männer in blauen Overalls arbeiteten am Waschbecken. Er grinste ihnen zu und ging weiter. Zielstrebig näherte er sich dem Zimmer 343 im dritten Stock.

*

Trevisan schob das Handy in seine Jacke und warf Bergen einen forschenden Blick zu. Er lag still in seinem Bett und starrte schweigend an die Decke.

»Das war Dietmar«, flüsterte Trevisan Till zu. »Wir haben Neuigkeiten aus Würzburg. Es gibt keine Zweifel mehr. Die Täterin ist Veronika Oberdorf. Offenbar wurde ihre Mutter im letzten Monat von einem Laster überfahren. Ihr Vater ist schon seit Jahren tot. Der Tod der Mutter könnte der Auslöser für ihre Taten gewesen sein.«

»Sie wollte nicht, dass ihre Mutter erfährt, was damals passiert ist«, antwortete Till.

»Oder sie wollte nicht, dass sie erfährt, dass ihre Tochter Menschen umbringt.«

»Sie wird kommen«, sagte Till mit unumstößlicher Gewissheit.

»Dietmar hat ein Bild von ihr. Er faxt es an die Verwaltungszentrale. Am besten, du gehst gleich runter und holst es ab.«

»Herr Trevisan«, sagte der falsche Patient, der eigentlich ein Kollege war und dessen Bett neben der Tür stand. Er hatte einen Kopfhörer im Ohr. »Es ist jemand auf dem Weg hierher. Die Pforte meldet einen jungen Mann mit Blumenstrauß. Die Person ist nicht identifiziert.«

Trevisan griff nach seiner Waffe. Er überprüfte das Magazin und steckte sie wieder in das Schulterholster. »Wir müssen mit allem rechnen. Auch Bergen meinte, dass er von einem Mann angeschossen wurde. Sie liebt offenbar die Maskerade.«

Bergen blickte auf. »Was ... was ist los?«, fragte er ängstlich.

»Wir bekommen Besuch«, erwiderte Trevisan. »Aber keine Sorge, wir sind hier. Bleiben Sie nur ruhig liegen.«

»Sie müssen mich beschützen«, sagte Bergen hastig. »Ich will nicht sterben.«

Trevisan wandte sich an seinen Kollegen im Bett neben dem Eingang. »Wo ist der Kerl jetzt?«

»Im Fahrstuhl, alle sind auf Position.«

Till versteckte sich hinter dem Vorhang der Nische mit der Toilette und dem Waschbecken.

»Die Zielperson ist auf dem Gang, unsere Männer sind dran«, meldete der Kollege, während Trevisan seinen Stuhl umdrehte und einen Besucher mimte. Auch der zweite fingierte Patient im Zimmer bereitete sich auf seinen Einsatz vor, erhob sich und setzte sich auf die Bettkante.

»Noch hundert Schritte bis zur Tür«, meldete der Kollege aus dem ersten Bett.

»Alles klar?«, flüsterte Trevisan den beiden Kollegen zu. »Wir müssen damit rechnen, dass sie sofort schießt, nachdem sie Bergen erkannt hat.«

»Alles klar«, antworteten beide.

Einen Moment blieb es still. Dann flüsterte der Kollege: »Die Zielperson ist kurz vor der Tür.«

Trevisan nahm seine Waffe in die Hand. »Leise jetzt!«

Es dauerte noch ein paar Sekunden, bis es klopfte. Für einen Augenblick war Trevisan versucht, einfach »Herein« zu rufen, doch er entschied sich anders. Er beobachtete die Türklinke. Sein Herz hämmerte und das Adrenalin durchströmte seinen Körper. Die langsame Bewegung der Türklinke steigerte die Spannung. Zentimeter um Zentimeter schob sich der Griff dem Boden entgegen, bis das Schloss die Tür freigab.

Das Erste, das Trevisan erblickte, war ein überdimensionaler Blumenstrauß. Dann schob sich der Körper der Person leise in das Zimmer. Alle Augen waren auf den vermeintlichen Mann gerichtet, der ein Baseballcap und eine blaue Jacke trug. Die Person war etwa einhundertsiebzig Zentimeter groß und von schlanker Statur. Trevisan zweifelte keine Minute daran, dass sich unter der Jacke und der Mütze die Täterin verbarg.

Die Person nickte Trevisan und den anderen Anwesenden kurz zu. »Guten Tag, Balldrauf-Blumenservice. Blumen für Herrn Holger Bergen. Wer ist das bitte?« Die Hand der Person näherte sich langsam der Jackentasche.

»Zugriff!«, brüllte Trevisan und schnellte von seinem Stuhl hoch.

Die Tür flog auf und die zwei Reinigungskräfte in ihren blauen Overalls rissen den Blumenboten um und stürzten mit ihm zu Boden. Die Basecap segelte durch die Luft und gab den Blick auf die kurze blonde Stoppelfrisur frei. Trevisan stand über dem Blumenboten und hielt ihm seine Pistole vor die Nase. Auch Till hatte sein Versteck verlassen und hielt die Waffe auf ihn gerichtet.

»Keine falsche Bewegung, Polizei!«, zischte Trevisan. »Machen Sie keinen Blödsinn, Sie haben keine Chance!«

Schon klickten die Handschellen hinter dem Rücken des vermeintlichen Mannes.

»Was … was soll … das?« Der Blumenbote blickte ängstlich zu ihnen auf.

Trevisan atmete tief ein. Er hatte zweifellos einen Mann vor sich. Zögernd ließ er seine Waffe sinken. »Verdammt noch mal«, knurrte er. »Das ist sie nicht.«

*

Der total verstörte Blumenbote saß auf einem Stuhl und wischte sich den Schweiß von der Stirn. »Ich dachte schon, es wäre vorbei«, sagte er atemlos.

»Wer hat Ihnen den Auftrag gegeben?«, fragte Trevisan und wies auf die Blumen.

»Ich weiß nicht, liefere nur«, erklärte der junge Mann. »Unser Geschäft ist direkt um die Ecke.«

Till untersuchte den Blumenstrauß, der unter dem Einsatz sichtlich gelitten hatte. Ein kleines Kuvert war am Papier befestigt. Er öffnete es. Eine Genesungskarte befand sich darin. Sie war maschinell geschrieben.

Till las laut vor: »Die besten Genesungswünsche senden dir: deine Kameraden. – Wer könnte den Strauß geschickt haben?«, fragte er Bergen.

»Vielleicht wirklich meine Kameraden vom Heimat- und Kulturverein. Das sieht ganz nach Herbert aus.«

Trevisan zog eine Grimasse.

»Entschuldigen Sie, es war ein Missverständnis«, sagte er zu dem Blumenboten und gab ihm seinen Ausweis zurück. »Bitte reden Sie mit niemandem darüber. Und wenn Sie angesprochen werden und Sie jemand etwas fragt, das mit dem Zimmer hier zu tun hat, dann geben Sie uns sofort Bescheid.«

*

Die Krankenschwester, die am anderen Ende des Ganges vor Zimmer 308 damit beschäftigt war, den Servierwagen mit Tassen zu befüllen, stellte die letzte Tasse auf das Tablett und eilte den Gang hinunter. Der Aufruhr vor dem Zimmer am anderen Ende des langen Ganges war ihr nicht verborgen geblieben. Sie tat, als habe sie überhaupt nichts bemerkt. Doch jetzt war klar: Bergen lag auf Zimmer 343. Und die Polizei war bereits im Haus. Das war das Ende ihres Planes. Wozu Blumen doch gut waren ... Sie trug ein selbstgefertigtes Namensschild an ihrem Revers. *Schwester Karin* stand darauf mit schwarzem Filzstift geschrieben.

328

48

»Der weiße Kittel steht dir«, sagte Alex mit einem Lächeln. »Ein wirklich appetitliches Karbolmäuschen.«

»Niedere männliche Instinkte«, scherzte Tina in ihrer Verkleidung als Krankenschwester. »Ich habe nichts anderes von dir erwartet.«

Trevisan hatte sich mit seinem Team in einem Ärztezimmer gegenüber dem Raum versammelt, in dem Bergen lag. Der Einsatzleiter des Sondereinsatzkommandos und dessen Stellvertreter waren ebenfalls anwesend.

»Sie hat sich als Frau des Vereinspräsidenten ausgegeben«, berichtete Monika, die inzwischen mit der Verkäuferin aus dem Blumenladen gesprochen hatte. »Ich habe der Verkäuferin das Bild von Veronika Oberdorf gezeigt. Sie hat die Frau sofort wiedererkannt.«

Inzwischen hatte Dietmar Kopien von dem Foto, das er von den Würzburger Kollegen zugeschickt bekommen hatte, an die eingesetzten Kollegen verteilt. Das Bild von Veronika Oberdorf war offenbar noch ziemlich aktuell.

»Sie trug ein blaues Kostüm«, fuhr Monika fort. »Das war vor etwa zwei Stunden.«

Trevisan klopfte mit der flachen Hand auf den Schreibtisch. »Sie hat uns eine Falle gestellt. Jetzt weiß sie, dass wir hier auf sie warten.«

»Und sie weiß jetzt, in welchem Zimmer Bergen liegt«, bemerkte Dietmar Petermann, der im weißen Arztkittel locker neben der Tür gegen die Wand gelehnt stand.

»Vielleicht sollten wir ihn verlegen«, sagte Till. »Wir könnten nach ihr fahnden; wenn wir Glück haben, läuft sie irgendwo auf.«

Trevisan überlegte. »Entweder sie ist bereits über alle Berge oder sie wird es noch einmal versuchen. Sie ist verdammt schlau. Wir müssen auf alles gefasst sein.«

»Sie wäre dumm, wenn sie es hier im Krankenhaus versucht«, widersprach Dietmar. »Sie steht nicht unter Zeitdruck, sie kann warten, bis Bergen entlassen wird. Wir können nicht ewig in seiner Nähe bleiben.«

Trevisan schüttelte den Kopf. »Bergen wird in Untersuchungshaft genommen, sobald er so weit wiederhergestellt ist. Ich habe mit der Staatsanwaltschaft gesprochen. Sie hat Haftbefehl beantragt. Sie will Bergen wegen Beihilfe zur Vergewaltigung und zweifachem Mordversuch anklagen.«

»Aber darüber wird Veronika Oberdorf wohl kaum Bescheid wissen«, warf Monika ein.

»Sie ist kaltblütig«, sagte Trevisan. »Andererseits hat sie kein Interesse daran, Unbeteiligte zu gefährden. Sie hätte auf Langeoog auch auf Bergens Kameraden schießen können. Dann wäre Bergen längst tot.«

»Und was ist mit Klein und dem Unfall?«, widersprach Monika.

»Das war wohl wirklich nur eine unglückliche Verkettung«, antwortete Trevisan. »Da bin ich relativ sicher. Ein Restrisiko bleibt immer. Aber wie gesagt: Wenn ihr Unbeteiligte egal wären, hätte sie auf Bergens Kollegen geschossen.«

»Wir wissen nicht, wie sie reagiert, wenn wir uns zwischen sie und Bergen stellen«, überlegte Alex laut. »Vielleicht sind wir für sie keine Unbeteiligten im eigentlichen Sinn.«

»Und vielleicht liegt ihr auch gar nichts mehr an ihrem eigenen Leben«, fügte Tina hinzu.

Trevisan fuhr sich mit der Hand über das Kinn. »Wir machen weiter«, sagte er entschlossen. »Wir lassen Bergen im Zimmer. Zwei Mann zusätzlich. Wir dürfen den Gang nicht aus den Augen lassen, wir brauchen noch ein paar Männer hier oben, damit wir auch den Westflügel unter Kontrolle haben. Und niemand verlässt seinen Posten, selbst wenn es Feueralarm gibt. Sie wird sich irgendeinen Trick einfallen lassen, um uns aus dem Zimmer zu locken.«

»Und ich glaube nicht, dass sie jetzt noch ein blaues Kostüm trägt«, fügte Monika Sander hinzu.

*

Zimmer 343. Das Zimmer am Ende des Ganges. Dort wimmelte es von Polizisten. Sollte sie einfach verschwinden, auf eine bessere Gelegenheit warten?

Sie saß unweit der Klinik in einem Café und ging Stück um

Stück alle Möglichkeiten durch, die ihr geblieben waren. Ihrer Verkleidung als Krankenschwester hatte sie sich entledigt. Bestimmt ließen die Polizisten niemanden anderes als die behandelnden Ärzte und die Stationsschwestern an Bergen heran. Als die Beamten den Blumenboten festgenommen hatten, hatte sie fünf Polizisten ausgemacht. Wahrscheinlich waren mindestens noch einmal so viele in der Klinik versteckt. Und bestimmt wusste die Klinikleitung Bescheid und arbeitete eng mit der Polizei zusammen. Also war die Verkleidungsnummer keine Option mehr. Jeder, der sich dem Zimmer auch nur auf wenige Schritte näherte, würde überprüft werden. Wahrscheinlich war nach dem Vorfall sogar der lange Flur im dritten Stock tabu. Sie musste irgendwie dafür sorgen, dass genügend Verwirrung in der Klinik entstand, damit sie freie Bahn hatte. Würde sie schießen, wenn ihr ein Polizist in den Weg trat?

Bislang hatte sie noch nicht darüber nachgedacht. Bei Kropp, Brunken, Lohmann und Grevesand war es ihr nicht schwergefallen, den Abzug zu betätigen. Sie hatten es verdient. Obwohl sie hinterher bei Brunken ein schlechtes Gewissen gehabt hatte. Aber was hinterher war, das war nicht entscheidend. Wie sie sich in der Situation verhalten würde, darum ging es ihr in ihren Überlegungen. Bislang hatte sie kurz vor dem finalen Akt an ihre Schwester gedacht. An die verbrannte Haut und das schmerzverzerrte Stöhnen, als sie neben ihr im kalten Sand gelegen hatte. Den Geruch würde sie nie mehr vergessen. Das Töten war ihr leicht gefallen.

Entschlossen erhob sie sich. Bergen würde sterben, egal wie. Ihre Schwester war versorgt. Als sie Lucia vor ihrer Abreise in das Heim gebracht hatte, hatte sie im Stillen damit gerechnet, dass es keinen Weg zurück mehr geben würde. Sie war auf einer langen Wanderung und am Ende stand ein Ziel. Und das Ziel war der Tod der fünf Peiniger und nicht ihre Rückkehr zu ihrer Schwester. Bergen musste sterben, und wenn es das Letzte war, das sie in ihrem Leben tun würde.

Nachdem sie das Café verlassen hatte, drehte sie sich noch einmal um und warf einen Blick auf den Krankenhauskomplex am Ende der Straße. Plötzlich kam ihr eine Idee. Einige Minuten stand sie regungslos auf dem Gehweg und schaute auf

das Dach des Nebengebäudes. Es überragte den Bau, in dem
Bergen auf seinem Zimmer lag, um beinahe zwei Stockwerke.

Ein Lächeln huschte über ihre Lippen. Nun konnte sie
zeigen, was sie von ihrem Vater gelernt hatte.

*

»Stromausfall, Feueralarm, Bombendrohung«, zählte Trevisan
auf. »Was gibt es noch?«

Es war kurz nach drei Uhr am Mittag und die Sonne
schien durch das Fenster des Ärztezimmers, in dem sie die
Einsatzleitung eingerichtet hatten. Mittlerweile standen zwei
Monitore in der Ecke. Das SEK hatte die funkgesteuerte Überwachungsanlage montiert. Eine Kamera war auf den Eingang
des Krankenhauses gerichtet, auf dem anderen Bildschirm
waren der Flur und der Eingang zu Bergens Zimmer zu sehen.
Zwei Kollegen saßen hinter den Monitoren und verglichen
die vorbeikommenden Personen mit dem großen Bild der
gesuchten Mörderin. Alle zehn Minuten meldeten die im
gesamten Krankenhaus verteilten Kollegen ihre Bereitschaft
und ihre Wahrnehmungen, damit sichergestellt wurde, dass
alle auf dem Posten waren.

Bislang war es ruhig geblieben, doch Trevisan traute dem
Frieden nicht. »Das wird eine lange Nacht«, sagte er zu Dietmar. »Hast du deine Schutzweste dabei?«

Dietmar nickte. »Ich wusste zuerst gar nicht, wie ich sie
anziehen muss.«

»Hoffentlich brauchen wir das Ding nicht. – Also gut, lösen
wir Alex und Tina ab«, sagte Trevisan entschlossen.

49

»Sie benutzen mich als Köder«, bemerkte Bergen trocken. »Sind Sie sich auch wirklich sicher, dass Sie mich beschützen können?«

»Wir haben überall unsere Männer postiert«, antwortete Trevisan. »Niemand kann das Krankenhaus betreten, ohne dass wir es erfahren. Sie sind hier sicher.«

»Ich habe lange über die Sache von damals nachgedacht. Es war ein großer Fehler. Der größte überhaupt in meinem Leben. Aber ich war jung und ich hatte Angst. Angst, dass alles herauskommt. Aber noch mehr Angst hatte ich vor Kropp. Ich verstehe heute noch nicht, wie ich auf ihn hereinfallen konnte.«

»Und dabei wäre damals alles so einfach gewesen«, mischte sich Dietmar ein. »Sie hätten nur *Nein* sagen müssen. Einfach nur *Nein*, dann wäre alles nicht passiert.«

»Sagen Sie das einem Fünfzehnjährigen«, entgegnete Bergen. »Haben Sie Kinder?«

Dietmar nickte.

»Ich habe auch einen Sohn«, erzählte Bergen. »Er studiert Jura in Marburg. Er wird aus allen Wolken fallen, wenn er erfährt, was sein Vater getan hat. Ich schäme mich so. Ich glaube nicht, das er sich zu so etwas hätte hinreißen lassen, er hat viel mehr Charakter als ich. Er kommt nach seiner Mutter. Er wird mich hassen für das, was ich getan habe.«

»Was geschehen ist, kann man nicht mehr rückgängig machen«, sagte Trevisan. »Aber man muss dafür einstehen. Man wird berücksichtigen, dass Sie nicht die treibende Kraft waren. Man wird auch Ihr damaliges jugendliches Alter berücksichtigen, aber dennoch müssen sie die Konsequenz tragen.«

Bergen blickte an die Decke. »Gestern dachte ich noch, dass es mir eigentlich egal wäre, wenn die Tür aufginge und sie würde mich erschießen. Aber, gottverdammt, ich habe nur dieses Leben. Und mir ist klar geworden, dass ich keine zweite Chance erhalte, wenn ich heute sterbe. Sie können mir glauben, ich würde meinen rechten Arm dafür geben, wenn ich es ungeschehen machen könnte. Aber ich will leben.«

»Als Kropp vor ein paar Wochen ermordet wurde, wurden Sie da nicht hellhörig?«, fragte Trevisan.

»Ich wusste nicht, dass er ermordet wurde«, antwortete Bergen. »Ich wusste nicht einmal, dass er in Wilhelmshaven wohnte. Ich hatte diesen Namen aus meiner Erinnerung gestrichen. Zumindest so gut, wie es ging.«

Trevisan trat ans Fenster und blickte hinaus. Im Innenhof schlenderten Patienten und ihre Besucher über das Pflaster. Auf dem Nebengebäude saßen Menschen auf den Balkonen und unterhielten sich.

»Sie hat Kropp mit einem Gewehr angeschossen«, erzählte Dietmar. »Sie hat ihn kampfunfähig gemacht und dann aus nächster Nähe erschossen. Sie wollte in sein Gesicht sehen, als er starb. Bei Brunken, Grevesand und Lohmann war es ähnlich. Ich glaube, sie hat mit ihrem Leben bereits abgeschlossen. Wenn wir sie nicht erwischen, dann werden Sie nie mehr im Leben Ruhe haben.«

Trevisan blickte nachdenklich auf das benachbarte Gebäude. Das Dach lag um beinahe zwei Stockwerke höher. »Was glaubst du, wie weit ist das Gebäude dort drüben von uns entfernt?«, fragte er nachdenklich.

Dietmar trat zum Fenster. »Mmh, einhundert bis einhundertfünfzig Meter, denke ich.«

»Du sagtest, dass sie gut mit dem Gewehr umgehen kann«, fragte Trevisan.

»Du … du meinst doch nicht …«

Trevisan hetzte zur Tür. »Sag den anderen Bescheid«, rief er über die Schulter zurück. »Und zieh die Vorhänge zu! Schnell!«

*

Die Gämse war zweihundert Meter entfernt gewesen, aber Veronika hatte nur einen einzigen Schuss abgegeben. Ein glatter Blattschuss, hatte Vater damals bewundernd gesagt, vor Jahren in den Bayerischen Alpen.

Die Krieghoff war eine gute Waffe und die Visiereinrichtung exakt auf die Waffe abgestimmt. Vater hatte auf Präzision Wert gelegt.

Sie hatte sich den Grundriss des Krankenhauses an der Tafel

am Nebeneingang angesehen, und ihr war klar geworden, dass es nur diesen einen Weg gab.

Sie betrat das Nebengebäude durch einen Seiteneingang. Der große Koffer fiel nicht weiter auf. Patienten, vor allem Langzeitpatienten, führten oft Koffer mit sich.

Sie benutzte den Aufzug bis in das fünfte Stockwerk. Niemand schien sie zu beachten. Offenbar konzentrierte sich die Polizei ausschließlich auf Bergens Zimmer und vernachlässigte die Nebengebäude. Sie suchte nach dem Aufgang zum Dach. Die Dächer des Krankenhauses dienten als Fluchtwege für die Patienten der oberen Stockwerke, sollte jemals ein Brand ausbrechen. Sie hatte sich den überall ausgehängten Fluchtwegeplan genau eingeprägt.

Sie lief den Flur entlang und fand die Tür, die zum Dach führte, doch die war alarmgesichert. Sie musste eine andere Möglichkeit finden. Ihr Blick fiel auf die Schwingtür zum Treppenhaus. Vielleicht gab es dort eine Möglichkeit. Sie betrat das Treppenhaus. Dort führten Stufen weiter nach oben. Sie atmete schwer, als sie mit ihrem Koffer emporstieg. Schließlich versperrte eine verschlossene Metalltür ihr den Weg, aber ohne Alarmanlage. Sie öffnete ihren Koffer und holte eine Zange hervor. Das Sicherheitsschloss stand nach innen über und ließ sich leicht greifen. Sie rüttelte und stemmte sich gegen die Tür. Schweiß lief ihr über die Stirn, doch bald gab das Schloss nach. Der Weg auf das Dach war frei.

Bergen würde sein Ende nicht einmal kommen hören. Diesmal konnte sie ihm nicht in die Augen sehen, wenn sie abdrückte, aber den Knopf würde sie zurücklassen. An der Stelle, an der sie für sein Ende gesorgt hatte.

*

Sein Herz raste. Trevisan rannte den Gang hinunter. Vor dem Fahrstuhl warteten einige Besucher. Das klare *Pling* der Fahrstuhlglocke erklang gerade. Trevisan rempelte einen der Wartenden unsanft an, als er durch die sich öffnenden Schiebetüren stürmte, und zog sich den Unmut der Gruppe zu.

»So ein Rüpel!«, stieß ein älterer Mann hervor.

»Entschuldigung, Polizeieinsatz, warten Sie auf den nächsten

Fahrstuhl.« Er drückte auf den Schalter für das Erdgeschoss und fuhr herunter. Er hoffte, dass ihn niemand unterwegs aufhalten würde, und atmete erst auf, als die Anzeige im Aufzug auf dem Erdgeschoss stehen blieb. Die Türen schoben sich auseinander und Trevisan hetzte weiter. Er rannte auf den Zwischengang zu, der die beiden Gebäude miteinander verband. Schließlich erreichte er den benachbarten Gebäudetrakt. Eine Krankenschwester wartete vor dem Fahrstuhl.

»Wie komme ich auf das Dach?«, rief ihr Trevisan zu, doch die Frau zuckte nur mit den Schultern. Er drückte auf den Fahrstuhlknopf. Sekunden verrannen, bis sich endlich die Tür öffnete, Trevisan kamen sie wie eine halbe Ewigkeit vor.

Er war beinahe am Ende seiner Kräfte, aber sein ungutes Gefühl trieb ihn voran. Als im fünften Stock die Tür aufging, sah er sich einer älteren Dame in Schwesterntracht gegenüber.

»Können Sie mir sagen, wie ich auf das Dach komme?«, fragte Trevisan atemlos.

»Was, um Gottes Willen, wollen Sie denn auf dem Dach?«

Trevisan zückte seinen Dienstausweis. »Wo zum Teufel geht's aufs Dach!«, herrschte er die Frau an.

Verblüfft starrte sie auf die Polizeimarke. »Die Fluchttüren, aber die sind verschlossen und öffnen sich nur im Notfall.«

»Das ist ein Notfall!«, erwiderte Trevisan.

Die Frau überlegte. »Sie werden sie nur öffnen können, wenn Hausalarm ausgelöst wird. Ansonsten …«

»Bitte schnell«, zischte Trevisan.

»Ansonsten über das Treppenhaus, aber da brauchen Sie einen Schlüssel. Und den hat nur der Hausmeister.«

Trevisan atmete tief ein. »Wo ist das Treppenhaus?«

»Die graue Tür, dort vorne«, antwortete die Frau.

Trevisan hastete durch die graue Tür ins Treppenhaus. Er nahm zwei Stufen auf einmal. Die Tür zum Dach stand offen. Trevisan hielt inne und betrachtete das aufgebrochene Schloss. Er atmete tief durch, dann zog er seine Pistole und trat durch die Tür hinaus ins Freie.

50

Sie hatte eine günstige Stelle gefunden. Gleich neben dem Lüftungsschacht. Von dort aus konnte sie Bergens Zimmer einsehen. Durch ihr Visier waren die Konturen des Mannes hervorragend auszumachen. Einhundertunddreißig Meter. Siebzig Meter näher als damals die Gämse in den Alpen.

Sie öffnete den Koffer und holte die Patronen hervor. Zwei Schuss mussten reichen. Eine Dublette zur Sicherheit. Wenn sie einmal das Ziel anvisiert hatte, würde die geniale Rückstoßdämpfung verhindern, dass der Lauf zu weit vom Ziel auswanderte. Sie kannte sich gut aus mit der Technik der Waffe. Die Ladung in der Patrone würde das Geschoss auf über 700 Kilometer pro Stunde beschleunigen. Bei dieser Entfernung traf das Projektil noch immer mit über 650 km/h auf das Ziel. Trotz der Fensterscheibe wäre die Aufprallenergie so groß, dass das Geschoss den Schädel des Mannes beinahe spalten konnte. Bergen hatte keine Chance.

Sie schob die Patronen ins Patronenlager und stellte das Visier auf die Entfernung ein. Das Hensoldt-Visier war eines der besten und verlässlichsten auf dem Markt. Mit der bestechend guten Gegenlichtblende und einer extrem feinen Sucherabstimmung ergab sich eine ideale Verbindung zwischen der Waffe und dem Schützen. Sie erinnerte sich an früher, als sie mit ihrem Vater Stunden auf dem Schießstand zugebracht hatte. Eigentlich, so hatte ihr Vater einmal zu ihr gesagt, habe ich mir einen Jungen gewünscht, aber du stehst den Jungs in nichts nach. Das war kurz nach einem Wettkampf gewesen, bei dem sie ihre männliche Konkurrenz weit hinter sich gelassen und sich den Titel der unterfränkischen Meisterin in der Altersklasse der Junioren gesichert hatte.

Vorsichtig kniete sie nieder. Die Waffe legte sie auf der kniehohen Einfassung des Daches auf. Sie suchte Bergens Zimmer, das letzte Zimmer im Westflügel. Sie drehte an der Stellschraube und das Bild wurde klarer. Der Winkel war ideal. Mühelos durchdrang ihr Blick im Visier die Fensterscheibe, die Entspiegelungsautomatik sorgte für ein ausgezeichnetes

Schussfeld. Der Mann, der am Fenster stand und hinaus-
blickte, war gut auszumachen. Er trug einen Anzug und eine
unpassend grüne Krawatte zu seinem blauen Hemd. Sie suchte
weiter, bis die Mitte des Strichbildes auf dem Kopf des Mannes
im ersten Bett hinter dem Fenster haften blieb. Bergen schaute
sogar aus dem Fenster. Es war fast, als warte er darauf, dass
er dem Tod begegnete.

»Adieu«, flüsterte sie. Langsam schmiegte sich ihr Finger um
den Abzug. Sie atmete tief ein und hielt die Luft an. Plötzlich
glitt ein Vorhang vor das Fenster.

»Verflucht!«, zischte sie.

*

Vorsichtig schob Trevisan seinen Kopf durch den Türspalt. Er
blickte nach Westen. Dort musste sie sein, denn nur aus dieser
Position konnte sie das Zimmer einsehen. Doch er sah weit
und breit keine Menschenseele. Mehrere meterhohe Abluft-
schächte verwehrten Trevisan den Überblick über das gesamte
Dach. Ein mit Platten ausgelegter Fußweg führte in westliche
Richtung. Das Dach war über und über mit Kieselsteinen
bedeckt, außer den grauen Platten, die vor den Schächten
endeten oder sie umrundeten und dahinter weiterführten.
Das Dach ähnelte einem Irrgarten. Dazu kam noch ein hoher
Sendemast neben einem Häuschen mit einem Warnschild vor
Starkstromleitungen an der Tür.

Mit der Pistole im Anschlag tastete sich Trevisan voran. Auf
den ersten Metern gab es keine Deckung. Wenn sie sich hinter
einem der Schächte versteckte, war sie wohl eher am gegenüberliegenden Ende des Daches. Stück um Stück schob sich Trevisan
voran. Sein Herz pochte, Schweiß lief ihm über die Stirn. Er
versuchte die Fassung wiederzugewinnen, aber der Spurt durch
das Gebäude hatte ihn an den Rand der Erschöpfung gebracht.

Die leichte Brise kühlte seine Haut. Vor jedem Schacht
blieb er stehen, bevor er sich bedächtig daran vorbeischob.
Die Hälfte des Daches hatte er hinter sich, als er in kurzer
Entfernung eine Bewegung wahrnahm. Er zuckte zusammen
und riss die Pistole hoch. Als er die Taube erkannte, die er
aufgescheucht hatte, atmete er tief durch.

Geduckt schlich er voran. Das Ende des Daches war beinahe schon in Sicht. Ein weiterer Abluftschacht versperrte den Blick. Nur noch wenige Meter trennten ihn von dem silberfarbenen Rohr, das fast zwei Meter Durchmesser hatte.

Er erschrak, plötzlich stand sie vor ihm. Eine schwarze Pistole lag in ihrer Hand. Sie zielte auf ihn, und die Mündung von Trevisans Waffe zeigte auf ihren Körper.

»Keinen Schritt weiter, sonst schieße ich!«, sagte sie kalt.

»Ich bin Polizist«, antwortete Trevisan. »Nehmen Sie die Waffe herunter, es hat keinen Sinn. Das Gebäude ist umstellt und Holger Bergen ist in Sicherheit.«

Veronika Oberdorf lächelte. »Jetzt haben wir eine Patt-Situation. Und wie geht es nun weiter?«

»Kein Patt«, antwortete Trevisan. »Sie sind alleine und ich habe eine ganze Armee bei mir.«

»Ich sehe niemanden.«

Trevisan lächelte. »Genau das ist die Aufgabe eines Sondereinsatzkommandos: Zuschlagen, ohne vorher wahrgenommen zu werden. Legen Sie Ihre Waffe weg. Tun Sie es Ihrer Schwester zuliebe.«

Veronika Oberdorf schüttelte den Kopf. »Was wissen Sie schon von meiner Schwester!«

»Ich weiß, was damals passiert ist. Auf Spiekeroog vor neunzehn Jahren. Sie haben sich an den Männern gerächt. Holger Bergen hat gestanden. Sparen Sie sich den letzten Knopf. Lassen Sie die Gerichte ihre Arbeit tun.«

Ohne die Waffe abzuwenden, fasste Veronika mit der anderen Hand in ihre Hosentasche und zog einen Knopf hervor. »Das waren die Knöpfe der Bluse, die auch meine Schwester trug, als … als es passiert ist. Wir sind Zwillinge und meine Mutter kaufte immer zwei Ausführungen. Für Zwillinge gehört sich das, hat sie gesagt. Die Bluse meiner Schwester hat sich damals in ihre Haut gebrannt. Wissen Sie, was komisch ist? Meine Bluse hatte fünf Knöpfe und fünf Kerle waren es, die uns das angetan haben. Ist das Leben nicht manchmal grotesk?«

Trevisan nickte. »Ich bitte Sie, legen Sie ihre Waffe nieder, sonst …«

»Was sonst, werden Sie schießen?«

»Wenn ich dazu gezwungen bin«, antwortete Trevisan.

»Vielleicht ist es besser zu sterben, als ein Leben lang in irgendeinem Gefängnis auf den Tod zu warten. Vielleicht gibt es im nächsten Leben die Gelegenheit, alles besser zu machen.«

Trevisan schüttelte den Kopf. »Es gibt nur dieses eine Leben, werfen Sie es nicht einfach weg.«

*

Tina Harloff hatte sofort begriffen, was Trevisan dachte, als er auf das gegenüberliegende Dach gedeutet hatte. Trevisan war gerannt, als ob der Teufel hinter ihm her war. Sie war ihm gefolgt und hätte ihn beinahe kurz vor dem Treppenaufgang zum Dach eingeholt. Sie sah ihn gerade noch durch die Tür auf das Dach verschwinden, als sie das Treppenhaus betrat. Als sie das Dach betrat, verschwand Trevisan hinter einem der silberfarbenen Abluftrohre. Sie wollte ihm etwas zurufen, doch sie hielt inne.

Sie folgte ihm nicht, sondern nahm den Weg, der geradeaus zur Dachkante führte. Schließlich orientierte sie sich nach Westen und lief über den kleinen Mauervorsprung, der das Dach begrenzte. Sie war ein echtes Seemannskind. Schwere See und große Höhen machten ihr nichts aus. Unbeeindruckt schlich sie in schwindelnder Höhe auf dem kleinen Mauervorsprung voran. Ein Fehltritt und sie würde in die Tiefe stürzen. Die Pistole lag schussbereit in ihrer Hand. Sie näherte sich langsam dem westlichen Ende des Daches und umrundete einen weiteren Abluftschacht, als sie Stimmen hörte.

Langsam tastete sich Tina voran. Stück um Stück gelangte sie im Schatten des Rohres vorwärts. Lautlos. Plötzlich erblickte sie die Frau, die ihr den Rücken zukehrte. Tina hob die Waffe und zielte. Langsam und vorsichtig erarbeitete sie sich ein freies Schussfeld. Zentimeter um Zentimeter schlich sie vorwärts, bis sie sah, dass Trevisan etwa drei Meter entfernt vor Veronika Oberdorf stand und seine Waffe auf die Frau gerichtet hielt. Auch die Frau hatte ihre Waffe im Anschlag und hielt sie fest auf Trevisans Brust gerichtet. Tina überlegte, was sie tun konnte. Einfach zu schießen war wohl die schlechteste Idee, denn sie konnte nicht ausschließen, dass die

Frau abdrückte, bevor sie zu Boden ging. Tina glitt zu Boden und robbte langsam auf den Platten voran. Stück um Stück verbesserte sie ihren Winkel.

Trevisan forderte die Frau noch einmal eindringlich auf, die Waffe wegzulegen. Tina robbte weiter. Sie war sicher, dass Trevisan sie längst wahrgenommen hatte, doch er ließ sich nichts anmerken. Schließlich nahm Tina die Waffe hoch und zielte auf Veronika Oberdorfs Waffenhand. Die Distanz betrug knapp sieben Meter.

Tina konnte mit der Dienstpistole mehr als nur durchschnittlich umgehen, ihre Schießergebnisse waren vorzüglich. Einen Augenblick dachte sie daran, die Frau anzurufen, sie abzulenken, doch sie wusste nicht, wie Veronika Oberdorf reagieren würde. Die Gefahr für Trevisan war einfach zu groß. Schließlich traf sie ihre Entscheidung.

Der Knall zerriss die Stille und Veronika Oberdorf wirbelte herum. Ein zweiter Schuss peitschte auf. Veronika Oberdorf krümmte sich, dann sackte sie zusammen. Tina sprang auf, doch Trevisan war schneller. Mit einem Sprung war er bei Veronika und kickte ihr die Waffe aus der Hand.

Tina hatte getroffen. Zuerst in den rechten Unterarm und dann in das rechte Bein. Veronika Oberdorf stöhnte. »Ich … ich wollte schon … immer … wissen, wie es sich anfühlt.«

Trevisan legte Tina die Hand auf die Schulter. »Danke«, sagte er. »Ich hab mir beinahe in die Hosen gemacht.«

Epilog

Fünf Monate nach der Verhaftung von Veronika Oberdorf wurde die Verhandlung vor dem Landgericht angesetzt. Vierfacher Mord und Mordversuch sowie Straßenverkehrsgefährdung und fahrlässige Tötung wurden ihr vorgeworfen. Vierzehn Verhandlungstage waren angesetzt. Veronika Oberdorf gestand. Sie erzählte, dass sie bereits am Tag der Vergewaltigung auf Spiekeroog ihrer Schwester in die Hand versprochen hatte, Rache für Lucias grausames Schicksal zu nehmen. Sie hatte ihre Lebensplanung auf dieses Ziel ausgerichtet, dass sie nie aus den Augen verlor.

Die Geschichte ihres Lebens und das Leben ihrer Schwester hatte sie in einem ledergebundenen Tagebuch niedergeschrieben.

Ihr werdet alle sterben und eure Seelen werden in der Hölle schmoren!

So endete das Tagebuch, das sie versteckt gehalten und erst wieder hervorgeholt hatte, als ihre Mutter gestorben war. Erst dann konnte sie handeln, denn niemand sollte erfahren, was damals auf Spiekeroog, im Mai 1981, in dem Haus in den Dünen geschehen war, vor allem ihre Mutter nicht. So hatte sie es Lucia versprochen.

Und in der Zeit des Wartens hatte sie wertvolle Vorarbeit geleistet. Es hatte großer Anstrengung bedurft, aber sie hatte alles über ihre Peiniger herausgefunden. Als es so weit war, hatte sie erbarmungslos zugeschlagen. Vor Gericht erzählte sie ihre Geschichte mit einer Kälte, die selbst die Richter frösteln ließ.

Und eben diese Kälte war es, die trotz ihres Geständnisses dazu führte, dass sie von dem Schwurgericht zu einer lebenslangen Freiheitsstrafe verurteilt wurde. Die Richter bejahten die Schwere der Schuld und ordneten eine anschließende Sicherheitsverwahrung an.

Holger Bergens Urteil lautete ein Jahr und sieben Monate wegen Beihilfe zur Vergewaltigung und Unterlassener Hilfeleistung. Ihm kam sein zum Tatzeitpunkt jugendliches Alter zugute. Er erzählte in allen Einzelheiten, was am 13. Mai 1981 in der einsamen Hütte in den Dünen von Spiekeroog vorgefallen war. Tränen flossen über seine Wangen, als er endete.

Holger Bergen nahm sein Urteil an und erklärte durch den Anwalt noch im Gerichtssaal den Verzicht auf Rechtsmittel.

Trevisan hatte nach der Festnahme von Veronika Oberdorf einige Tage frei genommen. Angela, Paula und er fuhren nach München. Stolz präsentierte Angela ihre angemietete Wohnung in der Nähe des Englischen Gartens.

An einem schönen Nachmittag in einem der zahlreichen Cafés blickte sich Trevisan um. Er lächelte zufrieden. »Ich könnte mir durchaus vorstellen, hier zu leben.«

Angela fasste seine Hand und drückte sie. »Dann kündige und komm zu mir.«

»Was meinst du, Paula?« Trevisan blickte seine Tochter an. »Das Eis ist perfekt«, antwortete sie lächelnd.

Ende

Christiane, Tina und Benno,
vielen Dank für die wertvollen Korrekturen

Ulrich Hefner

geboren 1961 in Bad Mergentheim, ist Polizeibeamter, Autor und Journalist. Er ist verheiratet, hat zwei Kinder und lebt in Lauda-Königshofen.
Jüngste Veröffentlichungen im Leda-Verlag:
Romane:
Der Tod kommt in Schwarz-Lila (Originalausgabe Leda-Verlag, Leer 2004, TB 2007); *Die Wiege des Windes* (2006, NA 2008); *Das Lächeln der toten Augen* (2009).
Trevisan und der Tote am Kai (Kurzgeschichten, 2007). Außerdem Kurzgeschichten in diversen Anthologien unter anderem im Leda-Verlag. 2002 war er Gewinner des eScript 2002 des ZDF, Mainz. Hefner ist Mitglied im *Syndikat*, bei den *Polizei-Poeten*, im *Deutschen Presse-Verband e.V.* und in der *Interessengemeinschaft deutscher Autoren e.V.*
Homepage: www.ulrichhefner.de

»In Autor Ulrich Hefner hat Henning Mankell seinen Meister gefunden. Und dem Wilhelmshavener Ermittler Martin Trevisan macht auch Kurt Wallander nichts vor ...«
Martin G. Puthz, Fuldaer Zeitung

»... eines der interessantesten und vielversprechendsten Krimi-Debüts des Jahres. ... Ulrich Hefner, selbst Polizist, weiß wovon er schreibt. Und er tut dies detailliert, ohne zu langweilen. Spannend, ohne zu übertreiben. Deutlich, ohne sich an Gewaltorgien zu ereifern. Einfühlsam, ohne ins Kitschige abzurutschen. Ulrich Hefner hat mit »Der Tod kommt in Schwarz-Lila« mit Sicherheit auch den besseren Polizeiroman abgeliefert als Mankell mit seinen Wallander-Krimis. Weniger spektakulär, sicherlich näher an der Realität und immer viel strenger am Plot. Nicht vermessen kann man behaupten: Ulrich Hefner ist der bessere Mankell und Martin Trevisan der bessere Kurt Wallander.« *krimi-couch.de*

»Intelligent-unblutige Fortsetzung mit Greenpeace-Botschaft.
Akribisch und mit viel Einfühlungsvermögen schildert der Autor die raue friesische Wirklichkeit und ein akutes Problem: Wie kann der einmalige Lebensraum Wattenmeer geschützt werden? Dazu gelingen Hefner mit dem alten Kutterkapitän, dem Norderneyer Ornithologen und Technikfreak, der feschen Friederike und Martin Trevisan selbst glaubhafte, sympathische Charaktere.
Trevisan als Protagonist bleibt interessant, sein Privatleben führt aber nie dazu, dass der Autor die eigentliche Handlung aus dem Blick verliert. Sprachlich sauber, gut recherchiert, spannend geplottet.« *krimi-couch.de*

Ulrich Hefner
Der Tod kommt in Schwarz-Lila
Inselkrimi
978-3-939689-04-1
390 Seiten; 9,90 Euro

Ulrich Hefner
Die Wiege des Windes
Inselkrimi
Taschenbuch
978-3-934927-69-8
336 Seiten; 9,90 Euro

Ulrich Hefner
Trevisan und der Tote am Kai
Krimis
978-3-934927-97-1
208 Seiten; 8,90 Euro

Ulrich Hefner
Das Lächeln der toten Augen
Frieslandkrimi
978-3-939689-17-1
440 Seiten; 9,90 Euro

Regine Kölpin
Krähenflüstern

OstFrieslandkrimi
978-3-934927-95-7
224 Seiten; 8,90 Euro

Maeve Carels
Zur ewigen Erinnerung
Ostfrieslandkrimi
978-3-939689-08-9
400 Seiten; 9,90 Euro

Peter Gerdes
Der siebte Schlüssel
Ostfrieslandkrimi
Leer/Emden
978-3-934927-99-5
320 Seiten; 9,90 Euro

Peter Gerdes
Ebbe und Blut
Ostfrieslandkrimi
Leer/Emden
978-3-934927-56-8
224 Seiten, 8,90 Euro

Peter Gerdes
Sand und Asche
Inselkrimi
Langeoog
978-3-934927-56-8
224 Seiten, 8,90 Euro

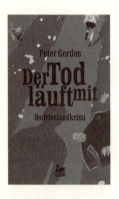  

Peter Gerdes
Der Tod läuft mit
Ostfrieslandkrimi
Leer
978-3-934927-86-5
192 Seiten; 8,90 Euro

Peter Gerdes
Fürchte die Dunkelheit
Kriminalroman
Leer
978-3-934927-60-5
11,90 Euro

Peter Gerdes
Solo für Sopran
Inselkrimi
Langeoog
978-3-934927-63-6
208 Seiten; 9,90 Euro

Regula Venske
Juist married
oder Wohin mit der
Schwiegermutter?
Inselkrimi – Juist
978-934927-85-8
224 Seiten; 8,90 Euro

Regula Venske
Bankraub mit Möwenschiss
Inselkrimi – Juist
978-939689-18-8
208 Seiten, 8,90 Euro

Sandra Lüpkes
**Die Sanddornkönigin
Der Brombeerpirat**
2 Inselkrimis – Juist, Norderney
978-3-939689-06-5
352 Seiten; 9,90 Euro

 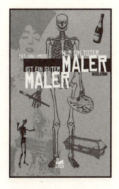 

Tatjana Kruse
Wie klaut man eine Insel?
Inselkrimi
Borkum
978-3-934927-96-4
176 Seiten, 8,90 Euro

Tatjana Kruse
Nur ein toter Maeler ist ein guter Maler
Inselkrimi
Norderney
978-3-939689-26-3
208 Seiten; 8,90 Euro

Ulrike Barow
Endstation Baltrum
Inselkrimi
Baltrum
3. Auflage
978-939689-09-6
208 Seiten, 8,90 Euro

Peter Gerdes (Hrsg.)
Fiese Friesen
Kriminelles zwischen
Deich und Moor
978-3-934927-58-2
256 Seiten; 12,70 Euro

Buttler/Ehlers (Hrsg):
Tee mit Schuss
Kriminelles zwischen
Blatt und Tasse
978-3-934927-89-6
240 Seiten; 12,70 Euro

H. & P. Gerdes (Hrsg):
Flossen höher
Kriminelles zwischen
Fisch und Pfanne
978-3-934927-34-6
240 Seiten; 12,70 Euro

Bernd Flessner
Knochenbrecher
Ostfrieslandkrimi
978-3-934927-88-9
208 Seiten
8,90 Euro

Bernd Flessner
Die Gordum-
Verschwörung
Ostfrieslandkrimi
978-3-934927-87-2
208 Seiten; 8,90 Euro

Bernd Flessner
Greetsieler
Glockenspiel
Ostfrieslandkrimi
978-3-934927-93-3
208 Seiten; 8,90 Euro

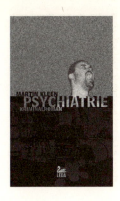 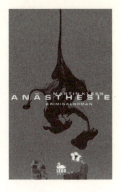 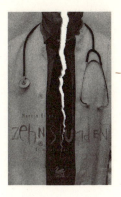

Martin Kleen
Psychiatrie
Kriminalroman
978-3-934927-92-6
8,90 Euro

Martin Kleen
Anästhesie
Kriminalroman
978-3-939689-05-x
8,90 Euro

Martin Kleen:
Zehn Stunden
Kriminalroman
978-3-934927-64-3
9,90 Euro

Martin Kleen:
SuperHertha

978-3-934927-72-8
9,90 Euro

Mischa Bach:
Stimmengewirr

978-3-934927-79-7
9,90 Euro

Bernd Sieberichs
Förde-Findling
Flensburg-Krimi
978-3-934927-91-9
8,90 Euro